Die Erbin schreckt vor nichts zurück

ECON **Krimi**

Im ECON Taschenbuch Verlag sind folgende Titel
von K. K. Beck lieferbar:

Die Erbin eilt von Mord zu Mord (TB 25070)
Die Erbin schreckt vor nichts zurück (TB 25092)

Zum Buch

Es ist lange her, daß die junge Witwe Jane da Silva in »Die Erbin eilt von Mord zu Mord« ihren letzten hoffnungslosen Fall gelöst hat, und das Geld geht ihr allmählich aus. Nach dem ungewöhnlichen Testament ihres Onkels kann sie die Erbschaft nur dann antreten, wenn sie regelmäßig scheinbar aussichtslose Fälle löst.
Da kommt ihr die verzwickte Lage des jungen, drogenabhängigen Kevin Shea gerade recht, der des Mordes an einer Apothekerin angeklagt ist. Keiner glaubt an seine Unschuld, noch nicht einmal seine eigene Mutter. Doch eine Geschworene ist der Meinung, daß jemand das Verbrechen gesehen haben muß. Und tatsächlich findet Jane in Mexiko eine Stripteasetänzerin, die als Zeugin auftreten könnte. Doch noch jemand ist ihr auf der Spur: der Ehemann der Ermordeten. Er verfolgt ganz andere Ziele als die Aufklärung des Verbrechens ...

Die Autorin

Katherine K. Beck lebt, wie ihre Heldin Jane da Silva, in Seattle und arbeitet als Journalistin und freie Krimiautorin. Nach »Die Erbin eilt von Mord zu Mord« ist dies der zweite Band aus der Jane-da-Silva-Reihe im ECON Taschenbuchprogramm.

Katherine K. Beck

Die Erbin schreckt vor nichts zurück

Krimi

Aus dem Amerikanischen
von Helga Herborth

ECON Taschenbuch Verlag

Veröffentlicht im ECON Taschenbuch Verlag
Deutsche Erstausgabe

First published by Mysterious Press Books/
Warner Books, Inc N.Y.
Titel des amerikanischen Originals: AMATEUR NIGHT
Aus dem Amerikanischen übersetzt von Helga Herborth
Umschlaggestaltung: Init GmbH, Bielefeld
Titelabbildung: Reiner Tintel
Lektorat: Beate Darius
Gesetzt aus der Baskerville
Satz: ECON Verlag
Druck und Bindearbeiten: Elsnerdruck, Berlin
Printed in Germany
ISBN 3-612-25092-2

Für Fernando

In einer konzertierten Aktion zur Besserung ihrer Laune hatte sich Jane da Silva einem Minimalbudget-Einkaufsrausch in einer Boutique hingegeben, die sie insgeheim liebevoll auf den Namen Teenieflittchenladen getauft hatte. Sie wußte natürlich, daß sie im Augenblick überhaupt kein Geld für Kleider ausgeben sollte, oder wenn schon, dann hätte sie es verdient, sich in einem eleganteren Laden auszustatten. Aber eigentlich war sie ganz zufrieden mit ihrer Kollektion von Baumwollteilen in leuchtenden Farben, weil sie erst gar nicht mit dem Anspruch auf teuren Schick daherkamen. Außerdem fand Jane da Silva, allein durch ihre Persönlichkeit würden die Sachen an ihr etwas hermachen, und da sie sich sowieso auf Jeans und T-Shirts beschränkt hatte, spielte es im Grunde keine Rolle, daß sie, mit siebenunddreißig, ungefähr zwanzig Jahre älter war als die Zielgruppe der Boutique.

Pech war nur, daß sie ausgerechnet Bucky Montcrieff in die Arme laufen mußte, als sie mit den riesigen, knisternden weißen Einkaufstüten beladen aus dem Billig-Schick-Laden kam.

Bucky Montcrieff, entschiedener Konsument und Bewunderer von perfekten Schnitten und ausgesuchten Naturfasern, gab sich nicht mal Mühe, seinen entsetzten und peinlich berührten Blick zu verbergen, was Jane allerdings nicht sonderlich überraschte, denn Bucky, groß, gutaussehend, Mittdreißiger und nicht ohne einen gewissen schmierigen Charme, war kein besonders netter Mensch.

Er schaute über ihre Schulter und die mit Detektoren und Ladendiebstahl-Alarmsignalen versehene Sperre hinweg in den Laden. An dem Tresen neben der Kasse lehnte gelangweilt ein Teenager in schwarzem Knitteracryl, hennaroten Haaren und einem Morticia-Addams-Teint. Grunge Rock, eine Seattler Spezialität, dröhnte heraus, und Jane meinte, der Polyestergeruch stiege ihr bis auf die Straße in die Nase.

»Haben Sie etwa da etwas gekauft?« fragte er taktlos.

»Ja. Manchmal finde ich halt, ein übertrieben guter Geschmack kann ziemlich langweilig sein, meinen Sie nicht?« antwortete sie mit einem breiten Lächeln. Leider gehörte Bucky zu den Leuten, zu denen sie nett sein mußte.

Bucky arbeitete in der Anwaltskanzlei seines Onkels, Carlson, Throckmorton, Osgood, Stubbins etc. zufällig die Kanzlei, die Onkel Harolds exzentrisches Testament aufgesetzt hatte.

»Es tut mir wirklich leid, daß die Treuhänder nicht mit dem Geld rausgerückt sind«, sagte er. »Ich habe oft an Sie gedacht.«

Es war ein paar Wochen her, seit Jane sich vor dem Treuhänderkomitee um Auszahlung des Geldes aus Onkel Harolds Stiftung bemüht hatte, die den ulkigen Namen Stiftung zur Wiedergutmachung von Unrecht trug. Laut Onkel Harolds Testament mußte Jane einen hoffnungslosen Fall aufspüren und ihn sozusagen als honorarfreie Detektivin lösen, ehe sie an ihr Erbe kam. Die Treuhänder, eine Ansammlung mürrischer alter Männer, alle einstige Kumpel Onkel Harolds, hatten ihren ersten Versuch wegen irgendeiner läppischen Formalität abgelehnt.

»Ich hab' mir gedacht, ich versuch's halt noch mal« sagte sie, bemüht um einen tapferen, unbekümmerten Ton. Von dem eleganten, gutaussehenden, gut betuchten, überparfümierten und vor Selbstbewußtsein strotzenden Bucky wollte sie weiß Gott kein Mitleid.

»Trotzdem. Sie tun mir wirklich leid. Wo Sie sich so angestrengt haben, zusammengeschlagen wurden und einiges mehr«, sagte er. »Sie müssen ziemlich entmutigt sein.« Ein Ausdruck, der Mitleid zum Verwechseln ähnlich sah, huschte über sein glattes Gesicht.

»Mir geht's gut. Wirklich«, log sie und fragte sich, ob Bucky hoffte, sie würde schluchzend an seine Schulter sinken. Aber die Genugtuung gönnte sie ihm nicht. Seine halbherzige Einladung zu einem Kaffee lehnte sie ab. Trotzdem mußte sie dagegen ankämpfen, daß die Begegnung sie nicht aus der Fassung brachte. Als sie sich kennenlernten und es so aussah, als würde sie bald zu einem Vermögen kommen, war Bucky äußerst aufmerksam gewesen. Na, sagte sie sich, er ist halt einer dieser selbstzufriedenen Typen, die alles, was nach Versagen riecht, meiden wie die Pest. Typen, die es selbst meist nur mit Beziehungen und Hilfe von Verwandten dahin geschafft haben, wo sie sind.

Nun, Onkel Harold hatte ihr ja auch helfen wollen. Und wohl nur aus Respekt vor ihm hatte das Komitee ihr die paar tausend Dollar gegeben, damit sie sich die nächste Zeit über Wasser halten konnte. In letzter Zeit kam ihr jedoch immer häufiger der Gedanke in den Kopf, daß sie sich wahrscheinlich demnächst nach einem Job umschauen mußte, wenn sie nicht schnellstens mit einem neuen hoffnungslosen Fall aufwarten konnte. Sie sah sich schon, wie sie eine überdimensionale Speisekarte in der Hand hielt und Restaurantbesucher mit gedämpfter Stimme fragte »Raucher oder Nichtraucher?« Was schließlich auch kein Weltuntergang wäre. Solange es kein Dauerzustand wäre. Jane litt an chronischer Rastlosigkeit.

Sie fuhr nach Hause, das im Augenblick Onkel Harolds düsteres altes Haus am Capitol Hill war. Es war Besitz der Stiftung, und das Komitee ließ sie vorerst noch dort wohnen. Wenn sie einen Fall aufspürte und ihn zur Zufriedenheit der Treuhänder löste, würde sie das Haus von Grund auf renovieren. Die hübschen Holzverschalungen abbeizen, die jetzt mit dunklem Firnis gestrichen waren; die wuchernden Kamelien stutzen, damit mehr Licht ins Haus kam, und die rosa Resopalmöbel in der Küche rausschmeißen.

Auf der Veranda hörte sie das Telefon läuten. Noch vor dem dritten Klingelzeichen hatte sie sich und ihre Tüten ins Haus geschafft und nahm ab. »Jane? Calvin Mason hier.«

»Oh«, sagte sie atemlos.

Ihr Adrenalin pulsierte noch von dem Kraftakt, die Tüten zu balancieren, den Schlüssel ins Schloß zu stecken und dann durch die Halle zum Telefon zu rennen.

»Suchen Sie immer noch einen hoffnungslosen Fall?«

»Verzweifelt«, sagte sie. Vor Calvin mußte sie nicht Theater spielen wie vor Bucky.

»Könnte sein, daß es in einem meiner Fälle eine neue Beweislage gibt. Bei einem Jugendlichen, den ich verteidigt habe und der verurteilt worden ist. Eine der Geschworenen meint nun, wir hätten alle etwas übersehen.«

»Klingt fantastisch.«

»Vielleicht. Aber wenn Sie meine Meinung hören wollen, als Anwalt und als Mensch – ich habe nicht den geringsten Zweifel, daß mein Mandant schuldig ist.« Er räusperte sich. »Offen gestanden habe ich die Sache bloß als Vorwand benutzt, Sie anzurufen und zu hören, wie es Ihnen geht.«

»Mir geht's gut«, sagte sie. »Und einen Vorwand brauchen Sie nicht! Aber Sie wissen ja, wie gern ich den Treuhändern einen hübschen neuen Fall vorsetzen würde. Erzählen Sie mir mehr von der Geschworenen.«

»Sie hat mich heute morgen angerufen. Sie hätte über den Fall nachgedacht, meinte sie. Sowas kommt dauernd vor, weil die Geschworenen immer glauben, man wolle unbedingt in die Berufung gehen. Dabei hat man nichts anderes im Sinn, als möglichst schnell sein Honorar einzutreiben und zum nächsten Fall überzugehen, von dem man natürlich hofft, daß er ein bißchen mehr abwirft.«

»Und was genau hat sie gesagt?«

»Sie will morgen vorbeikommen und mit mir reden. Wie gesagt, sie glaubt, alle hätten etwas übersehen. Ich dachte mir, daß Sie vielleicht gern dazukämen. Vielleicht können Sie ja was aus der Sache machen. Ich werde jedenfalls nicht noch mehr Zeit auf diesen lausigen Fall verschwenden.«

»Was für ein Fall war es denn?«

»Es war«, seufzte Calvin, »mein erster und einziger Mordfall. Deshalb bleibt mir nichts anderes übrig, als mir anzuhören, was die Geschworene Nummer Zehn zu sagen hat, obwohl ich mir nicht vorstellen kann, daß sie etwas in petto hat, was meine Meinung über Kevin ändern könnte.«

»Viele Geschworenen hassen es, schuldig zu sprechen«, fuhr er fort. »Sie wollen unbedingt Gründe für einen Freispruch finden. Ich erinnere mich an die Geschworene. Eine freundliche ältere Dame mit einem großen, weichen Gesicht. Ich hab sie auf den ersten Blick als eine von den Rührseligen eingestuft.« Er hielt inne und meinte dann beiläufig und, wie Jane fand, ein bißchen schüchtern: »Wenn Sie wollen, daß ich Sie in den Fall einweihe, könnten Sie doch vielleicht nachher auf ein Bier vorbeikommen? Ich bestelle uns eine Pizza oder irgend etwas.«

»Okay«, sagte Jane. Calvin Mason gehörte zu der Handvoll Leute in der Stadt, die wußten, weshalb sie überhaupt hier in Seattle war. Bei ihm konnte sie entspannen, brauchte ihm keine frisierten Geschichten über ihr Leben aufzutischen, das, oberflächlich betrachtet, im Augenblick ziemlich leer und ereignislos war. Sie mochte Calvin. Er war Anwalt, hatte ein schäbiges kleines Büro und verdiente sich ab und zu einen Extradollar, indem er sich als Privatdetektiv für besser betuchte Anwälte betätigte – wie Bucky beispielsweise.

Jane fühlte eine gewisse Verwandtschaft mit Calvin Mason. Sie beide lebten sozusagen von der Hand in den Mund. Bei ihrem letzten Versuch, an Onkel Harolds Geld zu kommen, war Calvin sehr nett gewesen. Natürlich hatte sie ihm gesagt, daß sie ihn bezahlen würde, wenn sie das Geld bekäme. Bis jetzt hatte sie allerdings noch keins, was er ihr aber nicht krumm zu nehmen schien. Kein Geld in der Hand zu haben war, so vermutete Jane, eine lebenslange Gewohnheit von ihm. Und das war eine weitere Gemeinsamkeit zwischen ihnen. Aber Jane war entschlossen, ihr Leben, besonders ihre Finanzen, besser in den Griff zu kriegen. Sie hatte einen Schwur geleistet, nach vierzig nie mehr pleite zu sein. Und wenn es ihr gelang, aus Calvins Fall etwas zu machen, konnte sie ein respektables Leben führen, den Teenieflittchenladen vergessen und sich für den Herbst mit ein paar hübschen Kaschmirpullovern eindecken.

Calvin Masons Büro im Freemont Viertel war genaugenommen Apartment Nummer Drei im Compton-Wohnblock, einem Backsteingebäude aus den Zwanzigern, dessen Verwalter er gleichzeitig war. In seinem Wohnzimmer standen ein paar bequeme alte Polstermöbel und ein großer ramponierter, von zwei Aktenschränken aus Armeebeständen flankierter Schreibtisch. Es war ein gemütlicher Raum und längst nicht so düster, wie Bucky ihn Jane einmal beschrieben hatte (»ein schäbiges kleines Büro mit einem Schrankbett und einem eingerahmten Diplom von irgendeiner drittklassigen Universität an der Wand«); außerdem hatte Calvin sein Büro vor kurzem renovieren lassen.

Calvin Mason war in den Dreißigern, hatte dichtes welliges dunkles Haar, eine Brille mit Hornrand, und irgendwie erinnerte er Jane immer an einen Bären. Er hatte einen intelligenten, wachen Gesichtsausdruck, der immer auch ein wenig ironisch wirkte.

»Die Pizza ist schon unterwegs«, sagte er, als sie eintrat. Er öffnete eine Dose Rainier-Bier für sich, dann eine für Jane und schenkte ihr ein – in ein vorgekühltes Glas, was Jane eine bezaubernde gastfreundliche Geste fand. Dann riß er eine Tüte Cracker auf. »Hors d'œuvres«, lachte er, leerte sie in eine Salatschüssel und stellte sie auf den Kaffeetisch. Er ließ sich in einen der großen Sessel plumpsen, trank einen Schluck Bier und schloß die Augen. »Wissen Sie, ich hatte von Anfang an sowas kommen sehen. Daß der Junge eines Tages in einen Riesenschlamassel geraten würde. Alle ahnten es, nur er nicht.« Er öffnete die Augen und sah Jane an. »Einkaufen gewesen?«

Jane saß auf dem Sofarand. Sie trug eine hellgelbe Hose und ein weites T-Shirt in Dunkeltürkis, dessen Falten verrieten, das es noch vor kurzem in einem Ladenregal gelegen hatte.

Wegen des Geldes, das sie ihm noch von ihrem letzten fehlgeschlagenen Fall schuldete, war es ihr ein bißchen peinlich, daß er sie beim Kleiderkaufen erwischte.

»Zehn-Dollar-Sonderangebot«, sagte sie leichthin. Das T-Shirt hatte wirklich zehn Dollar gekostet, die Hosen zwar 1995, was aber immer noch unbestreitbar billig war. Sobald sie Geld hatte, würde sie ihn bezahlen, das hatte sie ihm bereits gesagt. Wieso es also wiederholen? Ständiges Entschuldigen irritierte die Leute bloß, fand Jane.

Calvin Mason schien ihren Einkauf aber gar nicht mit ihren Schulden bei ihm in Verbindung zu bringen. »Sie sehen hübsch aus«, meinte er, wobei ein bewunderndes, schmachtendes Schimmern in seine Augen trat. Jane war sich immer noch nicht sicher, ob sich Calvin wirklich von ihr angezogen fühlte – ab und zu flackerten Anzeichen dafür auf, so wie jetzt – oder ob er bloß zu den netten Männern gehörte, die einfach in alle Frauen ein bißchen verliebt sind.

Er schloß wieder die Augen. »Jedenfalls war Kevin bis oben hin mit Drogen vollgedröhnt. Wie meistens. Er war ein echter Drogenfreak. Ständig warf er was ein, erst um sich aufzuputschen, dann um sich runterzuholen, und nie kriegte er die Dosierung richtig hin. Was der Grund war, warum er eine Apotheke überfiel. Er sagt, er kann sich nicht erinnern, was zwischen dem Zeitpunkt, als er in die Apotheke stolperte, und dem, als er die Pistole mit all seinen Fingerabdrücken drauf mitten im Laden fallen ließ, passierte. Als die Bullen kamen, haben sie ihn ein paar Straßenecken weiter auf dem Bürgersteig gefunden, wo er das große Zittern hatte. Wir haben's hier nicht mit einem kriminellen Genie zu tun.«

»Klingt gut und hoffnungslos«, sagte Jane.

»Hoffnungslos, das kann man wohl sagen«, meinte er. »Mein Gott, sogar seine Mom schwört, daß er schuldig ist. Ich habe ihr behutsam vorgeschlagen, eine zweite Hypothek auf ihr Haus aufzunehmen, damit wir in die Berufung gehen könnten, aber sie meint, das hätte überhaupt keinen Sinn.« Calvin nahm sich eine Handvoll Cracker und zuckte die Achseln. »Ich mußte ihr recht geben.«

»Armer Kerl«, sagte Jane.

»Wer? Ich oder mein Mandant?«

»Na, er ist es doch, der im Kittchen sitzt. Zu was hat man ihn verurteilt?«

»Zwanzig Jahre bis lebenslänglich. Er sitzt im Monroe.«

»Na, das klingt doch wirklich erfreulich hoffnungslos«, sagte Jane. Einen jungen Mann aus einem finsteren Knast retten, davon wäre das Komitee bestimmt gerührt. »Allerdings irritiert es mich ein bißchen, daß sein Anwalt und seine Mutter alle Hoffnung aufgegeben haben. Erzählen Sie mir doch einfach alles von Anfang an.«

Calvin seufzte. »Er ging in diese kleine Tante-Emma-Apotheke am First Hill. Paps war im Hinterzimmer und rührte irgendeine Arznei an. Mom war am Tresen und tippte ein Rezeptetikett. Er stürmte hinein, wollte irgendwelche Pillen und fuchtelte mit seiner Pistole herum. Mom war das nicht neu, sowas hatte sie schon ein paarmal mitgemacht. Sie zog einen großen alten Colt.45 unter dem Tresen vor. Ich nehme an, Kevin wirkte nicht sonderlich bedrohlich auf sie. Er ist ein spitzgesichtiger, schmächtiger Kerl, und, wie ich schon sagte, er hatte das Zittern.«

»Das hätte ihr doch Angst machen müssen«, sagte Jane.

»Die alte Dame feuerte einen Schuß in die Decke ab, aber Kevin traf sie mitten in die Stirn. Darauf kriegte er es mit der Angst, ließ die Pistole fallen und rannte los. Der Ehemann kam nach vorn gelaufen, fand seine Frau tot auf dem Boden und neben ihr die Waffe.«

»Und es gab keine Zeugen? Es war doch am hellichten Tag?«

»Das stimmt schon. Es ist aber keine große, moderne Apotheke. Bloß ein winziges Lädchen, das von den vielen Arztpraxen in der Nähe lebt. Es gibt nur einen Tresen und ein bißchen Krimskrams neben der Kasse. Schlüsselketten, Schokoladenriegel, Zeitschriften.«

Jane erinnerte sich, daß First Hill voller Krankenhäuser

und Arztpraxen war. Sein Spitzname war Pillen Hill. Sie selbst war dort geboren, im Swedish Hospital.

»Aber es hätte doch sonstwer hereinspazieren können, als er den Laden überfiel«, sagte sie.

»Das stimmt. Wie gesagt, Kevin ist nicht gerade ein kriminelles Genie. Ich verteidige ihn schon seit Jahren. Sein Jugendstrafen-Register war so lang, daß er in ernsthafte Schwierigkeiten gekommen ist. Parkuhren zu knacken war seine Spezialität. Aber inzwischen ist Kevin neunzehn.«

Es klingelte, und Calvin ging zur Tür. Jane kramte in ihrer Tasche nach Kleingeld. Wenn sie sich schon neue Kleider leistete, statt ihre Schulden bei ihm zu zahlen, wollte sie wenigstens die Pizza spendieren. Er schob ihr Geld beiseite. »Nicht doch«, sagte er.

»Jedenfalls«, fuhr er fort, arrangierte die Pizza vor ihr auf dem Kaffeetisch und trennte behutsam die Dreiecke voneinander, »als er auf seinen achtzehnten Geburtstag zuging, hab ich ihm tausendmal eingeschärft, daß Sachen, die man ihm als Jugendlichem vielleicht durchgehen ließ, ihm nach seinem Geburtstag ein gesalzenes Urteil einbringen könnten. Und was macht er? Geht hin und erschießt eine alte Dame.« Er biß in ein Pizzastück, ließ den Geschmack einen Moment auf seiner Zunge wirken und fragte: »Ist der Fall hoffnungslos genug für Sie?«

Jane reichte ihm eine Serviette und nahm sich selbst ein Stück Pizza. »Eindeutig. Worauf haben Sie Ihre Verteidigung aufgebaut?«

»Nun, wie das Ergebnis zeigt, auf verdammt wenig«, sagte Calvin. »Aber ich hatte weiß Gott nicht viel, womit ich hätte arbeiten können. Kevin hat stur behauptet, er hätte einen Blackout, was die Tat betrifft. Er erinnere sich an nichts. Ein paar Freunde, Druggies wie er, hätten um die Ecke in einem Auto auf ihn gewartet. Das habe ich aufgegriffen und darauf hingewiesen, daß sie vielleicht die Tat begangen haben. Aber diese Freunde wurden nie ausfindig gemacht. Und da hakte ich ein.« Calvin nahm eine Clarence-Darrow-Pose ein und wandte sich verdrossen an ein imaginäres hohes Gericht: »Warum sehen wir die Begleiter meines Mandanten heute nicht in diesem Saal?« Er seufzte. »Ich deutete an, die Polizei würde wohl deshalb nicht auf die Suche nach ihnen geschickt, weil dann die Anklagevertretung die Beweislage noch mal ganz von vorn prüfen müßte.«

Die Pizza war fantastisch. Jane merkte plötzlich, daß sie ihr Mittagessen ausgelassen hatte. »Und – hat man nach ihnen gesucht?«

»Das war nicht so leicht. Kevin hat sie kaum gekannt, was ihm ähnlich sieht, dem Dummkopf. Eine junge Frau und ein junger Mann, beide weiß und so zwischen 16 und 19. Er kannte sie bloß als Dorothy und Sean. Zwielichtige Gestalten wie er. Sie haben ihm die Pistole besorgt und gesagt, sie würden an der Ecke auf ihn warten. Als sie den Schuß gehört haben, sind sie wahrscheinlich losgebraust. Das Vernünftigste, was sie tun konnten. Also hat Kevin auf dem Bürgersteig gesessen und gewartete auf sie, aber statt dessen ist die Polizei gekommen.«

Calvin hatte sein erstes Stück Pizza verputzt und angelte in der Schachtel nach Nummer zwei. »Dann habe ich darauf herumgeritten, daß an seinen Händen keine Schmauchspuren waren, aber die Anklage hat sich auf Expertengutachten berufen, denen zufolge er möglicherweise Handschuhe getragen hat, die er später weggeworfen hat. Es war sehr kalt an dem Tag. Es schneite sogar.

Ich sagte, wenn er Handschuhe getragen hat, wieso waren dann seine Fingerabdrücke auf der Pistole, worauf die Anklage entgegnete, er hätte an der Pistole rumgefummelt, ehe er den Laden überfallen hat. Nun, meinte ich, vielleicht hat er sie wirklich angefaßt, aber das heißt noch lange nicht, daß er auch abgedrückt hat. Ich dachte, wenn irgendwas Kevin rausholen könnte, dann das Fehlen von Schmauchspuren an seinen Händen.

Anschließend versuchte ich es mit einer anderen Strategie: Da seine nebulösen Freunde ihm die Pistole in die Hand gedrückt hatten, sei es ja denkbar, daß er gar nicht wußte, daß sie geladen war. Woraufhin die Anklage mich mit dem Hinweis abblitzen ließ, es gäbe nicht den geringsten Beweis für die Existenz dieser Leute und schon gar keinen Beweis, daß Kevin nicht wußte, daß die Pistole geladen war. Und als der Anklagevertreter dann darauf hinwies, daß Kevin ja wohl kaum abgedrückt hätte, wenn er der Meinung gewesen wäre, die Pistole sei nicht geladen, wußte ich, er hatte die Geschworenen auf seiner Seite. Ein Nicken ging durch Reihen, und alle hatten plötzlich diesen typischen selbstgerechten Gesichtsausdruck, was immer ein schlechtes Zeichen ist.«

Jane schnalzte mitfühlend mit der Zunge. »Woher stammte die Pistole?«

»Aus einem Einbruch in der Gegend. Sie war auf einen gesetzestreuen Zahnarzt am Capitol Hill registriert und ihm vor kurzem zusammen mit seinem Videorecorder und der Stereoanlage geklaut worden.«

»Und wie hat die Polizei Kevin gefunden? Sie sagten, er saß auf dem Bürgersteig – völlig fertig.«

Calvin verdrehte die Augen zur Decke. »In Seattle schneit's so gut wie nie, stimmt's? Aber an dem Tag hat es geschneit. Kevin hat riesige matschige Fußabdrücke auf dem Boden hinterlassen. Und einen direkt vor dem Laden im Schnee, der nach rechts wies. Sogar Inspektor Clouseau hätte ihn aufgespürt. Die Bullen sind einfach in östliche Richtung gegangen, und fünf Straßenecken weiter haben sie ihn gefunden.«

»Das klingt ja wirklich schrecklich aussichtslos«, seufzte

Jane. »Trotzdem würde ich mir gern anhören, was Ihre Geschworene zu sagen hat.«

»Sie sind wirklich wie der Teufel hinter einem neuen hoffnungslosen Fall her, was?« sagte Calvin mit einem Seufzer.

»Das haben wir doch schon alles durchgekaut«, sagte Jane. »Warum sollte ich es nicht noch mal versuchen? Was habe ich denn zu verlieren?«

»Ich weiß nicht. Ihre Würde? Jane, entschuldigen Sie, wenn ich Ihnen zu nahe trete, aber Sie haben Klasse. Sie haben es doch nicht nötig, sich auf so was Windiges einzulassen.«

»Ich finde halt«, entgegnete Jane und spürte, wie sie sich innerlich versteifte und auf Abwehr ging, »daß die Sache mir liegt.«

»Na und? Trotzdem ist es eine alberne Art, sein Geld zu verdienen. Und glauben Sie mir, Kevin ist ein Verlierer. Schon als er vierzehn war und ich ihn das erste Mal vertreten habe, hat er sich in einen Schlamassel nach dem andern gebracht. Und jetzt sitzt er wirklich in der Tinte. Er ist ein verdammt harter Brocken. Ein echter Pechvogel.«

»Die sind doch meine Spezialität. Mich um die zu kümmern ist doch die Idee hinter Onkel Harolds Testament.«

»Ihr Onkel Harold hatte Säcke voll Geld«, Calvin hob seine Stimme ein wenig. »Für ihn war es ein Hobby, mehr nicht.« Er griff sich ein neues Pizzastück.

»Nein, es war für ihn mehr als ein Hobby«, sagte Jane. Sie dachte an den Brief, den Onkel Harold ihr nach seinem Tode hinterlassen hatte und den sie inzwischen auswendig kannte. Schließlich hatte ihr Onkel Harold darin postum eine Art Lebensentwurf aufgezeichnet. Und in dieser unsicheren Welt einen Lebensentwurf zu haben, zumal einen mit eingebauter Finanzierung, war etwas, das man nicht leichtfertig von der Hand wies.

Der Brief lautete:

Schon als Kind war in Dir ein Hang zu echter Nächstenliebe erkennbar, die sich mit einer angeborenen Klugheit paarte. Wenn Du die Stiftung zur Wiedergutmachung von Unrecht fortführst, könntest Du diese beiden Eigenschaften für einen guten Zweck einsetzen.
Meine Anweisungan an die Treuhänder sind eindeutig. Die Fälle, die Du übernimmst, müssen schwierig sein, denn – das habe ich in meinem Leben gelernt : In allem, was zu leicht errungen ist, liegt keine wirkliche Befriedigung.
Gegenüber einem weiteren deiner Charakterzüge, Deinem Hang zum Luxus, liebe Jane, habe ich mich zur Nachsicht entschlossen. Obwohl ich diesen Zug nicht gutheiße, will ich ihm Rechnung tragen, erstens, um Dir einen zusätzlichen Anreiz zu geben – natürlich habe ich auch Vorkehrungen getroffen, daß Du, während du einen Fall verfolgst, aller Geldsorgen enthoben bist –, und zweitens, weil ich Dir sehr zugetan bin.
Ich zweifle nicht daran, daß Du jeden Pfennig ehrlich verdienst. Wenn Du Deine Pflichten getreu erfüllst, werden wir uns eines Tages vielleicht in einer Welt wiedersehen, in der es kein Unrecht, sondern nur Recht gibt.

In Liebe
Onkel Harold

Und wenn Kevin ein harter Brocken war – sei's drum! Sie verstand Calvins Einwände, aber sie hatte das Gefühl, es lag eine tiefere Bedeutung darin, daß er ihr von dem Fall erzählte. Hatte Onkel Harold nicht ausdrücklich gesagt, in allem, was zu leicht errungen sei, läge keine wirkliche Befriedigung?

»Ich will deine Geschworene treffen«, sagte sie.

Geschworene Nummer Zehn stellte sich als pensionierte Bibliothekarin heraus. Sie war Ende sechzig oder Anfang siebzig und hieß Caroline Marquardt. Jane mochte sie auf Anhieb. Sie hatte feines hellbraunes Haar, dessen Farbe zu regelmäßig war, um echt zu sein, und das ihr, dank einer starken Dauerwelle, mit der nichts Glamouröses beabsichtigt war, sondern nur Haltbarkeit der Frisur, in einem starren Lockenkranz um den Kopf lag. Ihr stubsnasiges rundes Gesicht hatte einen freundlichen Ausdruck und war adrett mit Lippenstift, Rouge und etwas zu viel orangefarbenem Puder zurechtgemacht.

Auf den ersten Blick wirkte sie wie eine nette, ganz und gar konventionelle Frau, aber doch ging etwas Energisches von ihr aus, das noch verstärkt wurde durch den klugen Ausdruck in ihren blaugrünen Augen. Auch ihre Stimme überraschte. Sie war rauh und schnarrend, und Jane sah Miss Marquardt plötzlich als junge Frau vor sich. Das gewitzte, schlagfertige Girl, dem der Beruf wichtiger als Männer war, der Frauentyp, der in den alten Filmen meist die beste Freundin der weiblichen Hauptdarstellerin ist. Vielleicht von Eve Arden oder Ann Sothern gespielt.

Jetzt hatte sich Miss Marquardt mit ihren hellblauen Polyesterhosen und dazu passender Tunika auf dem Sofa in Calvin Masons Wohnzimmer-Büro installiert, saß mit übergeschlagenen Beinen da, wobei sie das obere leicht wippen ließ, und hielt eine große Handtasche auf ihrem Schoß.

Für das morgendliche Treffen hatte Calvin die Pizzaschachteln fortgeräumt und die Jalousinen so gestellt, daß das Licht wie bei den schnieken Innenstadtbüros im Zebramuster ins Zimmer fiel. Die Kissen waren aufgeschüttelt worden und die Katze nach draußen verbannt.

Calvin selbst, der in Tweedjacke und Schlips hinter seinem Schreibtisch thronte, hörte ihr mit konzentriertem Stirnrunzeln zu. Jane saß auf einem Sessel seitlich von ihm.

Miss Marquardt schien sich über Janes Anwesenheit nicht zu wundern. (»Mrs. da Silva, die uns manchmal hilft«, hatte Calvin sie kurz vorgestellt. Und Jane hatte einen geschäftsmäßigen Della-Street-Ausdruck in ihr Gesicht gelegt.) Auch beim Anblick des unkonventionellen Büros hatte Miss Marquardt nicht mit der Wimper gezuckt und war jetzt schon mitten in ihrer Geschichte.

»Am Anfang wußte ich einfach nicht, was genau es war«, sagte sie gerade. »Aber irgend etwas ließ mich nicht los. Ich wollte unbedingt, daß die Jury den Urteilsspruch noch hinauszuzögerte. Ich sagte: ›Wir wollen ganz sicher gehen. Schauen wir uns das ganze Beweismaterial noch einmal von vorne an, Schritt für Schritt.‹ Ich hoffte, ich würde noch draufkommen, was es war, denn dauernd hatte ich das Gefühl, wir hätten etwas übersehen.« Miss Marquart ließ ein schnarrendes Lachen hören. »Ich wette, die andern haben mich einfach für senil gehalten. Und zum Schluß überstimmten sie mich. Na, die Beweislage sah ja auch ziemlich schlecht aus für das Bürschchen.«

Sie schwieg und sah Calvin erwartungsvoll an, als erhoffe

sie seine Zustimmung für ihre letzte Bemerkung, aber der räusperte sich bloß.

»Jedenfalls«, fuhr sie fort, »habe ich letzte Woche meine Nichte besucht. Sie hat ein Baby, ein goldiges kleines Mädchen, das übrigens nach mir getauft ist – ist das nicht süß? Die Kleine ist gerade im Krabbelalter. Zieht sich an den Möbeln hoch und grabscht nach allem, was sie greifen kann, am liebsten räumt sie den Kaffeetisch ab, wirft alles auf den Boden und guckt einen dann so trotzig und keck an, daß es einem schwerfällt, nicht zu lachen.«

Miss Marquartdt fummelte an ihrem Taschenverschluß herum. Calvin beobachtete sie mit einem alarmierten Ausdruck im Gesicht. Jane nahm an, er fürchtete wohl, als nächstes müsse er Babyfotos bewundern, aber Miss Marquardt fuhr fort.

»Na, irgendwann stapfte Klein-Caroline zum Zeitungsständer, zog alle Zeitschriften heraus und verstreute sie über den ganzen Boden. Und als ich sie wieder auflas, da fiel es mir ein. Das war es, was mir die ganze Zeit im Hinterkopf gespukt hatte.« Sie schwieg triumphierend.

Jane warf Calvin einen Blick zu. Er mimte höfliche Aufmerksamkeit, hatte aber einen leicht verschleierten Blick. Jane war zuversichtlich, daß Miss Marquardt schon auf den Punkt kommen würde. Sie hatte halt einen weitschweifigen Redestil. Wahrscheinlich, weil sie allein lebte und nicht so viel mit anderen Menschen sprach, wie sie gern wollte. Jane kannte das. In letzter Zeit mußte sie selbst ihre Neigung zügeln, Verkäufer in sinnloses Geplauder zu verwickeln.

»Ja, mit einem Male wußte ich es. Etwas auf diesen Fotos war es, das mich stutzig gemacht hatte«, fuhr Miss Marquardt fort. »Auf den Tatortfotos. Sie wissen schon, die schreckliche Pistole, die auf dem Boden neben der Leiche lag. Nun, ein Detail auf den Fotos paßte nicht ins Bild. Man sah den Verkaufstresen und ungefähr einen Meter davor die Pistole. Aber in der Ecke des Fotos war ein Stuhl zu erkennen – nun, genaugenommen nur die Stuhlbeine, und eine Modezeitschrift, Elle, die mit dem Titel nach unten direkt daneben auf dem Boden lag.«

»Ja?« fragte Calvin und sah sie verwirrt an. »Worauf wollen Sie hinaus?«

»Wer hat die Zeitschrift gelesen?« sagte Miss Marquardt. »Es gab nirgends Anzeichen von einem Kampf oder dergleichen. Was hatte die Zeitschrift dort auf dem Boden direkt neben dem Stuhl zu suchen?«

Sie beugte sich nach vorn und kniff die Augen zusammen. »Nach der Verhandlung ging ich an der Apotheke vorbei. Sie wird jetzt von jemand anderem geführt. Der arme Mr. Cox brachte es wohl nicht mehr über sich weiterzumachen. Was ich ihm nicht verdenken kann.«

Sie lehnte sich wieder zurück. »Jedenfalls sah ich den Stuhl. Er steht dort für Kunden und Besucher. Die Apotheke ist sehr klein, und der Zeitschriftenständer steht direkt vor der Wand. Ich denke, jemand wartete auf sein Rezept, setzte sich auf den Stuhl und las in einer Zeitschrift. Und deshalb glaube ich, Mr. Mason, daß es einen Zeugen gab. Einen Zeugen, der die Zeitschrift fallen ließ und fortrannte. Das war es, was keinem aufgefallen ist, und ich finde, man sollte es noch einmal genau unter die Lupe nehmen.«

»Ich werde mir die Tatortfotos noch einmal ansehen«, versprach Calvin. »Aber selbst wenn es einen Zeugen gibt, frage ich mich, ob uns das weiterhilft ...«

»Es wäre sehr leicht, den Zeugen ausfindig zu machen«, fuhr Miss Marquardt fort.

»Natürlich wäre es das«, sagte Jane und strahlte die Geschworene Nummer Zehn glücklich an. »Denn das Opfer schrieb direkt vor der Tat ein Namensetikett für das Rezept aus.«

»Genau«, sagte Miss Marquardt. Sie warf Jane, in der sie jetzt eine Verbündete sah, einen dankbaren Blick zu.

»Ja«, meinte Calvin Mason nachdenklich. »Also gut, ich kümmere mich um die Sache.« Er erhob sich. »Ich bin Ihnen wirklich dankbar, daß Sie vorbeigekommen sind. Und meinen Mandanten wird es genauso freuen. Allerdings fürchte ich, er darf sich nicht allzu großen Hoffnungen hingeben. Ich habe übrigens sowieso das Gefühl, er hat sich mit seinem Urteil abgefunden. Wie ich gehört habe, ist er inzwischen ganz religiös geworden da oben in Monroe.«

Miss Marquardt winkte ungeduldig ab. »Das werden doch alle. Man liest doch dauernd von Serienmördern und Bankräubern, die, sobald ihnen das Handwerk gelegt wird, plötzlich Jesus entdecken. Möglich, daß es manchen sogar ernst ist, aber man muß sich doch wundern! Ihr Mandant kam mir eigentlich nicht sonderlich verschlagen vor. Und deshalb meine ich, Sie sollten unbedingt versuchen, die Frau aufzuspüren. Denn ich bin mir sicher, daß es eine Frau war – wegen des Modemagazins.«

»Hmm, tja – also, soweit ich mich erinnere, haben wir bereits Kontakt zu der Person aufgenommen, deren Rezeptetikett ausgeschrieben wurde«, sagte Calvin. »Wenn ich mich nicht täusche, behauptete sie, sie hätte das Medikament telefonisch bestellt und es am nächsten Tag abholen wollen.« Er zuckte mit den Achseln. »Aber ich werde das in der Akte noch mal genau nachlesen.«

»Ich bin jedenfalls davon überzeugt, daß jemand dort war«, sagte Miss Marquardt bestimmt. »In der kleinen Apotheke sah es blitzsauber und ordentlich aus. Nie hätte Mrs. Cox eine Zeitschrift einfach auf dem Boden liegen lassen. Sie hätte sie aufgehoben und wieder ins Regal gestellt.« Jane entging nicht, wie Miss Marquardt selbstverständlich davon ausging, daß die weibliche Hälfte des Apothekerpaares fürs

Aufräumen zuständig war. Wahrscheinlich nicht schlecht geraten.

»Hmm, tja«, war Calvins unverbindliche Antwort.

»Wir geben Ihnen Bescheid, wenn wir etwas herausgefunden haben«, fügte Jane hinzu. Ihr war klar, daß die Geschworene nicht so schnell locker lassen würde. Miss Marquardt sah erleichtert und ein bißchen aufgeregt aus.

Nachdem Calvin sie mit dem Hinweis zur Tür begleitet hatte, er stehe ihr jederzeit gern zur Verfügung, falls sie selbst einmal anwaltliche Hilfe brauche, ließ er sich in seinen Sessel fallen und lockerte seinen Schlips.

»Nun«, sagte Jane. »Was halten Sie davon?«

»Kevin kann sich keinen Detektiv leisten, der das nachprüft. Außerdem hätte das vor der Verhandlung geschehen müssen. Hätte ich den leisesten Zweifel an seiner Schuld gehabt, ihn für unfähig gehalten, eine völlig unschuldige Bürgerin umzupusten, dann ...«

»Was genau hat denn die Frau gesagt, deren Rezept geschrieben wurde?« fragte Jane. Sie sprang auf. Sie war plötzlich ganz aufgeregt, genau wie Miss Marquardt. Sie entlud ihre Energie, indem sie den samtigen blauen Rand von Calvins verblaßtem chinesischen Teppich abschritt.

»Nichts«, sagte Calvin. »Ich habe nie mit ihr gesprochen.«

»Aber irgend jemand muß doch mit ihr gesprochen haben!« Jane war vor einem der Aktenschränke angekommen, drehte um, stapfte denselben Weg wieder zurück und starrte auf die blaßbeigen chinesischen Tempel an den Ecken des Teppichs.

»Möglich, daß die Polizei mit ihr gesprochen hat. Ich weiß es nicht mehr genau.«

Jane blieb stehen und starrte jetzt ihn statt des Teppichs an. »Wollen Sie damit sagen, Sie haben die arme Miss Marquardt angelogen?«

Calvin seufzte tief. »Erstens: Hätte ich zugegeben, daß ich überhaupt nichts unternommen habe, würde sie mich für einen miserablen Anwalt halten. Und man weiß ja nie, vielleicht will das alte Mädchen bald ein Testament aufsetzen oder sowas.«

»Ich bin wirklich empört«, Jane vertrat die Meinung, daß man nur lügen sollte, wenn es sich wirklich nicht vermeiden ließ. Und Lügen zu verbreiten, damit die Leute einen für kompetenter halten, als man ist, ging schon gar nicht.

»Und zweitens«, fuhr Calvin fort, »ist mir klar, daß sie das Ganze für hochspannend hält. Wie in einem Kriminalroman. Wahrscheinlich hat sie als Mädchen zu viele Nancy Drews gelesen. Und uns hätte gerade noch gefehlt, daß sie auf eigene Faust rumschnüffelt und die Sache untersuchen will.«

»Ich hab als Teenager auch Nancy Drews verschlungen«, wies Jane ihn zurecht für den Fall, er machte sich über Miss Marquardts jugendlichen Literaturgeschmack lustig.

»Das überrascht mich überhaupt nicht!« antwortete Calvin mit einem kleinen arroganten Grinsen.

Jane ignorierte es. »Ich will der Sache nachgehen«, sagte sie. »Kann ich für Sie arbeiten? Darf ich mich als Ihre Mitarbeiterin ausgeben?«

Er zuckte mit den Achseln. »Na gut. Schließlich hab ich Ihnen ja den Floh ins Ohr gesetzt, daß die Sache womöglich der richtige hoffnungslose Fall für Sie ist. Und unsere alte Abmachung gilt noch, ja? Wenn es klappt, bekomme ich Finderlohn?«

»Abgemacht«, seufzte Jane, die zum anderen Ende des Teppichs ging und sich wieder setzte.

»Eins noch«, sagte er. »Wenn Sie mit der Polizei oder sonstigen Behörden reden, lassen Sie bitte meinen Namen aus dem Spiel, ja?«

»Sie haben wohl Angst, ich bringe Sie in Verlegenheit mit meinen amateurhaften Ermittlungsmethoden?« sagte Jane und lächelte ihn verschmitzt an.

Calvin erwiderte ihr Lächeln. »Ja«, sagte er. »Wenn Sie vorhaben, mit irgendwelchen offiziellen Stellen zu reden, geben Sie mir Bescheid. Ich habe die richtigen Kontakte.«

»In Ordnung.« Jane klang ziemlich erleichtert. Der einzige Polizist, den sie in Seattle kannte, war Kommissar John Cameron, der, soweit sie wußte, im Augenblick all seine Energie darauf verwandte, sich mit seiner Frau zu versöhnen, die mit dem Baseballtrainer der Kinder durchgebrannt war. Sie und John hatten einander ihre Probleme erzählt und sich ein kleines erotisches Intermezzo auf dem Sofa in Onkel Harolds Wohnzimmer erlaubt. Und sie fand, es wäre nicht fair, sich jetzt an ihn zu hängen, wo er doch gerade dabei war, etwas so Nobles zu tun. Außerdem glaubte sie nicht, daß er immer noch versucht war, ein Techtelmechtel mit ihr anzufangen, und das, wurde Jane klar, war das Ärgerliche dabei.

»Vielleicht sollte ich mir eine Detektivlizenz besorgen«, sagte sie. »Damit ich sie den Leuten vor die Nase halten kann. Man braucht doch nicht etwa eine Ausbildung oder Prüfung dafür?«

»Vergessen Sie es. Seit neuestem sind die Gesetze verschärft. Eine ziemlich harte Prüfung wird verlangt, und man muß eine Menge Bürokratie überwinden. Das beste wird sein, Sie sagen einfach, Sie arbeiten für mich.«

Jane lächelte. »Das ist wirklich nett von Ihnen.«

»Na, ich hoffe bloß, wir haben hier nicht die Büchse der Pandora geöffnet«, brummte Calvin.

Jane hoffte natürlich, genau das wäre der Fall. »Eine Bitte habe ich noch«, fügte sie hinzu, »können Sie es arrangieren, daß ich Ihren Mandanten besuchen darf?«

Er sah sie nachdenklich an. »Kevin? Wahrscheinlich könnte ich Sie mit mir zusammen ins Monroe-Gefängnis schleusen. Daß ich mich auf das kleine Wiedersehen freue, kann ich allerdings nicht behaupten.«

»Bitte!« sagte Jane.

»Na gut«, erklärte er sich widerwillig einverstanden.

Den Nachmittag des Tages begann Jane mit einem Besuch der First-Hill-Apotheke, in der Mrs. Cox ermordet worden war.

Es war ein winziges, gemütliches Lädchen im Erdgeschoß eines großen Gebäudes voller Arztpraxen in der Madison Street. Jane erkannte sofort, wie ideal es sich für Überfälle eignete. Normalerweise betrat man die Läden im Erdgeschoß solcher Häuser von der Halle mit Pförtnerloge aus, aber hier lag der Eingang an der Außenseite. Wer hinausrannte, war sofort auf der Straße. Außerdem waren rechts und links des Apothekeneingangs keine anderen Läden, sondern nur die glatten Marmorsockel des Gebäudes.

Auch von der Straße aus hatte man keinen leichten Einblick, denn die beiden kleinen Fenster waren mit Krimskrams vollgestopft – Krücken, Wärmflaschen, Heftpflaster und Mullbinden –, Dinge halt, die Leute, die zu einem Arzt gingen, brauchten.

Jane sah auf das Schild über der Apotheke. Sie hieß jetzt nicht mehr Cox-, sondern Nguyen-Apotheke. Innen stand ein weiß bekittelter Indochinese um die Mitte zwanzig hinter der Kasse am äußersten Ende des Tresens. Er überreichte gerade einem älteren Mann eine Papiertüte. »Vergessen Sie nicht, die Pillen nüchtern einzunehmen«, sagte er in akzentfreiem Englisch. Kein Zweifel, ein assimilierter Asiate: Das zeigte sein leicht angestrengter Gesichtsausdruck, der bemüht direkte Blick und das um seine Lippen spielende optimistische Lächeln der Amerikaner.

Jane sah zu dem Zeitschriftenregal vor der gegenüberliegenden Wand hin und auf den Plastikstuhl, dessen dünne Stahlbeine Miss Marquardt auf die Idee gebracht hatten, es gäbe möglicherweise einen Zeugen. So wie die Apotheke eingerichtet war, schien es wirklich plausibel, daß jemand auf ein Rezept gewartet, sich auf den Stuhl gesetzt und eine Zeitschrift gelesen hatte. Wer einfach ein bißchen herumstöbern wollte, wäre vor dem Regal stehen geblieben. Nicht, daß das Lädchen zu genüßlichem Herumkramen einlud. Jane nahm an, die wenigen Dinge in den Regalen – ein paar Stofftiere, Schokoladenriegel und, immer ein Renner in Seattle, Taschenknirpse – waren als Kaufanreiz für die wartenden Kunden gedacht. Neben dem üblichen Alka-Selzer und Aspirin gab es nur eine winzige Galerie rezeptfreier Grippe- und Schmerzmittel.

»Mr. Nguyen?« fragte Jane, denn auf dem Namensschild, das der Mann über seiner Kitteltasche trug, stand nur MIKE.

»Ja?«

»Ich arbeite als Detektivin für den Anwalt von Kevin Shea. Der Mann, der wegen Mordes an Mrs. Cox verurteilt wurde.«

»Ja?« Er sah sie leicht alarmiert an.

»Wir überprüfen die Möglichkeit, ob es einen Tatzeugen gab. Ich weiß nicht, wieviel Sie von der Sache wissen.«

»Der Dreckskerl kam rein und hat die arme Lady kaltblütig erschossen«, sagte Mike. »Nehmen Sie's mir nicht übel, aber von mir können Sie kein Mitgefühl für das Schwein erwarten!« »Ich verstehe Sie«, seufzte Jane. »Es war wirklich eine schreckliche Sache.«

»Mrs. Cox hat ihr Leben lang hart gearbeitet und nie jemandem etwas zuleide getan«, sagte Mike.

»Kannten Sie sie?«

»Ja. Vor einigen Jahren, als ich noch an der Universität von Washington studierte, machte ich während der Semesterferien mein Praktikum hier. Und später half ich den Coxes auch während des Semesters ab und zu halbtags aus. Sie waren froh über die Hilfe. Sie hatten keine Kinder und auch sonst keine Verwandten.« Trotz seiner Amerikanisierung schien Mike im Familienbetrieb immer noch das Ideal zu sehen.

Jane sah sich in dem kleinen Raum um und fragte sich, warum die Coxes überhaupt Hilfe nötig hatten. Es war wirklich ein winziger Laden. »Manchmal ging es hier sehr hektisch zu«, sagte Mike, ihren Blick richtig interpretierend. »Ein paar Altenheime in der Nähe bestellten alle ihre Medikamente hier. Mrs. Cox war zwar ein regelrechtes Arbeitstier, aber George wollte gern ab und zu angeln gehen.«

Er schüttelte den Kopf. »Warum haben die beiden sich nur nicht mehr Freizeit gegönnt! Sie hätten es sich leisten können. Es war ja nicht so, als fingen sie gerade erst an. Aber sie hatten immer noch Angst, was die Zukunft bringen würde. Aber wer hätte an so etwas gedacht!«

Jane nickte verständnisvoll. Trotzdem, sie durfte nicht zulassen, daß er jetzt ganz ins tragische Fach überging.

»Inzwischen haben Sie also das Geschäft übernommen?« fragte sie.

»So ist es.« Jane fand, er sah aus, als sei ihm ein bißchen unbehaglich dabei. Als schäme er sich, vom Unglück der Coxes zu profitieren.

»Kevin Sheas Anwalt schließt es nicht mehr aus, daß es vielleicht einen Zeugen gab. Und ich frage mich, ob Sie sich erinnern oder überhaupt wußten, für wen Mrs. Cox das Rezeptetikett schrieb, als sie erschossen wurde.«

»Das weiß ich nicht«, sagte Mike. »Aber ich könnte es wohl herausfinden. Es müßte in den Listen stehen. Aber dazu brauchte ich Mr. Cox' Erlaubnis, und offengestanden wäre es mir nicht recht, ihn zu belästigen. Er möchte einfach vergessen. Hat dieser Punk etwa vor, in die Berufung zu gehen?« Er runzelte die Stirn. Jane wurde klar, daß er nicht daran dachte, Mr. Cox zu fragen. Das würde sie wohl selbst tun müssen.

»Wie kann ich mich mit Mr. Cox in Verbindung setzen?« fragte sie.

»Wenn Sie wollen, lassen Sie mir Ihre Karte hier. Dann bitte ich ihn, sich an Sie zu wenden – sollte er es wollen«, sagte Mike.

Jane zog eine von Calvins Visitenkarten aus ihrer Tasche und legte sie auf den Tresen. Sie glaubte nicht, daß sie von Mr. Cox hören würde. Wahrscheinlich mußte sie den trauernden Witwer selbst aufsuchen, und auf diese Aufgabe freute sie sich nicht.

Am nächsten Morgen, im Zeitungsarchiv der öffentlichen Bibliothek in der Innenstadt, hatte Jane den Bericht über das Verbrechen in der *Seattle Times* im Nu durchgelesen. Der Mord an Betty Cox hatte keine Schlagzeilen auf der Titelseite gemacht; die 70 TOTE BEI FLUGZEUGABSTURZ IN FLORIDA waren die Nachricht des Tages. FIRST-HILL-APOTHEKERIN ERMORDET lautete die Überschrift über einer Notiz auf Seite 1 des Lokalteils, in der allerdings nicht viel stand, was Jane nicht schon wußte. Sie überflog das Wesentliche. »Ein offensichtlich fehlgeschlagener Raubüberfall ...

Verdächtiger in Haft.« Am Schluß jedoch wurden einige persönliche Bemerkungen über das Opfer zitiert.

»Das ganze Haus steht unter Schock«, erklärte eine Carol Vandermeer, Sprechstundenhilfe in einer der Arztpraxen, dem Reporter. »Alle unsere Patienten kannten Betty. Sie gehörte mit zum Inventar.« Auch Mike Nguyen, »ein junger Mann, der vor kurzem sein Pharmaziestudium an der Universität von Washington abschloß«, wurde zitiert. »Ich kann es immer noch nicht fassen. Mrs. Cox hat mich während meines Studiums sehr unterstützt. Es ist eine Schande.«

Offenbar war Nguyen genau in dem Moment zur Arbeit in die Apotheke gekommen, als die Polizei Mrs. Cox' Leiche hinaustrug. Davon hatte er bei dem Gespräch mit Jane nichts erwähnt.

Ja, es war eine entsetzliche Geschichte. Ein Mensch war völlig willkürlich und sinnlos getötet worden. Der Sachverhalt schien also sonnenklar: Der Täter war gefaßt, und die Mühlen der Gerechtigkeit mahlten. Das einzige, was nicht ins Bild paßte, war die Zeitschrift auf dem Boden.

Jane gab den Mikrofilm wieder an der Ausleihe ab und ging hoch zur Freiluftterrasse der Bibliothek. Es war recht kühl für Mai, aber die Aussicht war schön. Wasser und Schiffe und Blumenkästen mit Geranien und Lobelien vor den Fenstern. Und, wie überall in Seattle, gab es hier einen guten Espresso. Jane hatte einen doppelten mit Milch bestellt.

Während sie ihren Kaffee trank und die Möwe betrachtete, die auf dem Terrassengeländer saß und sie mit runden, glänzenden Augen anguckte, kam Jane zu dem Schluß, das beste sei, sie legte mit vollem Elan los. Denn wenn etwas an der Sache dran war, warum dann nicht gleich in die Startlöcher gehen? Und wenn nichts daran war, hätte sie immerhin Gott, oder Onkel Harold, oder wer auch immer über ihr wachte, ihren guten Willen bewiesen. Und als Lohn würde ihr dann vielleicht ein echter hoffungsloser Fall zu Füßen gelegt. Nachdem sie diesen kleinen Handel mit dem Schicksal abgeschlossen hatte, sah sie ihrer Aufgabe gleich mit viel größerem Vergnügen entgegen, und ihr wurde klar, daß sie sich nicht nur auf diesen Fall stürzte, um an Onkel Harolds hübsches Geld zu kommen, sondern auch, weil es ihr guttat, eine Aufgabe zu haben.

Daß Calvin Mason bei seiner Verteidigung die Strategie verfolgt hatte, den Verdacht auf Kevins nebulöse Kumpane zu lenken, war sicherlich vernünftig gewesen. Das Problem war nur, daß niemand sie hatte aufspüren können. Und Jane fand, jetzt sei der beste Zeitpunkt, um mit der Suche zu beginnen.

Sie ging zurück in die Bibliothek, suchte sich eine Telefonzelle und wählte Calvin Masons Nummer.

»Wie gründlich haben Sie nach Sean und Dorothy gesucht?« fragte sie.

»Ich hab ein paar Spuren verfolgt«, antwortete er. »Aber ich hatte ja kaum Anhaltspunkte, weder Nachnamen, Geburtsdaten noch genaue Beschreibungen.«

»Natürlich«, sagte Jane verständnisvoll. Sie wollte ihm nicht das Gefühl geben, daß sie ihn für einen schlampigen Anwalt hielt. »Was genau *wissen* wir denn über sie?«

Sie konnte Calvin über die Leitung seufzen hören. »Nur, daß sie so zwischen 16 und 19 waren. Kevin konnte nur vage Beschreibungen von ihnen geben; offenbar sahen sie total durchschnittlich aus. Aber sie existieren. Mrs. Shea hat sie gesehen. Am Vormittag des Tattages kamen sie bei ihr zu Hause vorbei und wollten Kevin sprechen.«

»Also sind sie keine bloßen Fantasieprodukte Kevins?«

»O nein«, sagte Calvin. »Mrs. Shea ist glaubwürdig. Es existieren wirklich zwei Leute namens Sean und Dorothy. Ob sie allerdings irgend etwas mit dem Verbrechen zu tun hatten, ist fraglich. Täter versuchen immer, jemand anderem die Schuld in die Schuhe zu schieben. Warum dann nicht zwei unauffindbaren Personen, die zufällig die letzten waren, die der Mörder vor der Tat sah, oder die ersten, die ihm in den Sinn kamen, als er geschnappt wurde?«

Ein gereizt aussehender junger Mann wartete vor der Zelle. Jane schenkte ihm ein entschuldigendes Lächeln, verdrehte die Augen und mimte Hilflosigkeit, so, als wolle sie das Gespräch beenden, aber ihr Gesprächspartner ließe nicht locker, worauf der junge Mann ihr mit einem verdrossenen Lächeln antwortete.

Zu Calvin sagte sie: »Hätten Sie was dagegen, wenn ich mit Mrs. Shea spreche?«

Er dachte einen Moment nach. »Nein, eigentlich nicht. Schließlich wollen Sie ihrem Sohn helfen. Aber Jane, seien Sie nicht überrascht, wenn sie ziemlich zugeknöpft ist. Die arme Frau hat die Hölle durchgemacht mit dem Jungen. Und versuchen Sie erst gar nicht, ihr falsche Hoffnungen zu machen. Darüber ist sie hinaus.« Jane drehte sich um, damit sie den von einem Fuß auf den andern tretenden Mann nicht sehen mußte. »Sie meinen, manche Mütter geben auf?«

»Manchen Müttern bleibt nichts anderes übrig«, sagte Calvin. »Ich gebe Ihnen ihre Nummer. Sie ist bei einem Wachdienst beschäftigt und arbeitet nachts. Belästigen Sie sie also nicht zu früh am Morgen.« Ein Klicken kam durch die Leitung. »Bleiben Sie dran, ich hab noch einen Anruf.«

Nach ungefähr zwei Minuten, in denen es Jane wegen des wartenden jungen Manns heiß und kalt wurde, und gerade, als sie schon einhängen wollte, um ihn in die Zelle zu lassen, meldete sich Calvin wieder.

»Raten Sie mal, wer dran war«, sagte er. »Mr. Cox. Wie's scheint, ist er nicht gut zu sprechen auf uns. Schimpfte los, eine Frau schnüffele in der Apotheke herum und das gefiele ihm nicht, und ich sollte ihm versprechen, daß Kevin nie aus dem Knast rauskäme.«

Das klang nicht gerade vielversprechend. »Dann ist er wohl zu keinem Gespräch bereit«, sagte sie.

»Im Gegenteil. Als ich ihn fragte, meinte er, wenn es so verdammt wichtig wäre, warum ich mich dann nicht persönlich mit ihm unterhielte. Ich habe für morgen Nachmittag einen Termin mit ihm gemacht.«

»Kann ich dazukommen?«

»Keine gute Idee. Um Ihnen die Wahrheit zu sagen, ich glaube, er sucht bloß eine Gelegenheit, seine Wut bei mir abzulassen. Er hat seinen Kummer noch nicht verarbeitet, ist immer noch voller Zorn. Und wer wollte ihm das verdenken?«

Jane seufzte. »Geben Sie mir Mrs. Sheas Nummer, ja?« Ihr sollte es recht sein, als nächstes mit der Betroffenen dieses scheußlichen Dramas zu tun zu haben, die sich mit ihrem Leid abgefunden hatte.

Jane rief sie am Nachmittag von zu Hause aus an, stellte sich als Mitarbeiterin von Calvin Mason vor und wartete dann nervös auf Mrs. Sheas Reaktion. Trotz Calvins Beteuerungen, sie hätte Kevin aufgegeben, fürchtete Jane, daß Mrs. Shea vielleicht doch insgeheim dem Anwalt grollte, der den Prozeß gegen ihren Sohn verloren hatte.

»Ich habe die Honorarraten pünktlich gezahlt«, sagte Mrs Shea forsch.

»Oh, darum geht es nicht«, sagte Jane. »Es ist bloß so – er, nun, wir beide glauben, vielleicht kann man doch noch etwas für Kevin tun. Ob ich wohl bei Ihnen vorbeikommen dürfte, um mit Ihnen über Sean und Dorothy zu sprechen?«

»Wieso denn das?« Aus ihrer Stimme klang weniger Mißtrauen als ehrliche Überraschung.

»Wie es aussieht, hat es vielleicht einen Zeugen gegeben. Das könnte eine Chance für Kevin sein.«

»Das würde mich allerdings wundern«, meinte Mrs. Shea.

»Wären Sie bereit, mit mir zu sprechen? Es wird nicht lange dauern.« Jane ging durch den Kopf, wie absurd es war, daß sie diese Frau darum anbetteln mußte, etwas für ihren Sohn zu tun.

Die Frau stieß einen tiefen Seufzer aus. »Na gut«, sagte sie. »Dann kommen Sie her.«

Ihr Haus lag in einer ärmlichen, aber nach Rechtschaffenheit aussehenden Gegend im South End – ein kleiner Bungalow mit blättrigem weißen Putz und türkis gestrichenen Fensterrahmen und Türen. Eine Schnur mit Weihnachtsglühbirnen säumte die Dachrinne. Wenn Mrs. Shea noch ein bißchen wartete, dann war das nächste Weihnachten in Sicht. Na, wer weiß, vielleicht hingen die Glühbirnen schon seit Jahren da.

Ein wenig abgeschwächt wurde der deprimierende Anblick durch das Blumenbeet voller Ringelblumen vor dem Haus. In einer Ecke des Beets entdeckte Jane außerdem ein paar Tomatenpflanzen, kleine, mickrige Dinger, um die hoffnungsvoll ein hoher Maschendraht gespannt war. Jane wünschte Mrs. Shea, bis August würde der Draht erdrückt von Ranken mit schweren Früchten. Wenigstens das, fand sie, hatte Mrs. Shea verdient.

Kevins Mutter war eine verhärmte Fünfzigerin mit einer rot gefärbten Mähne im Stil der Country-and-western-Sängerinnen. Sie hatte das zähe Gesicht einer Frau, die viel mitgemacht hat, sich aber nicht geschlagen gibt – scharfe Linien und erschlaffte Gesichtspartien, schlaue, wachsame Augen und einen festen kleinen Komm-mir-bloß-nicht-dumm-Mund.

Ihr Körper schien nur aus Schultern und Busen zu bestehen und endete in spindeligen Beinen. Sie trug ein weites rosa Sweatshirt mit Schmetterlingen darauf, darunter glänzende schwarze Steghosen und schwarze Slipper.

»Na, dann kommen Sie rein«, meinte sie stoisch. »Lassen Sie hören, was Sie zu sagen haben.«

Jane berichtete ihr kurz, es bestehe die Möglichkeit, daß es vor einundeinhalb Jahren, als Kevin versuchte, die Apotheke auszurauben, einen Zeugen gegeben hatte.

»Sie glauben also, er hat die Pistole vielleicht einfach fallenlassen und ist weggerannt, so wie er am Anfang behauptet hat«, sagte sie tonlos.

»Ich weiß es nicht«, erwiderte Jane. »Aber ich möchte es nachprüfen.«

Mrs. Shea führte Jane ins Wohnzimmer und wies ihr einen großen Lehnsessel mit goldenem Plüschbezug.

Überall lagen kleine gehäkelte Deckchen herum – auf dem Kaffeetisch aus Ahornholz, den Beistelltischen mit gedrechselten Beinen, auf den Rücken- und Armlehnen von Sesseln und Sofa und auf dem wuchtigen Buffet mit Glastüren, hinter denen Reihen von Porzellantassen in allen Variationen von Blumenmustern zu erkennen waren.

»Die Sache wird mich aber nichts kosten, oder doch?« Mrs. Shea saß auf dem zum Sessel passenden goldenen Plüschsofa, fingerte an einem der Deckchen herum und strich es dann mit ihren großen, tüchtigen Händen glatt.

»Nein«, antwortete Jane. »Darüber machen Sie sich keine Sorgen. »Die Ermittlungen, die ich anstelle, betrachte ich als meine Privatangelegenheit.«

Mrs. Shea sah sie leicht verwirrt an. »Na gut«, sagte sie nach einer Weile. Jane bedauerte das Wort »Privatangelegenheit«. Sie hoffte, es klang nicht zu anmaßend.

»Als Sie eben davon sprachen, wie Kevin die Sache geschildert hat, sagten Sie ›am Anfang‹«, fuhr Jane fort. »Ich war leider bei der Verhandlung nicht dabei. Hat er denn später eine andere Version erzählt?«

»Später, im Gefängnis, als sein Kopf nicht mehr von Drogen vernebelt war, behauptete er, er könnte sich nicht erinnern. Er wäre so hinüber gewesen, daß er nichts mehr wüßte. Vielleicht hätte er auf die Frau geschossen, vielleicht nicht.«

Sie sagte das, ohne mit der Wimper zu zucken, so als wolle sie Jane brüskieren. Aber Jane verzog keine Miene.

»Wenn ich richtig informiert bin, haben Sie die beiden jungen Leute gesehen, von denen Kevin behauptet, sie seien mit ihm zusammen gewesen. Sean und Dorothy.«

»Ja. Das stimmt.«

»Könnten Sie sie beschreiben?«

»Also, der Junge war ein richtiger Schnösel, sah zwar wirklich gut aus und hatte eine geschliffene Sprache. So um die siebzehn oder achtzehn war er, schätze ich. Er gefiel mir jedenfalls auf den ersten Blick nicht. Dunkles Haar. An viel mehr kann ich mich nicht erinnern. Doch, noch etwas fällt mir ein. Er hatte gute Zähne. Filmstarzähne. Als wären sie überkront. Und er trug eine teure Lederjacke. Keine dieser Fahrradjacken, wissen Sie, sah eher wie eine Fliegerjacke aus. Braun war sie. Wahrscheinlich hatte er sie irgendeinem armen Jungen geklaut, der hart dafür arbeiten mußte, bis er sich so eine Jacke leisten konnte.«

»Ich kann mir den Typ genau vorstellen«, sagte Jane. »Hört sich wirklich nach einem Kleinganoven an.« Zu signalisieren, daß man des anderen Impressionen voll und ganz teilte, war dem Aufbau von Vertrauen sehr förderlich, das wußte Jane.

Mrs. Shea nickte. »Eindeutig. Außerdem bin ich mir ziemlich sicher, daß er das Mädchen, das bei ihm war, geschwängert hatte, obwohl er so tat, als ginge es ihn einen Dreck an.«

»Sie war schwanger?«

»Genau. Es war zwar gerade erst zu sehen. Das Mädchen sah schlecht aus, hatte eine blasse unreine Haut und langes hellbraunes Haar, das ganz dünn und stumpf war.« Mrs. Shea fuhr sich mit der Hand in ihr eigenes üppiges Haar und bauschte es auf. Jane fragte sich, ob sie eine Perücke trug, aber die am Scheitel durchschimmernde Kopfhaut sah echt aus.

»Ich sprach das Mädchen darauf an. Ich sagte: ›Schätzchen, paßt du auch gut auf dich und das Baby auf?‹ Ich hatte das Gefühl, sie nahm vielleicht auch Drogen.« Mrs. Shea schüttelte mißbilligend den Kopf. »Darauf guckte sie mich verlegen an, aber der Junge grinste bloß frech.«

»Was glauben Sie, in welchem Monat sie war?« fragte Jane.

»Im dritten, vielleicht vierten. Wie gesagt, es war gerade erst zu sehen, aber sie hatte schon diesen Ausdruck in den Augen, diesen verschleierten Blick schwangerer Frauen.«

»Ich weiß, was Sie meinen. Erinnern Sie sich, was für ein Auto die beiden fuhren?« Jane bezweifelte, daß eine vage Autobeschreibung ihr helfen würde, die beiden aufzuspüren, aber sie wollte möglichst viele Details wissen.

»Nein. Ich stand in der Haustür, als ich mit ihnen sprach. Ich wollte sie nicht hereinlassen. Weil ich mir dachte, wenn sie Freunde von Kevin sind, werden sie versuchen, mich zu beklauen. Sie bestehlen immer Leute, die sie kennen, wissen Sie. Die Freunde ihrer Eltern, die Eltern ihrer Freunde.«

Jane nickte. Das war einleuchtend. Warum sollten sich ausgeflippte Kids die Mühe machen, ihre Raubzüge weit weg zu machen.

»Ich sagte einfach, Kevin wäre nicht zu Hause, und schickte sie weg. Obwohl mir das Mädchen später leid tat. Ich hätte sie ins Haus bitten sollen, ihr anbieten, daß ich ihre Mutter anrufe, denn ich hatte das Gefühl, sie war von zu Hause weggerannt. Sie war noch ganz jung. Vielleicht fünfzehn oder sechzehn.«

»Hatten Sie den Eindruck, die beiden waren gute Freunde von Kevin?«

Mrs. Shea machte eine abfällige Handbewegung. »Nein. Er kannte kaum ihre Namen.

Sie wollten, daß ich ihm ausrichte, Sean und Dorothy wären dagewesen, und als ich es ihm später erzählte, reagierte er kaum. Er hatte keine richtigen Freunde. Wer süchtig ist, hat nur einen Freund, und das ist die Droge. Und die ist auch kein wirklicher Freund.«

Sie beugte sich aufgeregt über den Kaffeetisch. »Wer nicht damit gelebt hat, macht sich überhaupt keine Vorstellungen, wie es ist«, sagte sie in einem Ton, der keinen Widerspruch duldete. »Auch wenn es Ihr eigenes Kind ist – Sie können es nicht mehr lieben. Weil es nicht mehr Ihr Kind ist. Die Droge hat es unter einem dicken, schweren Schleier begraben.« Sie lehnte sich zurück und sah Jane trotzig an, als erwarte sie ihren Einwand, man dürfe nie die Hoffnung aufgeben und müsse an eine Wende zum Besseren glauben.

Jane nickte nur ernst.

»Zunächst gab ich mir selbst die Schuld«, fuhr Mrs. Shea fort. »Später dann seinem Dad, der sich vor Jahren aus dem Staub gemacht. Dann machte ich mir Vorwürfe, daß ich nach den drei Kindern, die ich schon großgezogen hatte, keine Kraft mehr für Kevin, den Jüngsten, hatte. Als nächstes redete ich mir ein, er sei auf die schiefe Bahn geraten, weil ich nachts arbeitete und schlief, wenn er aus der Schule nach Hause kam. Aber ich machte ja nur deshalb Nachtschicht, weil ich den Zuschlag dringend brauchte.«

Sie seufzte. »Irgendwann sagten mir meine anderen Kinder: ›Mom, laß ihn einfach. Mach dich wegen ihm nicht mehr verrückt.‹« Ihre großen Hände flogen von ihrem Schoß hoch wie zwei aus einem Käfig befreite Vögel. »Er hat mich nach Strich und Faden beklaut. In meinem eigenen Haus mußte ich mein Portemonnaie verstecken. Dann stöberte er meine Schecks auf und fälschte die Unterschrift. Ich merkte es erst, als meine Schecks nicht mehr angenommen wurden. Er stellte einfach eine Katastrophe nach der anderen an. Zum Schluß fand er meine Bankautomaten-Karte und verdrehte mir den Arm hinter dem Rücken, bis ich ihm die Geheimnummer sagte, und dann räumte er mein ganzes Konto leer.« Sie schüttelte den Kopf, als wolle sie immer noch nicht glauben, daß ihr so etwas Schreckliches passiert war – daß ihr eigener Sohn sie bedroht hatte.

Jane nickte, um der Frau zu signalisieren, daß sie verstand, hütete sich aber, schockiert dreinzugucken. Sie wollte, daß sie weiterredete.

Mrs. Shea tat ihr den Gefallen. »Wissen Sie, warum man so lange einfach nicht aufgeben will? Weil ab und zu immer noch ein bißchen von dem Kind durchscheint, wie es einmal war. Man meint, noch das Gute in ihm zu erkennen. In der Art, wie er lächelt oder wenn er einem die Einkaufstüten trägt. Oder man erinnert sich, wie er als kleines Kind oder Baby war – man schaut ihm ins Gesicht und sieht ihn vor sich, wie er mit drei oder vier Jahren aussah. Aber was übriggeblieben ist, hat nichts mehr mit dem Kind zu tun. Das gibt es nicht mehr.«

»Es tut mir wirklich leid«, sagte Jane. »Sehr leid. Ich finde, Sie sind eine nette Frau, und so etwas haben Sie nicht verdient.«

»Seit er im Gefängnis ist, kann ich mich zum ersten Mal seit Jahren entspannen«, sagte Mrs. Shea. »Ich kann mich ruhig ins Bett legen und weiß, er ist nicht irgendwo unterwegs und stellt irgendwelchen Unsinn an. Kevin hat diese Frau getötet. Und wahrscheinlich hätte es ihn genausowenig ausgemacht, mich umzubringen. Es ist schrecklich, das zu sagen, aber es ist die Wahrheit.« Sie hielt inne und schüttelte den Kopf. »Ich bete immer noch für ihn, ab und zu«, sagte sie. »Aber ich tue es eher für mich selbst. Einfach, um das Ganze loszuwerden.«

Jane stand auf und ging zu einer Reihe von Farbporträts junger Leute, alle um die zwanzig und sich mit ihren dunklen Haaren und blauen Augen alle irgendwie ähnlich. In der Ecke eines Bilderrahmens steckte ein Babyfoto. »Sind das Ihre anderen Kinder?«

Mrs. Shea strahlte, und die Atmosphäre im Raum veränderte sich abrupt. »Ja, das sind meine ältesten.« Sie stellte sich neben Jane und wischte mit dem Finger über den obe ren Rahmenrand. »Das hier ist Lisa. Das Dennis und das Mark.« Sie hielt ein Foto nach dem anderen hoch und stellte sie dann wieder auf ihre Deckchen. »Und das hier ist mein Enkel Joshua.«

»Lisa hat ihre Arbeit aufgegeben und ist jetzt zu Hause bei ihrem Baby. Ihr Mann hat eine sehr gute Stellung bei Boeing. Sie haben ein Haus ganz in der Nähe. Dennis ist in der Armee. Er ist verheiratet, aber Kinder haben sie noch nicht. Und Mark studiert Kühltechnik und jobbt nebenher bei Pizza Hut.«

»Ihre Kinder sehen wirklich nett aus.«

»Das Baby ist ein richtiger Wonneproppen«, sagte Mrs. Shea. »Er macht nichts als Freude, und nie Sorgen. Es wirkt wie eine Belebungsspritze, wenn man plötzlich so einen neuen Menschen in seinem Leben hat.«

»Wie alt ist er?« fragte Jane.

»Achtzehn Monate«, antwortete Mrs. Shea. Was bedeutete, rechnete Jane auf ihrem Weg zurück zum Wagen nach, daß er ungefähr um die Zeit geboren wurde, als sein Onkel Kevin ins Gefängnis kam. Sie zählte an den Fingern ab. Und damit war er ungefähr sechs Monate älter, als Dorothys Baby jetzt sein mußte. Irgendwo mußte die Geburt von Dorothys Baby registriert sein.

Noch etwas, das Mrs. Shea gesagt hatte, brachte Jane auf eine Idee. Sie mußte den Namen des Zahnarztes herausfinden, dem die Pistole gestohlen worden war.

Als George Cox anrief, war Calvin freundlich und respektvoll zu ihm gewesen, wie damals vor Gericht, als der Witwer beschrieb, wie er die blutüberströmte Leiche seiner Frau entdeckte. Bei der Verhandlung hatte Cox wie betäubt dagesessen und nur einsilbige Antworten gegeben. Mit den wenigen Fragen, die Calvin ihm stellte, hatte er dem Gericht und den Geschworenen klarmachen wollen, daß Mr. Cox kein Augenzeuge war und er Kevin bis zum Tag der Verhandlung nie gesehen hatte. Calvins Hauptziel war es, Mr. Cox so schnell wie möglich aus dem Zeugenstand und aus den Augen der Geschworenen zu bekommen.

Aber gestern am Telefon war ein ganz anderer George Cox zum Vorschein gekommen. Ein sehr aufgebrachter.

»Ich schätze es überhaupt nicht, daß Sie herumschnüffeln, irgendeine Frau losschicken, damit sie Mike aushorcht, um irgendwas zu finden, das den Mistkerl aus dem Gefängnis holt«, sagte er.

»Tut mir leid«, sagte Calvin und gab sich den Anschein, als hätte er mit dem Ganzen nichts zu tun. »Mrs. da Silva ist eine Freundin der Familie, und es ist natürlich verständlich, daß sie alles versucht, um dem Jungen zu helfen.«

»Das ist ja lächerlich! Was glauben die denn? Daß er's nicht getan hat?«

»Wie es aussieht«, sagte Calvin, »hat es vielleicht einen Zeugen gegeben.«

»Einen Zeugen. Daß ich nicht lache! Warum hat er sich dann nicht gemeldet? Der Feigling kam rein und brachte meine Frau um.«

»Es tut mir wirklich leid. Ich weiß natürlich, daß es Ihnen nahegeht, wenn die Sache wieder aufgerührt wird. Offengestanden« – und hier gratulierte sich Calvin zu seinem diplomatischen Geschick – »haben wir uns nur deshalb nicht direkt an Sie gewandt, weil wir Sie schonen wollten.«

Cox schnaubte. »Meinen Sie nicht, daß ich das Recht habe zu erfahren, was vor sich geht? Wenn Sie rumschnüffeln und die Geschichte wieder aufrollen, will ich davon wissen. Ich komme bei Ihnen vorbei, und dann reden wir ein Wörtchen miteinander.«

»Uhm. Na gut. Ich kann auch gern zu Ihnen kommen. Ich möchte Ihnen keine Umstände machen, Mr. Cox.« Calvin lag nicht sonderlich daran, daß Mr. Cox sein Wohnzimmer-Büro kennenlernte. Was der Grund war, weshalb er sich auf einem großen Ledersofa vor einem Kaffeetisch aus Glas und funkelndem Chrom wiederfand und in George Cox' finsteres Gesicht sah. Auf das Apartment, das Mr. Cox bewohnte, war Calvin nicht vorbereitet gewesen. Er hatte sich eine gemütliche kleine Schachtel von Haus irgendwo in Ballard oder dem Nordend vorgestellt, mit einer übers Sofa drapierten Häkeldecke, vielleicht einem kleinen Hund und Kunstrasen auf der Terrasse. Statt dessen lebte George Cox in einem riesigen Apartment am Queen Anne Hill mit einem herrlichen Blick auf die City mit ihren schwarzsilbernen Bürotürmen, auf die Puget Bucht und die in weichem Nebeldunst liegenden dunkel bewaldeten Inseln dahinter.

Die Zimmer waren mit nagelneuen Möbeln vollgestellt – alles große quadratische Stücke, und nirgends war eine weibliche Note zu sehen. Und so wie Mr. Cox ihm auf dem Zweisitzer gegenübersaß, wirkte er eher wie ein Patient in einem Wartezimmer als der Mann, der hier wohnte.

Mr. Cox hatte offenbar sein Leben von Grund auf verändert. Calvin kannte das. Eine Tante von ihm hatte das gleiche getan. Als ihr Mann starb, verkaufte sie alles und zog in eine Wohnanlage in Arizona.

Die einzige persönliche Note war ein über dem Kamin aus massivem schwarzen Marmor aufgehängter Seglerfisch.

»Danke für Ihre Bereitschaft, mich zu empfangen«, sagte Calvin. »Die Sache mit Ihrer Frau tut mir wirklich sehr leid, und ich weiß es zu schätzen, daß Sie sich Zeit für mich nehmen.« Das Leder unter ihm fühlte sich kalt an.

Mr. Cox nickte ungeduldig. Er war um die sechzig, hatte ein schmales, blasses Gesicht, trug eine Brille, und sein fahles blondes Haar wurde an einigen Stellen schon schütter. Sein Hemd war sorgfältig gebügelt, und die beige Hose hatte eine scharfe Bügelfalte.

Eigenartig, dachte Calvin, Apotheker sind immer wie aus dem Ei gepellt. Er konnte sich nicht erinnern, je einen schlampigen gesehen zu haben. Aber schließlich gehörte es ja zu ihrem Beruf, jedes Detail peinlich genau und sorgfältig zu beachten. Ein falscher Tropfen, und sie konnten jemanden umbringen. Und angeklagt werden, dachte Calvin, in dem sofort wieder der mandantenhungrige Anwalt die Oberhand über sein Mitleid gewann. Gleichwie, dachte er, daß Mr. Cox ein peinlich genauer Mensch war, konnte er gut für sich nutzen.

»Es kommt Ihnen bestimmt sonderbar vor, daß wir so lange Zeit nach der Verhandlung noch Ermittlungen anstellen«, fuhr Calvin fort. »Aber wir müssen jedes Detail überprüfen und sichergehen, daß wir alles in unseren Kräften stehende für unseren Mandanten getan haben.«

»Selbstverständlich«, sagte Mr. Cox in einem brüsken Kommen-wir-zur-Sache-Ton. Er wirkte nicht mehr ganz so aufgebracht wie bei seinem Anruf. »Aber ich warne Sie, ich habe nicht den geringsten Zweifel, wer Betty umgebracht hat.«

»Ja, das verstehe ich«, pflichtete Calvin ihm bei. Er hielt es für das beste, sofort auf den Punkt zu kommen. »Ihre Apotheke war sehr klein, nicht wahr?«

»Ja«. Die Frage schien Mr. Cox zu überraschen. »Aber sie warf eine Menge ab, das kann ich Ihnen versichern. Wir hatten sehr viele Dauerkunden von den Arztpraxen im Haus.«

Calvin hatte nicht beabsichtigt, Mr. Cox zu unterstellen, er sei nicht geschäftstüchtig gewesen. »Natürlich«, beschwichtigte er.

»Und ich bin sicher, Mike wird sehr gut von der Apotheke leben können«, fügte Cox hinzu.

»Daran zweifle ich keinen Moment«, sagte Calvin. »Ich wollte auf etwas anderes hinaus. Ich meine, der Ladenraum war so klein, daß es sehr leicht gewesen sein muß, ihn in Ordnung zu halten.«

»Er war immer in Ordnung. In einer Apotheke muß einfach Ordnung herrschen und jedes Ding auf seinem Platze stehen.« Cox verschränkte die Arme vor der Brust, schlug die Beine übereinander, lehnte sich zurück und warf Calvin einen überheblichen Blick zu.

»Selbstverständlich Mr. Cox. Deshalb waren wir ja auch überrascht, daß auf einem der Fotos, die bei der Verhandlung vorgelegt wurden, eine Zeitschrift einfach auf dem Boden herumlag.«

»Fotos?« Jetzt schaute ihn Mr. Cox ihn so fassungslos an, daß Calvin fürchtete, der arme Mann sähe im Geiste wieder die Tatortfotos mit seiner ermordeten Frau vor sich.

»Ich meine die Fotos von der Waffe«, fügte Calvin deshalb schnell hinzu, »die auf dem Boden lag. Daneben war eine Zeitschrift zu sehen; mit dem Titelblatt nach unten lag sie auf dem Boden. Direkt vor dem Stuhl, auf dem vielleicht jemand saß und auf sein Rezept wartete.«

»Ja, die Kunden blätterten oft in den Zeitschriften herum, während sie warteten«, sagte er. »Betty brachte das immer zur Weißglut.« Er lachte zärtlich. »Sie schaute halt auf jeden Pfennig und wollte, daß die Leute die Zeitschrift kauften, wenn sie sie lesen wollten.«

»Aber die Kunden haben sie doch bestimmt hinterher wieder ins Regal zurückgelegt?«

»Doch, ja. Ab und zu vergaß es vielleicht mal einer und ließ sie neben der Kasse liegen. Aber ich verstehe nicht ganz, worauf Sie hinauswollen.«

»Wir fragen uns«, sagte Calvin, der sich immer alberner vorkam und sich inzwischen selbst fragte, was er hier überhaupt suchte, »ob nicht vielleicht jemand zur Tatzeit auf diesem Stuhl saß, es mit der Angst bekam, wegrannte und die Zeitschrift einfach auf den Boden warf.«

»Das glaube ich nicht«, entgegnete Mr. Cox. »Denn dann hätte dieser Jemand doch bestimmt die Polizei angerufen. Darum geht es also? Das ist Ihre großartige neue Fährte?«

»Nun, sagen wir, es ist eine Möglichkeit, die wir gern überprüfen möchten.« Obwohl Calvin jetzt endgültig von der Lächerlichkeit seines Vorstoßes bei dem Witwer überzeugt war, fügte er noch eine letzte Frage hinzu: »Wissen Sie den Namen des Kunden, für den Mrs. Cox damals gerade das Rezeptetikett schrieb?«

»Keine Ahnung.« Mr. Cox war wieder in seinen alten gereizten Ton zurückgefallen. »Als ich die gräßliche Tat entdeckte, hab ich darauf nun weiß Gott nicht geachtet.«

»Selbstverständlich«, sagte Calvin, der jetzt nur noch eins im

Sinn hatte: das Gespräch beenden und so schnell wie möglich von hier wegkommen. »Ist es vielleicht in Ihren Unterlagen registriert?«

»Das weiß ich nicht«, sagte Mr. Cox.

»Hat Mr. Nguyen jetzt die Unterlagen?« fragte Calvin. »Sie werden über Computer geführt, nicht wahr?«

»Natürlich hat Mike alle Unterlagen bekommen«, erwiderte Mr. Cox. »Aber was sollten die Ihnen nützen?«

»Könnte ich ihn bitten, daß ich sie einsehen darf?« »Mir wäre es lieber, sie unterließen es«, sagte Mr. Cox, plötzlich mit sanfter Stimme. »Um ganz ehrlich zu sein, ich sehe einfach nicht ein, warum ich dem Mann helfen sollte, der Betty umgebracht hat. Das Ganze ist nun über ein Jahr her; ich möchte es endlich hinter mir lassen und wieder anfangen zu leben. Außerdem unterliegen auch wir Apotheker der Schweigepflicht.«

»Liegt Ihnen denn gar nichts daran, absolute Sicherheit zu haben, wer der Täter war?« fragte Calvin.

»Die habe ich bereits«, schnaubte Mr. Cox. »Ich zweifele keine Sekunde daran, wer meine Frau getötet hat.«

Calvin runzelte die Stirn. Seltsamerweise wurde er jetzt allmählich gereizt. Der Advokat in ihm empörte sich über Mr. Cox' Selbstgerechtigkeit. Was, wenn der kleine Dummkopf Kevin nun wirklich unschuldig war? Calvin selbst glaubte zwar auch nicht daran, fand aber, selbst auf die vage Möglichkeit hin, daß der falsche Mann die Strafe für den Mord an seiner Frau absaß, sollte Mr. Cox kooperativ sein. Aber dann rief Calvin sich in Erinnerung, daß alle Angehörigen von Opfern, die er kennengelernt hatte, sich so verhielten. Sie wollten den Schrecken vergessen und den Täter bestraft sehen. An klaren Verhältnissen lag ihnen viel – aber nicht an immer neuen Fragen.

»Nun, vielleicht findet sich ja der Name der Person, für

die das Rezept ausgestellt wurde, in den Polizeiakten«, sagte Calvin.

»Davon hab ich keine Ahnung«, meinte Mr. Cox.

Calvin erhob sich und starrte auf den Fisch über dem Kamin. Cox Augen folgten seinem Blick. Ein Lächeln erstrahlte auf seinem Gesicht. »Ist das kein Prachtexemplar? Achtzig Pfund. Hab ihn unten in Cabo San Lucas gefangen.«

Der Fisch war unglaublich blau. Calvin versuchte, sich Mr. Cox in einem Hemingwayschen Kampf mit einem gewaltigen Fisch vorzustellen, aber es gelang ihm nicht recht.

Als er Calvin zu Tür begleitete, war Mr. Cox nichts mehr von seiner Gereiztheit anzumerken. »Wissen Sie«, sagte er, »Apotheker müssen immer mit Überfällen rechnen. Jederzeit kann irgendein Räuber oder Süchtiger reinspazieren und einen erschießen. Deshalb hatten wir die Pistole, weil sie Betty mehr Sicherheit gab. Aber ich hatte immer geglaubt, wenn so etwas geschähe, dann passierte es mir. Nicht Betty.« Er schüttelte traurig den Kopf.

»Es tut mir sehr leid«, sagte Calvin, der sich jetzt ziemlich mies vorkam, daß er den Kummer des alten Knaben wieder aufgerührt hatte.

»Ich gewöhne mich allmählich daran, allein zu leben«, sagte Cox. »Wir haben uns während des Studiums kennengelernt. Und über dreißig Jahre arbeiteten wir Seite an Seite.« Er schüttelte wieder den Kopf. »Und wenn es nach Betty gegangen wäre, dann hätten wir noch zwanzig Jahre so weitergemacht. Von Ruhestand wollte sie nichts wissen.«

Calvin nickte mitfühlend.

»Ohne sie konnte ich nicht weitermachen. Wir waren so aufeinander eingespielt, alles lief wie am Schnürchen. Für einen Apfel und ein Ei hab ich die Apotheke dann an Mike verkauft, weil ich sie so schnell wie möglich loswerden wollte. Ohne Betty konnte ich es nicht mehr schaffen.«

Er ließ den Kopf sinken und wischte sich über die Stirn. »Ich hatte mir vorgenommen, gelegentlich Mike auszuhelfen, um ihm den Start zu erleichtern. Aber ich merkte, nicht mal das brachte ich fertig.«

»Sehr verständlich«, sagte Calvin, der sich wünschte, Cox würde einfach den Mund halten und ihn endlich gehen lassen. Bei dem wütenden Cox war ihm wohler zumute gewesen als bei dem trauernden.

»Mein ganzes Leben hat sich über Nacht verändert. Nach der Verhandlung, als der Mistkerl endlich im Gefängnis saß, hatte ich das Gefühl, das Schlimmste hätte ich nun hinter mir. Und deshalb will ich Ihnen auch nicht helfen, die ganze Sache wieder aufzurollen.« Wieder ein Kopfschütteln. »Ist das übrigens Ihr einziger Anhaltspunkt? Eine Zeitschrift, die auf dem Boden lag? Oder haben Sie noch mehr?«

»Nein«, meinte Calvin. »Und vielleicht hat es auch gar nichts zu bedeuten, daß sie da lag. Wir wollen nur sichergehen.«

»Scheint mir ziemlich dürftig«, sagte Mr. Cox mit einem erneuten Kopfschütteln. »Ich wäre Ihnen jedenfalls dankbar, wenn Sie diese Frau zurückpfeifen würden. Ich möchte nicht, daß sie Mike oder einen meiner alten Kunden belästigt. Was sagten Sie noch – wie war ihr Name?«

»Jane da Silva.« Jetzt war Calvin selber wütend auf sie. Nur ihretwegen war er losgeprescht und belästigte diesen armen alten Mann.

Gott segne Dorothys Eltern, dachte Jane, daß sie diesen Namen für sie ausgesucht hatten. Es gab nicht viele Dorothys, die vor einem Jahr ein Kind geboren hatten. Die meisten Seattler Dorothys hatten ihr Fruchtbarkeitsstadium wahrscheinlich längst hinter sich, und die, die Jane suchte, war bestimmt nach irgendeiner Tante oder Großmutter getauft, oder vielleicht hatte auch die Dorothy aus dem *Wizard of Oz* Patin gestanden. Und nachdem Jane eine Dorothy Chang aussortiert hatte, die im Swedish Hospital ein kleines Mädchen zur Welt gebracht hatte, fand sie nur noch eine andere in den standesamtlichen Bekanntgaben der *Seattle Times*.

Jane saß wieder im Zeitschriftenarchiv der Bibliothek und fühlte sich schon beinahe so heimisch hier, wie die beiden alten nach Tabak, saurem Wein und Urin riechenden Penner, die offenbar zu den Stammkunden zählten und ein paar Schritt von ihr entfernt an dem langen Tisch in Zeitungen von gestern blätterten.

Wegen Mrs. Sheas Äußerungen über Dorothys schlechte gesundheitliche Verfassung hielt Jane das Mädchen für eine mögliche Kandidatin für eine Frühgeburt und begann, wiederum von Mrs. Sheas Schätzung ausgehend, damals sei sie im dritten oder vierten Monat gewesen, ab dem siebten zu suchen. Aber offenbar war das Baby nicht zu früh gekommen, und obwohl es bedeutete, daß sie noch mehr Zeitungen durchgehen mußte, war Jane regelrecht erleichtert. Warum, wußte sie nicht, aber irgendwie hatte sie die unbekannte Dorothy ins Herz geschlossen und sich schon Sorgen gemacht. Als sie die Geburtsanzeige dann entdeckte, war sie ganz glücklich. Am 10. Juni des vergangenen Jahres hatte eine Dorothy Fletscher einen Jungen geboren. Im Nordwest Hospital. Der Name des Vaters tauchte nicht auf.

Sich eine Geburtsurkunde zu besorgen war leicht. In der Nähe der Bibliothek war das Magistratsgebäude. Jane ging hin, zahlte elf Dollar und erfuhr, was sie wissen wollte: Dorothys Alter (fünfzehn), ihre Adresse im Wallingford Viertel. Das Baby hieß Charles, der Vater Sean Carlisle.

Von einer der Telefonzellen neben dem Haupteingang rief sie Calvin Mason an. Sein Anrufbeantworter war eingeschaltet. »Ich glaube, ich habe die Dorothy von Sean und Dorothy gefunden«, sagte sie voll Überschwang. Mit ihrem hoffnungslosen Fall ging es zügig voran, und um ihn weiter voranzutreiben, fügte sie hinzu: »Könnten Sie mir den Namen des Zahnarztes besorgen, dem seine Pistole gestohlen wurde? Die Pistole, mit der man Betty Cox erschossen hat?« Es erschien ihr lohnenswert, diese Spur zu verfolgen. Sie wartete eine Weile, ob Calvin vielleicht doch zu Hause war und neben seinem Anrufbeantworter auf der Lauer saß.

Plötzlich war ihr ganzer Überschwang dahin. Zu gerne hätte sie jemandem erzählt, daß sie Sean und Dorothy auf der Spur war, und ein bißchen angegeben, wie erfolgreich sie war, wo Calvin und die Polizei, falls die sich überhaupt bemüht hatte, versagt hatten. Nachdem sie aufgehängt hatte, fühlte sie sich ziemlich einsam.

Vielleicht war das Ganze ja sowieso albern. Was bedeutete es schon, wenn sie die beiden gefunden hatte? Nichts garantierte ihr, daß sie irgend etwas von dem Mord an Mrs. Cox wußten.

Sollte sich die Fährte wirklich als Sackgasse herausstellen, wurde ihr klar, wäre das ziemlich niederschmetternd. Sie brauchte dringend einen hoffnungslosen Fall, wenn sie nicht selber einer werden wollte. Die Treuhänder hatten ihr fünftausend Dollar gegeben, damit sie sich über Wasser halten und bei ihrer Suche nach einem neuen Fall entstehende Ausgaben davon bestreiten konnte. Gottlob war es ihr gelungen, ihnen auch Onkel Harolds alten Chevy abzutrotzen. Aber selbst wenn sie ihre Einkaufsräusche auf den Teenieflittchenladen beschränkte, lange reichte das Geld nicht mehr.

Sie beschloß, auf dem Heimweg bei dem Videoladen anzuhalten und sich einen hübschen alten Film auszuleihen – vielleicht einen französischen. Der Algerier, dem der Laden gehörte, hatte viele französische Klassiker. Vielleicht holte sie sich einen mit Jean Gabin.

Als sie sich dem Laden näherte, kam ihr der Gedanke, daß es vielleicht falsche Sparsamkeit war, sich jedesmal einen Recorder auszuleihen, wenn sie eine Film-Spritze brauchte. In Onkel Harolds altmodischem Haus gab es natürlich keinen. Seine ganze Ausstattung gehörte einer anderen Epoche an: der Plattenspieler war nur für LPs gedacht, und die Ecken des Kühlschranks waren abgerundet.

Gescheiter wäre es wohl, sagte sie sich, sie würde sich selbst einen Recorder kaufen. So teuer konnten sie ja nicht sein. Und wenn ihr Geld dann eine Woche früher zu Ende war, na, und wenn schon? Wenigstens hätte sie sich bis dahin den Luxus gegönnt, in alten Filmen zu schwelgen.

Sie machte sich auf den Weg zu einem Elektronik-Discount, erstand das Modell, das als Angebot der Woche firmierte und zahlte in bar. Falls Onkel Harold je die Idee gekommen wäre, sich so ein Ding zuzulegen, hätte er bestimmt stundenlang in der Bibliothek über den letzten Ausgaben von *Warentest* verbracht, um ja nichts zu überstürzen.

Seit Jane nach Seattle zurückgekehrt war, bemerkte sie immer häufiger ihre irritierende Angewohnheit, sich bei jeder Gelegenheit zu fragen, ob Onkel Harold ihr Tun und Handeln billigen würde oder nicht. Am Anfang war es ihr nur passiert, wenn sie damit befaßt war, seine Arbeit fortzusetzen. Aber jetzt schlich sich diese Marotte in ihr ganzes Leben. Gott sei Dank war Onkcl Harold ihr wenigstens neulich, als sie sich mit frivolen Shorts und T-Shirts eindeckte, nicht im Kopf gewesen.

Als der übereifrige junge Mann, der ihr den Recorder verkauft hatte, ihn im Kofferraum des Chevys verstaute, kam Jane zum ersten Mal der Gedanke, ob sie das Ganze nicht lieber sein lassen und sich statt dessen einen ordentlichen Job suchen sollte. Schließlich hatte sie schon ihre Jugend mit einem Haufen ulkiger, zukunftsloser Jobs verplempert und jetzt, ohne es recht zu merken, steuerte sie beängstigend schnell auf die vierzig zu. Nein, lieber keine Bilanz ziehen, das war einfach zu schrecklich: »Letzte Stellung: mittelmäßige Barsängerin mit begrenztem Repertoire.«

Es blieb ihr also nur eins: in die Videothek zu stürmen und sich einen hübschen, romantischen alten Film zu holen. Eine Schachtel Schokoladeneclairs war vielleicht auch angesagt. Denn Jane war der Ansicht, daß eine sorgfältig ausgeklügelte Sich-verwöhnen-Strategie der beste Weg war, Depressionen zu verscheuchen.

Calvin Mason beneidete die Privatdetektive in Kriminalromanen und im Fernsehen, die stets beste Beziehungen zur

Polizei unterhielten und immer auf dem laufenden waren, was die Cops im Schilde führten. Sogar im wirklichen Leben gab es haufenweise Ermittler, die Ex-Bullen waren und alte Kumpel im Polizeidienst hatten, die sie mit den nötigen Informationen versorgten.

Zugegeben, in den Büchern und Filmen drohten die Bullen dauernd damit, ihnen die Lizenz zu entziehen, sie in den Knast zu schicken oder derartiges, aber zum Schluß gaben sie immer nach, händigten den Detektiven die heißen Akten aus oder ließen sie aus Sympathie sogar an den Ermittlungen teilnehmen.

Calvin Mason war kein Ex-Bulle. Er war Anwalt, der sein Einkommen mit zusätzlichen Unternehmungen wie Inkasso-Arbeit, Wohnungsverwaltung und Detektivdiensten für andere, erfolgreichere Anwälte ein bißchen aufpolierte.

Bei seinen seltenen Auftritten in Strafprozessen fungierte er immer als Verteidiger, was hieß, daß er nicht diese nette, kumpelhafte Beziehung zu den Bullen hatte wie die Vertreter der Klägerseite. Und schließlich konnte er auch nicht leugnen, immer wieder die im Zeugenstand erscheinenden Polizisten in die Mangel zu nehmen und den Geschworenen den Eindruck zu vermitteln, daß sie brutale Lügner waren, die in irgendwelchen Aufzügen Geständnisse aus den Angeklagten herausprügelten. Aber der Punkt waren im Grunde nicht seine Feinde unter den Polizisten. Das eigentliche Problem war, daß Calvin im Umgang mit ihnen immer das Gefühl hatte, sie hielten ihn für einen Versager. Nur einmal hatten die Bullen etwas für ihn getan – nämlich alle Hebel in Bewegung gesetzt, um ihm seine Zulassung als Anwalt entziehen zu lassen, was ihnen aber mißglückt war.

Das alles war der Grund, warum er heute mit Carol zu Mittag aß, einer Angestellten bei der Seattler Polizeibehörde. Da er in deren höheren Rängen keine Freunde hatte, war er auf sie als undichte Stelle angewiesen, die er anzapfen konnte. Glücklicherweise erwartete Carol nie ein besonders teures Essen. Sie hatte andere Bedürfnisse.

Sie saßen an einem Ecktisch im Denny's. Calvin aß überbackenen Käsetaost und Carol den Salat »nach Art des Hauses«, den sie in der Thousand-Island-Soße ertränkte. »Ich hoffe, du hast Zeit, diese Woche zu Raymonds Spiel zu kommen«, sagte sie mit einer Stimme, gleichzeitig flehend und fordernd klang.

»Na klar«, meinte Calvin herzlich. »Wie hält er sich denn diese Spielzeit?« Na, ein Spiel der Jugendliga war jedenfalls besser als eins dieser Jugend-forscht-Projekte.

Carol seufzte. »Ich mache mir wirklich Sorgen um sein Selbstbewußtsein. Die ganze Spielzeit hat er fast nur auf der Bank gesessen.«

Calvin zuckte mit den Achseln. »Manche Lektionen, die das Leben einem zu erteilen hat, lernt man halt am besten auf der Bank«, philosophierte er. Aber da ihm klar war, daß Frauen wie Carol immer alle um sie herum glücklich sehen wollten und da er sowieso nicht wußte, was das ganze Abgestrampel auf einem Sportfeld überhaupt sollte, fügte er schnell hinzu: »Aber diese Jugend-Trainer sollten jedem Kind die Chance geben zu spielen. Es soll den Jungen doch Spaß machen!«

»Als alleinerziehende Mutter hat man's nicht leicht«, seufzte Carol. »Er bräuchte einen Mann, der mit ihm Fangen übt.« Sie sah erwartungsvoll zu Calvin auf.

Verflucht, dachte er. Einem Haufen tollpatschiger Jungen zuzugucken, wie sie übers Spielfeld stolperten, war schon schlimm genug, denn es bedeutete, neben Carol auf der Bank zu sitzen und sich ihr Gejammer über Gott und die Welt anzuhören, so daß er sich nicht mal auf das Spiel konzentrieren konnte. Und jetzt wollte sie auch noch, daß er mit ihrem Langweiler von Sohn einen Ball hin- und herwarf und als männliche Identifikationsfigur herhielt. Er kannte die ganze Leier, und Calvin hatte die Nase voll von dem ganzen männlichen Rollenvorbild-Geschwätz. Er konnte sich nicht erinnern, daß sein Vater oder sonst ein männlicher Erwachsener Ballfangen mit ihm geübt hatte. Soweit Calvin sich erinnerte, kam sein Vater von der Arbeit nach Hause, steckte sich eine Lucky Strike an, verschanzte sich hinter seiner Zeitung und brüllte alle fünf Minuten: »Ruth, kannst du nicht dafür sorgen, daß diese Bälger aufhören rumzuschreien!«

»Und wie ist es dir in der letzten Zeit ergangen? Du bist eine großartige Mutter, aber ich finde, ab und zu mußt du auch mal an dich selber denken«, sagte Calvin und haßte sich dafür, so dick aufzutragen und Carol genau das Zeugs aufzutischen, das ihr runterging wie Öl.

Sie zuckte mit den Achseln. »Ich weiß nicht. Nie lern' ich mal einen anständigen Mann kennen.« Calvin nickte mitfühlend. Carol gehörte zu den Frauen, die sich im Grunde nicht viel aus Männern machten, aber unbedingt einen haben wollten. Glücklicherweise hatte sie ihm nie das Gefühl gegeben, daß sie ihn wollte, woraus er wohl schließen mußte, für sie auch nicht in die Kategorie anständiger Männer zu gehören. Nur für den Fall, daß Carol ihre Ansprüche inzwischen so weit heruntergeschraubt hatte, daß ihr jeder lieber als keiner war, machte er ein schnelles Ablenkungsmanöver.

»Na, als städtische Angestellte hast du doch wenigstens einen hübschen, sicheren Job. Kriegst später eine gute Rente und alles. Wir Selbständige haben's längst nicht so gut, wie manche vielleicht meinen. Ich versuch grad, ein paar Tausender zusammenzukratzen, damit ich meine Steuer zahlen kann.« Er hielt inne. »Offengesagt, im Augenblick geht bei mir so ziemlich alles den Bach runter.« So, das sollte reichen, sagte sich Calvin, der davon überzeugt war, daß wacklige Finanzen für die meisten Frauen der große Abturner waren, genau wie sie andererseits von irgendeinem uncharmanten, schrecklichen Typen mit Geld und Macht angezogen wurden wie die Fliegen. Carol schnalzte mitfühlend mit der Zunge. »Doch, meine Arbeit ist schon in Ordnung.«

»Wobei mir einfällt«, sagte Calvin, »daß ich dich um einen Gefallen bitten wollte.«

»Klar«, sagte Carol, »aber ehe ich's vergesse, weißt du noch, neulich hast du mir doch den Müllschlucker repariert?« So wie sie den Kopf auf die Seite legte, wußte Calvin sofort, was ihm bevorstand. »Er macht schon wieder dieses komische Geräusch. Wie beim letzten Mal, ehe er kaputtging.«

»Mm«, brummte Calvin. Er hatte Carol eingeschärft, keinen Sellerie oder dergleichen reinzuwerfen. Beim letzten Mal hatte er einen verbogenen Teelöffel und ein Gummiband im Müllschlucker gefunden. Kein Wunder, daß sich ihr Mann aus dem Staub gemacht hatte, dachte Calvin.

Und plötzlich kam ihm wieder Jane da Silva in den Kopf. Hätte er ihr doch nie von dieser Geschworenen erzählt!

Wie ihm jetzt klar wurde, hatte er es bloß getan, weil er weiter mit ihr zu tun haben wollte. Sie hatte etwas Geheimnisvolles an sich, das er immer noch zu ergründen versuchte. Was zum Beispiel hatte sie all die Jahre in Europa gemacht? Egal wie, ein hoffnungsloser Fall schien das einzige zu sein, das er ihr bieten konnte und was ihn für sie interessant machte. Warum konnte sie nicht einfach einen kaputten Müllschlucker haben?

Na, wegen ihr mußte er jetzt jedenfalls einen reparieren. Und wenn er erst einmal bei Carol war, kam sie ihm bestimmt wieder mit allen anderen Gerätschaften an, die nicht funktionierten. Als nächstes knallte sie dann vielleicht die Leiter gegen die Hauswand und schickte ihn hoch, damit er die

Dachrinne säuberte, und wenn dann noch ein bißchen Zeit übrig war, würde sie ihn wahrscheinlich bitten, mit Raymond von Mann zu Mann über die Wichtigkeit von Kondomen zu reden. »Ich komm heut abend vorbei und guck ihn mir an«, sagte er. »Pump-Fix und Kneifzange bringe ich mit.«

Da Dorothy noch so jung war, nahm Jane an, daß sie bei ihren Eltern wohnte. Auch ihre Adresse in dem gediegenen Viertel mit älteren Einfamilienhäusern in der Nähe vom Green Lake im Norden der Stadt sprach dafür. Jane hatte nicht die geringste Ahnung, wie sie sich einführen sollte, wenn sie vor Dorothys Haustür stand. Na, schlimmstenfalls würde sie sich einfach ein bißchen umsehen, sagte sie sich, das würde ihr schon einen Einblick in die Verhältnisse verschaffen.

Das kleine Haus am Sunnyside-Boulevard wirkte irgendwie ländlich mit dem kleinen verwilderten Vorgarten, der es von der Straße trennte. Jane fuhr langsam vorbei und hielt dann im Schatten eines Baumes auf der anderen Straßenseite an, etwas außer Sichtweite der Fenster von Dorothys Haus.

Die Häuser in diesem Viertel, wohl in den ersten beiden Dekaden des Jahrhunderts erbaut, hatten während der letzten achtzig Jahre mehrere Renovierungswellen über sich ergehen lassen. In Janes Kindheit war es ein einfaches Arbeiterviertel gewesen, vor allem von Weißen bewohnt, die es sich trotz des allgemeinen wirtschaftlichen Aufschwungs in den Fünfzigern und Sechzigern nicht leisten konnten, in die

Vororte zu ziehen. Später, wegen der Nähe zur Universität, zogen in viele der Häuser Studenten-Wohngemeinschaften ein, und das Viertel nahm einen bohèmehaften Touch an. Inzwischen wirkte es vornehmer und wohlhabender, dank der vielen Zuzügler, zumeist Leute, die in den Vororten aufgewachsen waren und das Leben dort wohl zu langweilig fanden. Jede demographische Welle hatte jedoch ihre Spuren hinterlassen, sowohl an den Häusern wie in den Gärten.

An einigen Häusern zeigte sich noch das alte Arbeiter-Element mit seiner Vorliebe für Eternitverschalungen, Aluminiumfenster und schmiedeeiserne Geländer. Aber den meisten dieser Häuser mit ihrer simplen Architektur und dem vielen Gitterwerk hatten die Neuankömmlinge eine neue Fassade gegeben. Kunststoffverschalungen waren durch Zedernholzschindeln ersetzt und die hölzernen Fensterrahmen und Giebel mit interessanten Farbkombinationen liebevoll herausgearbeitet. Außerdem hatten sie ihre Gärten eingezäunt – kein Zweifel, eine Reaktion auf die endlos ineinander übergehenden Rasenflächen ihrer Kindheit in den Vororten.

Außerdem hatten ihre Gärten mehr zu bieten als der Seattler Standard-Vorgarten.

Statt der üblichen Zwergzedern, Rhododendren und Heidekrautbüschel wucherten hier Klematis und Gartenrosen, und große Schalen voller Stiefmütterchen waren zu sehen.

Dorothys Haus war wohl in den Siebzigern das letzte Mal renoviert worden. Zum einen war der Putz schon ziemlich blättrig, zum anderen von einem gräuslichen Olivgrün, zu dem das Senfgelb der Fensterrahmen und Türen den passenden Kontrast abgab. Ferner hatte die neben der Eingangstür prangende Hausnummer weder die geneigten, geschwungenen, für die Ewigkeit gedachten Schmiedeeisenziffern der alten Garde noch die funkelnden Messingziffern der Neuzuzüglerwelle. Es waren große, sperrige, aus Holz geschnitzte Siebziger-Jahre-Nummern. Irgendwann war wohl nachträglich eine Holzterrasse angebaut worden, die inzwischen starke Schlagseite hatte. Jane war jedenfalls entzückt, daß ein zusammenklappbarer Kinderwagen auf dieser Terrasse stand. Sie sah, wie sich Schatten hinter den Jalousien des Vorderfensters bewegten, und grübelte darüber nach, wie sie es anstellen sollte, ins Haus zu kommen. »Ihr Baby ist ja so niedlich, wir würden es gern für einen Werbespot aufnehmen«. Die Idee gefiel ihr zwar, aber sie verwarf sie wieder. Einer Mutter falsche Hoffnungen zu machen war einfach gemein.

Sie fuhr um den Block, um von hinten einen Blick auf das Haus zu werfen. Viel zu sehen war nicht: ein schmaler Weg und eine Garage. Aber etwas anderes erspähte Jane, das ZUM-VERKAUF-Schild am Eckhaus, und das gab ihr die Inspiration, die sie brauchte.

Sie hielt direkt vor dem Haus, und, für den Fall, daß jemand sie beobachtete, stellte sie sich davor und betrachtete es eine Weile nachdenklich. Dann ging sie um den Block zu Dorothys Haus.

Als sie vor der Tür stand, hörte sie laute Stimmen von innen.

»Und was willst du den ganzen Tag tun?« erschallte eine zornige Frauenstimme.

»Mich um das Baby kümmern, was sonst?« antwortete eine Mädchenstimme mindestens genauso zornig.

»Dann bitte ich dich nur um eins: Räum gefälligst hier auf. Meinst du, es macht mir Spaß, jeden Abend von der Arbeit in diesen Saustall heimzukommen!«

»Mo-om! Hör auf!« Flammender jugendlicher Zorn.

Moms Stimme wurde leiser. Mühsam unterdrückte Wut. »Dorothy, bitte, wenn du nicht einsehen willst ...«

Den Rest verstand Jane nicht. Frustriert preßte sie ihr Ohr an die Tür.

Dorothys Antwort jedoch war leicht zu verstehen.

»Wenn ich endlich das Scheißgeld von Sean kriege, dann zieh ich aus, zufrieden?« schrie sie.

»Du kannst so lange hier wohnen, wie du willst, Schätzchen.« Mom klang jetzt richtig zärtlich.

»Trotzdem will ich das verdammte Geld«, keifte Dorothy.

Jane traute ihrem Glück nicht. Welch unglaublicher Zufall – hier stand sie und belauschte dieses bemerkenswerte Gespräch, das ihr praktisch alle Fragen über Dorothy beantwortete. Aber war es wirklich so ein Zufall? Wahrscheinlich gab es jeden Morgen eine derart lautstarke Auseinandersetzung zwischen Dorothy und ihrer geplagten Mutter. Das Ganze hatte den schalen Klang eines zu oft aufgeführten Stücks.

Jane hatte ihre Geschichte parat. »Ich interessiere mich für das Haus an der Ecke, und da ich zufällig den Kinderwagen vor Ihrem Haus sah, möchte ich Sie gern fragen, ob die Gegend hier für Kinder geeignet ist.« Es machte Jane beinahe Spaß, sich in ihre neue Identität hineinzusteigern: eine nervöse, nicht mehr ganz junge Mutter aus Chicago, deren Mann, ein Professor, gerade einen lukrativen Lehrstuhl an der hiesigen Universität bekommen hatte.

Doch dann fragte sie sich, ob ein direkter Vorstoß sie nicht weiterbrachte. Denn wenn sie die Professorengattin mimte, war sie auf diese Rolle festgelegt und konnte nie als Jane wiederkommen.

Während sie auf der Veranda stand und versuchte, zu einem Entschluß zu kommen, starrte sie auf die Türklingel. Sie war mit einem Papierstreifen überklebt, auf dem mit Kugelschreiber KLINGEL KAPUTT. BITTE KLOPFEN gekritzelt stand.

Noch ehe sie die Chance dazu hatte, wurde die Tür aufgerissen, und Jane starrte in das überraschte Gesicht einer Frau um die Mitte vierzig mit hochgesteckten dichten schwarzen Locken und großen dunklen Augen.

»Ich wollte gerade klopfen«, sagte Jane und mühte sich, nicht wie eine Zeugin Jehovas oder eine Avon-Beraterin zu klingen.

Die Frau trug ein sexy rotweißgestreiftes Strickkleid und riesige weiße, wie Kieselsteine aussehende Ohrringe. In einer Hand hielt sie eine Aktentasche, in der anderen eine dieser Kaffeetassen mit schwerem Untersatz, die man mit ins Auto nehmen kann. Jane gefiel das Aussehen der Frau, die sie jetzt neugierig, aber lächelnd ansah.

»Ich heiße Jane da Silva und arbeite für einen Anwalt in der Stadt. Wir sind auf der Suche nach Sean Carlisle.«

»Das sind wir auch!« rief die Frau mit rauher Stimme. »Kommen Sie herein. Ich muß gleich zur Arbeit, aber einen Moment habe ich noch Zeit.«

Im Wohnzimmer gab es noch mehr olivgrün – diesmal in Gestalt eines abgetretenen Teppichbodens, über dem, in eindeutiger Verschönerungsabsicht, eine billige, aber hübsche Orientbrücke lag. Auf den Rattanstühlen und Sesseln leuchteten Kissen in buntem Tropenmuster, und über den ganzen Raum verteilt standen üppige Grünpflanzen. Überall war der tapfere Wille zu erkennen, sich das Leben auch mit kleinem Budget schön zu machen. Jane stellte sich vor, wie Mrs. Fletcher nach der Arbeit in diesem Zimmer saß, eine Margarita trank und mit der Stereoanlage mitträllerte. Vor einer Wand stand ein schmales Bücherregal, an einer anderen hing ein großes eingerahmtes Poster mit Mohnblumen in einer Vase.

»Das ist meine Tochter Dorothy.« Jane sah das Mädchen an. Dorothy hatte einen schmollenden Ausdruck im Gesicht und strähniges aschblondes Haar, das ihr auf die Schultern fiel. Ihre Haut sah klar und frisch aus. Jane freute sich, daß Dorothy jetzt viel gesünder wirkte, als Mrs. Shea sie beschrieben hatte. Nun, die Begegnung lag anderthalb Jahre zurück. Aus Dorothys breitem, weichem Gesicht blickten ihre hellbraunen Augen mißtrauisch in die Welt. Sie trug hochgekrempelte Shorts, unter denen dicke, aber feste Schenkel zum Vorschein kamen, und ein T-Shirt mit dem Aufdruck HARD ROCK CAFE. Jane bezweifelte allerdings, daß das Mädchen in letzter Zeit viel vom Nachtleben mitbekam.

In einer Ecke des Raumes, eine Hand auf dem Kaffeetisch, die andere zur Balance nach vorn gestreckt, stand ein kräftiges Baby mit großen runden Augen und dunklen Locken. Der kleine Junge betrachtete Jane gebannt, machte einen langsamen Augenaufschlag und strahlte sie dann übers ganze Gesicht an, wobei er seine winzigen Stummelzähne zeigte.

»Was für ein goldiges Kind«, sagte Jane.

Auf beiden Frauengesichtern erschien ein stolzes Lächeln.

»Das ist Charlie«, sagte Dorothy und sah hingerissen zu ihrem kleinen Jungen hin. »Steckt Sean etwa in Schwierigkeiten?« fragte Mrs. Fletcher, warf ihre Mappe aufs Sofa und setzte sich. »Dorothy, Liebling, hol doch bitte einen Kaffee für« – sie drehte sich zu Jane um – »wie war Ihr Name gleich?«

»Jane. Ja, ein Kaffee wäre herrlich.« Sie lächelte Dorothy freundlich an, um allem eventuellem Schmollen, daß sie in die Küche geschickt wurde, zuvorzukommen.

Dorothy stand auf und schlurfte davon. »Wollen Sie ihn mit Zucker und Milch?« rief sie über die Schulter zurück. Sie war groß, größer als ihre Mutter.

»Nein, schwarz bitte«, sagte Jane.

»Wissen Sie«, begann Mrs. Fletcher. Sie hatte es offenbar eilig, zur Sache zu kommen, trank einen Schluck Kaffee und sah Jane über den Tassenrand mit ihren großen braunen

Augen an. »Wer werden eine Vaterschaftsklage gegen den kleinen Dreckskerl führen. Er ist zwar bloß ein dummer Bengel, aber bald wird er achtzehn und ist vor dem Gesetz volljährig. Und seine Familie ist stinkreich.«

»Haben Sie seine Adresse«, fragte Jane, öffnete ihre Tasche und hoffte etwas darin zu finden, das einem Notizblock ähnlich sah.

»Dieser hinterhältige Vater von ihm will sie nicht rausrücken«, schnaubte Mrs. Fletscher. »Behauptet, sie hätten den Jungen woanders auf ein College geschickt. In einem anderen Staat. Was, wenn's stimmt, 'ne Menge Schwierigkeiten für uns bedeuten würde, wie Sie sich vorstellen können. Aber ich glaub' ihm kein Wort. College! Daß ich nicht lache!«

»Weiß Dorothy nicht, wo er ist?« fragte Jane.

Dorothy kam zurück, reichte Jane eine Tasse Kaffe, nahm einen Schluck von ihrer Diät-Cola, setzte sich auf den Boden und überkreuzte die Beine. »Nein«, antwortete sie sarkastisch. »Dorothy weiß es nicht.«

»Entschuldigung! Ich wollte nicht hinter ihrem Rücken über Sie sprechen«, sagte Jane und sah sie fest an. »Ich hatte nicht gemerkt, daß Sie schon wieder da sind.«

Dorothy zuckte mit den Achseln; offenbar verzieh sie Jane.

»Ich sag Ihnen, wie ich die Sache sehe«, ereiferte sich Mrs. Fletcher, »auch wenn der kleine Scheißer im Augenblick kein Geld hat, soll er die Vaterschaft anerkennen. Dann können wir es ihm wenigstens später, wenn er mal zu Geld gekommen ist, abknöpfen.«

Jane wandte sich an Dorothy. Wegen ihr war sie schließlich hier. »Hat er Charlie je gesehen?«

»Nein. Er behauptet, das Kind wäre nicht von ihm.« Dorothy schüttelte ihr Haar zurück und bemühte sich erfolglos, gleichgültig auszusehen. Das Baby tapste zu ihr hin und begrub sein Gesicht an ihrer Schulter, dann blinzelte es schäkernd zu Jane auf. Alle drei Frauen lächelten ihm hingerissen zu.

»Heutzutage kann man so etwas durch Bluttests beweisen«, ereiferte sich Mrs. Fletcher im scharfen Ton einer vor Gericht streitenden Partei. »Wir brauchen eine Blutprobe von ihm, aber er versteckt sich vor uns.«

»Er kann sich nicht ewig verstecken«, sagte Jane.

»Und was wollen Sie eigentlich von Sean?« wollte Dorothy wissen. Es war eine gute Frage, eine, die ihrer Mutter vor lauter Eifer nicht eingefallen war.

»Wir glauben, daß er möglicherweise Zeuge einer Straftat war.« Sie beobachte Dorothy genau. Aber Dorothy zuckte nur wieder mit den Achseln. Was in ihr vorging, war nicht einmal zu erahnen.

»Das würde mich nicht überraschen«, sagte Mrs. Fletcher. »Er nimmt Drogen, wenigstens nahm er früher welche, beklaute Leute und so. Einfach unglaublich, was er alles angestellt hat!« Sie warf ihrer Tochter einen vorwurfsvollen Blick zu, den diese trotzig erwiderte.

Jane fragte sich, ob Mrs. Fletcher, wenn Charlie älter war und begriff, von wem die Rede war – nämlich von seinem Vater –, ihre Zunge zügeln würde. Sie bezweifelte es. Trotzdem war es schwer, Mrs. Fletcher nicht zu mögen. Sie hatte Schneid.

»Könnten Sie mir die Adresse von Seans Vater geben?« fragte Jane, die einen Stift gezückt hatte und ihn über die Rückseite ihres Scheckheftes hielt.

»Dorothy wird Sie Ihnen geben«, sagte Mrs. Flechter, die jetzt hektisch auf ihre rote Plastikuhr sah. »Entschuldigen Sie, ich muß jetzt los. Aber können wir nicht in Verbindung bleiben? Für den Fall, daß Sie ihn finden?«

»Natürlich.« Jane wünschte, sie hätte eine Visitenkarte.

»Dorothy, Schätzchen, schreib ihre Telefonnummer und

so auf, ja? Freut mich wirklich, daß wir uns kennengelernt haben«, sagte Mrs. Fletcher und griff nach ihrer Aktenmappe.

Jane tat, als wolle sie auch gehen und trug ihre Tasse in die Küche. Der Kühlschrank war mit Fotos von Charlie in allen Entwicklungsstadien übersät. Dorothy folgte ihr, den Kleinen an der Hand.

»Steckt Sean in Schwierigkeiten?« fragte sie beiläufig.

»Vielleicht«, sagte Jane, verschränkte die Arme vor der Brust, lehnte sich gegen die Anrichte und sah Dorothy fest an. »Es geht um einen Apothekenraub.«

Diesmal zuckte Dorothy leicht zusammen. Jane beugte sich zu ihr vor. »In Gegenwart Ihrer Mutter wollte ich nicht darüber reden.«

Dorothy sah sie ängstlich, aber dankbar an.

»Ich dachte mir, wenn Sie alt genug sind, selbst Mutter zu sein, sind Sie auch alt genug, ohne Ihre Mutter mit mir darüber zu reden«, fügte Jane hinzu.

Dorothys Gesicht nahm auf der Stelle einen erwachseneren Ausdruck an. »Setzen Sie sich«, sagte sie und zeigte zum Küchentisch. »Möchten Sie noch einen Kaffee?«

»Nein, danke.« Dann schwieg Jane, um ihre Worte wirken zu lassen, während Dorothy sich auf einen Küchenhocker setzte und, das Kind auf dem Schoß, nervös hin und und her rutschte. Schließlich ließ sie den Jungen herunter, der unter dem Tisch herumzukriechen begann. »Dorothy, bei dem Raubüberfall gab es vielleicht einen Zeugen. Sie wissen doch, wovon ich spreche, nicht wahr? Von dem Raubüberfall, der an dem Tag geschah, als Sie und Sean bei Kevin zu Hause waren und ihn suchten.«

»Kevin sitzt im Gefängnis«, sagte Dorothy. »Ich habe davon gehört.«

»Das stimmt. Aber er hat gesagt, Sie und Sean wären mit

ihm zusammengewesen. Hätten um die Ecke auf ihn gewartet.«

»Na und? Selbst wenn es stimmt, woher hätten wir wissen sollen, was er vorhat? Ich hab' erst in der Zeitung gelesen, was passiert ist.« Mit einer wütenden Handbewegung warf sie ihr Haar zurück.

»Dorothy«, sagte Jane. »Ich glaube nicht, daß Sie etwas mit dem Überfall zu tun haben. Aber wenn Sean dran beteiligt war, könnte das sehr wichtig sein.«

Sie zuckte mit den Achseln. »Ich weiß es nicht. Ich hab' die ganze Zeit kaum ein Wort mit ihm gesprochen.« Sie wich Janes Blicken aus.

»Es wäre unfair Charlie gegenüber, finden Sie nicht?« sagte Jane. »Ich meine, wenn Sie Ärger bekommmen, nur weil Sie Sean decken wollen.«

Jetzt sah Dorothy Jane direkt ins Gesicht. »Ich verstehe nicht, was Sie von mir wollen!« Sie war jetzt wirklich wütend und aufgebracht. »Wer sind Sie überhaupt? Die ganze Sache ist doch geregelt. Kevin wurde schuldig gesprochen und eingebuchtet.«

»Ich arbeite für Kevins Anwalt«, erklärte Jane. »Aber das brauchen wir Ihrer Mutter ja nicht unbedingt zu erzählen. Sie wollen doch bestimmt nicht, daß sie sich aufregt.« Oder, dachte Jane, daß sie dich anschreit, mit welchen Flippies du dich abgibst.

»Und was soll ich Ihrer Meinung nach tun?« Dorothy klang mißtrauisch.

»Mir sagen, was passiert ist. Sag einfach die Wahrheit.«

Dorothy stieß einen tiefen Seufzer aus, dann begann sie. »Kevin sagte, wir sollten um die Ecke auf ihn warten. Er wollte nur schnell in die Apotheke und Rohypnol besorgen. Er hätte ein gefälschtes Rezept dafür. Also warteten wir, dann hörten wir die Schüsse, und Sean brauste los. Mehr weiß ich nicht. Daß ich und Sean in einen bewaffneten Raubüberfall verwickelt sein sollen, ist einfach lächerlich.« Mit einer Handbewegung wischte sie die ganze Sache fort.

Dorothy hatte die Geschichte abgespult, als ginge es sie nichts an. Daß Betty Cox an jenem Tag gestorben war, ließ sie offenbar völlig kalt. Entweder war sie eine gefühllose Psychopathin, oder sie ließ die ganze Sache einfach nicht an sich heran. Oder sie schützte Sean. So wie sie die Geschichte runterrasselte, hätte man meinen können, sie habe sie auswendig gelernt.

Jetzt wechselte Dorothy den Kurs und kam auf den Punkt, der sie wirklich interessierte. »Ich habe Sean eine Ewigkeit nicht gesehen«, sagte sie leise. »Glauben Sie, er geht wirklich aufs College, wie sein Dad behauptet?« Sie sah Jane mit flehenden Augen an, und Jane fragte sich, ob sie nicht einen großen Fehler gemacht hatte, Dorothy zu erzählen, wer sie war.

Auf der Fahrt zum Monroe-Staatsgefängnis berichtete Calvin Jane von seinem Gespräch mit Mr. Cox. »Jedenfalls«, faßte er zusammen, »will der Bursche von uns beiden nicht mehr belästigt werden. Was man ihm wohl kaum verdenken kann.«

»Was haben Sie ihm von mir erzählt?« fragte Jane. Sie saß auf dem Beifahrersitz, hatte den Kopf gegen die Nackenstütze gelehnt und ließ durch ihre halbgeschlossenen Lider die Vororte mit den vielen Grünflächen und Baumgruppen – meist Erlen und Tannen – an sich vorüberziehen. Sie sah träge und zufrieden aus. Wie oft, wenn er über Land fuhr, spürte Calvin diese eigenartige Ungeduld in sich, obwohl Monroe nur ungefähr eine Autostunde von Seattle entfernt war.

»Ich hab' ihm Ihren Namen gesagt, aber behauptet, Sie wären eine Freundin von Kevins Familie.« Daß er damit den Eindruck erwecken wollte, er habe weiter nichts mit ihr zu tun, verschwieg er. Mit leichtem Amüsement erinnerte er sich jetzt daran, wie ihm in der Wohnung des Apothekers die Vorstellung, sie bringe bei ihren Ermittlungen seinen Namen ins Spiel, ziemlich peinlich gewesen war. Regelrechte Wut hatte er auf sie gehabt.

Während er jetzt mit ihr durch die Landschaft kutschierte, fragte er sich, warum er so ärgerlich auf sie gewesen war. Er wandte den Kopf ein wenig und betrachtete ihr Profil – eine schöne, gerade Nase, dachte er. Bisher hatte er sie noch nie aus diesem Blickwinkel gesehen.

»Aber keine Sorge«, sagte er bemüht beiläufig und lässig. »Im Grunde brauchen wir Mr. Cox gar nicht. Ich hab' eine Informantin, die mir versprochen hat, uns den Polizeibericht zu besorgen.«

Jane sah ihn an und warf ihm ein strahlendes, dankbares Lächeln zu. »Fantastisch«, strahlte sie.

Als das Gefängnis schließlich in Sicht kam, fand Calvin, daß es gar nicht so finster aussah, zumindest von außen nicht. So, wie es dort oben auf dem Hügel lag, umgeben von ausgedehnten, mit Bäumen bestandenen Wiesen. Mit seiner Backsteinfassade und den weißen Säulen davor wirkte es auf den ersten Blick eher wie eine altmodische High School. Bis man merkte, daß die Proportionen nicht stimmten. Das Gebäude war viel größer, als es High Schools üblicherweise sind, und die Fenster waren viel kleiner.

Während er den Hügel hinauffuhr, betrachtete er Jane aus den Augenwinkeln. Sie wirkte nicht nervös. Die meisten Leute wurden allein bei der Vorstellung unruhig, in ein Gefängis zu gehen.

»Sieht gar nicht so schlimm aus«, sagte sie. »Aber ich nehm an, drinnen geht's ziemlich schrecklich zu. Die terrorisieren sich doch wahrscheinlich alle gegenseitig. Oder?«

»Ja. Genau die Sorte Kerle sitzt hier«, antwortete er. »Ich weiß auch beim besten Willen nicht, wie man erwarten kann, daß irgendwo ein Haufen gemeiner Dreckskerle zusammengepfercht ist, die sich wie Gentlemen benehmen. Trotzdem, das Monroe ist kein Hochsicherheitsknast, also nicht annähernd so schlimm wie manch anderer.«

»Wird man uns durchsuchen?«

»Nur mit dem Detektor. Aber die Dinger sind hochempfindlich. Wie ich gehört habe, fangen sie schon bei einem Stäbchen-BH an zu piepsen.« Bei seiner letzten Bemerkung glitt sein Blick unwillkürlich über Janes Oberweite.

Jane guckte auch auf ihre Brust, als versuchte sie, sich zu erinnern, welche Unterwäsche sie angezogen hatte. Darüber trug sie jedenfalls eine weiße Bluse und einen schwarzen Strickrock. »Ich dachte, heutzutage wären die Stäbchen aus Plastik. Und wenn das Ding piepst, muß ich mich dann nackt ausziehen und von einer stämmigen Matrone befummeln lassen?«

»Sie suchen so lange, bis sie gefunden haben, was den Alarm ausgelöst hat. Vielleicht hält man Sie ja für eine dieser verrückten Frauen, die sich in Knackies verlieben. Ich hatte mal eine Mandantin, die war so eine. ’ne Ex-Nonne. Diese Burschen haben gern jemand draußen, der ihnen alles mögliche besorgt und ihnen Geld schickt, und die Frauen finden wohl die Vorstellung verlockend, daß sie immer genau wissen, wo sich der Kerl aufhält. Jedenfalls hab ich der Verwaltung gesagt, Sie arbeiteten als Detektivin für mich, und weitere Fragen haben sie gottlob nicht gestellt. Am besten, Sie überlassen mir das Reden.«

»Ich glaube nicht, daß mein Hang zu unpassenden Männern sich auf Knackies erstreckt«, sagte sie. »Tragen die Gefangenen Häftlingsmontur?«

»Nein, ihre eigenen Sachen. Die sehen alle aus wie Verkäufer in einem 24-Stunden-Supermarkt oder Rockband-Roadies, und manchmal können sie wirklich nett sein, besonders zu Frauen. Aber die meisten sitzen zu Recht hier.«

»Kevin eingeschlossen?«

»Ja, Kevin eingeschlossen. Ich wünschte, ich könnte das Gegenteil behaupten.«

»Ich möchte nicht, daß er sich falsche Hoffnungen macht«, sagte Jane.

»Und ich möchte nicht, daß Sie sich falsche Hoffnungen machen«, entgegnete Calvin. »Eigentlich bin ich nur deshalb mit Ihnen hergefahren, weil ich nicht will, daß Sie mir hinterher vorwerfen, ich hätte Sie zu etwas ermutigt, das aussichtslos ist. Ein Blick auf Kevin ist vielleicht ein heilsamer Schock.«

Nachdem sie den Wagen geparkt hatten, betraten sie das Gebäude und gingen eine Treppe hoch, wo sie Autoschlüssel, Wechselgeld und Janes Tasche in einem winzigen Schließfach verstauten. Dann kam die Sperre mit dem Detektor. Calvin mußte zurück und Gürtel und Schuhe ablegen, aber Jane kam durch. Als nächstes fiel eine Eisentür hinter ihnen ins Schloß, einen Moment standen sie zwischen zwei geschlossenen Türen, dann traten sie in eine Cafeteria und bekamen einen Stempel auf die Hände gedrückt (»Wie bei einer High School-Disco«, meinte Jane fasziniert.) Calvin führte den Weg an zu dem kleinen Raum, der für die Begegnung von Mandanten und Anwälten reserviert war. Ein weiteres Zuschnappen einer Eisentür, und Kevin stand im Raum. Er war durch eine separate Tür eingetreten.

Er schob scharrend einen Stuhl über den Boden, setzte sich und sah beide unter einem Vorhang langen blonden Haares hervor an. Dann lehnte er sich zurück und reckte das Kinn in die Luft, wie der Unruhestifter in der hintersten Reihe einer Schulklasse. Calvin beobachtete, wie Jane die ganze Erscheinung auf sich wirken ließ – enges gelbes T-Shirt, ziemlich neu aussehende Jeans, abgelatschte Tennisschuhe.

Calvin stellte sie flüchtig vor. »Das ist meine Assistentin.« Mit ihrem Namen hielt er sich nicht auf. So wie Kevin sie mit den Augen verschlang, würde er sonst wahrscheinlich versuchen, sie heute abend auf R-Gespräch anzurufen. Jane warf ihm ein kühles Lächeln zu und schlug die Beine übereinander. Kevin sah ihr genau dabei zu. Sie schien es zu bemerken, störte sich aber nicht daran. Ihre Miene blieb unbewegt.

Seit Calvin seinen Mandanten zuletzt gesehen hatte, war er offenbar eifrig im Gefängnis-Fitneßraum gewesen. Das einst schmächtige Kerlchen mit eingefallener Brust hatte jetzt einen so ausladenden Oberkörper, daß der Kopf oben drauf wie geschrumpft aussah. Seine Arme waren wie Fässer, und er schien noch nicht recht zu wissen, wohin mit den Dingern. Wie Fremdkörper lagen sie ihm ungelenk auf dem Schoß.

Auf seinen massigen Armen prangte außerdem eine verworrene, an Escher-Gemälde erinnernde Komposition von Tätowierungen – in surreale Landschaften waren Herzen und Blumen und Schädel verstreut, alle in Schieferblau. Kevin hatte sich offenkundig gut in die Gefängniskultur eingelebt. »Aber bei den Handgelenken würde ich mit den Tätowierungen aufhören«, sagte Calvin, während er sich auf den ramponierten Holzstuhl setzte. »Wenn's dir später leid tut, kannst du langärmlige Hemden tragen. Vielleicht kriegst du ja irgendwann mal 'nen soliden Job.«

Kevin starrte ihn mit leerem Blick an.

»Ich mein's ernst«, fuhr Calvin fort. »Die meisten Leute bedauern's hinterher, daß sie sich so verschandelt haben.«

Kevin zuckte mit den Achseln, und Calvin fragte sich, warum er sich überhaupt Gedanken um ihn machte. Erst jetzt fiel ihm auf, daß Kevin aussah, als hätte er Drogen genommen, nichts Ungewöhnliches bei den hiesigen Insassen.

»Na, und wie geht's so?« fragte Calvin.

Kevin zuckte wieder mit den Achseln. »Bin ziemlich beschäftigt. Bin in der Aggressionskontroll-Gruppe und arbeite in der Lederwerkstatt.«

»Und was ist mit der Gebetsgruppe?«

»Ach, da bin ich irgendwie draußen. Aber ich hab vor, meinen Schulabschluß zu machen. Die meisten Typen hier sind ziemlich dämlich, doch ich werd's schaffen.«

»Hör zu«, sagte Calvin. »Ich will gleich zur Sache kommen. Aber eins vorweg: Ich möchte nicht, daß du dir allzu große Hoffnungen machst. Wir beide haben noch ein paar Ermittlungen in deinem Fall angestellt.«

Jetzt sah Kevin hellwach zu ihnen hin. Offebar gab er sich größte Mühe, seine fünf Sinne zu sammeln und sie zusammenzubehalten. »Wirklich?«

»Wie's aussieht, gab es vielleicht einen Zeugen bei dem versuchten Raubüberfall. Wir versuchen ihn zu finden. Denn Tatsache ist und bleibt, daß niemand mit eigenen Augen gesehen hat, wie du jemanden erschossen hast.«

»Ich glaube nicht, daß ich jemanden umgebracht habe«, sagte Kevin.

»Das letzte Mal hast du aber was anderes gesagt«, meinte Calvin.

»Ich weiß. Weil ich mich nicht mehr erinnern konnte. Und diese Typen aus der Gebetsgruppe haben mich 'ne Weile ganz durcheinandergebracht. Denen wär's am liebsten gewesen, ich hätte ein wirklich dickes Ding gedreht, das ich dann furchtbar bereut habe, um Eindruck beim lieben Gott zu schinden. Und klar, als Mörder hast du es hier natürlich einfacher als ein Kinderficker oder so.

Calvin wand sich innerlich bei dem Gefängnisausdruck für sexuelle Gewalt. Er war froh, daß er wenig Strafverfahren hatte. Wegen der Leute, mit denen man's da zu tun hatte.

Kevins glasige Augen wanderten im Raum umher. »Aber inzwischen glaub' ich, wenn ich jemand erschossen hätte, wüßt' ich es. An irgendwas würde ich mich doch erinnern – an den Knall, an irgendwas, oder nicht?«

»Ich weiß nicht«, sagte Calvin. »Deshalb sind wir ja hier, weil wir wissen wollen, ob dir noch was eingefallen ist.«

»Was für ein Zeuge soll das denn sein?«

»Ich weiß nicht. Das würde ich gern von dir wissen.«

»Könnte wirklich sein, daß wer in dem Laden war.« Kevin sah nachdenklich vor sich hin. »Scheiße, ein Zeuge und keiner hat ihn gefunden. Die Bullen nicht. Sie nicht. Ich verrotte hier, und keiner hat nach diesem verdammten Zeugen gesucht.« Kevin spielte den Entrüsteten, und es gelang ihm recht gut.

»Hättest du auch nur mit einem Wort etwas von einem Zeugen erwähnt, wäre das natürlich hilfreich gewesen.« Calvin bemühte sich, nicht zu vorwurfsvoll zu klingen.

»Und dieser Zeuge – war der eher in Richtung Frau oder Mann?« fragte Kevin nachdenklich.

»Na, die eine oder andere Richtung wird's wohl gewesen sein«, sagte Calvin. »Wahrscheinlich war's aber schlicht und einfach entweder ein Mann oder 'ne Frau.« Warum sich bei einem solchen Strohkopf Sarkasmus verbieten, dachte Calvin.

»Weiß Mom davon?«

Calvin nickte.

»Sprechen Sie ab und zu mit ihr? Meinen Sie, sie könnte mir neue Turnschuhe schicken? Nikes hätt ich gern. Oder diese einstellbaren Air Jordans. Hohe.«

»Ich geb' ihr Bescheid.«

»Sagen Sie ihr, ich mach ihr auch 'ne Brieftasche dafür.«

Calvin nickte. »Na prima! Du machst ihr also eine Brieftasche. Aber warum wir glauben, daß es vielleicht einen Zeugen gibt, interessiert dich gar nicht?«

Kevin runzelte die Stirn, und plötzlich verloren seine Augen alles Verschwommene. »Also, wenn ich genau nachdenke, glaub' ich, es war noch jemand in der Apotheke.«

»Ach wirklich?« brummte Calvin. Unglaublich, wie diese

Kerle sich an jeden Strohhalm klammerten und sich dann selber einredeten, sie wären das Opfer eines schrecklichen Justizirrtums. Das hatte er schon unzählige Male erlebt. Diese Selbstgerechtigkeit, mit der sie ihre Unschuld behaupteten und die Tatsachen so lange in ihrem Kopf verdrehten, bis sie selbst daran glaubten, sie wären im Recht und alle andern im Unrecht.

Kevin lächelte ihn entwaffnend an und sah für einen Moment wirklich aus wie ein reizender kleiner Junge. »Ganz schön blöd von mir, den Laden zu überfallen, als wenn jemand drin war, was? Mann, muß wohl wirklich total vollgedröhnt gewesen sein.« Dann schwieg er eine Weile. »Wenn ich genau darüber nachdenke, war da vielleicht doch noch jemand. Mit 'ner Zeitschrift oder so.«

Calvin sah zu Jane hinüber. Er wartete schon, sie würde aufspringen. Rausplatzen, daß er auf der richtigen Fährte war, und ihm ein paar Stichworte geben, damit er sich eine Geschichte zusammendichten konnte. Sie senkte nur langsam die Lider.

Aber später im Auto packte sie ihn am Arm. »Haben Sie das gehört! Er sprach von einer Zeitschrift. Irgendwo in seinem Unbewußten weiß er davon. Da bin ich mir ganz sicher! Können wir ihn nicht in Hypnose versetzen?«

»Nein«, sagte Calvin. »Nichts dergleichen können wir. Das würde uns vor Gericht nur Probleme machen. Der Junge ist bloß wirr im Kopf und als Zeuge völlig unbrauchbar. Er weiß einfach nicht, was passiert ist.«

»Aber er hat doch die Zeitschrift erwähnt«, sagte Jane. »Finden Sie das nicht wahnsinnig aufregend?« Sie rutschte unruhig auf ihrem Sitz hin und her.

»Ach zum Teufel! Vielleicht war ihm die Zeitschrift auf dem Polizeifoto aufgefallen – wie der Geschworenen Nummer Zehn, und heute haben plötzlich ein paar kleine Synapsen in seinem Hirn Klick gemacht. Aber Gratulation, daß Sie nicht gleich einen Freudensprung gemacht haben, als er mit dem Wort ›Zeitschrift‹ rausrückte.«

Jane saß jetzt reglos da. »Wie gesagt, ich wollte ihm keine falschen Hoffnungen machen – und ihn auch nicht ermutigen, irgendeine Geschichte zu erfinden.«

»Was ihm ähnlich sähe. Er ist total unzuverlässig. Ein durchtriebener kleiner Lügner. Und wenn Sie ihn da rausholen wollen ...«

»Ehe er sich auch noch seine Hände tätowiert«, fiel Jane ein.

»... dann werden Sie seine Unschuld beweisen müssen.«

»Ich muß unbedingt diesen Zeugen finden«, sagte Jane.

Calvin spürte plötzlich ein nagendes Schuldgefühl. Die Begegnung mit Kevin hatte sie nicht ernüchtert, sondern ganz im Gegenteil zum Weitermachen verlockt. Sie fiel auf sein Geschwätz rein und stürzte sich jetzt mit vollem Elan in die Sache, die nur mit einer Schlappe für sie selbst enden konnte. Jane da Silva wirkte nüchtern, gelassen und tüchtig, aber manchmal hatte Calvin das Gefühl, jemand müsse sich um sie kümmern.

Aber diesen Gedanken unterdrückte er schnell wieder. Bis jetzt hatte sie sehr gut auf sich selbst aufgepaßt. Er hatte genug mit sich zu tun und wollte sich nicht auch noch Sorgen um sie machen müssen. »Laden Sie mich zum Lunch ein?« fragte er.

Am nächsten Morgen schlief Jane lange, quälte sich dann aus dem Bett, unter die Dusche und in die Kleider. Auf ihrem Tagesplan stand bis jetzt bloß, die Videokassetten zurückzubringen. Wäre sie heute nacht gestorben, sinnierte sie, dann hätte man sie erst gefunden, wenn der Algerier vom Ace-Videoladen irgendwann die Tür aufgebrochen hätte, um sich *Philadelphia Story* zurückzuholen.

Bis sie von Calvin den Inhalt des Polizeiberichtes erfuhr, war sie zur Untätigkeit verdammt. Sie machte sich eine Tasse Tee, stellte sich ans Küchenfenster und sah in den Garten hinaus in den Seattler Dauerregen. Der Rhythmus der Regentropfen auf den Blättern war ihr seit ihrer Kindheit vertraut.

Komisch, als sie in wärmeren Gegenden lebte, im Süden Frankreichs, wo Regen etwas Seltenes war, hatte sie bei seinem Klang und Geruch und der Stimmung, die er verbreitete, immer Heimweh bekommen. Seit sie wieder in Seattle war, fand sie ihn nur noch deprimierend.

Das Telefon klingelte. Als sie in die Halle lief, um den Hörer abzunehmen, hatte sie das Gefühl, die Düsterkeit von draußen sickere in alle Räume.

Es war Calvin Mason. »Tachchen!« rief er fröhlich. »Ich hab' den Namen des Zahnarzts für Sie. Er stand mitsamt Adresse im Polizeibericht, der gottlob mal ordentlich geführt war. Der Mann heißt Carlisle. William James Carlisle. Ein Zahnarzt, wie gesagt. Hier ist die Adresse.«

Bei dem Namen Carlisle jagte ein Adrenalinstoß durch Janes Adern – derselbe Name stand auf Baby Charlies Geburtsurkunde in der Rubrik VATER. Als Mrs. Shea sagte, daß auf die schiefe Bahn gekommene Jugendliche oft die Eltern ihrer Freunde beklauten, hatte Jane gehofft, Sean vielleicht durch den Zahnarzt aufspüren zu können.

Aber hiermit hatte sie nicht gerechnet. Wie Kevin hatte Sean seine Eltern bestohlen, es offenbar aber wie einen Einbruch aussehen lassen. Wahrscheinlich war er ein bißchen raffinierter als Kevin, der seiner armen Mutter den Arm verdrehte, um an ihren Bankautomaten-Code zu kommen. Natürlich möglich, daß Sean auch nur der Neffe von diesem Dr. Carlisle war, sagte Jane sich dann.

»Wow«, rief sie aus. »Vielen Dank.«

»Aber das ist noch nicht alles!« Calvin klang sehr stolz auf sich. »Ich hab' noch was in dem Polizeibericht entdeckt. Nun, genaugenommen, in den Notizen der Ermittler. Da stand auch der Name, auf den das Rezeptetikett ausgeschrieben wurde und von dem die Geschworene Nummer Zehn meint, er könnte uns zu dem fraglichen Zeugen führen.«

»Fantastisch«, rief Jane.

»Es war eine Frau, und sie heißt Jennifer Gilbert«. Er gab ihr eine Adresse im Universitätsviertel.

»Großartig!«

»Na, dann können Sie ja loslegen«, sagte er.

Jane erwiderte, das hätte sie schon längst. Noch mehr, ihr war, als hätte sie den Fall schon in der Tasche. Sean und

Dorothy waren gefunden, und nachzuweisen, daß Sean die Pistole besorgt hatte, wäre ein Kinderspiel. Und wenn Jennifer Gilberts Aussagen den leisesten Zweifel an der Version der Anklage aufkommen ließen, dann standen die Chancen gut, daß Kevin freikam. Sie stellte ihn sich vor, wie er jetzt oben im Monroe eine Brieftasche zusammenschusterte.

Aber ihren Triumph zu feiern, damit wollte sie noch warten, bis sie mit Jennifer gesprochen hatte. Dann würde sie Calvin alles hübsch auf einem Tablett servieren. Und wenn es ihm gelang, damit Kevin aus dem Monroe herauszuholen, hatte sie auch dem Komitee was Hübsches vorzusetzen: einen hoffnungslosen Fall, ein wiedergutgemachtes Unrecht. Denn gab es etwas Verdienstvolleres, als für ein armes Bürschchen, das sich keinen anständigen Detektiven leisten konnte, kostenlos Ermittlungen anzustellen, dessen Unschuld nachzuweisen und ihn so aus Justitias Fängen zu befreien?

Plötzlich kam ihr die Frage in den Sinn, ob Kevin tatsächlich unschuldig sein mußte, um das Komitee zufriedenzustellen. Was war, wenn es zwar zu einer Neuverhandlung kam, seine Unschuld aber immer noch nicht zweifelsfrei bewiesen werden konnte? Jane hatte keine Ahnung, wie eine Neuverhandlung in die Wege zu leiten war. Im Kino schien das immer sehr schnell zu gehen; mit einem Ruck kamen die gewaltigen Mühlen der Ungerechtigkeit zum Stillstand und drehten sich dann in die andere Richtung. Irgend etwas sagte ihr, daß es im wirklichen Leben nicht so einfach war.

Aber sie eilte schon viel zu weit voraus. Erst einmal mußte sie Jennifer Gilbert finden, was nicht sonderlich schwer war. Sie stand mit dem Anfangsbuchstaben J. im Telefonbuch, unter derselben Adresse, die Calvin ihr gegeben hatte. Was wahrscheinlich hieß, daß sie ledig war.

Jane wählte die Nummer. Natürlich nahm niemand ab. Um diese Zeit arbeitete Jennifer Gilbert bestimmt. Als nächstes rief Jane die Praxis von Dr. med. dent. William James Carlisle an. Sie hinterließ ihren Namen und ihre Telefonnummer und sagte sehr bestimmt: »Es geht um eine rechtliche Angelegenheit.« Sie wollte ihn sich ansehen, mit ihm reden und abzuschätzen versuchen, ob er wußte, ob sein Sohn mit der Sache zu tun hatte oder nicht. Vielleicht sogar herausfinden, wo sein Sprößling sich versteckte. So wie die Fletchers über Mr. Carlisle geredet hatten, mußte er ein Monster sein. Deshalb hielt sie es für das Beste zu verschweigen, daß sie Sean suchte. Inzwischen hatte sie das Gefühl, schon bei Dorothy zu weit gegangen zu sein.

Aber schon tat ihr Dr. Carlisle ein bißchen leid. Nachdem sie mit den Müttern von Kevin und Dorothy gesprochen hatte, konnte Jane nachempfinden, was es für Eltern hieß, wenn ihre Kinder Mist bauten. Sie ahnte die Schrecken und Ängste, die es mit sich brachte, Eltern zu sein. Für Leute, die Kinder hatten, dachte Jane, erhöhte sich das Risiko, daß ihnen das Herz gebrochen wurde, ins Unermeßliche – das war Teil des großen Wagnisses, das man mit Kindern einging, bei dem aber ja immerhin auch die Chance bestand, daß einem viel Freude beschert wurde.

Es war anzunehmen, daß Sean auch eine Mutter hatte. Sie stand jedoch nicht im Telefonbuch. Dort gab es nur zwei Eintragungen unter Dr. Carlisle, einmal seine Praxis, einmal seine Privatwohnung. Jane hatte die Praxis angerufen, weil sie annahm, er sei tagsüber dort.

Innerhalb einer halben Stunde rief er zurück. Er hatte eine klare, angenehme Stimme.

»Dr. Carlisle«, sagte sie. »Ich heiße Jane da Silva und arbeite für einen Anwalt namens Calvin Mason.«

»Geht es etwa um die Fletchers?« Die Stimme, die jetzt über die Leitung kam, klang gar nicht mehr so angenehm, sondern sehr gereizt.

Volltreffer, dachte Jane. »Nein.« Es gelang ihr, erstaunt zu klingen. »Mr. Mason vertritt einen jungen Mann, der wegen Mordes verurteilt wurde. Die Tatwaffe wurde aus Ihrem Haus gestohlen.«

»Ach ja, natürlich – diese alte Sache.« Der Zahnarzt seufzte.

»Wir führen einige Ermittlungen durch, um den Fall eventuell neu vor Gericht zu bringen«, sagte sie. »Deshalb würde ich gern bei Ihnen vorbeikommen und Sie kurz wegen der Waffe befragen.«

»Nun, fünfzehn Minuten könnte ich vielleicht erübrigen – zwischen zwei Patienten«, meinte er zögernd. »Aber die ganze Sache habe ich doch schon mit der Polizei durchgekaut.«

»Wunderbar«, Jane setzte sich über seine Unschlüssigkeit hinweg. »Würde es Ihnen heute nachmittag passen?«

Dr. Carlisle praktizierte anscheinend allein, nur sein Name stand an der Tür; trotzdem war seine Praxis riesig. Offenbar wurden ungefähr ein halbes Dutzend Patienten gleichzeitig traktiert, die in mehreren ineinander übergehenden Zimmern auf ihren Stühlen saßen, während attraktive junge Frauen, Arzthelferinnen wahrscheinlich, sich über sie beugten und ihnen aufmunternd zumurmelten. Im Hintergrund flötete Kammermusik durch die Zimmerflucht.

Dr. Carlisle empfing Jane in einem kleinen Büro am Ende des Flurs. Er stellte sich als äußerst gutaussehender Mann heraus, wobei vor allem der Kontrast zwischen seinem gebräunten, jungenhaften Gesicht und dem an den Schläfen schon leicht ergrauten dunklen Haar einfach umwerfend war. Für Jane hatte er ein schnelles, breites Lächeln parat und einen taxierenden, beinahe kokettierenden Blick unter seinen langen Wimpern her. Wenn Sean so unwiderstehlich wie sein Vater war – arme Dorothy, dachte Jane.

»Und was genau möchten Sie wissen?« Er wies Jane den Besucherstuhl; er selbst rekelte sich lässig in dem Sessel hinter seinem kleinen Schreibtisch. Er trug eine hellblaue Montur, etwas in Richtung dessen, was Janes Vorstellung nach Chirurgen im OP trugen, ganz aus Baumwolle und nur ein paar Falten. Jedenfalls viel erotischer als der übliche weiße Kittel, und das wußte er nur zu gut, dachte Jane.

»Wissen Sie übrigens, daß ich die Pistole bis heute nicht zurückbekommen habe?« sagte er, als sei es Janes Schuld. Aber er spielte bloß den Vorwurfsvollen, wollte sie necken. Der Mann hatte was. Er war in Ordnung. Jane versuchte, es zu genießen, sich aber nicht bezirzen zu lassen.

Sie lächelte. »Ich bin sicher, Ihre Versicherung hat sie Ihnen erstattet. Wie die Stereoanlage und den Videorecorder.«

»Ja. Natürlich. Ich habe nur einen Witz gemacht.«

»Ich bin hier, um Sie zu fragen, ob Sie einen Verdacht haben, wer die Pistole gestohlen haben könnte.«

»Nein«, sagte er. »Aber ich gehe davon aus, daß es der gleiche Junge war, der diese Frau in First Hill damit erschossen hat.«

Jane war verblüfft, wie wenig es ihn zu kümmern schien, daß mit seiner Pistole eine Frau ermordet worden war. Brächte sie die Sprache darauf, konnte sie sich schon genau vorstellen, was er erwidern würde: »Also, hören Sie, ich hab' sie doch nicht gestohlen. Ich hab' doch nicht abgedrückt.« Die Dr. Carlisles dieser Welt konnte so leicht nichts erschüttern. Genau das machte wohl ihren Charme aus.

»War es ein gewöhnlicher Einbruch?« fragte sie, hatte im nächsten Moment aber selbst ihre Zweifel, was wohl darunter zu verstehen war. »Sie kamen heim und entdeckten, daß man sie ausgeraubt hatte?«

»Genau. Meine Frau und ich waren nicht in der Stadt, als

es passierte. Ich nahm an einer Konferenz für kosmetische Zahnmedizin in San Francisco teil, und meine Frau begleitete mich. Der Einbruch geschah am hellichten Tag, während die Kinder in der Schule waren. Zum ersten Mal hatten wir sie alleingelassen, und uns war von Anfang an nicht wohl dabei. Vor allem meine Frau hat sich schreckliche Sorgen gemacht.«

»Die meisten Wohnungseinbrüche werden von Jugendlichen begangen«, sagte Jane, wobei sie sich vage erinnerte, das irgendwo gelesen zu haben, und sich fragte, ob es wirklich stimmte. »Viele kennen die Leute, die sie bestehlen. Oft sind es sogar die Eltern von Freunden, die sie sich für ihre Raubzüge aussuchen.« Das wußte sie von Mrs. Shea. »Nun, uns liegt daran, herauszufinden, ob es wirklich Kevin Shea war, unser Mandant, der die Pistole gestohlen hat. Können Sie sich vorstellen, daß eins Ihrer Kinder damit zu tun hat?« Nicht zum ersten Mal fragte sich Jane, wie zum Teufel sie dazu kam, die Leute mit dummen Fragen zu belästigen. Was sollte er darauf schon antworten?

Sie schaute an ihm vorbei auf die Wand hinter ihm, wo ein großes Familienfoto hing. Eine hübsche Frau, die mit schüchternen, sanften Augen in die Kamera blickte, und zwei halbwüchsige Kinder, ein Junge und ein Mädchen. Das Mädchen sah so hübsch wie ihre Mutter aus, hatte aber etwas Trotziges in Blick und Haltung. Der Junge, wahrscheinlich Sean, war ein wirklich gutaussehender Bursche, wirkte aber ein bißchen eingebildet. Jane mußte Mrs. Shea recht geben: Er hatte wirklich herrliche Zähne. Na, schließlich war sein Vater Zahnarzt.

Dr. Carlisle folgte Janes Blick. »Meine Kinder stecken zwar mitten in der Pubertät, aber sie treiben sich weiß Gott nicht mit Kriminellen und Versagern herum. Ich habe großartige Kinder.«

»Ja, sie sehen sehr nett aus«, pflichtete Jane bei. »Wie alt sind sie?«

»Melissa ist fünfzehn und Sean siebzehn.«

»Halten Sie es nicht für möglich, daß sie eine Party oder dergleichen veranstaltet haben, während Sie fort waren? Vielleicht wollten sie ein bißchen feiern und hatten diesen Kevin dazu eingeladen. Kinder nutzen gern die Abwesenheit ihrer Eltern für sowas aus«, sagte sie.

»Meine nicht«, entgegnete er stolz. »Sie haben mir noch nie Kummer gemacht.«

Abgesehen von der ärgerlichen Vaterschaftssache, dachte Jane. »Das ist ja wirklich erfreulich.« Leutselig beugte sie sich zu ihm hinüber. »Wissen Sie, bei meiner Arbeit begegne ich nicht vielen Eltern, die das behaupten können.«

Dr. Carlisle schwoll die Brust förmlich vor Vaterstolz: »Ich habe meinen Kindern von Anfang an eindeutige Grenzen gesetzt, und das macht sich immer bezahlt«, sagte er. »Aber jetzt sind sie ja schon fast erwachsen. Sean geht aufs College.«

»Und er ist erst siebzehn!«

»Ja, er hat eine Klasse übersprungen«, erklärte der Zahnarzt. »Er war unterfordert und hat sich gelangweilt.«

»Ich verstehe. Wo geht er aufs College?«

Er sah sie leicht alarmiert an. Seine Selbstsicherheit sank um ein Grad, und zu Janes Überraschung verlor er damit sofort seinen ganzen Charme. Etwas Hektisches trat in sein Gesicht, und sein Chirurgen-Outfit wirkte plötzlich lächerlich. »An der University of the Pacific. In Stockton, Kalifornien«, sagte er.

Jane dankte ihm für das Gespräch. Auf dem Weg zur Tür ging sie an seinem eingerahmten Diplom vorbei. Es war von der University of the Pacific, in Stockton, Kalifornien. Entweder besuchte Sean wirklich die Alma Mater seines Vaters, oder es war nur die erste, die Dr. Carlisle eingefallen war.

Am Abend, gegen sieben, rief Jane wieder bei Jennifer Gilbert an. Diesmal wurde der Hörer abgenommen.

Jane stellte sich vor und vergewisserte sich, ob sie wirklich mit Jennifer Gilbert sprach. Vom anderen Ende ertönte eine dieser gepreßten, dünnen Stimmen, die typisch für eine gewisse Art von Frauen sind: durch und durch Mittelschicht, brav und geziert. Ihre kindlichen Stimmchen klangen immer ein bißchen ängstlich, so, als würden sie allein in den Nebenhöhlen produziert, ohne jede Luft aus den Lungen, so daß man den Eindruck bekam, der Kopf wäre vom Rumpf abgetrennt. Jane war schon vielen attraktiven Frauen begegnet (alle Amerikanerinnen – dieser spezielle Sprachtick schien bei keiner anderen Nationalität vorzukommen), die sofort ihren Reiz verloren, wenn sie den Mund aufmachten und diese Piepstöne von sich gaben.

Diese gezähmten Stimmen provozierten bei Jane stets die Reaktion, daß sie selbst in einen selbstbewußten, überlegenen Ton fiel.

»Ich würde gern vorbeikommen und kurz mit Ihnen sprechen. Ich arbeite für den Anwalt eines jungen Mannes, der wegen Mordes verurteilt wurde.«

Die gehauchte Andeutung eines erschreckten Aufschreis kam aus Jennifers Mund.

»Vielleicht wissen Sie von dem Fall«, sagte Jane in einem Ton, als jongliere sie täglich mit einem halben Dutzend Mordfälle en gros. »Dem Mord an einer Apothekerin namens Betty Cox.«

»Ja?«

»In dem Moment, als sie erschossen wurde, schrieb sie gerade ein Rezeptetikett.«

»Aber nicht für mich.«

»Wie bitte?« fragte Jane scharf.

»Ich meine, ich war nicht dort«, sagte Jennifer. »Das hab'

ich der Polizei doch schon gesagt. Ich habe das Rezept telefonisch durchgegeben. Warum wird die ganze Sache denn jetzt wieder aufgerollt?«

Ein Klicken in der Leitung. »Einen Moment«, sagte Jennifer. »Ich habe noch einen Anruf.« Nach ungefähr drei Minuten meldete sie sich wieder. »Im Augenblick ist es wirklich nicht günstig«, meinte sie. »Ich habe eine Anzeige aufgegeben, weil ich eine Mitbewohnerin suche, und es kommen dauernd Anrufe. »Ich habe jetzt wirklich keine Zeit mehr.«

»Könnte ich nicht vorbeikommen und Ihnen ein paar Fragen stellen?« Jane bemühte sich um einen etwas sanfteren Ton.

»Nein! Bitte, ich will nichts mit der Sache zu tun haben. Ich weiß überhaupt nichts.«

»Nun, vielleicht sitzt ein junger Mann unschuldig im Gefängnis.« Jetzt legte Jane Dramatik in ihren Ton – eine Spur zu viel, wie sie selbst fand. »Ich habe bloß ein oder zwei Fragen an Sie. Es würde nicht lange dauern, und ...«

»Ich kann nicht«, hauchte Jennifer. »Ich möchte endlich meine Ruhe haben.« Jane hörte ein Seufzen, das beinahe wie Schluchzen klang. »Ich kann Ihnen nicht weiterhelfen.« Dann legte Jennifer auf.

Daß Jennifer per Annonce eine Mitbewohnerin suchte, war geradezu ein Glücksfall. Er ermöglichte Jane einen neuen Annäherungsversuch. Am nächsten Tag machte sie einen langen Regenspaziergang hinunter zum Broadway und holte sich eine *Seattle Weekly*. Die hatte den größten Anzeigenteil und dort zu suchen war wahrscheinlich am ergiebigsten. Obwohl Jane Jennifers Adresse und Telefonnummer schon hatte, wäre die Lektüre der Annonce bestimmt aufschlußreich.

Sie nahm sich die Zeit, einige andere Anzeigen zu lesen, die ein ein trauriges Bild des Großstadtlebens gaben – Einsame-Herzen-Anzeigen von selbsternannten Musterexemplaren der Menschheit, die nach Sex, Liebe und Zuneigung lechzten. Hilfsgruppen für die Überlebenden der verschiedensten seelischen Erschütterungen und sozialen Mißgeschicke; Anzeigen schnieker Firmen, die Jobs zu beleidigend niedrigen Gehältern anboten und zum Ausgleich dafür auf den Glanz ihres Unternehmens hinwiesen.

Und wirklich, da stand sie, Jennifers Anzeige, in der Rubrik UNTERVERMIETUNGEN: Jane verglich die Telefonnummer. In der ziemlich langen Anzeige beschrieb sich Jennifer als »ruhige, berufstätige Frau«, ihre Wohung als »geräumiges Universitätsviertel-Apartment in einem bezaubernden, historischen Gebäude in der Nähe zu Campus und Bushaltestellen«. Ihre ideale Wohngenossin sollte »zuverlässig, Nichtraucherin und kommunikativ« sein. Gegen Katzen hatte Jennifer keine Einwände. Sie bot die Mitbenutzung ihres Autos an, und die Miete betrug dreihundert Dollar, inklusive Nebenkosten. Jennifer schien viel daran zu liegen, sich als verträgliche, großzügige Person darzustellen, und suchte offenbar nicht nur eine Untermieterin, sondern auch eine Freundin.

Jane wagte nicht anzurufen. Ihre Stimme würde sie verraten. Aber sie baute auf die Tatsache, daß man sich bei einem Telefongespräch mit jemand Unbekanntem unwillkürlich ein bestimmtes Bild vom Äußeren der Person machte, das Janes Erfahrung nach aber nie mit der Wirklichkeit übereinstimmte. Wenn sie also plötzlich bei Jennifer auftauchte und ihr irgendeine Geschichte erzählte – im Bus hätte ihr jemand von der Wohnung berichtet, ihr aber nicht die Telefonnummer sagen können –, könnte sie sich bestimmt irgendwie Einlaß verschaffen.

Schlimmstenfalls würde sie vielleicht sogar wirklich als Untermieterin bei Jennifer einziehen. Nur vorübergehend natürlich, bis sie herausgefunden hatte, was sie wissen wollte. Jane schauderte leicht bei der Vorstellung, wie sie in Jennifers Sachen herumschnüffelte, aber sie wußte, sie würde es fertigbringen, wenn sie sich etwas davon versprach.

Onkel Harold, sinnierte sie, hätte sich nie solcher Tricks bedient, aber zum Teufel, er war reich gewesen! Er war es schließlich, der sein Riesenvermögen vor ihrer Nase baumeln ließ. Und wenn sie zu solch verzweifelten Mitteln griff, um es zu bekommen, war es nicht ihre Schuld.

Noch am selben Abend machte sie sich auf den Weg zu

Jennifer Gilbert. Das Haus im Universitätsviertel war wirklich hinreißend, ein maurisch anmutendes Gebilde aus den Zwanzigern mit beigem Stuck im Überfluß, gewellten roten Dachziegeln und großen Terracotta-Töpfen mit Fächerpalmen und Geranien vor dem Eingang. Jane war schon oft an dem Haus vorbeigefahren und hatte es bewundert.

Das Gebäude, das aussah, als hätte man es von Südkalifornien eingeflogen, war zu beiden Seiten von langweiligen großen Apartment-Blocks eingekreist.

Auf der Reihe Türklingeln entdeckte Jane den Namen J. GILBERT und läutete. Sogar die Klingelknöpfe waren authentisch – aus schwarzem Bakelit. Die Initialien J. Gilbert in Kombination mit der Architektur des Hauses ließen Jane an John Gilbert denken, den Filmstar aus den Zwanzigern. Sie lugte durch die mit schmiedeeisernen Stäben versetzte Glastür in eine mit orangeroten und blauen Fliesen ausgelegte Eingangshalle.

Aber weder Jennifer Gilbert noch John Gilbert öffneten ihr die Tür. Jane blieb eine Weile unschlüssig auf der Stufe stehen und sagte sich dann, es sei wahrscheinlich ohnehin besser, ihren Besuch um einen Tag zu verschieben, damit Jennifer ihre Stimme nicht mehr so frisch im Gedächtnis habe. Sie würde eben morgen wiederkommen.

Den nächsten Tag verbrachte sie mit dem Versuch, Sean Carlisle aufzuspüren. Das Sekretariat der University of the Pacific in Stockton erklärte ihr, daß er dort nicht eingeschrieben sei. Jane war beinahe enttäuscht, denn sie hatte sich schon eine Geschichte über die Gewährung eines Studiendarlehens ausgedacht, um seine genaue Adresse in Erfahrung zu bringen, aber genau besehen, hatte sie auch so etwas erreicht: Sie wußte jetzt, daß Dr. Carlisle sie über den Aufenthaltsort seines Sohns belogen hatte ...

Da sie annahm, daß er im Augenblick in seiner Praxis war

und wie ein Gast auf einer Cocktailparty seinen Charme versprühte, während er von einem Behandlungsstuhl zum nächsten schwebte, hielt Jane den Zeitpunkt für günstig, bei ihm zu Hause vorbeizufahren und sich umzusehen.

Es war ein großes, quadratisches, um die Jahrhundertwende erbautes Haus am Capitol Hill mit heiterem hellgelben Putz, weiß gestrichenen Fensterrahmen und Türen und weißen Säulen entlang des Portals. Das Haus, ganz in der Nähe von Onkel Harolds gelegen, hatte etwas so Anheimelndes, daß man es sich gut auf einer Weihnachtskarte vorstellen konnte – mit einem Tannenkranz über der Haustür und einer dicken Schicht funkelnden Schnees auf dem Dach.

Als sie ihren Wagen auf der anderen Straßenseite parkte, fragte sie sich, was sie hier überhaupt wollte.

Sie fuhr statt dessen zu einem Imbiß in der Fifteenth Avenue, bestellte sich einen doppelten Espresso mit Milch und benutzte das Münztelefon dort. »Ist Sean Carlisle zu sprechen?« sagte sie zu der Mädchenstimme am anderen Ende.

»Nein!« Das Mädchen und klang enttäuscht, weil der Anruf nicht für sie war.

»Ich habe seine Brieftasche gefunden«, sagte Jane, »und ich möchte sichergehen, daß die Adresse, die auf dem Führerschein steht, noch stimmt.«

»Er ist nicht da. Und so schnell kommt er auch nicht zurück«, antwortete das Mädchen. »Ich dachte, seine Brieftasche wäre hier. Na, da wo er ist, braucht er jedenfalls keinen Führerschein.«

Jane mühte sich, ihre Anspannung zu verbergen und die nächste Frage so geschickt zu formulieren, daß sie dem Mädchen den Aufenthaltsort des kleinen Schufts aus der Nase ziehen konnte. Aber dann war eine Frauenstimme im Hintergrund zu hören. »Da ist 'ne Frau, die hat Seans Brieftasche gefunden«, brüllte das junge Mädchen in den Raum.

Dann sprach sie wieder in den Hörer. »Hier, sprechen Sie mit meiner Mom.«

Ein kurzes Knistern in der Leitung, dann eine frostige, dünne Stimme: »Ja, bitte. Was kann ich für Sie tun?«

»Ich habe eine Brieftasche gefunden, die offenbar einem Sean Carlisle gehört«, erklärte Jane.

»Es muß sich um einen Irrtum handeln«, sagte die Frau scharf. »Mit wem spreche ich bitte?«

»Dann ist er also nicht da?«

»Nein!« entgegnete die Frau. »Darf ich fragen, mit wem ich spreche?«

»Dann bin ich offenbar an der falschen Adresse«, murmelte Jane und legte auf. Es kümmerte sie nicht sonderlich, was die Carlisles von diesem sonderbaren Anruf hielten. Wahrscheinlich würden sie glauben, Dorothy oder ihre Mutter steckten dahinter oder eine aufgebrachte Verwandte irgendeines anderen verführten und im Stich gelassenen jungen Mädchens.

War Sean etwa im Gefängnis? Wo sonst brauchte man keinen Führerschein? Als nächstes rief sie Calvin Mason an und sprach auf seinen Anrufbeantworter: »Könnten Sie sich als Anwalt auf verzweifelter Mandantensuche ausgeben – allzugroße Verstellungskunst kostet Sie das doch bestimmt nicht –, das Gefängnis anrufen und herausfinden, ob Sean Carlisle dort einsitzt?« Sie war sich nicht sicher, ob Sean noch minderjährig war oder nicht, und hatte keine Ahnung, in welcher Sorte Gefängnis er sitzen würde, wenn überhaupt. Aber Calvin würde schon wissen, wo er zu suchen hätte.

Erst viel später, als sie im Bett lag und las, rief er zurück. »Er ist nicht im Gefängnis«, sagte Calvin. »Jedenfalls in keinem der Verwaltungsbezirke von King, Snohomish oder Pierce. Handelt es sich etwa um Kevins alten Kumpel Sean, von dem ich mir nicht sicher war, ob er überhaupt existiert?«

»Ja. Ich glaube es zumindest«, sagte Jane. »Die Beschreibung von Kevins Mutter paßt genau auf ihn. Und noch ein hochinteressantes Detail: Mrs. Cox wurde mit der Pistole seines Vaters getötet.« Sie versuchte, nicht zu triumphierend zu klingen.

Es entstand eine Pause. »Verdammt!« meinte Calvin. »Zu dumm, daß ich den Kerl nicht gefunden habe. Auf der Sache mit der Pistole hätte eine gute Verteidigungsstrategie aufbauen können. Nicht, daß ich inzwischen glauben würde, daß Kevin nicht der Täter war, aber trotzdem ...«

»Machen Sie sich keine Vorwürfe. Ich bin ihm auch bloß auf die Spur gekommen, weil er seine Freundin geschwängert hatte, was Mrs. Shea aufgefallen war. Und die Freundin hab' ich durch das amtliche Geburtenregister aufgespürt.«

»Können Sie mir das noch mal von vorn erklären?«

Jane erklärte es ihm. »Sie sehen also, ich konnte ihn nur aufspüren, weil Dorothy Klein-Charlie bekommen hat.«

»Aber gefunden haben Sie ihn noch nicht.«

Am nächsten Tag fuhr Jane erneut zu Jennifer Gilberts Haus, drückte mehrmals auf die Klingel, und während sie frustriert wartete, las sie die anderen Namensschilder. Sie stutzte einen Moment, aber nein, sie täuschte sich nicht, auf dem untersten stand allen Ernstes A. NAZIMOVA, VERWALTUNG.

Das mußte ein Witz sein. Alla Nazimova, der alte Filmvamp, war Besitzerin und Verwalterin der *Garden of Alla* in Los Angeles gewesen, jener berühmten Hollywood-Wohnanlage, zu deren Mietern Robert Benchley, Humphrey Bogart und F. Scott Fitzgerald gezählt hatten. Inzwischen war der Komplex abgerissen. Jane hatte ihn nie gesehen, wußte aber, daß er im maurischen Stil erbaut war, genau wie dieses Haus hier.

Sie konnte nicht widerstehen. Sie drückte auf die Klingel und rechnete schon beinahe damit, gleich würde ihr die alte Alla persönlich die Tür öffnen mit ihren kajalumrandeten Augen und allem.

Statt dessen knisterte die nasale Stimme eines Mannes aus der Sprechanlage. »Ja?«

»Ich suche Jennifer Gilbert«, meldete sich Jane und überlegte, mit welcher Geschichte sie jetzt aufwarten sollte.

»Oh, mein Gott«, ertönte die Stimme dramatisch. »Bitte kommen Sie sofort rein.«

Jane lehnte sich gegen die Tür, während der Öffner, wie ihr schien, mindestens eine Minute summte, ehe die Tür endlich aufging und Jane beinahe bäuchlings in die Eingangshalle fiel.

Eine Minute später tauchte ein schmaler, eleganter Mann undefinierbaren Alters vor ihr auf. Sein Silberhaar war kurz und wie mit dem Lineal gescheitelt. Er trug ein cremefarbenes Polohemd und graue Flanellhosen mit Bundfalten und Aufschlag. Statt eines Gürtels hatte er einen Schlips durch die Gürtelschlaufen gezogen; wie Jane wußte, hatte Fred Astaire diese Mode kreiert. Um den Nostalgie-Look noch zu vervollständigen, trug er schwarzgelbe Steptanzschuhe. »Ich hatte eigentlich Alla Nazimova erwartet«, meinte sie lächelnd.

Er erwiderte ihr Lächeln. »Ein alberner kleiner Scherz von mir«, sagte er.

»Der *Garden of Alla.*«

»Genau. Aber kaum einer kapiert die Anspielung. Nur wir Nostalgiker.«

»Ja, weil wir darum trauern, daß uns die Eleganz einer großartigen Epoche verloren gegangen ist«, sinnierte Jane, die, obwohl sie selbst Nostalgikerin war und sich sogar ihren Lebensunterhalt schlecht und recht damit verdient hatte, alte Gershwin-, Jerome-Kern- und Cole-Porter-Songs zu singen, sich nie dazu verstiegen hatte, so vollständig in der Vergangenheit zu leben wie die Gestalt vor ihr.

»Genau!« sagte er wieder. »Aber ich heiße natürlich nicht Alla. Mein Vorname ist Arthur.« Ehe sie dazu kam, sich selbst vorzustellen, trat er zu ihr, nahm ihre Hand und sah sie eindringlich an. »Sind Sie die Dame aus Jennifers Büro, die heute früh anrief? Vielleicht haben Sie recht. Wir sollten wohl lieber nachsehen, was mit ihr ist.«

Jane überlegte den Bruchteil einer Sekunde, ob sie eine Kollegin Jennifers mimen sollte. Aber das war zu riskant. Sie wußte ja nicht mal, welchen Beruf Jennifer ausübte und schon gar nicht, was die Frau aus ihrem Büro am Telefon gesagt und ob sie ihren Namen genannt hatte.

»Ich war mit ihr verabredet«, sagte sie dann einfach. »Stimmt etwas nicht?«

Arthur wirkte eindeutig besorgt. »Ihr Büro hat angerufen. Sie ist heute nicht zur Arbeit gekommen, und ihre Kolleginnen waren alarmiert, weil sie noch nie einen Tag gefehlt hat, nicht mal, wenn sie krank war. Sie waren wirklich sehr besorgt. Ich sagte, ich hätte keine Ahnung, was mit ihr sei. Dann bin ich zu ihrer Wohnung gegangen und habe angeklopft, aber sie scheint nicht da zu sein. Tja, wenn sie allerdings mit Ihnen verabredet war ...«

»Ja, aber nur locker«, wich Jane aus. »Sie wußte, daß ich heute vorbeikommen wollte.« Falls Jennifer doch zu Hause war, mußte sie ihre Geschichte wohl ein bißchen variieren. »Sie sucht eine Mitbewohnerin.«

»Ja. Ich weiß«, sagte Arthur. »Aber was tun wir jetzt bloß?«

Jane stürzte sich auf das »wir« und ergriff kurzentschlossen die Initiative. »Na, wenn es so ganz und gar nicht ihre Art ist, einfach zu verschwinden, dann sollten wir vielleicht nachgucken, was los ist«, schlug sie vor.

»Ich hole den Universalschlüssel!« Offenkundig war Arthur froh, jemand dabeizuhaben. »Es ist wirklich nicht mein Stil, einfach in irgendwelche Wohnungen zu platzen. Ich meine, vielleicht hat die arme Jennifer ja einfach einen kleinen Kater.« Jane folgte ihm zu seiner Wohungstür.

»Kommen Sie, kommen Sie doch herein!« rief er und winkte sie hinein. Jane ließ ihre Augen verstohlen über die Einrichtung wandern. Arthurs Wohnung war ein Museum der Zwanziger und Dreißiger fahre. Art-déco-Zigarettenetuis, die Alabasterstatue einer flachbrüstigen Frau, die eine Halbmondsichel umarmte, eine große Vase mit Kallas.

Obwohl er sich als Arthur Nazimova ausgab, ging Jane davon aus, daß der Nachname seine eigene Erfindung war, und Sie erfand noch einen für ihn. Mr. Art Déco hieß der Mann ab jetzt für sie, der mittlerweile in seiner Schreibtischschublade herumkramte. »Jennifer ist ein sehr ruhiges Mädchen, eigentlich gar nicht der Typ, der über die Stränge schlägt«, meinte er.

Jane sah sich beeindruckt um. »Wirklich eine herrliche Kollektion, die Sie hier haben«, sagte sie.

Er strahlte. »Ich hab schon vor vielen Jahren mit dem Sammeln angefangen, als sich noch kein Mensch für das Zeug interessierte«, sagte er. »Aber *die* Zeiten sind leider vorbei. Letzte Woche sah ich einen umwerfenden kleinen Chrom-Toaster für fünfzig Dollar. Fünfzig Dollar! Stellen Sie sich vor! Früher hab ich Mengen wirklich hübscher Cocktailshaker für fünf ergattert.«

Was wollte bloß ein einzelner Mensch mit mehr als einem Cocktailshaker, fragte sich Jane. Ihre Augen glitten über eine Schreibtischgarnitur, Brieföffner, Tintenfaß und Löscher, alles aus Onyx. Wer benutzte heutzutage noch Tintenfaß und Löscher? Na, offenkundig Mr. Art Déco! Vor der Garnitur lag ein hübscher Füllfederhalter.

»Alles gute Design dieses Jahrhunderts entstand vor Pearl Harbour«, erklärte Art Déco vehement und ließ die Suche nach dem Schlüssel einen Moment sein. »Alles, was danach kam, kann man vergessen.«

»Ja, und die herrlichen Songs von damals!« rief Jane und summte eine Strophe aus »Embraceable You«, wiegte sich im Rhythmus und sah sich weiter um. Gewiß, sie teilte seine Liebe zu dieser Epoche, fand aber doch, daß es etwas leicht Gruseliges an sich hatte, so ganz in der Vergangenheit zu leben. Das Telefon war ein Bakelit-Modell à la Al Capone, und der ulkige kleine Elektroheizer mit stilisiertem Blumenmuster im Gitter und dem ausgefransten stoffumwickelten Kabel entsprach wohl kaum heutigen elektrotechnischen Sicherheitsstandards. Wirklich, weit und breit war kein einziger moderner Gegenstand zu entdecken.

»Haben Sie einen Videorecorder?« fragte sie und fügte dann schnell hinzu, aus Furcht, ihre Frage sei indiskret: »Sie brauchen doch bestimmt einen, um die Einrichtungen in den alten Filmen zu studieren.«

»Genau«, sagte Art Déco und ging hinüber zu einer alten Plattentruhe – Walnußholz mit Messingbeschlägen –, öffnete sie und gab den Blick frei auf das Neueste, was die japanische Elektronik des ausgehenden zwanzigsten Jahrhunderts zu bieten hatte. Er schüttelte sich angesichts solcher Häßlichkeit und machte die Tür schnell wieder zu. »Ein notwendiges Übel«, seufzte er.

»Ja«, stimmte Jane zu. »Wie sind wir nur so lange ohne das ganze Zeug ausgekommen? Jetzt können wir uns all die herrlichen Carole Lombard-Filme angucken, wann wir Lust dazu haben.« Und ob bewußt oder unbewußt, wußte sie selbst nicht, nahm sie Carole Lombards laszive, lässige Film-Debüt-Haltung ein. Das passierte ihr oft, und Jane fürchtete schon, all die Jahre, in denen sie den Stil vergangener Sängerinnen kopierte, hätten ihr jede Natürlichkeit genommen. »Wie herrlich Sie in dieses Haus passen würden!« rief Art Déco enthusiastisch.

»Ja, hier würde ich mich wirklich wohlfühlen«, sagte sie. »Aber erst mal müssen wir Jennifer finden, nicht wahr?« Jane merkte, daß er Jennifer völlig vergessen hatte und in Gefahr war, daß sein Astralkörper in irgendein paralleles Ernst-Lubitsch-Universum abhob.

»Ach ja, Jennifer.« Er runzelte die Stirn und kramte weiter nach dem Schlüssel. »Um ganz ehrlich zu sein, sie weiß dieses Haus im Grunde gar nicht zu schätzen, hat überhaupt kein Gefühl dafür, was mir hier vorschwebt. Ich meine, sie ist ein liebes, nettes Ding, aber ich fürchte, für gutes Design hat sie nicht viel Sinn.« Mit einem triumphierenden Lächeln hielt er jetzt den Schlüssel hoch. »Sie werden schon sehen, was ich meine«, er zwinkerte Jane zu. »Keramikgänse mit blauen Schleifen um den Hals und Kühlschrankaufkleber mit Muntermacher-Sprüchen.« Er verdrehte die Augen vor Mitleid und Abscheu und faßte sich an den Hals, als müßte er sich angesichts solcher Beleidigungen seines verfeinerten Geschmacks gleich übergeben.

Jane folgte ihm durch den Flur und um ein ausgestrecktes Porzellanhundebein herum zu Jennifer Wohnungstür. Mr. Art Déco klopfte eine Weile fest dagegen und rief dann »Jennifer«, während er den Schlüssel ins Schloß steckte und hineinging.

Keine Antwort, nur die tiefe Stille eines unbewohnten Hauses. Sie gingen durch den kleinen gefliesten Flur ins Wohnzimmer. Es war die Beleuchtung, die ihnen auf einen Schlag klar machte, daß etwas Schreckliches geschehen sein mußte. Eine große Stehlampe lag umgestürzt auf dem Teppich, warf einen riesigen, grellen, nur durch die Umrisse eines Tischs und Stuhls gebrochenen Lichtkegel an die gegenüberliegende Wand und tauchte den Rest des Zimmers in bedrohliche Dunkelheit.

Mr. Art Déco schnappte nach Luft, und Jane sah sich im Zimmer um. Neben der Flügeltür stand ein kleiner Sekretär, dessen Schublade herausgezogen war und oben auf der Schreibfläche stand; der Schubladeninhalt war durcheinandergewühlt.

»Das sieht nicht gut aus«, sagte Art mit einem Ernst, den Jane ihm nicht zugetraut hätte. »Ich glaube, wir sehen uns auch die anderen Zimmer lieber mal an. Gott, ich hoffe bloß, es geht ihr gut.«

Jane betrat das an den Wohnraum angrenzende Schlafzimmer. Jennifer ging es nicht gut. Sie lag quer auf dem Bett, Augen und Mund weit aufgerissen, das Gesicht lila angelaufen. Über das Kopfkissen flossen die Zipfel eines orangenen Seidenschals, die aussahen, als wüchsen sie aus ihrem Hals heraus. Jane wurde klar, jemand hatte ihr den Rest des Schals so fest um die Kehle geschlungen, daß er tief in das aufgequollene, tote Fleisch eingegraben war.

Das Gesicht der Frau war eine leere Maske leblosen Fleisches. Jennifer war tot. Trotzdem zwang sich Jane, ihr zwei Fingerspitzen auf die Schläfe zu legen, rein aus Prinzip, um absolut sicher zu sein, daß ihr niemand mehr helfen konnte. Die Haut war kalt. Hastig zog Jane ihre Hand zurück und starrte auf die Leiche.

Arthur stürmte aus dem Zimmer, und kurz darauf hörte Jane Geräusche aus dem neben dem Eingang liegenden Bad, es klang wie das Zuschlagen einer Arzneischranktür, dann wie Würgegeräusche.

Wie gebannt wanderten Janes Augen über die tote Frau, ihre starre, kupferblonde, matronenhaft wirkende Dauerwellfrisur, den dunkelgrünen Pullover und dunkelgrün gemusterten Musselinrock, dessen orangerote Sprenkel denselben Ton hatten wie der um ihren Hals gezurrte Schal. Jennifer hatte einen fülligen Körper und stämmige Beine. Ein Fuß war nackt – am anderen steckte ein hellroter Plüschpantoffel.

Jane trat ein paar Schritte zurück, wobei ihr Blick über die geblümte Tagesdecke glitt, den Nachttisch mit der TV-Fernbedienung darauf und einer Ausgabe von *Cosmopolitan*. Dann schaute sie zur Frisierkommode – ein wuchtiges Eichending, wie man sie in Hotels findet –, auf der Döschen, Parfümsprays und aller mögliche Schnickschnack standen: eine Keramikeule, eine Tonvase mit getrockneten Blumen, ein Metallbaum in einer azurblauen Perlmuttschale, an dem ein Dutzend Ringe hingen, daneben eine kleine Messingdose, die, darauf wettete Jane, Ohrringe enthielt.

»Wir müssen die Polizei rufen«, rief sie über ihre Schulter in Richtung Bad.

Die Wasserspülung wurde gezogen, dann hörte sie Arthur keuchen: »Mein Gott, ich mußte mich übergeben.«

»Vielleicht sollten Sie von Ihrer Wohnung aus anrufen«, sagte Jane. »Wegen der Fingerabdrücke und so.« Ihr ging durch den Kopf, daß vor ein paar Minuten noch allein der Gedanke an Jennifers Kühlschrankaufkleber einen Brechreiz bei Mr. Art Déco ausgelöst hatte. Widerwillig verließ Jane das Schlafzimmer. Sie war ganz benommen. Die Szene stieß sie gleichzeitig ab und faszinierte sie – die so unzeremoniös über der geblümten Bettdecke ausgestreckte Leiche, die Banalität des Zimmers. Das Ganze wirkte so unpassend, so empörend, so schrecklich verkehrt. Obwohl sie dagegen anzukämpfen versuchte, wurde Jane ganz schwindlig. Als sie in den Flur trat, stand Arthur da. Seine Stirn war mit feinen Schweißperlen bedeckt, und er sah sehr blaß aus.

»Sie sollten sich lieber setzen«, schlug Jane vor, führte ihn zurück ins Wohnzimmer und drückte ihn aufs Sofa. Ihr war klar, daß sie eigentlich nichts anrühren durften, den Tatort sofort hätten verlassen müssen und die Polizei anrufen. Aber Art sah aus, als würde er gleich umfallen.

»Wenn Sie glauben, Sie werden ohnmächtig«, sagte sie, »dann legen Sie sich am besten hin – den Kopf tief und die Beine hoch.« Sich um Arthur zu kümmern hielt das Grauen irgendwie in Schach.

»Es geht schon«, murmelte er zitternd. Statt sich hinzulegen, stützte er den Kopf an die Rückenlehne. »Lieber Gott, das arme Ding. Das arme, unglückliche Ding.«

Jane wußte, daß sie Jennifers Wohnung wahrscheinlich nie wiedersehen würde, und versuchte, sich alles genau einzuprägen. Die Gegenstände, mit denen die tote Jennifer sich umgeben hatte, wirkten entsetzlich trostlos und sinnentleert.

Daran änderten auch nichts die vielen authentischen Dreißigerjahre-Details in dem großen Raum, die Arthur so entzückten: die weißen, hohen Stuckdecken, die Zierleisten aus dunklem glänzenden Holz, die schmiedeeisernen Wandleuchten und der mit hellorangen und blauen Kacheln abgesetzte runde Kamin.

Auf dem Sims stand ein kleines Keramikeinhorn mit vergoldetem Horn und vergoldeten Hufen, ein Spiegel mit Eichenholzrahmen und ins Glas ziselierten Mohnblumen. Aber nirgends Bücher oder Fotos; deren Fehlen verlieh dem Raum etwas noch Tristeres und Vergänglicheres.

Die Möbel waren einfach und modern. Große gepolsterte Stücke mit grauem Tweedbezug und mehrere entfernt nach Kolonialstil aussehende Kaffeetische, die den Eindruck erweckten, als stammten sie vom Dachboden aus Mom's und Dad's Haus. Auf dem Boden lag ein großer skandinavisch wirkender Baumwollteppich, gelb und grau gestreift, der vor den Türen zu Flur und Schlafzimmer leicht abgetreten war. Und mitten auf dem Teppich lag der zweite rote Plüschpantoffel. Jane fröstelte.

»Er hat sie ins Schlafzimmer geschleppt«, hauchte sie. »Er hat sie hier erdrosselt und dann ins Schlafzimmer gezerrt. Gucken Sie da, der Pantoffel!«

»O Gott!« Arthur starrte einen Moment auf den Pantoffel. »Und das in meinem Haus! In meinem Haus ist so etwas geschehen!« Er wandte den Kopf ab und sah zum Schreibtisch.

»Und dann hat er nach etwas gesucht«, fuhr Jane fort,

deren Augen seinem Blick zu der durchwühlten Schublade oben auf dem Schreibtisch gefolgt waren. Neben der Schublade stand das Telefon.

»Ich rufe an«, sagte Arthur und kämpfte sich vom Sofa.

Wer auch immer in der Schublade herumgekramt hatte, er mußte gefunden haben, was er suchte. Sonst war nichts im Raum angerührt.

Arthur hatte fraglos eine Menge Kriminalfilme in seinem Leben gesehen. Er hatte den Hörer mit einem Batisttaschentuch angefaßt. »Teufel! Es ist besetzt. 911 ist besetzt! Unglaublich!« Er knallte den Hörer auf, nahm ihn wieder hoch und hieb wütend auf die Knöpfe ein. Diesmal kam er offenbar durch. »Hier in meinem Haus liegt eine Leiche!« keuchte er. »Eine Frau ist ermordet worden.«

Jane schlenderte in den Flur und blickte auf die Eingangstür, die ein paar Zentimeter offenstand. Der Lack um das Schloß herum war unbeschädigt. Etwas höher in der Tür entdeckte Jane jetzt ein kleines schmiedeeisernes Guckloch. Wenn Jennifers Mörder zur Tür hereingekommen war, hatte sie ihn eingelassen. Jane wandte den Kopf und hörte Arthur gerade sagen: »Ich bin der Hausbesitzer. Jaja. Ich bleibe hier. Ich habe den Schlüssel. Jaja, gut.«

Dann sah sie sich weiter im Flur um, betrachtete die leere Briefschale auf dem kleinen Tisch, an den ein Schirm gelehnt war. An der Wand über dem Tisch hingen mehrere eingerahmte Fotos. Auf einem erkannte sie Jennifer, einem steifen Atelier-Familienfoto, auf dem es ferner eine Mutter und einen Vater gab, beide bebrillt, und einen in einen Anzug gesteckten Sohn mit zu viel Gel im Haar. Und auf der Armlehne des Atelierdiwans, auf dem die anderen drei posierten, saß Jennifer mit übereinandergeschlagenen Beinen. Es war vor allem ihr starres, blondes Haar, an dem Jane sie erkannte. Sie hatte ein rundes Gesicht, ganz wie die Mutter, und ein angenehmes Lächeln. Irgendwo, sinnierte Jane, ging diese Familie ihrer Wege und glaubte, Jennifer ginge es gut.

Die anderen Fotos waren Schnappschüsse. Eine alte Dame, die inmitten von Blumentöpfen in einem Rollstuhl saß und zufrieden vor sich hinguckte. Dann wieder ein Foto von Jennifer in dickem Pullover und mit einer Katze auf dem Arm; direkt daneben ein weiteres Foto von ihr, zusammen mit einer ungefähr gleichaltrigen Freundin; beide stehen steif an irgendeinem Strand. Dann gab es noch drei andere Schnappschüsse von jungen Frauen um die Mitte zwanzig; zwei der Fotos schienen in der Wohnung hier aufgenommen zu sein.

Die Fotos waren asymmetrisch angeordnet; an einer Stelle hätte eigentlich noch ein Bild hängen müssen, um der Komposition Balance zu verleihen. Aber dort war bloß die nackte Wand zu sehen und ein kleiner kupferner Bilderhaken.

Arthur knallte den Hörer auf. »So, die Polizei weiß Bescheid«, schnaubte er. »Sie ist schon unterwegs. Wir sollen in meiner Wohnung warten.«

»Ja«, sagte Jane.

»Ich habe dem Beamten erzählt, daß Sie eine Verabredung mit Jennifer hatten – daß wir deswegen in ihre Wohnung eingedrungen sind«, berichtete er. »Ich nehme an, die werden auch mit Ihnen sprechen wollen.«

Er trat neben sie. »Hier an der Wand fehlt ein Bild«, sagte Jane. »Haben Sie eine Ahnung, wessen Foto es gewesen sein könnte?«

Er runzelte die Stirn. »Nein. Die älteren Herrschaften dort müssen ihre Eltern sein. Sie leben in Spokane. Und der junge Mann ist wohl ihr Bruder, ich weiß, daß sie einen hatte. Und dies hier sind Fotos von einigen ihrer ehemaligen Untermieterinnen.«

»Ich glaube, sie öffnete ihrem Mörder selbst die Tür«, sagte Jane und zeigte auf das unbeschädigte Schloß.

Er drehte sich um. »Oder er ist durch die Flügeltür eingestiegen. Die Schlösser hier im Haus sind nicht besonders sicher, aber der Gedanke, sie auszuwechseln, war mir zuwider. Es sind noch die echten, alten.« Er sah plötzlich beschämt aus. »Schließlich hätte ich mir ja nie träumen lassen, daß ...«

Er ging hinter den Schreibtisch und zog die langen Vorhänge beiseite.

»Rühren Sie nichts an«, rief Jane, und weil sie fand, sie hatte zu herrisch und scharf geklungen, fügte sie schnell hinzu: »So heißt es doch immer in den Kriminalfilmen.«

»Ich weiß, ich weiß. – Aber mein Gott, die Tür ist offen.« Jane schlängelte sich hinter dem Schreibtisch her und stellte sich neben ihn. Er roch nach irgendeinem altmodischen Duft – Lavendel, schätzte sie. Die hohe Flügeltür mit dickem gewelltem Glas in den Gevierten und dem schmiedeeisernen Griff stand einen winzigen Spalt offen.

Die Tür führte auf eine kleine Terrasse, wo eine riesige lasierte Tonschale mit vertrockneten Geranien vor einer niedrigen weißen Steinmauer stand, deren Oberseite mit gewellten roten Ziegeln bedeckt war.

»Gütiger Gott«, hauchte Arthur. »Machen wir, daß wir von hier wegkommen.«

»Ja«, sagte sie.

Sein Taschentuch schwenkend, führte Arthur sie aus der Wohnung und schloß ab. »Ich kann es immer noch nicht glauben, meine Nerven machen das nicht mit! Ich brauche unbedingt eine Tasse Tee und Sie bestimmt auch«, stöhnte er, während sie den Flur entlang zu seinem Apartment gingen. »Oder vielleicht lieber einen Cocktail.«

Konnte sie diesem netten Mann sagen, daß sie ihn belogen hatte? Würde er sowieso gleich dahinterkommen – falls die Polizei ihr in seiner Gegenwart Fragen stellte? Sie fühlte sich plötzlich elend und beschämt.

»Setzen Sie sich«, sagte er, als sie in seiner Wohnung waren, drückte sie förmlich auf einen zierlichen mit silbernem Satin bezogenen Polsterstuhl und stöberte dann auf einem schwarz emaillierten Getränkewagen herum. »Ich genehmige mir einen Brandy mit Soda.« Er schwenkte einen silbernen Siphon. »Und was möchten Sie? Ich habe alles da.«

»Für mich bitte einen Scotch mit Soda«, sagte sie.

»Gott, es ist mir wirklich unangenehm, daß ich *Sie* in die Sache mit hineingezogen habe«, er eilte in die Küche und tauchte mit silbernem Eiskübel und einer Silberzange wieder auf. »Sie Arme, nur weil Sie zufällig vorbeigekommen sind, mußten Sie das mit ansehen! Aber ehrlich gesagt bin ich froh, daß ich die Leiche nicht allein entdeckt habe.«

Er reichte ihr ein Glas und klopfte ihr leicht auf die Schulter.

Jane trank einen Schluck. »Was für eine Frau war Jennifer?« fragte sie.

»Ach, das arme Ding«, seufzte er, setzte sein Kognakglas an die Lippen und schloß einen Moment die Augen. »Sie war einsam. Ich hätte netter zu ihr sein sollen.«

»Wir alle sollten zu unseren Mitmenschen netter sein«, meinte Jane. »Seien sie nicht zu streng mit sich.«

»Sie war einfach langweilig. Machte dauernd auf fröhlich. Ihre Firma hatte sie von Spokane hierher versetzt. Sie war Sachbearbeiterin in dieser Firma, die irgendwas Todlangweiliges verkaufte. Elektrokabel oder sowas.

Ich hab nie recht verstanden, wieso sie hier einzog. Ich bilde mir halt gern ein, daß mein Haus interessante Leute anzieht.«

»Verständlich«, sagte Jane. »Es ist ja auch ein interessantes Haus.«

»Ihre Vorgängerin im Büro hatte hatte hier gewohnt, und von ihr hat Jennifer die Wohnung übernommen. Sie hat gar nicht zu ihr gepaßt. Weil sie so groß war, hat sie sich anfänglich Untermieterinnen gesucht. Ehrlich gesagt glaube ich eher, daß sie jemanden in der Wohnung haben wollte, weil sie einsam war. Aber sie hat ihre Mitbewohnerinnen wie andere ihre Socken gewechselt.

Sie war zu anhänglich, weil sie Gesellschaft haben wollte. Eine ihrer Untermieterinnen hat mir erzählt, das sei der Grund, warum sie ausziehen wollte. Sie hatte sich verliebt, und Jennifer hat sich an sie geklammert und war eifersüchtig. Sie selbst hatte jedenfalls nie irgend etwas mit Männern.«

Plötzlich setzte er sich kerzengerade hin. »Bis letzte Woche.«

»Ach ja?«

»Ja, da bekam sie Besuch von einem sehr attraktiven Mann. Ende dreißig, schöne dichte Haare, Grübchen im Kinn. Sah aus wie der typische Frauenheld.«

»Wirklich?«

»Ja. Ich habe mich regelrecht gefreut für sie. O Gott, vielleicht war er es, der sie erwürgt hat? Ich sah ihn in der Eingangshalle, wo ich gerade dabei war, die Pflanzen zu versorgen. Er hat vor sich hingepfiffen, fällt mir da ein, und hat mir zugenickt, dann ist er zu ihrer Tür gegangen und hat geklopft. Ich nahm also an, sie hatte ihm aufgedrückt.

Ich war schrecklich neugierig, ob sie endlich einen Freund gefunden hatte. Sie hätte attraktiv sein können, wissen Sie. Sie hat bloß nichts aus sich gemacht. Hat immer diese schrecklichen matronenhaften gemusterten Hemdblusenkleider getragen, die sie um Jahre älter machten. Sie war um die dreißig, glaube ich. Wirklich! Genau solche Kleider hat trug meine Mutter immer getragen, wenn sie Bridge gespielt hat. Außerdem hatte Jennifer einen fürchterlichen Gang, ließ die Schultern hängen und schlurfte.«

»Haben Sie sie nach dem Burschen gefragt?«

»Ich habe ein paar vorsichtige Anspielungen gemacht. Aber sie hat mich nur verlegen angeschaut und gesagt, er käme von irgendeiner Versicherung. Na, vielleicht wollte er ihr ja wirklich eine Police andrehen. Aber er sah beim besten Willen nicht wie ein Versicherungsvertreter aus.«

»Ach ja?« fragte Jane.

»Sie war eine von den Leuten«, sagte Arthur, lehnte sich zurück und sah nachdenklich vor sich hin, »die irgendwie immer das fünfte Rad am Wagen sind. Und wenn man das geringste Interesse an ihnen zeigt, hängen sie sich gleich wie eine Klette an einen. Ich fürchte, ich habe immer einen ziemlichen Bogen um sie gemacht. Ich wollte nicht unfreundlich zu ihr sein, aber die Vorstellung, sie würde dauernd bei mir herumsitzen, war mir unerträglich. Einmal ist sie tatsächlich zu mir gekommen, als sie sich mit einer ihrer Untermieterinnen verkracht hatte. Sie war völlig aufgelöst und wollte sich aussprechen. Ich hätte ihr zuhören sollen.«

»Ich kann Sie gut verstehen«, sagte Jane. »Manchmal muß man sich einfach schützen.«

»Ja, da haben Sie recht. Ich bin den ganzen Tag hier und kann es nicht zulassen, daß die Mieter dauernd ankommen und sich an meiner Schulter ausweinen. An dem Tag jedenfalls, als Jennifer zu mir gekommen ist, bin ich zu der Überzeugung gekommen, daß sie im Grunde eine Lesbe war, es nur selbst noch nicht wußte. Daß sie Liebeskummer wegen Brenda hatte. Ich war ziemlich schroff zu ihr und habe insgeheim gedacht. ›Na, wenn du nicht ehrlich zu dir selbst bist, was deine sexuellen Neigungen betrifft, dann ist das dein Problem.‹ Aber vielleicht war sie ja auch einfach einer dieser völlig asexuellen Menschen – im Grunde beneidenswerte Wesen! – und wollte bloß eine Freundin. Mein Gott, kann das Leben banal sein!«

Er seufzte. »Und jetzt werde ich mein Leben lang Schuldgefühle haben, weil ich damals nicht netter zu ihr war. Sie sah aus, als hätte sie geweint. Sie und Brenda hätten sich entsetzlich gestritten, hat sie mir erzählt. Sie klang, als hätte sie schreckliche Gewissensbisse. Das Problem war, daß ich an dem Tag selbst meine Sorgen hatte. Ein guter Freund von mir war am selben Tag nach Key West geflogen, und in Florida hatte es ein schreckliches Flugzeugunglück gegeben. Ich hatte Angst, er hätte vielleicht in dem Flugzeug gesessen.«

»Das Unglück, bei dem siebzig Menschen ums Leben kamen?« fragte Jane.

»Genau«, sagte Arthur. Er schien sich gar nicht zu wundern, daß sie die genaue Zahl der Opfer kannte. Jane wußte es aus der Zeitung, die sie in der Bibliothek gelesen hatte. In jener Ausgabe hatte auch der Bericht über den Mord an Betty Cox gestanden. »Gott sei Dank hatte er einen früheren Flug genommen.«

»Gott sei Dank«, pflichtete Jane bei. Also war Jennifer an dem Tag, als Mrs. Cox starb, sehr verstört gewesen. Hatte gewirkt, als läge ihr etwas auf dem Gewissen, hatte Arthur gerade gesagt. Es war der Tag, an dem sie sich mit ihrer Mitbewohnerin zerstritten hatte.

»Wie war eigentlich diese Brenda?«

»Irgendwie hart«, meinte Arthur. »Dachte immer an ihren eigenen Vorteil. Aber man mußte sie einfach mögen.«

Genau in dem Moment hörten sie die Sirenen. »Wird auch Zeit«, sagte Arthur gereizt, dann sah er Jane besorgt an. »Die Polizei wird doch ihre Familie benachrichtigen? Man erwartet doch hoffentlich nicht, daß ich das mache?«

»Ich weiß es nicht«, sagte Jane. Beim Geheul der Sirenen wurde ihr plötzlich ganz flau. Sie erinnerten sie an ein anderes Mal, einen anderen Mord, einen anderen hoffnungslosen Fall.

Wie sich herausstellte, mußte Jane gar nicht lügen. Ohne es zu wissen, übernahm Arthur das für sie. »Ja, ich bin der Hausbesitzer«, sagte er, »und die arme Dame hier kam ganz zufällig vorbei.« Er erklärte, daß Jennifer eine Untermieterin gesucht hatte.

Der Polizist wandte sich an Jane. Er sah wirklich nett aus, war ein munterer, gewandter Bursche. »Sie sind Jennifer also nie begegnet?« fragte er.

»Nein. Ich habe nur am Telefon mit ihr gesprochen«, sagte Jane.

»Gleich kommen die Ermittlungsbeamten«, erklärte der Polizist. »Wir sind nur hier, um den Tatort zu sichern. Ich hoffe, es macht Ihnen nichts aus, so lange zu warten – man wird ihnen wahrscheinlich ein paar Fragen stellen müssen.«

Arthur zog Jennifers Wohnungsschlüssel aus der Hosentasche und übergab ihn den beiden Polizisten. Als sie aus dem Zimmer waren, goß er sich noch einen Brandy ein.

»Ich möchte wirklich zu gern wissen, was er aus ihrem Schreibtisch mitgenommen hat«, meinte Jane. »Und von der Wand.«

»Jetzt, wo ich darüber nachdenke, glaube ich, es könnte

ein Bild von Brenda gewesen sein«, sagte Arthur. »Ich erinnere mich, daß Jennifer ein Foto von ihr an der Wand hängen hatte. Es war auf einer Party aufgenommen. Arme Jennifer! Ich glaube kaum, daß Brenda irgendwo ein Foto von *ihr* hat.«

»Sie hatten gerade angefangen, mir von Brenda zu erzählen«, trieb Jane ihn vorsichtig an.

»Brenda war Kanadierin«, sagte Arthur. »Und sie ist dorthin zurückgekehrt. Nach Vancouver Island.«

»Wie war sie – abgesehen davon, daß sie ziemlich hart war?« fragte Jane, die fand, es müsse von Bedeutung sein, wenn jemand ihr Foto gestohlen hatte.

»Sie war Tänzerin«, sagte Arthur. »Sie ist nach Seattle gekommen, um hier Tanz zu studieren. Ab und zu hat sie irgendwelche Aushilfsjobs angenommen, um sich über Wasser zu halten. Aber ich glaube nicht, daß sie sich übernommen hat. Ehrlich gesagt, hatte ich eher den Eindruck, sie hat sich bei Jennifer durchschmarotzt, aber solange die Miete pünktlich gezahlt wurde, ging mich das nichts an. Sie war sehr hübsch. Weiße Haut, schwarze Haare, blaue Augen mit dichten Wimpern.«

»Klingt schottisch oder irisch«, sagte Jane. »Wie war ihr Nachname?«

»MacPherson«, antwortete Arthur. »Brenda MacPherson. Sie hatte wirklich Klasse, war aber ziemlich klein. Immer, wenn sie irgendwo zum Vortanzen ging und es nicht klappte, sagte sie, sie hätte den Job nur deshalb nicht gekriegt, weil sie so klein sei.

Sie kennen den Typ, diese kleinen, quirligen, oder genauer gesagt, frechen Dinger.«

Jane sah Arthur nachdenklich an. »Glauben Sie, dieser Versicherungstyp hat sie umgebracht? Der mit dem Grübchen im Kinn?«

»Keine Ahnung«, sagte Arthur. »Offen gesagt hoffe ich, es war jemand, den sie kannte. Die Vorstellung, daß irgendein Wildfremder ins Haus eingedrungen ist, ist noch beängstigender. Außerdem hasse ich den Gedanken, daß jemand einfach völlig willkürlich und grundlos umgebracht wird. Aber wenn die arme Jennifer durch irgendeine Dummheit jemandem einen Grund gegeben hat ... o Gott, das klingt schrecklich, ich weiß. Fast als wollte ich dem Opfer die Schuld geben.«

»Ich weiß, was Sie meinen«, beschwichtigte Jane, die aus persönlicher Erfahrung sprach. Sie hatte schon mit zwei Mordfällen zu tun gehabt, einer lag schon länger zurück, der andere war jüngeren Datums.

»Man möchte gern glauben, daß das Leben nicht nur aus Zufällen und Grausamkeiten besteht.«

»Genau. Das ist der Punkt«, sagte Arthur. »Es hört sich bestimmt seltsam an, aber ich bin wirklich froh, daß Sie hier sind und ich mit Ihnen reden kann. Das Ganze ist ein solcher Schock für mich, ich wäre alleine nicht damit fertiggeworden.« Aber ich bin zu spät gekommen, dachte Jane, und ihr kam der entsetzliche Gedanke, daß ihre Suche nach Jennifer vielleicht die Ursache für deren Tod war.

Später, am Abend, saß Jane mit übereinandergeschlagenen Beinen auf Calvin Masons Sofa und er ihr auf dem Sessel gegenüber. »Ich will es einfach nicht fassen, daß Sie der Polizei nicht die Wahrheit gesagt haben«, schimpfte er.

»Ich hatte es ja vor«, verteidigte sie sich. »Aber die haben ja gar nicht weiter nachgefragt, bloß meinen Namen und Adresse notiert, Arthurs Geschichte akzeptiert und mich gehen lassen.«

»Sie hätten es von sich aus sagen müssen, warum Sie dort waren.«

»Ich weiß. Das wollte ich ja auch.« Sie stützte ihren Kopf auf die Hände. »Es klingt bestimmt lächerlich, aber ich wollte nicht, daß der nette Arthur mitbekommt, daß ich ihn belogen hatte.«

»Das klingt nicht nur so, es ist lächerlich.«

»Ich weiß nicht, wie ich es Ihnen erklären soll. Aber wir haben uns so gut verstanden, waren uns auf Anhieb sympathisch. Er hat sich sogar meinen Namen und Adresse aufgeschrieben für den Fall, daß in seinem Haus etwas frei würde. Er hat gesagt, ich würde wunderbar dahin passen.«

»Na, jetzt ist ja was frei. Wollen Sie in Jennifers Apartment ziehen, sowie die Spurensicherung abgeschlossen ist?«

»Ich konnte doch nicht ahnen, daß so etwas passieren würde!« Jane hob den Kopf und warf die Haare zurück. »Ich wollte bloß herausfinden, wer damals diese Zeitschrift in der Coxschen Apotheke gelesen hat. Verstehen Sie nicht? Und irgendwie habe ich das Gefühl, daß es einen Zusammenhang zwischen meiner Suche und dem Mord gibt. Daß irgend jemand Panik bekommen hat.« – »Ach Sie und Ihr hoffnungsloser Fall! Der ist doch der wahre Grund, warum Sie nicht ehrlich zur Polizei gewesen sind«, schnaubte Calvin. Er runzelte die Stirn.

»Entweder gehen Sie sofort zur Polizei und schenken denen reinen Wein ein oder Sie vergessen die Sache. Und wenn Sie meinen Rat hören wollen, empfehle ich Ihnen letzteres.«

»Wie können Sie so etwas sagen! Es ist doch Ihr Mandant, um den es geht.« Sie hörte, wie schrill ihre Stimme geworden war, und mahnte sich, ruhig zu bleiben.

Calvin klang jetzt wirklich schlecht gelaunt und gereizt. »Ich will mich einfach nicht von Ihnen in irgendeinen Schlamassel reinziehen lassen, nur damit Sie an den dicken Batzen Geld von Ihrem Onkel kommen.«

»Calvin, ich ziehe Sie doch in gar nichts rein. Als nächstes fahr' ich hoch nach Kanada und suche nach Jennifers früherer Mitbewohnerin Brenda.«

»Warum denn das um Himmelswillen?« Er schob sich seine Brille auf die Stirn.

»Wegen dem, was Arthur mir erzählt hat. Diese Brenda weiß vielleicht, was an dem Tag geschehen ist, als Betty Cox starb. Es war derselbe Tag, an dem Brenda und Jennifer sich gestritten haben. Das weiß ich wegen der Zeitungsschlagzeile, die ich in der Bibliothek gelesen habe – denn am gleichen Tag gab es dieses schreckliche Flugzeugunglück in Florida, das Arthur so beunruhigt hatte. Brenda erinnert sich vielleicht, ob Jennifer ihr Rezept abgeholt hat oder nicht.«

Jetzt zuckte Calvin förmlich zusammen. »Ich wünschte wirklich, Sie hätten mir nicht so viel erzählt. Sagen Sie mir jetzt gar nichts mehr, okay?«

»Ich arbeite doch angeblich für Sie, haben Sie das vergessen? Außerdem gibt es noch einen Grund, warum ich mich für Brenda interessiere: Offenbar wurde ihr Foto aus Jennifers Wohnung gestohlen. Arthur glaubt es jedenfalls.

Ich hatte gehofft, Sie könnten vielleicht ein paar Dinge für mich in Erfahrung bringen, während ich fort bin«, fuhr sie fort. »Ich möchte gern wissen, ob die Polizei Jennifer Gilbert damals überhaupt befragt hat und was sie so gesagt hat.« Jane dachte eine Sekunde nach. »Und dann dieser Zahnarzt. Seinem Aussehen nach könnte er der Kerl gewesen sein, den Arthur in Jennifers Wohnung hat gehen sehen. Dieser angebliche Versicherungsvertreter.«

Calvin beugte sich vor. »Das ergibt doch alles keinen Sinn. Wenn der Sohn des Zahnarzts in die Sache verstrickt ist – wenn der Zahnarzt es wußte – wenn Jennifer es wußte – und wenn er wußte, daß sie es wußte«, er zählte an den Fingern ab, »was vier riesige Wenns wären – warum wurde Jennifer dann nicht schon früher umgebracht?«

Da hatte Calvin recht. Jane schwieg, und er stellte ihr noch eine Frage: »Werden Sie der Polizei nun erzählen, warum Sie dort waren oder nicht? Wenn die Sache herauskommt, könnten wir eine Menge Ärger kriegen. Ich korrigiere mich: *Ich* kriege den Ärger. Wahrscheinlich ist es das beste, ich rufe selbst an, sage, Sie waren dort, um etwas für mich nachzuprüfen. Aber weil Sie eine blutige Anfängerin sind und als junges Mädchen zu viele Nancy Drews gelesen haben, hätten Sie Ausflüchte gemacht, als Sie befragt wurden.«

An seinem resignierten Ton erkannte sie, daß er nicht ernsthaft vorhatte, sich bei der Polizei zu melden. »Sie könnten mit Ihrem Anruf ja warten, bis ich aus der Stadt bin«, sagte Jane. »Ich weiß nicht, wie lange es dauern wird, bis ich Brenda MacPherson gefunden habe. Vancouver Island ist groß.«

»So groß wie Portugal«, sagte Calvin. »Das habe ich mal irgendwo gelesen, was natürlich nicht heißt, daß ich wüßte, wie groß Portugal ist.«

»Wollen Sie der Polizei erzählen, daß ich für Sie arbeite und deshalb dort war?« fragte Jane.

»Hätten Sie gleich reinen Wein eingeschenkt, wäre das gegangen. Aber jetzt – wie soll ich denen erklären, warum Sie gelogen haben?«

»Sagen Sie doch einfach, ich hätte Nachforschungen für Sie angestellt«, meinte Jane. »Weil wir es für möglich halten, daß Jennifer Gilbert Zeugin des Mordes an Betty Cox war.«

Calvin runzelte die Stirn. »Verdammt, die brauchten doch bloß in ihrem Bericht von damals nachzulesen, dann müßten Sie von selbst draufkommen. Aber das wird natürlich nicht passieren, es sei denn, derselbe Beamte ist auch auf den Mord an Jennifer Gilbert angesetzt und er hat ein gutes Gedächtnis. Oder meiner Kontaktperson fällt plötzlich ein, daß ich mich für den Betty-Cox-Fall interessierte. Aber ich war sehr vorsichtig. Ich konnte sie überreden, mich den Bericht lesen zu lassen, ohne ihr genau zu sagen, wonach ich suchte.« Er gestattete sich ein kleines selbstzufriedenes Lächeln, das Jane ganz hinreißend fand.

»Mein Gott – Sie sind wirklich Spitze!« rief sie mit leichtem Spott.

Er schwieg einen Moment und sah mit zusammengekniffenen Augen nachdenklich vor sich hin. Jane konnte förmlich die Rädchen in seinem Hirn ticken hören.

»Irgend etwas an der Sache stinkt. Sie wird mir bloß Ärger bescheren, das weiß ich genau. Wenn einem so etwas schon millionenmal passiert ist, entwickelt man einfach einen Riecher dafür.«

»Ich will doch nur die Chance, Brenda zu finden.« Jane mühte sich, nicht allzu aufgeregt zu klingen. »Und wenn ich jetzt mit der Polizei rede, dann lassen die mich bestimmt nicht gleich losfahren, damit ich mich auf die Suche machen kann. Und ich habe das Gefühl, es ist meine Pflicht.« Sie schüttelte den Kopf. »Ich kann es natürlich nicht genau wissen, aber es könnte sein, daß ich Dorothy durch meinen Besuch alarmiert habe, sie mit Sean gesprochen hat und ...«

»Die unverheiratete Mutter? Hatten Sie übrigens den Eindruck, daß diese Dorothy und ihre Mutter schon einen Anwalt für diese Vaterschaftssache haben?«

»Mit Ihrer Jagd auf Mandanten sollten Sie lieber warten, bis wir die Sache aufgeklärt haben«, sagte Jane. »Wie kommt man am besten nach Vancouver Island?« Sie mußte einfach etwas tun!

»Mit dem Auto?«

»Ja. Das ist am billigsten. Da brauche ich bloß ein kleines Budget für Motels.«

»Ihr Plan gefällt mir nicht«, sagte Calvin Mason. »Denn falls Ihre Schnüffelei in irgendeiner Verbindung zu dem

Mord an Jennifer steht, dann haben wir es mit einem skrupellosen Killer zu tun.«

Jane streckte sich auf dem Sofa aus. »Vielleicht ist es ja reiner Zufall, daß die Zeugin, die ich suchte, kurz bevor ich sie zu sehen bekomme, umgebracht wird. Aber es wäre schon ein sehr erstaunlicher Zufall.«

»Solche Zufälle gibt es nicht, und deshalb sollten Sie der Polizei alles sagen«, stöhnte Calvin. Jane wußte, daß er im Grunde völlig recht hatte, genausogut wie sie wußte, daß es schließlich sein Fall war, in dem sie ermittelte, und er durchaus das Recht hatte, von ihr zu fordern, zur Polizei zu gehen und die Reise nach Kanada zu vergessen.

»Hören Sie zu«, sagte sie. »Kevin war schließlich Ihr Mandant, und wenn er Mrs. Cox gar nicht umgebracht hat ...«

»Ich bin mir zu neunundneunzig Prozent sicher, daß er's getan hat«, unterbrach Calvin sie.

»Okay«, sagte Jane. »Vielleicht haben Sie recht. Aber strenggenommen sind Sie ja jetzt gar nicht mehr sein Anwalt. Trotz allem, was er bei unserem Besuch gesagt hat, scheint Kevin ja selbst zu glauben, daß er's getan hat. Seiner Mutter ist's völlig egal, ob er unschuldig sitzt. Im Gegenteil, sie schläft besser, seit er im Kittchen ist.

Die einzige Partei, die daran interessiert ist, seine Unschuld zu beweisen, bin ich. Und ich bin daran interessiert, weil ...«

Calvin unterbrach sie wieder. »Weil Sie an Onkel Harolds Geld wollen«, sagte er.

»Na gut, wahrscheinlich haben Sie recht. Aber warum sollte ich dann nicht losfahren, diese Brenda suchen und herausfinden, ob sie sich an irgendwas erinnert, das Jennifer an dem Tag gesagt hat, als sie sich das Rezept in der Cox-Apotheke besorgt hat.

Wenn nichts daran ist, vergessen wir das Ganze. Und wenn etwas dran ist – dann gehen wir zur Polizei.«

»Aber erzählen Sie ab jetzt bitte nirgends mehr, daß Sie in meinem Auftrag handeln«, sagte Calvin. »Ich kann mir keine Mitarbeiterin leisten, die gegen meine Anweisungen handelt und der Polizei Informationen verschweigt.«

»Na gut«, meinte Jane und fühlte sich plötzlich ziemlich verloren.

Nachdem das gesagt war, setzte Calvin eine sachliche, geschäftsmäßige Miene auf. »Am besten fahren Sie die Interstate Five hoch, überqueren die Grenze in Blaine – da fahren täglich ungefähr eine Million Autos über die Grenze, so daß sich niemand an Sie erinnern wird –, und nehmen dann die British-Columbia-Fähre von Tsawwassen hinüber nach Victoria. Es ist ganz einfach. Alles, was Sie brauchen, ist Ihr Führerschein, aber selbst den will keiner sehen. Man wird Sie bloß fragen, ob Sie eine Waffe oder Tränengas-Spray bei sich haben und ob Sie irgendwas für irgend jemanden in Kanada mitbringen. In zweieinhalb Stunden können Sie an der Grenze sein. Und je nachdem, wann die nächste Fähre von Tsawwassen ablegt, sind Sie in weiteren zwei Stunden auf Vancouver Island. Und melden Sie sich mal, ja?«

»Mache ich«, sagte Jane und erhob sich. Sie hatte es plötzlich eilig wegzukommen. Sie war nicht ganz ehrlich zu Calvin gewesen, und ihr war nicht wohl dabei. Sie hatte ihm zugestimmt, als er sagte, es ginge ihr bei dem Ganzen bloß um Onkel Harolds Geld. Aber das war nicht das einzige, was sie im Moment motivierte. Es war auch der entsetzliche Gedanke, daß Jennifer Gilbert vielleicht noch am Leben sein könnte, hätte sie, Jane, nicht in der kalten Asche eines alten Falles herumgestochert.

»Und wie wollen Sie diese Brenda finden?« fragte Calvin.

»Das entscheide ich vor Ort«, sagte sie. Im Grunde wußte sie natürlich, es wäre gescheiter, hier von Seattle aus herumzutelefonieren und mit der Suche zu beginnen, aber je schneller sie losfuhr, desto geringer war die Chance, daß sie in die Ermittlungen über Jennifer Gilberts Tod verwickelt wurde und der Polizei sagen mußte, was sie herausgefunden hatte, und ihr ihren kostbaren hoffnungslosen Fall übergeben mußte.

Calvin ging zu seinem Schreibtisch hinüber. »Irgendwo habe ich die Adresse eines Privatdetektivs in Victoria. Er hat mich einmal telefonisch gebeten, hier in Seattle was für ihn zu recherchieren. Wie sich herausstellte, konnte ich ihm zwar nicht weiterhelfen, aber er klang ganz in Ordnung. Vielleicht kann er im Schnellgang Brenda MacPhersons Aufenthaltsort für Sie rausfinden.« Calvin blätterte in seinem eselsohrigen Rolodex, kritzelte dann einen Namen und Telefonnummer auf einen Zettel und reichte ihn Jane. »Tanken Sie vor der Grenze auf. Die da oben wollen ein Vermögen für Benzin, und da sie in Litern messen, kommt man ohne höhere Mathematik nicht dahinter, wieviel sie einem tatsächlich abknöpfen.«

Jane fand es selbst ziemlich wagemutig am nächsten Morgen in aller Frühe ganz allein loszufahren – ohne zu wissen, was sie erwartete, ohne jemandem zu erzählen, was genau sie vorhatte. Sie wußte es ja selbst noch nicht.

Die Fahrt hoch an die Grenze ging schnell – etwas über zwei Stunden flüssigen Verkehrs entlang Wäldern, Äckern, hin und wieder eine Stadt mit Müllhalden und Gewerbegebieten an den Rändern, dann wieder Äcker. Kurz vor der Grenze fühlte sich Jane einen Moment von einem Einkaufscenter mitten auf einem Acker im Nirgendwo verlockt. Sie wußte, daß die Kanadier jahrelang in Strömen zum Einkaufen über die Grenze gekommen waren. Nördlich der Grenze war alles teurer, und es gab weniger Auswahl.

Die Grenze selbst erweckte in Jane Kindheitserinnerungen an Wochenendausflüge nach Vancouver, vor allem an den Peace Arch Park. Dessen weite Grünflächen mit den abgezirkelten Blumenbeeten, auf die sich die Kanadier so gut verstanden, umgaben einen riesigen weißen, 1918 erbauten Bogen, der mitten auf der Grenze stand. KINDER EINER GEMEINSAMEN MUTTER stand in Goldlettern oben auf der Bogenwölbung und erinnerte an unkompliziertere Zeiten, als beide Länder sich als eindeutig angelsächsisch betrachteten. Nachdem Amerikaner und Kanadier im Ersten Weltkrieg gemeinsam gekämpft hatten, wurde das Monument errichtet, in einer Zeit, als weiße Gipsklötze mit heroischen Dimensionen keineswegs als kitschig empfunden wurden. Damals hatten die Menschen keine Angst vor Gefühlen; im Gegenteil, sie glaubten an edle Gefühle, denen sie dann in ihren Momumenten Ausdruck verliehen.

Auf der kanadischen Seite war ein großes rechteckiges Blumenbeet, eine getreue Nachbildung der kanadischen Flagge mit dem Ahorn, deren Saum eine akkurate Reihe von Samtlichtnelken und Lobelien bildete. Die amerikanische Seite war nicht so ambitioniert; trotzdem waren die Blumenbeete liebevoller gestaltet und wirkten gepflegter als in den meisten öffentlichen Parks in den Staaten, wohl weil sich die Amerikaner nicht von den peniblen Kanadiern beschämen lassen wollten, dachte Jane.

Als sie ungefähr eine Dreiviertelstunde später in der Autoschlange auf die British-Columbia-Fähre wartete, kramte sie den Zettel aus ihrer Tasche, den Calvin ihr gegeben hatte. Gordon Trevellyan. Sie stellte sich einen vierschrötigen pensionierten Polizisten vor.

Während der zweistündigen Überfahrt gönnte sie sich eine Mahlzeit aus Fisch und Chips in der Cafeteria (mit dem herrlichen Malzessig, den es in den Staaten so selten gab) und machte dann einen Spaziergang auf Deck. Ein eingerahmtes Bild von Queen Elizabeth in weißem Ballkleid mit blauer Schärpe und einem Perlendiadem auf dem Kopf sprang ihr in die Augen.

Das Bild der Königin, die kanadischen Akzente um sie herum, die blauroten Dollarscheine, all das gab Jane das Gefühl, im Ausland zu sein. Und diesen Zustand liebte sie; schon immer hatte sie sich am wohlsten und irgendwie am sichersten gefühlt, wenn sie irgendwo in der Fremde war. Obwohl Jane natürlich wußte, daß zwischen den Vereinigten Staaten und Kanada kein bedeutender Unterschied bestand, waren sie doch verschieden genug, um sie in diesen angenehmen Zustand zu versetzen.

Als sie noch in Europa lebte, hatte sie englischsprechende Kanadier immer von Amerikanern unterscheiden können. Nicht nur wegen der Ahornanstecknadeln an ihren Revers, dem überdeutlichen Hinweis, daß sie nicht für Amerikaner gehalten werden wollten, sondern auch wegen ihrer Art – sie machten sich nicht so breit, waren stiller und höflicher. Zu erkennen waren sie auch an ihrem typischen Tonfall, den schottisch klingenden Vokalen, der präziseren Aussprache und ihren hübschen kleinen Redewendungen.

Und natürlich an dem allgegenwärtigen »eh«, das sie wie »ay« aussprachen und anstelle des amerikanischen »huh« als Kurzfassung für »what?« benutzten (obwohl Kanadier viel öfter »pardon me?« – »wie bitte?« sagen, wenn sie etwas nicht verstanden haben). Mit Fragezeichen wird das »eh« auch an Sätze angehängt (wie bei den Amerikanern »Y'know?« – »Verstehst du?«), um sich zu vergewissern, daß der Zuhörer auch mitbekommen hat, wor um's geht. Ohne Fragezeichen dient es am Ende des Satzes dazu, dem Gesagten Gewicht zu verleihen.

Sowie sie die Fähre verlassen hatte, parkte Jane ihren Wagen und suchte sich eine Telefonzelle. Gordon Trevellyan hatte einen weichen englischen Akzent mit Einschlag ins Kanadische und eine freundliche Art. Er würde sich freuen, sie zu sehen, sie könne jederzeit bei ihm vorbeikommen, sagte er, und erklärte ihr den Weg zu seinem Büro in der Pandora Street.

Während der kurzen Fahrt vom Fährenhafen an der Swartz Bay in die Innenstadt von Victoria lenkte Jane sich damit ab, nach weiteren Anzeichen von Kanadischem Ausschau zu halten. McDonalds-Reklameschilder mit Ahornblättern. In Kilometern angegebene Entfernungen. Betonkästen. Aus irgendeinem Grund konnte Jane nie verstehen, wieso selbst das mit dichten Zedern- und Föhrenwäldern bedeckte British Columbia sich nicht gegen die Ausbreitung dieser häßlichen grauen Kästen hatte wehren können.

Gordon Trevellyan stellte sich als kleiner, schlampig gekleideter Mann um die fünfzig heraus. Das Gelbgrau seines struppigen Schnurrbarts sah aus wie mit Nikotin eingefärbt. Seine leichte Tweedjacke war an den Ellbogen ausgebeult. Er wirkte wie ein Mann, der sich, allerdings ohne großen Erfolg, mit letzter Kraft um einen respektablen Eindruck müht. Auf seinem Schlips war ein Fleck, der nach Eidotter aussah. Jane wandte ihre Augen schon nach einer Millisekunde wieder von der Stelle ab, aber Mr. Trevellyan schien nichts zu entgehen. Er hatte ihren Blick bemerkt.

»Mmmm«, brummte er, sah sein Doppelkinn entlang und kratzte mit dem Daumennagel an dem Fleck herum. Dann hustete er und wandte seine Aufmerksamkeit wieder ihr zu. »Tja, die alte Zucht und Ordnung ...«, murmelte er.

»Ach, Sie waren früher beim Militär?« sagte Jane. »Ich hatte mir immer vorgestellt, alle Privatdetektive wären ehemalige Polizisten.«

Er räusperte sich. »War die meiste Zeit im Nachrichtendienst tätig beim Militär.« Jane, die die Marotte hatte, bei Leuten, deren Bekanntschaft sie gerade machte, aus dem Stegreif eine Biographie zu erfinden, hielt es für wahrscheinlicher, daß er bei der Militärpolizei gewesen war. Sie stellte ihn sich vor zwanzig oder dreißig Jahren vor, wie er den Gummiknüppel schwang und zwei Kampfhähne in irgendeiner Bar in der Nähe eines alliierten Stützpunkts in Deutschland auseinanderbrachte.

Wahrscheinlich wär's gescheiter gewesen, ich hätte selbst das Telefonbuch in die Hand genommen und nach Brenda gesucht, dachte sie, während sie sich in dem Büro umsah, das mit dunklen viktorianischen Möbeln vollgestellt war (wo hatte er die bloß her?) und nach Player's-Zigaretten roch. An der Wand hing ein vergilbter Farbdruck von König Arthur, der ein Schwert aus einem Stein zog. Er erinnerte Jane an den Heiligen Georg in Onkel Harolds Wohnzimmer.

Gordon Trevellyan setzte den Wasserkessel auf. Kaffee oder Tee hatte er gefragt, aber die Pulverkaffee-Dose, die Jane auf einem alten dunklen Eichentischchen stehen sah, wirkte wenig verlockend. Sie war verwöhnt von dem guten Seattler Espresso.

»Tee, bitte«, hatte sie gesagt. Den pfeifenden Elektrokessel in der Hand, holte Gordon Trevellyan jetzt zwei Teebeutel aus einer Schachtel Red Rose.

»Haben Sie schon öfter vermißte Personen aufgespürt?« fragte sie.

»Mengenweise«, sagte er mit einem wenig überzeugenden weltüberdrüssigen Nicken und überreichte Jane einen Becher mit einer sirupartigen Brühe. Nach einem Blick darauf entschied sie sich für Milch in ihren Tee.

»Ich weiß bloß den Namen der Frau, Brenda Mac Pherson«, sagte sie.

»Na, das ist doch immerhin etwas, nicht wahr?« Inzwischen saß Gordon Trevellyan mit gezücktem Stift hinter seinem Schreibtisch.

»Und das ungefähre Alter weiß ich. Ende zwanzig.« Sie probierte den Tee. Tee mit Milch war eigentlich nicht ihre Sache und erinnerte sie immer daran, wie sie Mitte der Achtziger in England war, um Freunde in London zu besuchen – die, womit sie nicht gerechnet hatte, alle in schlecht beheizten Häusern wohnten, offenbar durchweg von der Sozialhilfe lebten, schrecklich verbittert waren und ständig auf Margaret Thatcher schimpften.

»Kein Geburtsdatum?« fragte er.

Sie zuckte die Achseln. »Leider nein.«

»Ist sie vielleicht vorbestraft?«

»Keine Ahnung.« Jane dachte eine Sekunde nach. »Aber ich glaube kaum.«

»Verheiratet oder ledig? Kinder?«

»Ledig, soweit ich weiß. Und sehr unwahrscheinlich, daß sie Kinder hat.«

Jane fiel plötzlich auf, daß sie, obwohl sie so wenig über Brenda wußte, doch eine ziemlich klare Vorstellung von ihr hatte.

»Staatsangehörigkeit?«

»Kanadisch. Da bin ich mir sicher.«

Er nickte, zufrieden, daß sie wenigstens etwas wußte. »Gut. Und haben Sie irgendeine Ahnung, wo sie ist?«

»Irgendwo auf Vancouver Island. Davor – vor ungefähr zwei Jahren – lebte sie in Seattle.«

»Haben Sie ein Foto? Oder können Sie sie beschreiben?«

»Nein, ein Foto habe ich nicht. Sie ist klein, hat helle Haut und dunkles Haar. Wahrscheinlich eine gute Figur. Sie ist ausgebildete Tänzerin.«

Trevellyan gab Milch und Zucker in seinen Tee, rührte wild in seiner Tasse herum, trank einen Schluck und machte ein paar Notizen auf seinem Block. »Tja, wenn alles andere zu nichts führt, dann können Sie mich ja auf einer nächtlichen Runde durch unsere berühmten kanadischen Strip-Lokale begleiten. Denn da landen die meisten sogenannten Tänzerinnen.« Er grunzte zufrieden über seinen Einfall, der wohl ein Scherz sein sollte.

»Ich wußte gar nicht, daß British Columbia so ein Sündenpfuhl ist.«

»Wo denken Sie hin!« Er machte jetzt ein sehr ernstes Gesicht. »Alles ist völlig legal. Überall saubere und klare Verhältnisse. Die Amerikaner, die herkommen, trauen ihren

Augen nicht. Sowas an Stil und Klasse haben die noch nicht gesehen.« Jane hatte den Eindruck, er selbst sei ein begeisterter Fan. »British Columbia ist berühmt für seine Strip-Lokale«, sagte er mit unverkennbarem Lokalpatriotismus.

»Ich verstehe«, meinte Jane. »Ich bin seit Jahren nicht mehr hier gewesen. Aber ich weiß noch, wie in meiner Kindheit Männer und Frauen durch verschiedene Eingänge in die Pubs gingen und es gesetzlich verboten war, daß Lebensmittelläden sonntags offen hatten.«

»Das stimmt«, sagte er. »Aber das war vor meiner Zeit. Inzwischen geht es hier viel lockerer zu. Die Gegend hier ist das Kalifornien Kanadas. Trotzdem läuft immer noch alles in ziemlich geordneten Bahnen. Jedenfalls an der Oberfläche«. Er zog eine Augenbraue hoch, wohl um anzudeuten, daß er mit den Schattenseiten des Lebens nur allzu vertraut war. Er hielt ihr eine Player's hin, zündete sich selbst eine an und kam dann zur Sache. »Tja, ich weiß natürlich nicht, wieviel Zeit mich die Suche nach der Dame kostet. Vielleicht wird es einfach, kann aber auch ziemlich kompliziert werden.«

»Ich möchte nur einen ersten Ansatzpunkt von Ihnen«, sagte Jane. »Sie brauchen sie nicht selbst aufzusuchen, sondern mir bloß die Adressen besorgen.«

»Anzunehmen, daß es mehr als eine Brenda MacPherson gibt«, sagte er. »Na gut. Dann versorgen Sie mich mit allen Brenda MacPhersons zwischen zwanzig und fünfunddreißig, die Sie auffinden können.«

»Alles klar. Und was bevorzugen Sie, meine Liebe? Visa, Mastercard?«

»Cash«, erwiderte Jane.

»Alles klar. Ich berechne hundert pro Stunde.«

Jane schätzte, daß das, je nach Wechselkurs, ungefähr fünfundachtzig US-Dollar entsprach. »In Ordnung. Möchten Sie einen Vorschuß?«

»Sicher.« Er versuchte, beiläufig zu klingen, aber Jane meinte hinter dem Zigarettenrauch, den er ausstieß, einen kleinen gierigen Funken in seinen Augen aufleuchten zu sehen. »Mit zweihundert käme ich für den Anfang zurecht.« Unter seinem wachsamen Blick holte sie zwei kanadische Hunderter aus ihrer Brieftasche. Sie war froh, daß sie an der Grenze einen größeren Betrag umgetauscht hatte, denn sie traute Gordon Trevellyan durchaus zu, daß er versucht hätte, sie beim Umtauschen übers Ohr zu hauen.

»Ich möchte bloß von Ihnen« – sie legte jetzt einen energischen Ton in ihre Stimme für den Fall, daß er vorhatte, seine Nachforschungen künstlich aufzublasen und ihr eine dicke Rechnung zu präsentieren –, »daß Sie ein paar Ihrer üblichen Quellen anzapfen. Die Telefongesellschaft, vielleicht das Einwohnermeldeamt oder sonst eine Behörde mit einem großen Computer, der Adressen ausspuckt. Ich kann doch davon ausgehen, daß Sie über solche Quellen verfügen?«

»Können Sie«, sagte er und schaute sie leicht argwöhnisch an.

»Sollte die Sache doch komplizierter sein, geben Sie mir bitte Bescheid.«

»Und wo kann ich Sie erreichen?« fragte er.

»Ich weiß es noch nicht. Ich rufe sie morgen früh an und sag's Ihnen.«

»Alles klar.«

Sie stand auf, und er begleitete sie zur Tür.

Der grundlegende Snobismus der englischen Kultur schien sogar ein Garant dafür zu sein, daß es auf der ganzen Welt keinen solchen Schlendrian gab wie den englischen.

Und nirgends waren so viele Musterexemplare davon zu finden wie in den Außenposten des Empires, zum Beispiel Victoria, British Columbia.

Jane war mehr als nur ein wenig gereizt. Sie war davon überzeugt, daß es mindestens ein halbes Dutzend solider, seriöser Detektivbüros in Victoria gab, die von ehemaligen Angehörigen der königlichen berittenen Polizei geleitet wurden, die beste Kontakte und genaue Kenntnisse der örtlichen Verhältnisse hatten.

Und ausgerechnet zu dieser aus einem Graham Greene-Roman entsprungenen Gestalt mußte Calvin sie schicken! Aber dann rief sie sich zur Besinnung. Was war schon dabei, wenn er Eigelb auf seinem Schlips hatte und ziemlich heruntergekommen wirkte? Sie merkte, daß sie ihn selbst nach den snobistischen englischen Maßstäben beurteilte. Vielleicht erledigte er den Job ja zu ihrer vollen Zufriedenheit.

Schließlich hatte Calvin ihr erzählt, wie man vorging, um Personen aufzuspüren. Was sie von Gordon Trevellyan wollte, war also sehr einfach: ein kleines Bestechungsgeld für jemand mit Zugang zu den einschlägigen Computern. Was sollte Mr. Trevellyan da schon vermasseln?

Jane verbrachte die Nacht in einem finsteren kleinen Motel am Rande Victorias, das sie wegen des billigen Übernachtungspreises aus einem Reiseführer herausgepickt hatte. Es war ganz auf Gutes-altes-England getrimmt. Die mit überputzten Fertigbauteilen hochgezogene Fassade war mit ein paar dunkelbraunen Fachwerkbalken versetzt, damit das Ganze wie Tudor-Architektur aussah.

Den Rosenkriegen wurde auf dem Neonschild direkt vor Janes Fenster gedacht. Die weiße Rose von York strahlte ruhig vor sich hin, während die rote Rose von Lancashire ein bösartiges Flackerlicht durch das lockere Gewebe der Vorhänge in Janes Zimmer verströmte. Das und die Mulde in der alten Matratze erschwerten den Schlaf.

Am nächsten Morgen nahm sich Jane fest vor, tapfer zu sein und den Mut nicht zu verlieren, aber als sie in das Duschbecken aus Zinn trat, das unter ihrem Gewicht wankte und ein kratziges, metallisches Geräusch von sich gab, schwanden ihre guten Vorsätze. Sie schrubbte sich mit einer stark nach Karbol riechenden Seife ab, die ihrer Vorstellung nach an Häftlinge ausgeteilt wurde, um den Läusen den Garaus zu machen.

Zum Teufel, sagte sie sich, als sie ihre Habseligkeiten in den Koffer warf. Ab jetzt keine Motelzimmer mehr, die nach Desinfektionsmitteln rochen, wo die Duschvorhänge Stockflecken hatten und Polyesterhandtücher herumlagen. Sie sah sich um und rümpfte die Nase über das kitschige Gemälde eines Ritters in Rüstung, das geschmackvollerweise auch noch mit allen vier Ecken an der Wand festgeschraubt war, um es diebstahlsicher zu machen. Bei näherem Hinsehen entdeckte sie, daß tatsächlich ein Kreuzschraubenzieher vonnöten wäre, das gräßliche Ding von der Wand zu entfernen. Mit einer Münze allein war da nichts auszurichten, und nur dem fanatischsten Kunstliebhaber würde es gelingen, es in seinen Besitz zu bringen. Ab jetzt, schwor sie sich, nur noch Hotels, wo Shampoo, Haarkur und Kabelfernsehen bereitgestellt wurden, wo die Vorhänge undurchsichtig waren und in der Mitte schlossen. Das konnte Onkel Harold doch nicht gewollt haben, daß sie so lebte?

Eine Redensart der Geizhälse, die sie irgendwo einmal aufgeschnappt hatte, kam ihr in den Sinn. »Wenn du dir keine Reisen leisten kannst, dann bleib zu Hause.«

Aber wenn sie zu Hause blieb und keinen hoffnungslosen Fall verfolgte, dann würde sie sich wahrscheinlich nie Reisen leisten können. Und selbst wenn dieser Fall sich als Reinfall erweisen sollte – sie durfte nicht den Handel vergessen, den sie mit Gott abgeschlossen hatte. Was blieb ihr denn anderes übrig, als die Krumen aufzuschnappen, die man ihr hinwarf, und so oder so, irgendwann würde sie einen seriösen Fall auftun. Jane, deren Verstand ihr zwar sagte, daß es theologisch gesehen ein Irrwitz war, irgendwelche Händel mit dem lieben Gott abzuschließen, tat es trotzdem seit sie sich erinnern konnte. Und sie hatte das Gefühl, sie sei jetzt zu alt, um mit dieser lieben, alten Gewohnheit zu brechen.

Sie zahlte bar am Empfang, und als die kleine, alte aufgetakelte Lady hinter dem Tresen sie freundlich fragte, ob alles nach Wunsch gewesen wäre, sagte Jane bloß: »Ja, vielen Dank.« Denn welchen Sinn hätte es gehabt, dem armen Wesen zu sagen, daß das Etablissement hier wirklich dazu angetan war, einen in eine klinische Depression zu stürzen? Schließlich stand es ja jedem frei zu gehen.

Die kleine Transaktion schien alles wieder ins rechte Lot zu rücken. Schluß mit dem Selbstmitleid, sagte sich Jane, und als sie in Richtung Innenstadt fuhr, war sie schon erheblich besserer Stimmung.

Sie parkte ihren Wagen in der Nähe des Museums und überquerte die Straße zum Empress Hotel. Das Empress war 1908 von der Kanadisch-Pazifischen Eisenbahn erbaut worden, damit Reisende einen Grund hatten, in Victoria Halt zu machen.

Seine Silhouette beherrschte immer noch den Hafen und strömte die ganze Zuversicht des Empires in der Blüte seiner Macht aus.

Das Hotel lag direkt gegenüber dem kleinen Hafen, und seine massive Bauweise, die an ein französisches Schloß erinnerte, stand dem Protz der nahegelegenen Provinzregierungsgebäude in nichts nach. Jane schloß ihren Koffer im Kofferraum ein, strich sich ihr schwarzes Kleid glatt, das sie in der Hoffnung angezogen hatte, daß man sie so eher für eine Geschäftsreisende als Touristin hielt, und betrat die Halle des Empress. Seit Jane das letzte Mal hier war, hatte man fantastische Renovierungsarbeit geleistet: Das alte Mädchen sah wirklich gut aus. Überall weiche Teppiche, glänzendes Holzschnitzwerk und weite, gut proportionierte Räume. Hier fühlte sich Jane zu Hause. Es schien ihr Schicksal zu sein, sich in Umgebungen heimisch zu fühlen, die sie sich nicht leisten konnte, und fehl am Platz in solchen, die ihrem Geldbeutel entsprachen. Irgendwo mußte ihren Schicksalsgöttern ein schrecklicher Irrtum unterlaufen sein. Sie beschloß, im Empress zu frühstücken – egal, was es kostete. Aber vorher rief sie Gordon Trevellyan an.

»Wo sind Sie?« wollte er wissen. »Bis heute nachmittag hab' ich wahrscheinlich was für Sie.«

»Ich bin hier in der Innenstadt«, sagte Jane. »Sie können im Empress eine Nachricht für mich hinterlassen.«

Sie ging zum Empfang, erklärte, sie sei zwar kein Gast, würde aber eine Nachricht erwarten und steckte dem Rezeptionisten einen Zehn-Dollar-Schein zu. Er zierte sich einen Moment, nahm ihn dann aber und sagte, gut, er würde die Nachricht entgegennehmen. Dann ging Jane hinüber zum Zeitungskiosk, kaufte sich eine *Times-Colonist* und nahm ein paar Broschüren vom Tisch neben der Kasse. Sie schenkte der jungen Frau in blauem Blazer hinter dem Tresen ein extra freundliches Lächeln, so, als sei sie zu Gast hier und würde bestimmt später noch einmal auf sie zukommen.

Im Restaurant setzte sie sich an einen Ecktisch mit Blick in den Raum und bestellte sich Benediktiner-Eier. Sie überflog die internationalen Nachrichten, die nicht sonderlich ausführlich waren, und las über den anhaltenden Streit zwischen der ansässigen Holzindustrie und der Umweltbewegung über die Rodungen auf der Insel.

Dann vertiefte sie sich in einen Artikel über eine Gruppe von Touristen aus Quebec, die halluzinogene Pilze auf den Queen-Charlotte-Inseln im Norden gesammelt hatten. Einige über den Einfall in ihr Gebiet zornige Haida-Indianer waren über sie hergefallen, hatten ihnen Gewehre an die Schläfen gedrückt und sie gezwungen, den ganzen Sack voller Pilze zu essen. Die Touristen mußten mit einem Wasserflugzeug in eine Klinik transportiert werden, wo ihnen der Magen ausgepumpt wurde.

Jane stellte sie sich vor, wie sie in der kleinen Busch-Klinik halluzinogenes Französisch brabbelten, und sie fragte sich, ob diese Leute mit der gallischen, von Rousseau geprägten Illusion von im Einklang mit der Natur lebenden Indianern aufgebrochen waren und dann abrupt eines besseren belehrt wurden, als sie sich am verkehrten Ende eines Gewehrlaufs wiederfanden.

Sie legte die Zeitung hin, widmete den Benediktiner-Eiern ihre Aufmerksamkeit und sah sich im Raum um, der, angesichts des gerade Gelesenen, plötzlich unglaublich zivilisiert auf sie wirkte mit seiner Stille, die nur von leisem Gläsergeklirr, Besteckgeklapper und verhaltenem Gemurmel unterbrochen war. Am Nebentisch saß ein attraktiver Mann in dunklem Anzug, der wie ein Geschäftsreisender aussah.

Über dem Kragen waren seine dichten braunen Haare noch ein bißchen naß von der morgendlichen Dusche, und Jane fand sein frisch rasiertes Gesicht äußerst anziehend.

Reisen und Hotels bringen offenbar meine Libido in Bewegung, dachte sie, während sie ihn von der Seite musterte. Fremde auf der Durchreise hatten etwas Romantisches an sich, und auf Reisen stellte sich immer dieses prickelnde Gefühl bei ihr ein, daß man ja nie wußte, was noch alles passieren könnte. Wahrscheinlich war das der Grund, warum sie früher so viel auf Reisen war.

Er fing ihren Blick auf und lächelte sie an, und sie merkte, wie sie unwillkürlich zurücklächelte. Es gelang ihr jedoch, ihr Frühstück zu beenden, ohne nochmaligen Augenkontakt aufzunehmen, aber als sie aufstand, warf sie ihm ein kleines Lächeln über die Schulter zu.

Durch die kurze Begegnung hellte sich ihre Stimmung auf, und sie beschloß, sich die Zeit damit zu vertreiben, durch die historischen Straßen mit den hübschen kleinen Läden zu schlendern, deren Schaufenster die Amerikaner mit Schottenkaro-Stoffen und Porzellan lockten. Danach ging sie ins

Provinzmuseum und sah sich die Eingeborenen-Kunst an. Dramatisch beleuchtete Totempfähle in hellem, gebleichtem Zedernholz. Naive Malereien voller Adler, Biber, Frösche, Wölfe, Bären und Killerwale, deren Umrisse so miteinander verschmolzen, daß Gesichter sich den Platz mit Bäuchen und großen wachsamen Augen teilten; unauffällig dazwischen verstreut waren bleiche Menschengesichter in die Komposition eingewoben, die dem gewaltigen Donnervogel daneben mit seinen mächtigen Flügeln alles andere als gewachsen zu sein schienen. An den Ausstellungsstücken wiesen rechtfertigende Schrifttafeln darauf hin, daß alle Werke dem Museum in den ersten beiden Dekaden des Jahrhunderts von verschiedenen Häuptlingen für ansehnliche Beträge verkauft worden waren und nicht etwa aus den Plünderungen irgendwelcher habgieriger kolonialistischer Sammler stammten.

Am Nachmittag ging Jane wieder zur Rezeption des Empress. Gordon Trevellyan hatte wirklich eine Nachricht hinterlassen. Sie suchte sich ein Münztelefon und rief ihn zurück, wobei ihr auffiel, daß das Porträt der Queen auf dem kanadischen Vierpence überholt war. Das Doppelkinn fehlte.

»Ich habe, was Sie wollen.« Trevellyan klang ein wenig nervös, fand Jane.

»Einen Computerausdruck aller Brenda MacPhersons zwischen fünfundzwanzig und dreißig. Aber es gibt eine kleine Komplikation. Was halten Sie davon, wenn ich im Hotel vorbeikomme und die Sache mit Ihnen bespreche? Ich könnte in einer Minute blitzschnell da sein.« Sie verabredeten, sich in der Halle zu treffen.

Wenig später trat er durch die Tür, in seiner zerknitterten und abgetragenen Montur, die inmitten all der Eleganz hier noch schäbiger wirkte. Er kam auf sie zu, und als sie ihm die Hand gab, schlug ihr der Geruch von Tabak und Whiskey entgegen. »Gehen wir in die Bar, damit wir in Ruhe reden können«, sagte er. »Hier fallen jeden Moment die Touristen ein, um ihren Tee zu trinken.« Er sah auf seine Uhr und knabberte an seinem gelblichen Schnurrbart.

In der Bar, die die Gäste mit ihren Mengen von Topfpalmen und indischem Bronzegeschirr offenbar nach Rangoon in den Tagen der britisch-indischen Herrschaft versetzen wollte, sah er sich mit dem leicht hektischen Blick eines Dauergastes um, der nach bekannten Gesichtern Ausschau hält. Niemand nahm die geringste Notiz von ihm, und sie setzten sich an einen kleinen Tisch am hinteren Ende der Bar.

»Mit vier Brenda MacPhersons kann ich Ihnen dienen«, sagte er. »Über die ganze Landkarte verstreut.« Er schob ein Blatt über den Tisch, steckte sich eine Player's an und winkte der Kellnerin. Vier Adressen standen auf dem Blatt. Eine in Tofino.

Zwei in Victoria und eine auf der Denman-Insel. Hinter jeder stand das Geburtsdatum.

»Ist es das, was Sie wollten?«

»Ja«, antwortete sie. Am Telefon hatte er von einem Computerausdruck gesprochen. Na, offenbar hatte er die Angaben auf das Blatt hier übertragen; sie sahen aus wie mit einer alten mechanischen Schreibmaschine getippt.

Er bestellte sich einen doppelten Whiskey und Soda, und sie fand den Tag weit genug vorgerückt für einen Sherry.

»Verzeihen Sie die Frage, Mrs. da Silva«, sagte er. »Aber geht es hier um eine Inkasso-Sache? Da ich nicht weiß, aus welchem Grund Sie diese Brenda finden wollen, war ich mir nicht sicher, ob es Sie interessiert, daß möglicherweise noch andere Leute hinter der Dame her sind.«

»Noch jemand sucht nach ihr?« fragte Jane.

»Das ist bei Inkasso-Ermittlungen nichts Ungewöhnliches,

wie Sie bestimmt wissen. Vielleicht könnten Sie beide sich ja zusammentun?« Er machte eine diskrete Pause. Jane nahm an, daß sein Vermittlungsangebot mit einem Honorar verbunden war. Nur zu gern hätte sie gewußt, wer sonst noch nach Brenda suchte. Aber es widerstrebte ihr, diesem Individuum zu erzählen, wer sie war und was sie vorhatte.

»Ich hoffe, ich kann auf Ihre Diskretion zählen«, sagte sie. »Mir wäre es wirklich lieb, niemand erfährt davon, daß ich nach Brenda suche.«

»Alles klar«, sagte Trevellyan. »Wollte halt bloß mal vorfühlen.«

»Derjenige, der auch nach ihr sucht – ist er ein Klient von Ihnen?« fragte Jane in bemüht beiläufigem Ton.

Er räusperte sich und drückte seine Zigarette in dem Glasaschenbecher aus.

»Nicht direkt.«

Jane kam zu dem Schluß, daß es wohl doch das beste sei, nicht länger Versteck mit ihm zu spielen. Schließlich arbeitete er ja für sie!

»Hören Sie, Mr. Trevellyan«, sagte sie freundlich, aber bestimmt. »Können wir ganz offen reden?«

Er sah sie leicht alarmiert an.

Sie lächelte ihm beruhigend zu. »Als Amerikanerin kann ich einfach nicht anders, als frei von der Leber zu reden. Genausowenig wie Sie als Engländer dagegen ankönnen, taktvoll zu sein.«

»Ich bin kein Engländer«, sagte er mit Stolz. Verdammt. Jetzt hatte sie ihn beleidigt, wo sie doch gerade charmant zu ihm hatte sein wollen. Wahrscheinlich war er eingebürgerter Kanadier und immer noch hochempfindlich, was die alte Heimat betraf, wie viele Eingebürgerte der ersten Generation.

»Ich komme aus Cornwall«, erklärte er und reckte energisch den Unterkiefer vor.

»Tatsächlich. Aus Cornwall?«

Er sah sie trotzig an. »Ganz recht. Wir sind im Grunde gar keine Engländer. Die Angeln, Sachsen und Normannen – der ganze Haufen ist nie bis nach Cornwall vorgedrungen. Weil wir sie in Schach gehalten haben!«

»Ja«, sagte Jane, »und die kornische Sprache ist mit dem Bretonischen verwandt, nicht wahr?« Sie erinnerte sich vage, irgendwann einmal etwas in der Richtung gehört zu haben.

»Ganz recht«, sagte Mr. Trevellyan. Ein Leuchten stand in seinen Augen. »Es ist eine gälische Sprache.«

»Sprechen Sie sie?« fragte Jane interessiert. Sein Englisch war jedenfalls frei von jeder Dialektfärbung.

»Nun, nein«, erwiderte Mr. Trevellyan gereizt. »Hätte ja wohl kaum Gelegenheit dazu, oder? Die Engländer haben unsere Sprache ausgelöscht – wie beinahe unsere ganze Kultur. Aber bis zum achtzehnten Jahrhundert wurde gälisch gesprochen.«

»Ich finde es wundervoll, daß es Menschen wie Sie gibt, die das nicht vergessen haben«, sagte sie tapfer. Das Bild von König Arthur in seinem Büro fiel ihr wieder ein.

Wie sie sich erinnerte, soll sein Schloß in Cornwall gelegen haben.

»König Arthur«, meinte sie träumerisch. »Tintagel.«

»Ganz recht!« Jetzt taute er wirklich auf. »Vielleicht haben Sie schon von der kornischen Nationalbewegung gehört«, sagte er ganz atemlos. »Einige von uns sind der Meinung, daß, seit es die EG gibt, keinerlei Grund mehr besteht, warum wir weiterhin Teil von England sein sollten.« Alles Verschlagene war plötzlich von ihm abgefallen. In seinen blauen Augen, mit denen er sie groß anschaute, lag ein fanatisches Schimmern.

Sie nickte ernst, als wäre ihr die Idee nicht neu und käme ihr auch keineswegs exzentrisch vor. Als die Kellnerin ihre Drinks brachte, verstummte er.

Wahrscheinlich hielt er sie für eine englische Spionin.

Jane kramte in ihrem Gedächtnis nach weiteren Wissensbrocken über Cornwall.

Aber ihr fiel nichts mehr ein – bloß, daß sie früher einmal eine Marjorie Warmington gekannt hatte, die ihr erzählte, Warmington sei ein kornischer Name. Trotzdem war es ihr wohl gelungen, Mr. Trevellyan so einzuwickeln, daß er jetzt eine Art Mitstreiterin für die kornische Sache in ihr sah. Ein günstiger Moment, fand Jane, wieder zur Sache zu kommen. »Eins würde mich aber doch interessieren, Mr. Trevellyan«, sagte sie.

»Wer sucht sonst noch nach Brenda MacPherson und warum? Und woher wissen Sie davon? Könnten Sie mir das sagen?«

»Eigentlich ist das streng vertraulich«, begann er zögernd.

Jane lächelte. »Ich zahle natürlich gern für jegliche Extraarbeit, die die Beantwortung meiner Fragen Ihnen macht.«

»Die Sache ist ein bißchen heikel«, sagte er. »Wissen Sie, die Informantin, die mir die Adressen beschaffte – nun, von ihr erfuhr ich auch, daß noch jemand nach derselben Partei sucht. Deshalb bekam meine Informantin auch Schwierigkeiten. An bestimmter Stelle wunderte man sich, warum plötzlich ein so großes Interesse an besagter Person besteht, was meine Kontaktperson ganz schön in Bedrängnis brachte.«

»An bestimmter Stelle?«

Er winkte ungeduldig ab. »Meine Quelle regte sich fürchterlich auf. Behauptete, ich hätte sie in die Bredouille gebracht. Und ich mußte mir den Mund fusselig reden, damit ich überhaupt etwas aus ihr herausbekam.«

»Wieviel«, fragte Jane, »wäre denn nötig, um sie wieder zu beruhigen?«

Er lächelte. »Noch ein Hunderter müßte reichen. Als kleine Anerkennung für die Schwierigkeiten, die sie hatte.«

»Gut«, sagte Jane und griff nach ihrer Tasche.

Er sah gleich viel entspannter aus.

»Also, wer sucht noch nach Brenda MacPherson?« fragte Jane und schob so diskret wie möglich einen Schein über den Tisch. Gottlob waren die kanadischen Geldnoten farblich eindeutig voneinander unterschieden, was ihr langes Herumkramen in der Brieftasche ersparte. Hunderter waren weinrot.

»Ich weiß nur, daß es ein Amerikaner ist und daß er augenblicklich in diesem Hotel wohnt.«

»Das ist alles? Mehr wissen Sie nicht?« Jane sah wehmütig auf den weinroten Schein. Auch wenn der Umtauschkurs günstig war – für diese dürftige Information war ein Hunderter eindeutig zu viel. Und sie war nicht bereit, noch was draufzulegen.

Sie beugte sich über den Tisch. »Mr. Trevellyan«, sagte sie und blickte ihm fest in die Augen. Er hatte seine Hand schon nach dem Schein ausgestreckt. »Ich möchte, daß Sie mir alles sagen, was Sie wissen. Da Sie doch aus Cornwall stammen, kann ich mich doch auf Sie verlassen, das habe ich im Gefühl. Wissen Sie übrigens, daß mein Mädchenname kornisch war. Warmington.«

»Ach, wirklich?«

»Ja. Mein Großvater erzählte mir herrliche Geschichten über Cornwall. Er wuchs noch dort auf. Er sagte mir immer, wir wären keine Engländer, sondern Kornen.« Sie zwang ihn, ihr in die Augen zu sehen.

Eine Weile sagte er nichts, und sie starrte ihn weiter an. Schließlich lächelte er und meinte: »Nun, dickköpfig wie eine Kornin sind Sie! Meine Informantin arbeitet für einen Arzt. Mir zu Gefallen ruft sie ab und zu bei der Zentralen Ärztlichen Verrechnungsstelle British Columbias an und besorgt mir Adressen. Erzählt denen irgendeine Geschichte – sie müßte die Patientenkartei erneuern.

Die Leute von der Verrechungsstelle geben den Namen und das ungefähre Alter in ihren Computer ein. In siebzig Prozent aller Fälle stimmen die Adressen, die er ausspuckt. Bei selbständigen Unternehmern noch öfter.«

»Ich verstehe«, sagte Jane.

»Na, jedenfalls rief vor ein oder zwei Tagen irgendein Amerikaner bei ihr an und bat sie um dieselbe Auskunft wie ich. Irgend jemand muß ihm den Tip gegeben haben, sich an sie zu wenden. Mir war überhaupt nicht klar, daß sie solche Auskünfte für jeden X-beliebigen besorgt.« Er klang eingeschnappt wie ein gehörnter Ehemann.

»Mir sagte sie dann, sie wollte nicht noch mal anrufen und zum zweiten Mal um dieselbe Auskunft bitten.«

Jane hob die Augenbrauen. »Sie hatte die Adressen also nicht mehr in der Hand?«

»Nein. Sie gab den Ausdruck an diesen Kerl weiter. Kostete mich einige Zeit, sie zu überreden, sich noch mal ans Telefon zu hängen. Also log sie denen vor, sie hätte den ersten Ausdruck verloren. Aber das Ganze ging ihr sehr gegen den Strich. Sie hatte Angst, die Leute von der Verrechungsstelle würden mißtrauisch, wenn sie zweimal um dieselbe Auskunft bitten würde.«

»Aber Sie konnten sie überreden?«

Er nickte und nahm einen großen Schluck aus seinem Glas. Jane fragte sich, wie er sie überredet hatte. Vielleicht mit versteckter Erpressung? Die Behörden hatten zweifellos etwas gegen ärztliche Mitarbeiter, die in irgendwelchen Krankenberichten herumstöberten, und sei es nur, um Adressen in Erfahrung zu bringen.«

»Na, das Ergebnis war, daß die Leute von der Verrechnungsstelle sie regelrecht ins Kreuzverhör nahmen wegen der Sache. Das arme Ding hatte schon Angst, sie würde aufs Polizeirevier zitiert und verhört. Aber ich habe sie beruhigt.«

»Gut«, sagte Jane. »Und es ist Ihnen gelungen, die Information von ihr zu bekommen, die Sie mir gaben. Ein Amerikaner, der im Empress abgestiegen ist. Einen Namen nannte sie Ihnen nicht?«

»Nein.«

»Und Sie haben ihm nicht – ganz zufällig – meinen genannt?« fragte Jane.

»Nein!« rief er und sah sie empört an. Jane war sich nicht sicher, ob sie ihm glauben konnte.

»Aber Ihre Informantin«, bohrte Jane weiter, »die muß doch den Namen wissen.« – »Anzunehmen«, sagte er und guckte betreten weg. »Offenbar haben Sie doch über ihn gesprochen. Schließlich hat sie Ihnen gesagt, er wohne im Empress.« Jane schwor sich, sich an ihn zu hängen wie ein Terrier.

»Ja«, brummte er.

»Und wieso kam das zur Sprache?«

»Weil sie mir erzählte, sie hätte ihm hier den Umschlag hinterlegt.«

»Und deshalb nahm sie an, er würde hier wohnen«, sagte Jane. Was natürlich keineswegs der Fall sein mußte. Schließlich hatte sie ja auch am Empfang darum gebeten, eine Nachricht für sie entgegenzunehmen, was man bereitwillig getan hatte.

»Ich hatte das Gefühl«, schnaubte Mr. Trevellyan, »daß sie hoffte, ihn selbst anzutreffen, und enttäuscht war, als sie nur den Umschlag dalassen konnte.«

»Dann war er wahrscheinlich sehr charmant«, sagte Jane.

»Das war wohl der Punkt«, brummte Mr. Trevellyan. »Sie ritt ja regelrecht darauf rum, wie attraktiv der Kerl wäre. Und ich mußte den Beleidigten spielen, als wäre er mein Rivale. Wenn man Lucys Hilfe will, muß man sie schon ein bißchen bezirzen. Ich meine, wegen Geld hätte sie's nicht nötig. Frauen wollen halt immer umschmeichelt werden, verstehen Sie?«

»Vollkommen.« Jane nickte und gab sich den Anschein, als fände sie seine Verführungskünste gegenüber dem weiblichen Geschlecht eine Tatsache.

Was ihn so ermutigte, daß er anfing, sich weiter über das Thema auszubreiten. »Deshalb hängt man sich natürlich nicht an junge, hübsche Mädchen, wen man 'ne Informantin braucht. Man sucht sich Frauen um die vierzig, die schon ein bißchen in die Breite gegangen sind. Die mögen kleine Aufmerksamkeiten. Neben den paar Dollar, die man Ihnen zukommen läßt, schickt man ihnen ab und zu 'ne Schachtel Pralinen.«

»Sehr klug«, meinte Jane, »und sagt ihnen, sie wären überhaupt nicht dick.« Mr. Trevellyan selbst hatte einen ganz schönen Bauch – die Sorte Wampe, die Jane normalerweise mit Trinkern in Verbindung brachte.

»Ganz recht. Außerdem, wenn man Blumen schickt, wollen die anderen Mädchen im Büro wissen, von wem sie sind.«

»Meinen Sie, Sie könnten Lucy überreden, uns den Namen des Mannes zu verraten?«

»Das hab' ich schon versucht«, sagte er. »Nur für den Fall, daß Sie ihn vielleicht wissen wollten«, fügte er hastig hinzu. Wieder meinte sie, eine Spur Übereifer aus seiner Stimme herauszuhören. Wenn nicht all ihre Sinne sie täuschten, dann war Mr. Trevellyan ein Lügner, und zwar ein erbärmlich schlechter. Es mußte ein großes Handicap für einen Privatdetektiv sein, sich durch Körpersprache und Stimmschwankungen so zu verraten, als wäre er an einen Polygraphen angeschlossen.

Jane war überzeugt, er hatte Lucy den Namen des Mannes aus der Nase gezogen, weil er ihm etwas verkaufen wollte. Ihren, Janes Namen, beispielsweise.

»Meinen Sie, ich könnte selbst mit Lucy sprechen?« fragte sie.

»O nein«, rief er. »Sie wäre empört, wenn sie wüßte, ich posaune herum, daß sie etwas Irreguläres tut.«

»Und wahrscheinlich wäre sie noch empörter, wenn sie wüßte, daß Sie überall ihren Namen ausposaunen«, sagte Jane. »Schließlich kann es nicht allzu viele Lucys geben, die in regelmäßigen Abständen bei der Ärztlichen Verrechnungsstelle anrufen und Adressen und andere vertrauliche Patienteninformationen abfragen.«

Er kniff die Augen zusammen, und sie fürchtete schon, sie wäre zu weit gegangen mit ihrer versteckten Drohung. Er tat ihr sogar ein bißchen leid, aber sie zwang sich, das Spiel zu Ende zu spielen.

»Warum rufen Sie Lucy nicht einfach von hier aus an und bitten sie um den Namen des Mannes?« schlug sie vor.

»Dafür ist die Sache zu heikel«, erwiderte er.

»Ach wirklich?«

»Mmh«, brummte er dann nachdenklich. »Seit die Verrechnungsstellen-Leute sie ins Kreuzverhör nahmen, ist sie völlig verschreckt. Ich hab's gerade geschafft, sie wieder ein bißchen zu beruhigen. Und jetzt möchte ich sie nicht gleich wieder in Aufregung versetzen.«

»Na, dann müssen wir eben versuchen, ob wir an der Rezeption etwas in Erfahrung bringen«, sagte Jane. »Den Namen des Herrn wissen wir nicht, aber Lucys.

Zumindest Sie wissen ihn. Wir könnten ja einfach sagen, wir möchten uns vergewissern, ob der Umschlag, den sie abgab, auch in die richtigen Hände gelangt ist. Etwas in der Richtung.«

»Tja, das könnten wir vielleicht probieren«, sagte Mr. Trevellyan in einem Ton, der deutlich machte, daß er nichts Vergleichbares tun würde.

Jane beschloß, ihn trotzdem beim Wort zu nehmen. »Also gut«, meinte sie und schob ihren Stuhl zurück. »Dann gehen Sie hin, sagen, Lucy hätte einen Umschlag abgegeben, Sie müßten unbedingt wissen, ob er den Empfänger auch erreicht hat, hätten aber leider seinen Namen vergessen.«

»Bißchen dürftig«, entgegnete Mr. Trevellyan.

»Na, dann tragen Sie halt ein bißchen dicker auf, das fällt Ihnen doch bestimmt nicht schwer«, sagte Jane mit einem bezaubernden Lächeln.

»Kaum«, brummte er mürrisch.

»Wie wär's damit?« sagte Jane. »Sagen Sie, Lucy Soundso aus Ihrem Büro hätte Dokumente, die eigentlich für einen Mr. Smith bestimmt waren, versehentlich in einen Umschlag gesteckt, den sie für einen hier im Hotel wohnenden Amerikaner an der Rezeption hinterlegt hätte. Sie müßten die Dokumente dringend zurückhaben, wüßten aber leider den Namen besagten Amerikaners nicht. Ob man Ihnen vielleicht freundlicherweise weiterhelfen und Ihnen sagen könnte, wer den Umschlag entgegennahm.«

»Nun, ich glaube ...«

»Ich würde ja gern selbst hingehen. Aber Sie wollen mir ja Lucys Nachnamen nicht sagen.«

»Mmmm«, brummte er.

»Ich könnte natürlich auch versuchen, mir den Namen von der Ärztlichen Verrechnungsstelle zu besorgen«, fügte sie verschlagen hinzu. Sie bezweifelte, ob man dort damit herausrücken würde, war sich aber sicher, daß Mr. Trevellyan in Zukunft schlechte Karten bei seiner Informantin hätte, würde sie durch einen solchen Anruf kompromittiert.

»Von da erfahren Sie den Namen nie«, schnaubte er. Er drückte seine Zigarette aus und sah sie forschend an. Anscheinend versuchte er, zu einem Schluß zu kommen, ob das eine leere Drohung war oder ob Jane vorhatte, sie wahrzumachen. Sie lächelte ihn an.

»Na gut, ich probiere es«, sagte er. »Aber garantieren kann ich Ihnen nichts.

Ich bezweifle nämlich, daß Lucy ihren Namen hinterlassen hat, als sie den Umschlag hier deponiert hat.« Er kippte seinen Drink mit der Geste eines Mannes, der entschlossen ist, eine lästige Angelegenheit möglichst schnell hinter sich zu bringen. »Ich bin gleich wieder zurück«, fügte er noch hinzu.

Sowie er gegangen war, zahlte Jane, ließ ihm einen kleinen Vorsprung und folgte ihm dann zum Empfang, um zu sehen, was er ausrichtete.

Er beugte sich beflissen über den Tresen und sah mitleiderregend verzweifelt aus. Sie stellte sich neben ihn und lächelte die Empfangsdame nervös an. Ihre Anwesenheit irritierte Trevellyan offenbar, denn er trat jetzt ungeduldig von einem Fuß auf den anderen.

»Ohne den Namen des Gastes kann ich nicht viel für Sie tun, fürchte ich«, sagte die Empfangsdame, eine wie aus dem Ei gepellte junge Frau, deren Blazer denselben Pfirsichton hatte wie die Tapete.

»Ach, es ist alles meine Schuld«, schaltete Jane sich ein. »Ich habe ihr den falschen Umschlag gegeben.«

Die Angestellte sah sie verwirrt an, aber Jane ließ sich nicht beirren. Sie wünschte bloß, sie hätte sich Trevellyan gleich an die Fersen geheftet. Jetzt wußte sie nicht, was genau er gesagt hatte. »Haben Sie es ihr erklärt?« fragte sie ihn.

»Nur kurz«, sagte er. Gottlob kapierte er und spielte mit. »Ich habe der Dame gesagt, daß die für Mr. Clark bestimmten Papiere versehentlich für diesen Amerikaner hier hinterlegt wurden.«

»Wissen Sie«, meinte Jane, »ich habe die Clark-Papiere in einen Umschlag gesteckt, doch Lucy hat ihn verwechselt und ihn hier für einen Amerikaner hinterlegt. Sie ist die einzige, die seinen Namen kennt, und jetzt ist sie in den Urlaub gefahren, und Mr. Clark wird außer sich sein vor Wut.«

Die Empfangsdame wirkte nicht sonderlich gerührt von der Dramatik der Situation, also holte Jane tief Luft und fügte hinzu: »Es hat eine Ewigkeit gedauert, bis wir seine Exfrau dazu gebracht haben, die Dokumente endlich zu unterzeichnen, und jetzt haben wir einen Käufer, aber ohne die Papiere mit ihrer Unterschrift ...«

»Es geht um Grundstücks-Verkäufe im Werte von Millionen«, warf Mr. Trevellyan ein. »Um ein Bargeschäft, in Hong-Kong-Währung.«

»Mein Gott, ich bin mit den Nerven am Ende«, sagte Jane.

»Geschieht Ihnen recht«, schnauzte Mr. Trevellyan sie mit einer Wut an, die Jane verblüffte.

»Und der Umschlag wurde gestern abgegeben?« fragte die junge Frau und bedachte Trevellyan mit einem mißbilligenden Stirnrunzeln, weil er Jane angeschrien hatte.

»Ja«, sagte Jane. »Der Herr, für den er bestimmt war, ist Lucys Kunde. Wir wissen von ihm nur, daß er Amerikaner ist und im Augenblick hier wohnt. Lucy hat erwähnt, er wäre recht attraktiv.«

Endlich schien sich die Frau für Janes Problem zu interessieren. »Wir haben natürlich viele Amerikaner unter unseren Gästen«, sagte sie. »Lassen Sie mich kurz nachfragen, ob sich jemand erinnert, einem amerikanischen Gast einen Umschlag gegeben zu haben.«

Nach einer Sekunde kam sie zurück. »Könnte es Mr. Johnson gewesen sein? Caroline erinnert sich, daß sie Mr. Johnson gestern einen Umschlag gegeben hat.

Er ist aus San Franzisco angereist.«

Sie klapperte auf ihrer Computertastatur. »Ja. Gestern haben wir in seinem Zimmer angerufen, am Empfang sei etwas für ihn hinterlegt.« Sie warf Jane einen bedauernden Blick zu. »Wir haben sehr viele Gäste. Ich kann sie nicht alle durchgehen, fürchte ich.«

»Na, dann probieren wir's mit ihm«, sagte Trevellyan, griff Jane am Ellbogen und versuchte, sie vom Tresen wegzuziehen. »Wir rufen ihn einfach per Haustelefon an.«

»Oh, aber er ist abgereist«, entgegnete die Frau. »Jetzt erinnere ich mich an ihn. Ich habe ihm selbst die Rechnung fertig gemacht. Heute morgen.« Dann schwieg sie nachdenklich. Jane stellte sich vor, wie sie überlegte, ob er wirklich attraktiv gewesen war.

Das kleine Lächeln um ihren Mund hieß wohl ja.

»Hat er gesagt, wohin er wollte?« fragte Jane.

»Nein, ich glaube nicht. Aber warten Sie, er hat unser Büro gebeten, eine Reservierung für ihn vorzunehmen. Das weiß ich, weil die Sekretärin gerade nicht da war und er mich gefragt hat, ob es erledigt worden sei.«

»Vielen Dank«, sagte Jane.

Trevellyan schien nicht ganz wohl bei dem Ganzen zu sein. Jane hatte den deutlichen Eindruck, ihm wäre es lieber, sie würde Mr. Johnson nicht aufspüren.

»Vielleicht ist er ja gar nicht der Richtige«, sagte er schroff. Was Jane zu der Vermutung brachte, daß er genau der Richtige war und Trevellyan es wußte.

Sie trat vom Tresen zurück und drehte sich um, damit die Rezeptionistin ihre Gesichter nicht sehen konnte. Sie wollte Trevellyan die Stirn bieten, also mußte sie die Rolle der reuigen, niedergeschmetterten Angestellten fallenlassen. »Ab jetzt kümmere ich mich allein um die Sache«, sagte sie.

»Wie Sie wollen!« Er verbarg seinen Ärger sehr gut, trotzdem merkte Jane, wie getroffen er war. Wahrscheinlich grollte er ihr, weil sie seinen Plan vereitelt hatte, sich selbst an den Mann zu wenden, der nach Brenda suchte. Er rang sich einen einigermaßen freundlichen Abschied ab. Er wäre jederzeit für sie da, sollte sie irgendwann mal wieder seine Hilfe brauchen. »Und grüßen Sie Mr. Mason von mir«, fügte er noch hinzu, als wären er und Calvin alte Kumpel, was, wie Jane wußte, nicht der Fall war, womit er aber wohl bezwecken wollte, sich als etablierteren, seriöseren Detektiv darzustellen, als er war. Sie war froh, als er endlich verschwand. Von der Sekretärin zu erfahren, wohin Mr. Johnson aufgebrochen war, stellte sich als erstaunlich einfach heraus.

Wer immer dieser Mr. Johnson sein mochte, er war nach Tofino abgereist. Einem der Orte, in dem Trevellyan eine Brenda MacPherson aufgestöbert hatte. Jane hatte vorgehabt, von Victoria aus herumzutelefonieren. Irgendeine Geschichte zu erfinden – sie nahm schon vage Gestalt in ihrem Kopf an –, alle vier Brendas anzurufen und vorzufühlen, welche die richtige war.

Aber jetzt hatte Mr. Johnson einen Vorsprung. Wahrscheinlich hatte er ein paar Auskünfte eingeholt und beschlossen, mit Tofino zu beginnen. Oder er war einfach auf gut Glück losgefahren und wollte Brenda ohne Vorankündigung überraschen. Jane war äußerst neugierig, wer er war und warum er Brenda finden wollte. Nun, wenn sie schnell genug nach Tofino kam, konnte sie es vielleicht herausfinden.

Sie ging zu ihrem Wagen und holte die Karte von Vancouver Island. Tofino, eine kleine Stadt an der Westküste der Insel oberhalb des Pacific Rim National Park, sah aus, als läge sie am Ende einer endlosen kurvenreichen Straße. Jane schätzte die Entfernung auf dreihundert Kilometer. Sie warf einen Blick auf ihre Uhr. Sie müßte sofort aufbrechen, wenn sie vor Einbruch der Dunkelheit dort sein wollte.

Sie fuhr den Hafen entlang zum Touristen-Informationskiosk, den sie am Morgen im Vorbeifahren entdeckt hatte. Er war in einem Gebilde untergebracht, das aussah wie eine im Art-déco-Stil restaurierte Tankstelle. »Art Déco« Nazimova wäre begeistert, dachte Jane.

Drinnen nahm sie sich eine Handvoll Broschüren über Tofino und blätterte sie kurz durch. Lange Sandstrände, brechende Wellen, Regenwälder und Wale stachen ihr in die Augen. Dann fragte sie einen jungen rothaarigen Mann, der wie ein Collegestudent aussah, nach dem Weg.

Abgesehen von einigen holprigen Wegen für die Holztransporte gab es nur eine einzige Straße zur Westküste der Insel. Sie sei geteert, erklärte ihr der junge Mann, hätte nur zwei Spuren und hin und wieder eine Überholspur. Nach Port Alberni höre die Zivilisation praktisch auf, nur noch herrliche Landschaft gäbe es, und er rate ihr, vorher aufzutanken. Im Augenblick sei Touristensaison, warnte er sie noch. »Sie sollten also so schnell wie möglich ein Zimmer reservieren.«

Sie telefonierte, bekam das letzte freie Zimmer in einem Hotel, dessen Beschreibung sich wirklich nett anhörte, direkt am Strand gelegen, fuhr dann die Autobahn an der Ostküste entlang in Richtung Norden und bog nach einer Weile landeinwärts in Richtung Port Alberni ab.

Es war gegen sieben und noch hell, als sie dort ankam. Sie lenkte in einen McDonalds-Drive-in, aß beim Fahren, tankte auf, ließ Reifendruck und Ölstand prüfen, wünschte, sie hätte einen schnelleren Wagen als Onkel Harolds alten Chevy, und fuhr dann in Richtung Westen weiter.

Nach ein paar Meilen war sie inmitten einer Postkartenlandschaft. Nach jeder Kurve enthüllte sich ihr ein neuer aufregender Blick, der aus einem der Prospekte von der Touristeninformation hätte stammen können.

Riesige Seen, steile Berghänge voller Fichten und Zedern,

die bläulich schimmerten im Abendlicht, und, direkt neben der Straße, wie von Künstlerhand geschaffene Fels- und Geröllformationen. Dazwischen wild wachsende Blumen – leuchtend gelber Ginster, rosa Heckenrosen und blaue Lupinen, hin und wieder frühe Gänseblümchen und wilde Möhren zwischen den hohen Gräsern mit ihren sich wie rosa Wolken über den Halmen wiegenden Samendolden.

Bei Einbruch der Nacht, gegen neun, und als die Schilder ihr sagten, daß es noch ungefähr eine halbe Stunde bis Tofino war, tauchte zwischen den sich jetzt schwarz gegen den Himmel abzeichnenden Bergketten der Vollmond auf, verschwand im nächsten Moment, bis er gleich darauf wieder zu sehen war, und, als sie an einem großen See vorbeifuhr, einen schimmernden Steg übers Wasser warf.

Während sie sich jetzt in Serpentinen einen Berghang hinaufschraubte und auf der anderen Seite wieder hinunterfuhr, gab es außer den ab und zu auftauchenden Bootsanlegestellen, den Campingschildern und den roten Rücklichtern vor ihr kein Anzeichen menschlicher Zivilisation. Die Holzindustrie jedoch hatte ihre Spuren hinterlassen. Riesige Schneisen waren in die Hänge gerodet, und nur die nackte Erde war zu sehen; an anderen Stellen, wo der Kahlschlag wohl schon länger zurücklag, wuchsen lila Weidenröschen und junge Erlen neben dicken, verkohlten Stümpfen.

Sie schob alle Gedanken an Brenda, Jennifer und Kevin beiseite, der jetzt wahrscheinlich faul auf seiner Koje im Monroe lag, während sie wie eine Eule durch die Nacht geisterte. Sie hatte nur noch eins im Sinn, dieses Kräuselband von Straße hinter sich zu bringen, nach Tofino zu kommen und, wenn sie erst mal da war, zu überlegen, wie's weiterging.

Aber vorher wollte sie sich entspannen und ließ sich einlullen von dem Gefühl, mit dem Ende der Straße aus das Ende der Welt zu erreichen.

Als dann endlich das Ortsschild von Tofino erschien und das offene Meer wahrscheinlich irgendwo in der Dunkelheit vor ihr lag, bog sie wieder nach Norden ab, durchquerte den Park und fuhr auf einer geraden Straße in die Stadt hinein, die aus einer Hauptstraße und ein paar kleinen Seitengassen zu bestehen schien. Die Häuseransammlung wirkte, als sei sie erst kürzlich für die Touristen aus dem Boden gestampft worden. Es waren niedrige, quadratische, schmucklose, meist von unkrautfreien Rasenflächen umgebene Gebäude. Das Ganze machte einen vorläufigen Eindruck.

Aber schließlich war es ja die Natur, die sie hier verkauften – die Häuser waren Nebensache.

Das Motel war einfach zu finden. Es war eins der größten Gebäude in der Stadt, hatte einen graublauen Anstrich und lag direkt gegenüber einem weit in die Bucht hinausführenden Dock.

Jane trug ihren Koffer die paar Stufen zum Empfang hoch. Eine junge Frau mit dem typisch höflichen, sanften, geduldigen Tonfall der Kanadier, der Jane inzwischen schon beinahe vertraut war, gab einem älteren deutschen Ehepaar Erklärungen ab, das mit deutscher Gründlichkeit genau wissen wollte, was bei dem für morgen geplanten Ausflug zum Wale-Beobachten zu erwarten sei.

Die Frau übersetzte simultan für ihren Mann, und Jane, noch ganz benommen von der Fahrt, hörte den zweisprachig abgegebenen Erklärungen zu.

Die Reiseleiter fuhren einen in Schlauchbooten hinaus zu den Riffen und Inseln in der Nähe. Die Organisatoren der Tour konnten natürlich nicht garantieren, daß man wirklich Wale zu sehen bekam. Aber wie sich die Leute erzählten, wären in den letzten paar Tagen immer welche aufgetaucht. Ein paar der Grauen blieben eben die ganze Saison hier. Und selbst wenn kein Wal sich zeigte, gäbe es vieles andere Interessante dort – Seelöwen und Robben und Papageientaucher und Adler.

Am besten, sie gingen gleich zum Büro ein Stück die Straße hinauf auf der gegenüberliegenden Seite und reservierten die Tour. Vielleicht wäre noch jemand dort. Wenn sie die heißen Quellen besuchen wollten, sollten sie Handtücher und etwas zu essen mitnehmen, was sie direkt nebenan im Coop-Supermarkt kaufen könnten. Ja, die heißen Quellen wären herrlich und ganz bequem zu erreichen über einen kurzen Pfad durch den Regenwald. Man könnte sich in die warmen Tümpel inmitten der Felsen setzen und sich unter einen heißen Wasserfall stellen.

Das Paar erwog die Vorzüge eines Ausflugs zu den heißen Quellen. Die beiden schienen das deutsche Vertrauen in den therapeutischen Wert von mineralischen Gewässern zu haben.

Schließlich hatten sie alle ihre Fragen gestellt, und während Jane die Formalitäten an der Rezeption erledigte, spürte sie das vage Verlangen, draußen auf dem Meer nach den Walen Ausschau zu halten. Oder in einer Felsgrotte unter einem warmen Wasserfall im Regenwald zu stehen. Das klang noch verlockender.

Ihr Zimmer war hübsch und freundlich, eine eindeutige Verbesserung gegenüber der auf Alt-England getrimmten Touristenfalle, in der sie die letzte Nacht verbracht hatte. Es gab eine richtige Badewanne, Shampoo und Haarkur.

Heute war es zu spät, mit der Suche nach Brenda zu beginnen. Jane hatte vor, einfach bei ihr aufzutauchen. Wenn man die Leute vorher anrief, waren sie gleich auf der Hut.

Sie wollte später im Motelrestaurant etwas essen, aber vorher warf sie sich aufs Bett und drückte auf die TV-Fernbedienung. Es gab ungefähr eine Million Kanäle – beim Hereinkommen hatte Jane die riesige Satellitenschüssel draußen bemerkt. Auf einem kamen gerade Nachrichten aus Seattle. Nach nur zwei Tagen in Kanada, wo alle Leute so adrett und gesund aussahen, wirkte die amerikanische Nachrichtensprecherin ziemlich vulgär auf Jane – übertrieben frisiert und geschminkt.

Jane ließ ihre Gedanken wandern. Sie mußte sich eine Geschichte für Brenda ausdenken. Ihr Vertrauen gewinnen, ehe sie sie ausfragte, was Jennifer möglicherweise gesehen hatte. Zu behaupten, sie wäre eine Freundin Jennifers, war wohl keine allzu gute Idee. Schließlich waren die beiden nicht gerade in Freundschaft auseinandergegangen. Außerdem hatte Jennifer »Art Déco« Nazimova zufolge sowieso keine richtigen Freunde gehabt.

Plötzlich fuhr sie zusammen. Gerade war Jennifer Gilberts Name in den Seattler Nachrichten gefallen. Obwohl sie ganz in Gedanken war, hatte Jane ihn aufgeschnappt und spitzte jetzt die Ohren. »Im Fall der kürzlich im Universitätsviertel ermordeten Büroangestellten Jennifer Gilbert gibt es eine neue Entwicklung. Die Polizei hat das Phantombild eines Mannes erstellt, der im Rahmen der Ermittlungen dringend gesucht wird.« Eine Schwarzweißzeichnung erschien auf dem Bildschirm. Jane erkannte sofort, daß es der Mann sein mußte, den Arthur wenige Tage vor Jennifers Tod in ihre Wohnung gehen sah. Grübchen im Kinn, gut geschnittenes dunkles, dichtes Haar, gute Augenbrauen.

Und natürlich sah er, wie alle Leute auf solchen Polizeibildern, roh und bedrohlich aus. Das Foto wurde dummerweise nur eine Sekunde gezeigt, trotzdem hatte Jane das Gefühl, der Mann kam ihr bekannt vor, aber sie konnte ihn nicht einordnen. Vielleicht war er Seans Vater, der Zahnarzt. Sie stellte sich vor, wie Arthur die Beschreibung abgegeben hatte und das Ganze möglicherweise auf eine morbide Art genoß.

»Die Polizei weist darauf hin, daß Sie den Mann lediglich als Zeugen benötigt und er derzeit kein Verdächtiger ist«, sagte die Sprecherin. Dann verwandelte sich ihr ernstes Gesicht von einer Sekunde zur anderen so völlig, als litte sie unter einer mehrfach gespaltenen Persönlichkeit. Vor Fröhlichkeit berstend, verkündete sie jetzt: »Und nun zu einem erfreulicheren Thema – unser rasender Reporter Chuck Lundquist entdeckte einen Mann, der Kaugummipapier sammelt – ja, Sie haben richtig gehört –, Kaugummipapier. Und das schon seit sehr langer Zeit.« Als dann ein alter Kauz mit Baseballmütze, der stolz neben einer riesigen Silberkugel stand, auf dem Bildschirm erschien, stellte Jane schnell ab.

Sie mußte das Phantombild noch einmal sehen. Vielleicht konnte Calvin Mason sich eine Kopie besorgen und sie ihr faxen. Aber als sie kurz darauf hinunter zum Dinner ging, wurde ihr klar, warum ihr das Gesicht bekannt vorkam. Es gehörte dem Mann, der ihr heute morgen beim Frühstück im Empress aufgefallen war. Dieser nette, saubere, frisch rasierte Mann, der wie ein respektabler Geschäftsreisender aussah. Sie wußte, daß sie sich nicht irrte – wenn man überhaupt jemanden nach einem Phantombild wiedererkennen konnte, so erkannte sie ihn wieder.

Denn der Mann saß hier – im Restaurant in ihrem Hotel. Er trug einen gelben Lambswool-Pullover und khakifarbene Hosen, aß ein großes Stück Lachs und las das *Time-Magazine,* als kümmere ihn nichts auf der Welt.

Sie holte tief Luft. Sollte sie die Polizei anrufen? Nach ungefähr zehn Sekunden Nachdenken verwarf sie die Idee als lächerlich. Sicher, er sah dem Phantombild ähnlich – na und? Schließlich gab es Millionen anderer Männer dieses Typs. Vielleicht war er nie in Seattle gewesen. Sie wußte schließlich überhaupt nichts von ihm – nur, daß er heute morgen im Empress Hotel in Victoria gewesen war.

Im ersten Moment hatte sie vor, sich so zu setzen, daß sie ihn von der Seite beobachten konnte und er sich schon umdrehen mußte, wenn er sie sehen wollte.

Aber dann beschloß sie, daß er sie sehen sollte.

»Könnte ich den Tisch dort haben?« fragte sie die Hosteß und wies auf den Nebentisch.

»Gern.«

Absichtlich geräuschvoll zog sie ihren Stuhl zurück, bedachte die Frau mit einem ziemlich lauten Dankeschön und wirklich, er schaute von seiner Zeitung auf.

Zu ihrer Überraschung schenkte er ihr ein breites Lächeln, bei dem ihr ein leichtes Frösteln über den Rücken lief.

Sie erwiderte sein Lächeln.

»Habe ich Sie heute morgen nicht in Victoria gesehen?« fragte er und legte seine Zeitung beiseite. Offenbar hoffte er auf einen längeren Plausch.

»Ich glaube ja.« Jane senkte die Augenlider auf schamlos kokette Weise – ein billiger Trick, wie sie ihn früher bei ihren Gesangsauftritten in europäischen Bars einbaute.

»Sie folgen mir doch nicht etwa?« fragte er leichthin.

»Dasselbe wollte ich Sie fragen«, erwiderte sie mit einem schiefen Lächeln.

Die Kellnerin brachte die Karte.

»Ich empfehle Ihnen die Garnelen. Die sind ganz vorzüglich hier«, sagte er.

Irgendwas an der Modulation des Wortes »vorzüglich« überzeugte sie davon, daß er Amerikaner war.

Wenn sie wirklich mit ihm anbandeln wollte, aus persönlichen und nicht aus geschäftlichen Gründen, dann wäre sie sehr zurückhaltend. Jane war der Überzeugung, daß die meisten Männer insgeheim entsetzt seien, wenn Frauen die Initiative ergriffen. Sie mochten noch so lautstark verkünden, wie gut sie das fänden, aber im Grunde wollten sie immer noch das Gefühl haben, sie hätten das Heft in der Hand.

Trotzdem nahm Jane sich vor, sich nicht künstlich zu zieren. »Und was tun Sie in Tofino?« fragte sie.

Eine Sekunde blitzte die alberne Vorstellung in ihr auf, der Mann könnte sagte: »Ich bin hier, um mich an eine Frau namens Brenda anzupirschen. Letzte Woche habe ich ihre frühere Mitbewohnerin in Seattle umgebracht. Vielleicht haben Sie ja mein Phantombild im Fernsehen gesehen.« Mein Gott, hier saß sie und verhielt sich wie Mata Hari gegenüber einem absolut harmlosen Touristen.

»Ach, ich sehe mich bloß ein bißchen um«, meinte er leichthin.

»Ich hätte Sie eher für einen Geschäftsmann gehalten. Hatten Sie heute morgen nicht einen grauen Anzug an?« Sollte er ruhig wissen, daß sie ihn sich gründlich genug betrachtet hatte, um zu wissen, was er trug.

Er lächelte. »Victoria ist eben eine sehr seriöse Stadt. Und wie steht's mit Ihnen? Auf Geschäftsreise hier?«

»Ich will mir die Wale angucken«, sagte sie. »Ich bin ganz verrückt auf Killerwale.«

»Da haben Sie aber Pech«, sagte er, und ein verschmitztes Lächeln huschte über sein Gesicht. »Denn hier gibt's nur Grauwale. Schwertwale sind eher an der Ostküste der Insel zu finden. In der Meerenge von Georgia.«

Jetzt kam Jane sich wie eine Idiotin vor. »Na, ich hab ja auch noch was anderes vor. Die heißen Quellen will ich auch besuchen«, entgegnete sie, entschlossen, nicht die Fasson zu verlieren.

Er lachte. »Das mit den Walen weiß ich bloß, weil ich es gerade in einem Prospekt gelesen habe.« Ihre Verlegenheit war ihm offenkundig nicht entgangen und schien ihn zu amüsieren. »Wie's scheint, haben wir den großen Wanderzug der Wale gerade verpaßt.« Die Kellnerin kam zurück, um Janes Bestellung aufzunehmen, und brachte ihm eine Tasse Kaffe. Jane bestellte die Garnelen und ein Glas Wein.

»Hätten Sie etwas dagegen, wenn ich mich mit meinem Kaffee zu Ihnen setze?« Die Zurückhaltung, mit der er fragte, so als fürchte er, aufdringlich zu sein, könne aber nicht widerstehen, gefiel Jane.

»Natürlich nicht«, sagte sie in einem Ton, als sei es ihr Versäumnis, daß sie ihn nicht schon früher an ihren Tisch gebeten hatte.

Die Kaffeetasse in der Hand machte er einen Riesenschritt über den zwischen ihren Tischen stehenden Stuhl. Er tat es mit Anmut, aber das Lässige daran überzeugte Jane endgültig, daß er Amerikaner war. Nur Amerikaner machten so weitausholende Bewegungen. Jeder andere wäre auf der anderen Seite um den Tisch herumgegangen.

»Sie sind Amerikaner, nicht wahr?« fragte sie.

»Ganz recht«, antwortete er. »Aus San Francisco. Und Sie – woher kommen Sie?«

»Aus Seattle.«

Er hatte nicht mit der Wimper gezuckt, als sie Seattle erwähnte. Hätte er dort vor kurzem jemanden erwürgt, wäre er doch bestimmt alarmiert gewesen. Es sei denn, er war einer dieser charmanten und gewissenlosen Psychopathen. Aber so wirkte er eigentlich nicht, sondern einfach wie ein netter Kerl mit angenehmen Manieren.

»Hübsche Stadt«, sagte er. »Woran haben Sie erkannt, daß ich Amerikaner bin?«

»Am Akzent«, sagte sie.

»Sie meinen, an dem, den ich nicht habe?«

»Genau. Amerikaner dehnen die Vokale, reden nicht so melodiös und neigen zum Nuscheln.«

»Sie müssen sehr gute Ohren haben«, sagte er mit einem entwaffnenden Lächeln.

»Und an der Art, wie Sie über den Stuhl gestiegen sind«, fügte Sie hinzu. »Unkompliziert und amerikanisch ...«

»Glauben Sie denn, die Kanadier wären anders?« Er runzelte leicht die Stirn, als hätte er Sorge, er ginge womöglich blind durch die Welt.

»Kanadier sind zurückhaltender«, erklärte sie. »Immer auf der Hut, nirgends anzuecken.«

»Stimmt. Und formeller. Sagen ›Pardon?‹ statt ›Was?‹«

Er lehnte sich zurück und legte den Arm auf die Rückenlehne. »Sie haben also Ihren Ausflug zu den Walen schon gebucht?«

Jane runzelte die Stirn. »Nein, das mache ich morgen«, sagte sie.

Er beugte sich leutselig vor. »Wie ich gehört habe, gibt es nur einen einzigen läppischen Wal in der ganzen Gegend. Und all die Touristen lassen sich für teures Geld in Schlauchbooten rausfahren, um dieses eine Exemplar immer wieder zu bestaunen.«

»Ach, kommen Sie«, sagte Jane lächelnd. »Es gibt doch ein Walmuseum hier und so.«

»Es gibt schon ein paar Wale. Aber nur im Frühling, wenn sie auf ihrer Wanderung hier vorbeikommen. Ansonsten gibt's hier nur diesen einen. Ich schwöre es bei Gott.«

Er hob seine rechte Hand. »Und den füttern sie, um ihn hierzuhalten. Es ist ein Weibchen, das keine Lust hat, sich hinunter nach Baja zu bequemen und Babys zu kriegen.«

Jane lachte, was ihn zu freuen schien. Sie schwiegen einen Moment, dann sah sie ihm prüfend in die Augen.

Die Kellnerin erschien und durchschnitt ihre ineinander verhakten Blicke mit einem Teller Garnelen.

Jane kam zu dem Schluß, daß sie ihn mochte. Ihrer Erfahrung nach kam es nur selten vor, daß so gut aussehende Männer wie dieser hier sich anstrengten, charmant zu sein. Nun, er schien die berühmte Ausnahme zu sein. Es war wirklich süß, wie er sich darüber zu freuen schien, daß er sie zum Lachen gebracht hatte, was wiederum ihr sehr gefiel.

Sie trank langsam einen Schluck Wein. Tja, und wenn er die berühmte Ausnahme von der Regel war, ging ihr durch den Kopf, bedeutete das womöglich auch, daß er gefährlich war?

Aber so kam er ihr nicht vor. Wahrscheinlich hatte er nicht das Geringste mit Brenda oder Jennifer zu tun. Ihre Fantasie war bloß wieder einmal mit ihr durchgegangen!

Darauf schwelgte sie einen Moment lang in einer ganz anderen Fantasie, in der dieser anziehende Mann vor lauter Begeisterung, daß er einer so geheimnisvollen Abenteurerin wie Jane begegnet war, ihr bei der Suche nach Brenda half, nur um in ihrer Gesellschaft zu sein und weil er sie so bewunderte. Die ganze Sache würde natürlich mehr Spaß machen, wäre sie mit einer kleine Romanze gewürzt. Onkel Harold würde das vielleicht nicht gutheißen, aber Onkel Harold war tot, und außerdem war sie weit weg von Seattle. Sie sah auf seine Hände, ob er einen Ehering trug. Er trug keinen.

»Aber die heißen Quellen empfehle ich Ihnen wirklich«, sagte er ernst. »Und ich würde mir große Vorwürfe machen, wenn ich es zuließe, daß diese Wal-Gauner hier sie schröpfen.«

Sie trank ihren Wein aus. »Gehören Sie etwa zu den Leuten, die in eine fremde Stadt kommen und nach zehn Minuten alle Tricks und heißen Tips kennen?« fragte sie staunend.

»Ja«, meinte er und sah sie selbstzufrieden an. »So einer bin ich.«

»Aber der Wal ist ja schließlich echt«, sagte sie. »Von Schwindel kann also keine Rede sein. Es ist ja nicht so, als schleppten sie einen zu einem Stück Treib- oder Strandgut hinaus und behaupteten, es wäre ein Wal.«

»Nein. Aber es ist eine Art zahmer Wal. Soviel ich weiß, füttern sie die Waldame sogar mit Rosinenbrötchen, damit sie hierbleibt. Und das nimmt der Sache den ganzen Kick, ist nicht aufregender als im Zoo. Er beugte sich verschwörerisch vor.

»Vielleicht könnten wir für die heißen Quellen buchen und dem Reiseleiter auf dem Weg dorthin einen Extra-Zehner zustecken, damit er ein Rendezvous mit dem Wal für uns arrangiert.«

»Und zehn sind bloß achteinhalb amerikanische Dollars«, sagte sie.

»Es ginge mir wirklich gegen die Ehre, wenn ich es zuließe,

daß eine Landsmännin von hinterhältigen Ausländern übers Ohr gehauen wird«, sagte er mit einem traurigen Kopfschütteln.

Die Hosteß kam an den Tisch und unterbrach ihn. »Mr. Johnson, da ist eine Dame, die Sie sprechen möchte.«

»Ja«, sagte er plötzlich in geschäftsmäßigem Ton. »Ich erwarte sie.« Jane blickte über seine Schulter in den Raum und sah eine junge Frau mit kurzem roten Haar und Sommersprossen auf ihren Tisch zukommen. Sie trug Jeans und einen Baumwollpullover und wirkte leicht nervös.

Janes Begleiter erhob sich. »Ich habe ganz kurz etwas Geschäftliches zu besprechen«, erklärte er. »Aber vielleicht können wir uns später noch zu einem Drink treffen.«

»Ich wollte eigentlich früh schlafen gehen«, erwiderte Jane, aber mit einem so zögernden Lächeln, als überlege sie es sich vielleicht noch anders. Sie wollte ihm auf keinen Fall das Gefühl geben, ihr läge besonders viel daran. Denn wie sie merkte, hatte sie ihn inzwischen aus der Kategorie »Verdächtige, mit äußerster Vorsicht zu genießende Gestalt« entfernt und ihm eine neue Rolle zugedacht: die eines Mannes, für den sie sich sehr interessierte. Was hieß, wie beim Tango einen Schritt zurück, damit man später zwei vor machen konnte. »Man sieht sich mal.«

»Bestimmt«, sagte er. Er wirkte keineswegs entmutigt, sondern eher amüsiert über ihr halb nein, halb ja. Jane gratulierte sich, mit welch hübschem Rhythmus die Sache in Schwung kam.

Dann trat die rothaarige Frau an den Tisch und brachte alles zum Einstürzen.

Sie sah Jane einen Moment neugierig an und sagte zu ihnen: »Ich bin Brenda MacPherson.«

Am Vormittag, unten in Seattle, hatte Calvin Dr. Carlisle auf Anhieb ziemlich unsympathisch gefunden. Erstens kam er zu spät und entschuldigte sich nicht einmal, als er durch den Vorraum schritt, wo Calvin seit einer halben Stunde wartete und sich die Zeit bei der Lektüre des *People*-Magazins und dem Versuch vertrieb, mit der humorlosen Sekretärin zu flirten. Zweitens sah der Zahnarzt sehr gut aus und strahlte eine Selbstsicherheit aus, die wie eine frische Brise durch die Zimmerflucht der Praxis wehte.

»Mr. Duffy hier möchte gern vor der Behandlung kurz mit Ihnen sprechen«, stellte die Sekretärin Calvin mit dem falschen Namen vor, den er ihr genannt hatte. Er war darauf aus gewesen, sich gut mit ihr zu stellen, weil sie wahrscheinlich bestens über das Privatleben ihres Chefs Bescheid wußte, aber sie sprang auf sein Geplänkel nicht an. Im Gegenteil, sie musterte ihn mit verächtlichem Blick. »Er sagt, er hat fürchterliche Angst vor Schmerzen. Ich habe ein kurzes Konsultationsgespräch für ihn vorgemerkt.«

Es liegt nicht an mir, daß sie so kalt ist, tröstete sich Calvin. Hätt ich ihr mein wahres Ich gezeigt, würde sie auf mich fliegen, aber so hat sie den Eindruck, ich sei ein Feigling.

»Wirklich«, sagte er jetzt zu ihr. »Das ist das einzige auf der Welt, wovor ich mich fürchte. Hab' keine Höhenangst und keine Klaustrophobie, nichts dergleichen! Ich hab' sogar mal 'nen Typen, der mich überfallen wollte, niedergeschlagen. Aber wenn ich zum Zahnarzt muß ...«

Sie unterbrach ihn: »Bitte folgen Sie dem Doktor in sein Büro.«

Als er Dr. Carlisle dann in seinem Büro gegenübersaß und ihm zusah, wie er die Papiere auf seinem Schreibtisch ordnete, legte Calvin erst richtig los. »Sie müssen verstehen, seit ich denken kann, hab ich eine Heidenangst vor Zahnärzten. Ich glaube, es fing schon an, als ich noch ein ganz kleiner Junge war. Der alte Dr. Philips war ein Sadist, ein echter Sadist.«

Das war eine Lüge. Dr. Philips war ein netter alter Mann gewesen, der ihm nach jeder Behandlung ein Bonbon schenkte. »Und obendrein erinnerte er mich an meinen Onkel Wendell«, fügte Calvin hinzu, der in seine Lügen stets ein Körnchen Wahrheit einflocht. Onkel Wendell war tatsächlich ein Sadist gewesen. Calvin erinnerte sich, wie er ihn mit dem Versprechen zu sich lockte, er dürfte seine altmodische Taschenuhr untersuchen, und ihm dann den Arm hinterm Rücken verdrehte, bis er vor Schmerz aufschrie.

Dr. Carlisle schien sich nicht sonderlich für den Ursprung von Calvins Zahnarztphobie zu interessieren. »Wir können Ihnen Valium oder Lachgas geben«, sagte er. »Das wirkt Wunder.«

»Wirklich?« meinte Calvin.

Dr. Carlisle warf ihm einen verschwörerischen Blick zu, ungefähr wie ein Collegestudent aus den Sechzigern, der gerade auf den Geschmack von Drogen gekommen ist. Calvin fragte sich, ob der Doktor selbst ab und zu was einwarf, um sich den Alltag zu verschönern.

Calvin fuhr sich mit der Hand an den Kiefer. »Ich hätte schon viel früher kommen müssen, aber ich hab' es immer wieder aufgeschoben.«

»Öffnen Sie den Mund«, befahl Dr. Carlisle ziemlich barsch.

Calvin wand sich und spielte den Widerwilligen, aber dann lehnte er sich zurück und machte den Mund auf.

»Sie haben eine Menge Füllungen in Ihrem Mund. Im Laufe der Jahre müssen Sie doch oft beim Zahnarzt gewesen sein. Auch eine sehr hübsche Prozellankrone haben Sie da. Welche Betäubung wurde Ihnen denn damals gegeben?« Inzwischen guckte er Calvin ziemlich verdutzt an.

»Ich bat darum, mich völlig außer Gefecht zu setzen«, sagte Calvin. Er schloß seinen Mund wieder und gestattete sich über die Schulter des Arztes hinweg einen Blick auf das Familienfoto an der Wand.

»Sehen nett aus, Ihre Kinder«, sagte Calvin. Er nahm an, der Junge war Sean.

Aber Carlisle schien nicht gewillt, über seine Familie zu reden. »Am besten, Sie gehen jetzt in eins der Behandlungszimmer, damit sich die Mädchen Ihr Gebiß mal genau ansehen können. Vor ein bißchen Zahnseide fürchten Sie sich doch wohl nicht?«

»Alles beim Zahnarzt macht mir Angst«, wimmerte Calvin.

»Ganz ruhig«, sagte Dr. Carlisle und blitzte ihm ein Lächeln zu. »Neunzig Prozent der Arbeit lasse ich die Mädchen machen. Ich komme nur zum Schluß vorbei und werfe noch einen Blick auf die Patienten. Und vor den Mädchen brauchen Sie sich nicht zu fürchten, die sind ja keine Zahnärzte.«

»Ich verstehe«, meinte Calvin. Nicht schlecht ausgetüftelt! Wahrscheinlich zahlte er seinen Assistentinnen einen Hungerlohn dafür, daß sie gleichzeitig ein halbes Dutzend Patienten bearbeiteten, die er dann abkassierte.

Seine Bewunderung für dieses lukrative Geschäft, das sich für ihn nicht wesentlich von dem eines erfolgreichen Zuhälters unterschied, war Calvin wohl vom Gesicht abzulesen, denn Carlisle runzelte die Stirn und sagte ziemlich defensiv: »Das Bohren und Füllen mach' ich natürlich selber.«

Calvin schlüpfte schnell wieder in seine Rolle als phobischer Patient und produzierte ein überzeugendes Schaudern. »Ich schaff's einfach nicht«, rief er und sprang von seinem Stuhl auf. »Allein das Wort ...«

»Sie meinen ›Bohren‹?« fragte Carlisle. »Keine Angst, wir arbeiten heutzutage schließlich mit Hochgeschwindigkeitsbohrern. Und ich versichere Ihnen, das Lachgas ...« Er beugte sich leutselig vor. »Wenn Sie das intus haben und die hübschen weichen Titten meiner Mädchen an der Wange spüren, die sich über Sie beugen, um die Klammern in Position zu bringen – dann sind Sie im Himmel.«

Der Zuhältervergleich war gar nicht unpassend gewesen. Calvin erwog eine kurze Zahnseiden-Session mit einem der Mädchen aus Carlisles Stall. Auch ohne Lachgas hörte es sich verlockend an. Dieser Bursche war ein guter Geschäftsmann. Aber Calvin mobilisierte seine Widerstandskräfte.

»Einen Seidenfaden kann ich mir selber durchs Gebiß ziehen, dazu brauche ich keinen steilen Zahn«, sagte er, um in der sexuellen Metaphorik zu bleiben.

»Warum sollte ich dafür zahlen?«

Dr. Carlisle zuckte die Achseln und sah auf seine Uhr. »Gehen Sie heim, überlegen Sie es sich, und wenn Sie meinen, Sie fühlen sich mutig genug, lassen Sie sich einen Termin geben. Ich werde nicht mit Ihnen diskutieren.« Er hob mahnend den Finger. »Aber ich warne Sie, je länger man seine Zähne vernachlässigt, desto schlimmer wird es.«

Unter dem vernichtenden Blick der Sekretärin schlich Calvin aus dem Büro.

Seiner Meinung nach war Carlisle wirklich eine Art Gauner. Seine anfängliche Abneigung hatte sich bestätigt. Dieser Mann hatte überhaupt kein Einfühlungsvermögen gezeigt, dachte Calvin empört. Wenn er nun wirklich eine Zahnarztphobie hätte, was dann?

Nicht ohne eine gewisse Genugtuung lenkte er seinen Wagen aus der Parklücke, auf der in Großbuchstaben Dr. Carlisles Name stand. Als er heute morgen ankam, hatte Calvin keinen anderen Parkplatz gefunden, und da seiner Meinung nach der Kunde immer König sein sollte, fand er, er hatte sowieso Anspruch darauf.

Viel hatte das Ganze wirklich nicht gebracht; aber immerhin hatte er einen gründlichen Blick auf das Foto mit Sean werfen können, dessen Gesicht er sich einzuprägen versuchte. Und mal kurz bei Dr. Carlisle zu Hause vorbeizufahren konnte nicht schaden, sagte sich Calvin. Vielleicht fand er einen Grund anzuklopfen und konnte sich einen Eindruck verschaffen.

Calvin parkte vor dem Haus, achtete aber darauf, daß sein Wagen von einem Busch verdeckt und vom Haus aus nicht zu sehen war. Besser so wenig von sich preisgeben wie möglich, sagte er sich.

Die wohlhabend wirkende Straße mit den altmodischen Villen lag friedvoll da.

Bis auf das Geräusch eines elektrischen Rasenmähers ein paar Häuser entfernt, wo sich ein Gärtner-Paar zu schaffen machte, war es vollkommen still. Calvin hatte den Gärtnereitransporter im Vorbeifahren bemerkt sowie auch den massigen polynesisch aussehenden Burschen, der mit einem winzigen, feinen Schneidemesser den Rand einer Rabatte säuberte, während eine zierliche dunkle Frau sich mit dem riesigen Elektromäher abmühte.

Als Calvin den Weg zum Haus hochging, hatte er eine

Auswahl von Geschichten parat. Für welche er sich schließlich entscheiden würde, hing davon ab, wer ihm die Tür öffnete. Dann mußte er spontan entscheiden, welche Masche die geeignetste war.

Sollte Seans Mum die Tür öffnen, war Calvin gewappnet. Denn wenn Sean der Versager war, für den Calvin ihn hielt – und wer mit Kevin befreundet war, konnte nur ein Versager sein –, würde seine Mum bestimmt entzückt sein zu hören, daß jemand einen Job für ihren Sohn hatte, weil er ihn für einen tüchtigen jungen Mann hielt. Calvin spann den Dialog schon im Kopf aus: »Ja, Madam, ich habe den Eindruck, daß Ihr Sohn ein sehr arbeitswilliger junger Mann ist, und einen so tüchtigen Burschen wie ihn können wir gut gebrauchen. Wie er mir sagte, will er sein Leben ändern und sich Geld fürs College verdienen.« Wahrscheinlich würde sie den Jungen sofort herholen – oder Calvin wenigstens eine Telefonnummer sagen, unter der ihr Sprößling zu erreichen war.

Na, wenn das keine gute Abwandlung der albernen und durchsichtigen »Ich-suche-ihn, weil-ich-ihm-Geld-schulde«-Geschichte war!

Aber Calvin bekam nie die Gelegenheit, seine Version anzubringen. Weder die noch irgendeine andere. Er hörte Schritte hinter sich, hatte kaum Zeit, sich halb umzudrehen, sah gerade noch die Umrisse eines großen, schweren Mannes, ehe er eine Explosion am Hinterkopf spürte und bäuchlings auf den Betonweg fiel.

Nachdem Brenda MacPherson sich vorgestellt hatte, erhob der Mann sich hastig, nickte Jane noch kurz zu, nahm dann Brendas Arm und entschwebte mit ihr. Jane war froh, daß er sich so schnell davonmachte, ehe er ihr Zittern bemerken konnte.

Mit Mühe bekam sie noch ein paar Garnelen hinunter, trank ihr Glas in einem Zug aus, ließ sich das Essen auf die Rechnung schreiben und ging hoch in ihr Zimmer.

War er jetzt irgendwo dort draußen und erwürgte Brenda? Die Hosteß hatte ihn mit Mr. Johnson angesprochen. Wer zum Teufel war dieser Kerl überhaupt? Jane riß die Minibartür auf und goß sich einen Brandy mit einem Schuß Sodawasser ein. Hatte er etwa die ganze Zeit, während er mit ihr herumflirtete, auf Brenda gewartet, um ihr etwas anzutun?

Sie stellte sich ans Fenster und verschränkte die Arme. Nein, sagte sie sich, Brenda war nicht in Gefahr. Er hatte sie in aller Öffentlichkeit getroffen – mit der Hosteß, Jane und einem Raum voller Leute als Augenzeugen. Wenn man Brenda erwürgt fand – Jane hatte plötzlich das lebhafte Bild einer Ophelia vor Augen, deren bleicher Körper sanft gegen die glatten Steine des Strandstücks direkt gegenüber dem Hotel schwappte –, würde jeder sofort wissen, wen man zu suchen hätte. So dumm konnte er nicht sein. Oder so frech.

Oder vielleicht doch? Schließlich hatte er Mr. Art Déco nach Jennifers Wohnung gefragt, war dann womöglich schnurstracks hingegangen und hatte die junge Frau erwürgt.

Die Polizei schien es jedenfalls anzunehmen.

Und selbst wenn sich Jane die Ähnlichkeit mit dem Fahndungsbild nur einbildete – Tatsache war, daß dieser Mann sich gerade mit Brenda MacPherson traf, und die beiden waren sich zweifellos nie zuvor begegnet. Und daß noch jemand außer ihr nach Brenda suchte, hatte sie schließlich in Victoria erfahren.

Das Verwirrende war bloß, daß er an die falsche Brenda geraten war. Mr. Art Déco hatte sie als dunkelhaarig und klein beschrieben. Diese hier war groß und rothaarig.

Und sie war keine Tänzerin. Das hatte Jane sofort erkannt – an ihrem etwas schwerfälligen, erdverbundenen Gang.

Jane zog die Schuhe aus und legte sich, Arme und Beine von sich gestreckt, aufs Bett. Sie war noch wie gerädert von der langen Fahrt und obendrein leicht benommen von Wein und Brandy. Sie war zu müde, um wie vorgehabt in die Badewanne zu gehen.

Jetzt war alles noch komplizierter. Sie mußte nicht nur Brenda finden, sondern auch dahinterkommen, wer dieser Mr. Johnson war und was er von Brenda wollte.

Sie hätte auf seinen Vorschlag eingehen und sich mit ihm an der Bar treffen sollen.

Jetzt mußte sie sich etwas ausdenken, damit ihre Wege sich wieder kreuzten. Hatte er erwähnt, wie lange er in Tofino bleiben würde?

Vielleicht sollte sie Calvin Mason anrufen, der wahrscheinlich über den Stand der Ermittlungen informiert war

Aber dann verwarf sie die Idee. Sie war zu müde, und außerdem machte er ihr bestimmt bloß wieder Vorhaltungen, daß sie die Stadt verlassen hatte.

Ehe sie dazu kam, sich auszuziehen und das Licht auszuschalten, war sie eingeschlafen. Gegen vier Uhr morgens wachte sie auf und fühlte sich miserabel.

Es dauerte eine Weile, bis sie wußte, wo sie war. Als es ihr einfiel, zog sie sich aus, stellte den Wecker auf sieben, knipste das Licht aus und schlief wieder ein.

Am Morgen fühlte sie sich wieder einigermaßen frisch, aber der Spiegel sagte ihr, daß sie sich zuviel zumutete. Ihre Augen waren völlig verquollen. Verdammt. Der Schwung der Jugend war dahin.

Sie duschte, zog sich ein langes T-Shirt und Jeans an und ging hinunter zum Empfang. Sie hatte zwar keinen Zweifel, daß dieser Mr. Johnson an die falsche Brenda geraten war, aber sie mußte sie trotzdem aufsuchen, um soviel wie möglich über diesen Mann in Erfahrung zu bringen. Und schon braute sich eine Geschichte in ihrem Kopf zusammen, die geeignet war, Brenda alles Wissenswerte aus der Nase zu ziehen.

An der Rezeption fragte sie nach dem Weg zur Adresse, die sie von Brenda MacPherson hatte. Die Empfangsdame holte eine Karte hervor, die aussah wie eine mit Kopierer vervielfältigte Handzeichnung. Jane beugte sich darüber, strich sich die Haare aus dem Gesicht und klemmte sie hinter dem Ohr fest, während die Frau einen nach unten weisenden Pfeil auf die Haupstraße zeichnete, dann einen Bogen nach links und dann ein X, wo das Haus war. »Es ist ganz einfach zu finden«, sagte sie.

Jane dankte ihr, richtete sich auf, machte einen Schritt zurück und stieß gegen jemanden hinter ihr. Sie drehte sich um.

»Guten Morgen«, sagte Mr. Johnson. Er war taufrisch rasiert und roch nach der gleichen Hotelseife, die Jane benutzt hatte. Seine Augen glitten zur Karte, und Jane schnappte sie schnell vom Tresen, verräterisch hektisch, fürchtete sie. Er stierte auf ihre Hände, als sie das Blatt in der Mitte zusammenknickte.

»Ich habe Sie gestern abend in der Bar gesucht, aber Sie sind wohl früh schlafen gegangen«, sagte er.

Jane war leicht verärgert, daß er erwartet hatte, sie würde an der Bar herumhängen und auf ihn warten. Außerdem wurmte sie sein neugieriger Blick auf die Karte.

War ihm das X aufgefallen, und sagte es ihm etwas? Hatte er Brenda MacPherson gestern abend heimgefahren? War Brenda in Sicherheit?

Jetzt lächelte er sie regelrecht schüchtern an, und Jane sagte sich, nein, dieser Mann tut keiner Fliege was zuleide.

»Ich wollte mich gerade wegen der heißen Quellen erkundigen«, erklärte er. »Wir sprachen doch gestern abend darüber. Wollen Sie mit?«

»Gern«, meinte Jane lächelnd. Ihr war inzwischen wieder wohler, und ihre Nervosität legte sich.

»Können Sie in ungefähr eineinhalb Stunden aufbrechen?« fragte er.

»Das geht, ja. Ich muß nur vorher noch etwas erledigen.« Er hob fragend die Augenbrauen und schaute auf die Karte in ihrer Hand. »Ein alter Freund von meinem Onkel Harold«, sagte sie und sah ihn mit unbewegter Miene an. »Ich habe versprochen, bei ihm vorbeizusehen.« Das Lügen fiel ihr immer leichter.

»Scheint in der Nähe von dieser Brenda MacPherson zu wohnen, mit der ich mich gestern abend getroffen habe«, antwortete er. Jane merkte, wie sie wieder nervös wurde. War sie rot geworden? Gott, sie hoffte nicht.

»In welcher Branche arbeiten Sie eigentlich, Mr. Johnson?« fragte sie ruhig.

»Versicherungen«, erwiderte er. »Und woher wissen Sie meinen Namen? Ich wollte mich gerade vorstellen.«

»Als die Hosteß gestern abend im Restaurant Brenda MacPherson zu Ihnen führte, nannte sie Sie doch so, oder nicht?« sagte Jane.

»Wirklich? – Nun Johnson. Steven Johnson.«

»Jane da Silva«, sagte sie und hielt ihm die Hand hin. Er nahm sie und bedachte Jane unter leicht gesenkten Lidern her mit einem abschätzenden, amüsierten Blick. Bedeutete das, daß er sie durchschaute, wußte, daß sie log und ihre wahren Absichten erriet? Oder war es nur die Fortsetzung ihres Flirts? Denn darum ging es ja letztendlich beim Flirten – die gespielte Reserviertheit des anderen durchschauen und zu verstehen geben, daß die eigene Sprödigkeit auch nur ein Versteckspiel ist.

»Ich hoffe, Sie konnten der jungen Dame eine Police andrehen«, sagte Jane mit einem leicht schiefen Lächeln.

»Ach, war mal wieder ein Reinfall«, erwiderte Johnson mit einem ironischen Lächeln seinerseits. »Also, bis halb zehn dann, ja?«

»Gut«, sagte Jane und fragte sich, worauf sie sich da einließ.

»Ich lasse uns vom Hotel ein hübsches Lunchpaket zusammenstellen«, fügte er noch hinzu. Wie ein fürsorglicher Familienvater, dachte Jane, und alle finsteren Visionen verblaßten. »Und unterwegs besteche ich den Reiseführer, die hier ansässige Wal-Dame dazu zu bewegen, daß sie für uns eine Sondervorstellung gibt.«

Die Empfangsdame, eine mütterlich wirkende ältere Frau, strahlte sie diskret an. Sie findet uns süß, dachte Jane, und glaubt, daß unser kleiner Ausflug der Beginn einer Romanze ist.

In einem Punkt hatte die Frau tatsächlich recht. Es war ganz einfach, Brendas Haus zu finden – eine kleine, an der zur Stadt hinausführenden Straße gelegene Hütte inmitten eines verwilderten Hofs –, hohe Fichten bildeten einen dunklen Baldachin über einem Rasen voller Unkraut und einem dicken Zedernstumpf, dessen gelbliche, halbvertrocknete Zweige sich mit den ringsherum wuchernden Heidelbeerbüschen vermischten. Das Ganze wirkte, als wäre es in aller Eile der Wildnis abgerungen, ohne besondere Liebe weder zur Natur noch zur Zivilisation.

Um das Haus herum lag alles mögliche Gerümpel. Vor einem kleinen, etwas abseits liegenden Schuppen entdeckte Jane einen Haufen gebündelter Zweige mit ledrigen, dunkelgrünen Blättern. Daneben mehrere rote großmaschige Säcke, in die normalerweise Zwiebeln verpackt sind. An einer Reihe Haken neben der Schuppentür hingen Werkzeuge.

Brenda war zu Hause. In Jeans und Sweatshirt öffnete sie die Tür.

»Hallo«, sagte Jane ziemlich atemlos. »Sie sind Brenda MacPherson, nicht wahr?«

»Ja.« Brenda sah sie an überrascht, aber nicht mißtrauisch an. Sie hob die Brauen, als wolle sie der Fremden vor ihr gerne helfen, müsse nur erst wissen, wie. Die Reaktion eines Nicht-Städters auf einen Unbekannten vor der Tür.

»Es klingt bestimmt albern«, sagte Jane, »aber ich habe Mr. Johnson aus den Augen verloren. Und da er mir sagte, daß er Sie aufsuchen wollte, dachte ich mir, ich fahre einfach mal bei Ihnen vorbei.«

»Der amerikanische Gentleman?« fragte Brenda auf ihre höfliche kanadische Art.

»Ja«, nickte Jane und schaute über Brendas Schulter ins Innere des Hauses. Ihr Blick fiel auf ein großes Wasserbett mit einer Patchwork-Decke aus Samt, ein paar Möbelstücke, die wie aus Holzklötzen zusammengezimmert aussahen, und eine lange, hölzerne Anrichte mit Küchengerätschaften an der Wand gegenüber der Tür.

»Ich weiß nicht, wo er jetzt ist«, sagte sie. »Ich war wohl die verkehrte Brenda MacPherson.«

»Was soll ich nur machen«, sagte Jane. »Wir hatten vereinbart, daß er mir im Hotel eine Nachricht hinterläßt.«

»Ach?« Jetzt sah Brenda sie noch verdutzter an, was Jane nur recht war. So würde sie wahrscheinlich am ehesten plaudern.

Aber Brenda stand einfach da und sah sie weiter freundlich und verdattert an.

Sie ist nett, dachte Jane, sieht sogar einigermaßen intelligent aus, aber die Räder in ihrem Hirn drehen sich offenbar nicht besonders schnell.

»Hat er sich mit Ihnen getroffen, um Ihnen eine Versicherung zu verkaufen?«

»Eine Versicherung? Nein!«

Ein Mann mit einem karierten Wollhemd und Jeans kam durch eine Seitentür in den Raum, ging hinüber zur Anrichte und stellte den elektrischen Teekessel an. In Amerika sah man diese Dinger eigentlich nie. Komisch, dachte Jane, daß irgendeine technische Errungenschaft an uns vorbeigegangen sein sollte. Der Mann war hager, hatte ein rotwangiges Gesicht und war um die fünfundzwanzig. Er nickte Jane höflich zu.

»Tut mir leid, daß ich Sie störe«, sagte sie zu dem Mann. Am besten, sie verwickelte ihn auch ins Gespräch; denn je länger es dauerte, desto größer war die Chance, daß sie etwas erfuhr. »Ich heiße Jane da Silva und suche einen Mann namens Johnson.«

»Kommen Sie herein«, bat Brenda.

»Danke«, sagte Jane, froh, daß die beiden so freundlich waren. »Tut mir wirklich leid, Sie zu belästigen, aber ich wußte mir einfach nicht anders zu helfen.« Sie trat ein. In der Ecke stand ein Holzofen, daneben ein alte Etagere mit Porzellan-Teetassen. Die Wände waren mit Navigationskarten vollgehängt. Weiß für Wasser, gelb für Land – meist Inseln.

»Das ist Doug, mein Mann«, sagte Brenda. Sie drehte sich zu ihm um. »Sie sucht Mr. Johnson.«

Doug schaute sie irritiert an. »Ach ja?«

»Sie wollte wissen, ob er uns eine Versicherung verkauft hat.« Sie machte eine Pause. »Sagt, sie ist eine Freundin von ihm.«

Jetzt stand noch größeres Mißtrauen in Dougs Blick. Nein, die beiden sollten lieber nicht glauben, er sei ein Freund von ihr, beschloß Jane.

»Das stimmt nicht ganz«, erwiderte sie hastig.

»Aber Sie haben doch gestern mit ihm zu Abend gegessen, nicht wahr?« sagte Brenda zaghaft. »Im Hotel.« Sie ging zu ihrem Mann hinüber und stellte sich neben ihn.

»Wir haben uns sowieso gewundert, was er eigentlich will«, meinte er ärgerlich und streichelte seiner Frau über die Schulter. »Von einer Versicherung hast du mir nichts erzählt.« Er hatte etwas Beschützendes an sich, das Jane rührend fand. Ob sich je in ihrem Leben noch einmal jemand so um sie kümmern würde, fragte sie sich. Wahrscheinlich nicht. Sie stand schon so lange auf eigenen Füßen, daß sie keine Beschützerinstinkte mehr weckte. Wenn sie früher auch so zart und sanft wie Brenda gewesen wäre, hätte sie auch einen fürsorgenden Ehemann abbekommen.

»Er hat auf dem Hotelparkplatz meinen Wagen gerammt«, sagte Jane. »Kein großer Schaden, nur eine kleine Delle am Kotflügel. Mr. Johnson erzählte mir, er sei im Versicherungsgeschäft, und heute morgen wollte er mir seine Versicherungsnummer und so weiter geben, aber nun ist er spurlos verschwunden. Und dann fiel mir Ihr Name ein – von gestern abend im Hotel.«

»Versicherungsgeschäft? Uns hat er erzählt, er wäre Anwalt«, entgegnete Doug.

»Ein Betrüger ist er.« Er drehte sich zu seiner Frau um. »Ich hab's dir gleich gesagt. Ich hätte mit dir gehen sollen.«

»Gott, er hat so einen seriösen Eindruck gemacht«, sagte Jane. »Aber vielleicht hat er sich wirklich einfach aus dem Staub gemacht. Ich nehme an, meine Versicherung zahlt den Schaden sowieso, aber ich würde diesen Mr. Johnson trotzdem gern finden.« Als sie dann wieder zu Brenda schaute, bemerkte Jane mehrere große Plastikschüsseln auf der Anrichte.

»Percebes!« rief sie. Die Schüsseln waren bis zum Rand mit einer Muschelsorte gefüllt, die Jane in Spanien gesehen und gegessen hatte. Eigenartige Gebilde mit einem langen, ledrigen Rüssel, der aus einer dreieckigen Muschelschale mit Mosaikmuster herauskam, die wie ein Dinosaurierzeh aussah.

»Entenmuscheln«, sagte Doug. »Wie haben Sie sie genannt?«

»Percebes.« Den englischen Namen kannte ich bis jetzt gar nicht. Und die kommen hier aus Kanada? Essen Sie sie auch?« Jane schätzte, die Dinger hätten einen Wert von tausend Dollar.

Er nahm eine Muschel aus der Schüssel. Meeresalgen klebten noch daran. »Wir holen sie von den Riffen hier in der Gegend und verkaufen sie an einen Burschen, der sie nach Spanien und Portugal verschifft«, erklärte Doug. »Ich nehme an, dort gab es früher auch welche, aber sie haben alles leergefischt. Wie ich gehört habe, muß man da drüben 'ne Menge dafür zahlen.«

»Das stimmt«, sagte Jane. »Seit Jahren habe ich keine mehr gesehen. Unter der dunklen Rüsselhaut sind sie orange, nicht wahr?«

»Genau.«

»Machen Sie das hauptberuflich?« fragte Jane fasziniert und vergaß für einen Moment ganz, weshalb sie hier war.

»Eine Menge Leute hier gehen auf Entenmuschelfang«, sagte Doug. »Ich war früher Berufsfischer, aber da verdient man inzwischen so wenig, daß man nicht davon leben kann. Brenda und ich graben auch nach Manila-Muscheln, aber es gibt immer weniger. Weil die Vietnamesen alles ausräubern!«

»Und Salal sammeln wir«, sagte Brenda.

»Sie meinen die Pflanzen? Aus dem Busch?«

»Genau. Wir schneiden sie in den Wäldern und bündeln sie. Die Floristen nehmen sie gern, weil sie sich so lange halten, wissen Sie.«

»Möchten Sie ein paar Muscheln?« fragte Doug.

Jane war nie ein großer Fan von *Percebes* gewesen, aber sie hielt es für unklug abzulehnen.

»Wirklich?« fragte sie.

»Wir haben Mengen davon«, sagte er und fuhr mit der Hand in die Schüssel. »Auf dem Markt sind vor allem die hübschen dicken gefragt«, fügte er hinzu, schöpfte eine Handvoll und klapperte in einem Küchenschrank voller Töpfe und Pfannen herum.

Als der Wasserkessel pfiff, hielt er inne. »Möchte noch jemand Kaffee?«

Brenda schüttelte den Kopf.

»Nein, danke«, sagte Jane. »Mr. Johnson hat Ihnen also erzählt, er wäre Anwalt?« fragte sie Brenda. »Hat er Ihnen seine Visitenkarte gegeben?«

Brenda setzte sich auf einen Stuhl ihr gegenüber und errötete. »Nein. Er hat gesagt, ich sei die Falsche. Er hat nach einer Brenda MacPherson, der jemand in den Staaten Geld vereerbt hätte. Er hat mich nach meiner Mum und meinem Dad gefragt und ob ich je in Seattle gewohnt hätte, und noch ein paar andere Fragen hat er mir gestellt. Ich hätte es von Anfang an wissen müssen, das Ganze war zu schön, um wahr zu sein.« Sie zuckte mit den Achseln, als sei es vermessen von ihr gewesen, es auch nur für möglich zu halten, ihr hätte jemand etwas vererbt.

Doug schaltete sich ein. »Ich war unterwegs und habe einem Freund mit seinem Boot geholfen, deshalb bin ich nicht mitgegangen. Die Rede war von fünftausend Dollar, die sie vielleicht geerbt hätte. Amerikanische.«

»Wäre er ein Betrüger, hätte er behauptet, es wäre mehr«, sagte Jane mit einem Stirnrunzeln.

»Die fünftausend hätte ich auch genommen«, meinte Brenda mit einem bedauernden Lächeln. Sie hatte einen schiefgewachsenen Schneidezahn, was ihrem Gesicht einen netten, unsymmetrischen Ausdruck verlieh. »Er war sehr freundlich die ganze Zeit. Es schien ihm regelrecht leid zu tun, daß ich nicht die richtige war.«

»Der Kerl hat sie ausgefragt, womit wir unser Geld verdienen. Wollte wissen, ob wir anständig leben könnten von den Muscheln und dem Salal«, schnaubte Doug verächtlich. »Ziemlich unverschämt, finden Sie nicht? Das geht ihn ja wohl einen feuchten Dreck an.«

Jane sah sich im Zimmer um. In einer Ecke stand eine teure Stereoanlage. Hunger litten die beiden bestimmt nicht. »Hat er gesagt, wo er herkommt?« Jane rief sich ins Gedächtnis, daß sie ihn ja angeblich suchte, weil er ihr Auto gerammt hatte.

»Seattle«, antwortete Brenda.

»Und Sie haben nie dort gewohnt?«

»Wir kommen aus der Prärie«, sagte Brenda. Jane staunte über die beiden jungen Leute, die in Kanadas dürren, baumlosen Grasebenen aufgewachsen waren und jetzt die Flora und Fauna dieser üppig wuchernden Gegend durchstöberten.

»Das Ganze ist schon recht merkwürdig«, sagte Jane.

»Das können Sie laut sagen«, meinte Doug. »Ihnen hat er also erzählt, er wäre im Versicherungsgeschäft?« Er reichte ihr einen Teller Entenmuscheln. Jane rang sich ein Lächeln ab. Die Dinger sahen aus wie eine Vorspeise von einem anderen Planeten. »Wäre ja eigentlich Frauensache, aber Brenda macht sie nicht richtig«, sagte er und grinste seine Frau an, die sich an seiner vorsintflutlichen Einstellung nicht zu stören schien.

»Na, hoffentlich schmeckt's Ihnen«, sagte Brenda zu Jane. »Mir nicht. Doug«, wies sie ihren Mann zurecht, »nicht alle sind wild auf Entenmuscheln.«

Er ignorierte sie. »Warten Sie, ich zeig Ihnen, wie man sie ißt«, sagte er zu Jane.

»Hol ihr lieber eine Serviette«, meinte Brenda. »Die Dinger spritzen einen von oben bis unten voll.« Er ging zur Anrichte, und Jane bekam eine Papierserviette, dann setzte er sich neben sie aufs Sofa und begann, die ledrige Haut zu entfernen, unter der das hellorangfarbene Fleisch zum Vorschein kam. Er reichte ihr eine Muschel und bediente sich dann selbst. »Ich liebe die Dinger«, sagte er.

Jane biß hinein. Es schmeckte wie Hummer, aber nicht so zart. »Fantastisch.« In dieser Situation hätte sie das auch von einer Schuhsohle behauptet.

»Was für ein Auto fuhr er denn?« fragte Doug.

Eine Sekunde lang überkam Jane Panik, aber dann sagte sie ruhig: »Ich saß nicht im Wagen, als er ihn rammte. Er sagte es mir später im Hotel.« Dann fiel ihr mit Schrecken ein, den beiden könnte womöglich auffallen, daß keine Delle an ihrem Auto zu sehen war.

»Es war nicht zufällig ein Campingbus?«

»Ich weiß es nicht«, sagte Jane und machte sich tapfer über die nächste Entenmuschel her. Diese hier verspritzte orangenroten Saft, und Jane wischte sich mit der Serviette ab.

»Der Kerl in dem Campingbus war ein anderer«, erklärte Brenda ihrem Mann, und dann, zu Jane gewandt: »Irgend so ein Kerl in einem Campingbus hat kürzlich vor unserem Haus geparkt. Er hat mich eine Weile angestarrt, aber als er unseren Hund gesehen hat, hat er Gas gegeben und ist weitergefahren.« Ein Schauer lief mir den Rücken runter.

»Wie sah er aus?« fragte Jane.

»Wie ein Tourist. Schon älter. Hatte 'ne Glatze. Mehr weiß ich nicht.«

»Das klingt nicht nach Mr. Johnson«, seufzte Jane und seufzte.

»Na, das beste wird sein, ich fahr' zurück zum Hotel und schaue, ob er vielleicht doch wieder aufgetaucht ist. Falls Sie noch mal von ihm hören, könnten Sie mir einen Gefallen tun?« Sie holte eine von Calvin Masons Visitenkarten aus ihrer Tasche.

»Das ist meine Geschäftsnummer. Rufen Sie kurz an und hinterlassen Sie eine Nachricht. Ich schreibe Ihnen meinen Namen drauf.«

Doug nahm die Karte. »Ach, Sie kommen auch aus Seattle?« – »Ja«, sagte Jane. Vielleicht war es dumm, den beiden so viel von sich zu verraten. Aber wie sollten sie sich sonst mit ihr in Verbindung setzen?

Sie erhob sich und hoffte, die beiden würden nicht stutzig, daß sie kurz hintereinander von zwei Leuten aufgesucht wurden, die beide aus Seattle kamen. »Danke für die Entenmuscheln. Sie waren köstlich. Ich wußte wirklich nicht, daß es hier in der Gegend welche gibt.«

»Mengen gibt's, man muß nur wissen, wo sie zu finden

sind«, prahlte Doug. »Aber zu viele Leute sind hinter ihnen her. Sogar die Eingeborenen sammeln sie inzwischen – zum Verkaufen, nicht für sich selbst. Man muß die Felsen kennen, an denen sie wachsen, und genau beim richtigen Stand der Flut da sein.«

Jane ging zu ihrem Wagen und dankte ihnen noch einmal überschwenglich für die Entenmuscheln. Doug stand hinter Brenda. Sie sahen ihr nach, schienen aber ihr Auto nicht nach einer Delle abzusuchen – gottlob.

Statt Antworten hatte sie nur noch mehr Fragen. War der kahlköpfige Mann in dem Campingbus eine Art Kundschafter für Mr. Johnson? Oder suchte der Mann auch nach Brenda? Oder war er, was Jane für das Wahrscheinlichste hielt, bloß ein Tourist, der sich verfahren hatte? Und was führte Steven Johnson im Schilde?

Der nächste Punkt auf ihrer Tagesordnung war, Steven Johnson so geschickt wie möglich auszuhorchen. Sie erwog kurz die Möglichkeit, ob Brenda ihn vielleicht mißverstanden hatte und die fünftausend Dollar die Auszahlung einer Lebensversicherung waren. Vielleicht arbeitete er als Anwalt für eine Versicherungsgesellschaft?

Aber warum hätte er dann die weite Strecke von San Francisco zurücklegen sollen oder von Seattle oder wo er sonst herkam? So etwas ließ sich doch gewiß übers Telefon erledigen oder mit einer kleinen Anzeige – etwa so: Brenda MacPherson, früher wohnhaft in Seattle, möge sich bitte melden. »Etwas zu ihren Gunsten hat sich ergeben.« Jane lächelte, als ihr klar wurde, daß sie diesen letzten Ausdruck aus alten Romanen hatte – bestimmt gab es ein modernes Äquivalent.

Aber um Mr. Johnson auszuhorchen, mußte sie in seine Nähe kommen.

Was viel schneller als erwartet geschah. Eineinhalb Stunden später entledigten sie und Mr. Johnson sich ihrer Kleider.

Nachdem er so ungraziös in Dr. Carlisles Vorgarten aus den Latschen gekippt war, lag Calvin Mason eine paar Sekunden mit Sternchen vor den Augen da. Er rechnete schon halb damit, daß als nächstes ein Paar Stiefel auf ihn eintreten würden, doch nichts dergleichen geschah. Er wollte sich hochrappeln, stützte sich auf seine zitternden Arme, aber sie knickten unter ihm weg.

Vielleicht sollte er sich lieber auf den Rücken rollen, sagte er sich, aber dann böte er eine noch bessere Angriffsfläche. Also robbte er sich von dem Betonpfad durch ein kleines mit Geranien bepflanztes Beet auf eine feuchte Rasenecke.

Als er außer Stiefelreichweite war, wagte er es, sich aufzusetzen. »Was zum Teufel soll denn das bedeuten«, rief er in das finstere Gesicht eines Mannes über ihm.

Die Hände seines Angreifers waren immer noch zu Fäusten geballt, ein Anblick, der Calvin nicht gefiel. Noch beunruhigender war, daß der Kerl auch keinen Backstein in der Hand hielt. Es mußte eine dieser geballten Fäuste gewesen sein, die Calvins Hinterkopf bearbeitet hatte.

»Sie Dreckskerl«, schnaubte er Mann. »Raus mit der Sprache, wo ist der Junge.«

»Was für ein Junge?« fragte Calvin. Na, immerhin redete der Kerl jetzt, eine Entwicklung, die Calvin begrüßte. Bei einem verbalen Schlagabtausch war ihm bedeutend wohler als bei einem mit Fäusten; aber er nahm sich für alle Fälle vor, sollte der Kerl wieder auf ihn losgehen, ihn beim Fußgelenk zu schnappen und zu Fall zu bringen, damit sie wenigstens auf gleicher Ebene waren.

»Blöde Frage – Sean!« fauchte der Mann.

»Oh!« Calvin und kämpfte sich langsam hoch. »Sean. Das wüßte ich selbst gern.«

Er lächelte. Vielleicht konnten er und dieser Gorilla ja zusammenarbeiten. Wer immer er war, er schien hochmotiviert zu sein.

»Nehmen Sie das blöde Grinsen aus Ihrem Gesicht«, schnauzte der Mann ihn jetzt an, wobei er rot anlief und hektische Flecken im Gesicht bekam. »Wir schleppen Sie vor Gericht – Sie und diesen Burschen –, aber vorher brech' ich Ihnen noch alle Knochen.«

Calvin schüttelte den Kopf. Er war immer noch ziemlich benommen. »Wenn Sie vor Gericht wollen, brauchen Sie einen Anwalt«, sagte er, griff in seine Jackettasche und reichte dem Mann seine Karte.

»Kommen Sie mir bloß nicht dumm«, sagte der nach einem kurzen Blick auf die Karte. »Sie sind Zahnarzt, und zwar einer mit reichlich Zaster.«

»Sie halten mich für einen Zahnarzt?« fragte Calvin. »Sind Sie mir gefolgt?«

Allmählich dämmerte es ihm. Der Riesenkerl hatte ihn von dem für Dr. Carlisle reservierten Parkplatz fahren sehen. Hätte Calvin ihn nicht benutzt, wäre diesem Idioten nie eingefallen, sich über ihn herzumachen. Na, Leuten wie diesem Carlisle gelang es halt immer, sich allen Ärger vom Leib zu halten und jemand anderen die Sache ausbaden zu lassen.

»Ich hab' dem Zahnarzt nur seinen Parkplatz weggenommen«, sagte Calvin. »Ich bin Anwalt, wirklich.« Allmählich begann sein Hirn wieder zu arbeiten, und jetzt war er es, der rot vor Zorn wurde. War er denn völlig verrückt geworden, diesem Idioten, der sich von hinten an ihn heranschlich und ihm eins auf den Kopf gab, auch noch seine Visitenkarte zu überreichen? Irgendein verquerer Instinkt hatte offenbar das Handeln für ihn übernommen, solange sein Verstand lahmgelegt war. »Wenn hier irgend jemand vor Gericht geschleppt wird, dann Sie«, schrie er. »Sie können doch nicht rumlaufen und blindlings Leute zusammenschlagen. Ich rufe die Polizei und erstatte Anzeige, und dann schleppe ich Sie vors Zivilgericht. Mein Gott, eine Kopfwunde wie die hier! Ich werd ein paar Neurologen im Zeugenstand haben, die beschwören, daß mein Hirn praktisch Matsch ist und alles Ihre Schuld ist. Das Schmerzensgeld wird so hoch sein, daß man Ihnen auch noch das letzte Hemd wegpfändet. Ist das Ihr Wagen da drüben? Von dem können Sie sich auch schon mal langsam verabschieden!« Calvin zeigte auf einen älteren Datsun.

Die schiere Angst stand dem Mann plötzlich im Gesicht, er wirbelte herum und rannte los. Calvin rannte ihm auf dem Bürgersteig nach, er spürte, wie er langsam wieder zu Kräften kam und sein Kopf allmählich wieder klar wurde.

Leider war der Kerl ziemlich schnell für sein Gewicht. Aber Calvin gab nicht auf. Eine Weile sah es aus, als würde er ihn einholen, was natürlich bedeutet hätte, daß er ihn überwältigen mußte. Na, darüber würde er sich Sorgen machen, wenn es soweit war.

Aber es kam nicht soweit. Calvin rannte über das hügelige Rasenstück, wo die Gärtner arbeiteten, und dank den Gesetzen der Schwerkraft und eines riesigen Rasenmähers, den sie vor sich herschob, kam ihm die kleine Frau in die

Quere. Calvin hatte ihr ausweichen wollen, riß sie aber mit zu Boden, als er sich mit einem Fuß in dem großen Auffangbeutel des Mähers verfing, den er beim Sturz halb abriß. Von Kopf bis Fuß mit feuchtem, geschnittenem Gras bedeckt, war er in eine Wolke blauen, aus der dröhnenden, überdrehten Maschine kommenden Qualms getaucht. Bis er der Frau auf die Beine geholfen und den Beutel wieder richtig anmontiert hatte, war es dem Kerl gelungen, ins Auto zu steigen – nicht den Datsun, den Calvin gesehen hatte, sondern irgendein blaues Gefährt –, und jetzt raste er die Straße hinab.

»Verdammt«, schnaubte Calvin und klopfte sich die Grasschnipsel von der Jacke.

Verdammt, dachte Jane, als sie ihre Unterwäsche auszog und hoffte, Träger und Gummizüge würden keine häßlichen roten Abdrücke auf ihrer Haut hinterlassen. Wie in der Umkleidekabine bei einem Arzt faltete sie ihre Kleider ordentlich zusammen, legte das Bündel auf einen Felsen und wickelte sich dann in ein Handtuch ein.

Die heißen Quellen, die sie sich vage als eine blubbernde, von malerischen Farnen umgebene Miniaturversion der Geysire im Yellowstone National Park vorgestellt hatte, waren statt dessen eine Reihe dampfender, warmer Felsbecken, in die man eintauchen konnte. Das Handtuch, in das sie sich einwickelte, stammte von Steven Johnson, denn Jane hatte ganz vergessen, wie die Rezpetionistin den beiden Deutschen gestern empfohlen hatte, welche mitzunehmen.

Nachdem sie ins Hotel zurückgekehrt war, hatten sie und Steven Johnson sich auf den Weg gemacht. Ganz der erfahrene Weltenbummler, hatte er alles in die Hand genommen, was Jane sehr genoß. Außerdem fand sie es erfrischend, daß er eher an der Umgebung interessiert zu sein schien als an ihr, wodurch das Ganze nicht die Peinlichkeit eines High-School-Dates annahm. Bis zu diesem Zeitpunkt, jedenfalls.

Mit einem wortkargen Hippie als Steuermann waren sie in einem Schlauchboot hergekommen und gründlich durchgerüttelt worden, während Wind und Salz ihnen ins Gesicht peitschten. Sie fegten an felsigen Riffen vorbei, die aus den Wellen auftauchten und wieder in ihnen versanken und voller Entenmuscheln, Seetang und Möwen waren; an riesigen verlassenen Stränden vorbei, auf denen helle, vom Salz gebleichte Holzstämme herumlagen.

Die hier und da auftauchenden kleinen Inseln wirkten wie Fremdkörper in der riesigen Weite dieses graublauen nördlichen Meeres, wo das Wasser dicker und dichter zu sein schien als das funkelnde der Tropen.

Als sie am Dock anlegten, zeigte der Führer ihnen den Pfad, der zu den heißen Quellen führte, und sagte, er würde sie später, in ungefähr einer Stunde, abholen.

Jane hatte ihre Mission völlig vergessen. Jemanden aushorchen, das tat man am besten in einer verräucherten Bar, mit ein paar harten Drinks vor sich, wo man es nach einer Weile, wie unbeabsichtigt, zu einer zarten Berührung kommen ließ.

Aber das Gefühl, am Ende der Welt zu sein, die Weite des Himmels und des Meeres, verbannten alle Hintergedanken aus ihrem Kopf. Sie war einfach selig und glücklich, daß er sie hergebracht hatte.

Schon im Boot hatten sie kaum miteinander gesprochen, und auch jetzt gingen sie in einträchtigem Schweigen nebeneinander her, das nur ab und zu von Jane, aus reiner Höflichkeit, von einem kleinen Begeisterungsruf unterbrochen wurde. Jedes weitere Wort wäre störend gewesen.

Jane hatte sich die Regenwälder des Nordens als ein dunkles, beängstigendes und finsteres Gebiet vorgestellt mit einer bedrohlich überbordenden Vegetation – Pflanzen, die sich gegenseitig das Leben aussaugten, sich jeden Zentimeter Raum streitig machten, wie trunken und außer Rand und Band durch die ständigen Güsse von oben.

Aber entlang des Pfads sah alles frisch und heiter und grün aus. Lichte Büsche; glänzendes grünes Moos voll rötlicher Sporen zog sich wie ein weicher, dämpfender Teppich über Steine und Baumwurzeln. Große, gerade Baumstämme, deren Zweige weit oben einen Baldachin bildeten, durch den Sonnenstrahlen auf den federnden, mit rostroten Nadeln gepolsterten Pfad fielen.

Nach jeder Biegung bot sich ihnen ein neuer idyllischer Blick. Die kühle, feuchte Luft roch nach Zedern – süß und würzig.

Hin und wieder tauchte ein kleiner Fluß auf. Mit einer eindringlichen, herrlichen Melodie rauschte das Wasser silbrigweiß über glatte, ovale Steine und verschluckte das Geräusch ihrer Schritte auf der hölzernen Brücke.

Zum Schluß führte der Weg ein kurzes Stück durch einen dunklen Wald mit uraltem Baumbestand und mündete in einer felsigen Bucht.

Zur Linken war eine riesige Felswand, eine Kulisse, die für eine alte Wagner-Opernaufführung gemalt schien; die Felsformationen zur Rechten waren kleiner und bescheidener, und direkt vor ihnen lag das Meer.

Ohne nachzudenken, lief Jane aufs Wasser zu, wo die Wellen schäumend über tangbedeckte Felsen spülten, in die Felsspalten hineinrauschten, dort eine Weile hin und herrollten, ehe sie ins Meer zurückgesogen wurden und das Gestein mit seinem glänzenden Algenbelag wieder zum Vorschein kam. Nur in den Felsbecken sammelte sich das Wasser; weinrote, stachelige Seeigel bedeckten deren Rand; und auf dem Boden, aneinandergeschmiegt wie hilflose Welpen, tummelten sich lila und orangefarbene Seesterne mit ihren beweglichen Armen im klaren Wasser.

Johnson trat neben sie, stellte den Lunchkorb, den er getragen hatte, auf den Steinen ab und blickte hinaus aufs Meer. Eine Weile standen sie so da, sogen die frische Brise ein, dann sahen sie sich an und lächelten.

Er wies auf die riesige Felswand, die mit ihren vielen Söllern wie ein Stufenturm aussah. »Wollen wir hinaufklettern?« fragte er.

Sie hatte schon »O ja« ausrufen wollen. Wie verlockend, auf den höchsten Punkt zu steigen und einen noch weiteren, herrlicheren Blick zu genießen! Aber dann fiel ihr ein, warum sie hier war – Johnsons wahre Identität. Es wäre ein Kinderspiel für ihn, sie hinunterzustoßen und zu behaupten, es sei ein Unfall gewesen. Das wollte sie lieber nicht riskieren.

»Ach, ich glaube nicht«, meinte sie und gab sich den Anschein, als sei sie völlig glücklich, da wo sie war. Jetzt hielt er sie wahrscheinlich für ein ängstliches Ding, sagte sie sich, wobei ihr gleich eine passende Ausrede einfiel: »Ich hab' schreckliche Höhenangst«.

Sie hörten Stimmen und schauten in die Richtung, aus der diese kamen. Zwischen zwei hohen Felsen tauchten ein Mann und eine Frau auf. Beide waren triefnaß, splitternackt, rot am ganzen Körper und eindeutig aus der Form gegangen. Aber eins waren sie nicht: befangen. Sie lächelten Jane und Johnson im Vorbeischlendern zu und wanderten weiter den Strand hinauf zu einer Ansammlung kleiner Zelte. Beide hatten langes Haar, der Mann trug einen Bart, und sie wirkten, als wären sie einer bukolischen Orgie der Sechziger entsprungen.

»Aha! Die heißen Quellen«, rief Johnson. »Haben Sie einen Badeanzug dabei?«

»Nein«, sagte Jane.

»Na, Sie haben Glück!« Er sah sie leicht amüsiert an. »Ich auch nicht. Aber als wir aufgebrochen sind, hat mir die

Rezeptionistin ein paar Handtücher aufgeschwatzt. Möchten Sie ein Bad nehmen?«

»Vielleicht.«

Jane kletterte über die Felsen und blickte in den Spalt, aus dem die beiden Naturfreunde aufgetaucht waren. Zwischen zwei sich direkt vom Strand erhebenden Felsen entdeckte sie eine Reihe versetzt liegender Becken. Von einer hohen Felswand herunter sprudelte eine dampfende Kaskade in das oberste Becken, dessen Wassermassen in die tiefer gelegenen überflossen; das letzte Becken wurde zusätzlich von den überschwappenden Wellen gefüllt.

»Sieht wirklich verlockend aus«, rief Jane, bemüht, so zu tun, als bereite ihr die Vorstellung, sich in Gegenwart eines attraktiven Fremden auszuziehen, nicht das geringste Problem. Solche Hemmungen kamen ihr tatsächlich banal vor angesichts dieser paradiesischen Kulisse.

Er reichte ihr ein Handtuch. »Wir können auch abwechselnd gehen, wenn Ihnen das lieber ist.« Seinen leicht verlegenen Ausdruck, als er das sagte, fand Jane wirklich süß. Offenbar war er bemüht, ihr alle Befangenheit zu nehmen, was natürlich genau das Gegenteil bewirkte.

»Nicht nötig«, erwiderte sie leichthin. »Ich hab in Europa an unzähligen Oben-ohne-Stränden trainiert und 'ne Menge gemischtgeschlechtliche Saunaerfahrungen hinter mir.« Das Ganze wäre natürlich viel leichter, wäre er nicht so attraktiv, sagte sie sich. Das überstieg dann doch den Rahmen der unbefangenen Hingabe an die Natur.

»Da oben sind ein paar Camper, wenn ich also wie ein Rasender über Sie herfalle, können Sie ja schreien«, sagte er, deutete auf die Zelte ein Stück weiter den Strand hinauf und brachte es fertig, daß sie sich noch befangener fühlte.

»Falls nötig, können Sie ja das gleiche tun.« Sie lächelte ihn an und nahm das Handtuch entgegen. »Ich such' mir einen Fleckchen, wo meine Kleider trocken bleiben«, sagte sie und kletterte ein Stück weiter über die Felsen, bis sie eine verborgene Stelle fand. Sich vor seinen Augen auszuziehen, das ging ihr doch zu weit.

Ins Handtuch gewickelt, vorsichtig mit nackten Füßen über das felsige Terrain tastend, bedauerte sie, daß sie in den letzten Wochen ihre Gymnastik vernachlässigt hatte. Ein gewisses Maß an Übungen war eben nötig, damit der Bauch einigermaßen flach blieb und der Hintern eben dies nicht wurde. Da Mr. Johnson aus Kalifornien kam, war er bestimmt an Aerobik, gestählte, feste Körper mit Brustimplantaten und gestrafften Bäuchen gewohnt. Na, meine Brüste sind wenigstens echt, sagte sie sich zufrieden, und meine Beine lang, und bei einem kürzlichen kritischen Blick auf die Hinterseite ihrer Oberschenkel hatte sie auch keine Anzeichen der gefürchteten Cellulitis entdeckt. Alles in allem war sie für ihr Alter ganz gut in Form, was, wie sie in aller Bescheidenheit zugab, schlicht und einfach ein Glücksfall und nicht etwa irgendwelchen Anstrengungen zu verdanken war. Wahrscheinlich konnte sie jederzeit aus den Fugen geraten, aber bis jetzt war es noch nicht passiert.

Ihr Begleiter hatte bestimmt keine Inventur seiner körperlichen Vorzüge gemacht, so wie sie. Es war aberwitzig, aber bei allen Begegnungen im Nacktzustand waren Frauen immer mehr mit ihrem eigenen Körper beschäftigt als mit dem ihres Partners und meistens bereit, einen aus der Form gegangenen Liebhaber hinzunehmen, solange er ihren eigenen Körper genügend bewunderte, was oft darauf hinauslief, daß der Liebesakt zu einer gemeinsamen Huldigung des Frauenkörpers wurde.

Hör auf, dauernd an Sex zu denken, nur weil du nackt bist, mahnte sie sich, als sie am ersten Becken angelangt war, dem, das von der dampfenden Kaskade gefüllt wurde und in dem Johnson nun bis zur Brust untergetaucht war. Seine Arme ruhten auf dem Beckenrand. Er hatte den Kopf zurückgelehnt, die Augen geschlossen und einen seligen, selbstvergessenen Ausdruck im Gesicht. Sein nasses Haar kräuselte sich. Als sie sich aus dem Handtuch wickelte und ins Wasser stieg, öffnete er die Augen einen winzigen Spalt und schloß sie schnell wieder, ganz Gentleman.

Das Wasser war sehr heiß.

»Fangen Sie mit dem Wasserfall an«, sagte er schläfrig. »Er ist fantastisch.

Ich hatte eine kleine Verspannung im Nacken, wohl weil ich mich heute nacht auf der komischen Hotelmatratze verlegen habe, aber jetzt ist alles wie verflogen.«

Sie stellte sich unter den Wasserfall. Er war eine Spur zu heiß, aber sie gewöhnte sich schnell daran. Sie spürte, wie verkrampft ihre Schultern von der langen Fahrt noch waren, und seufzte behaglich, als sie fühlte, wie die Wucht des Wassers ihr die Wärme in die Muskeln trieb.

»Angeblich hat das Wasser vierzig Grad«, murmelte er.

Nach ungefähr einer Minute setzte sie sich ihm gegenüber. Die Wärme und das von der dampfenden Kaskade aufgewühlte Wasser gaben ihr das Gefühl, in einem natürlichen Whirlpool sein.

»Bestens gegen Streß«, sagte er. »Sie sind doch gestreßt, nicht wahr? Heutzutage ist doch jeder gestreßt.«

»Mangel an Streß kann auch stressig sein«, erwiderte sie.

»Aha! Noch eine Adrenalinsüchtige! Hab' ich's mir doch gleich gedacht.«

»Vielleicht haben Sie recht. Ich bilde mir zwar immer ein, ruhig und ausgeglichen zu sein, aber ich liebe die Nähe von tatkräftigen Leuten und suche die Abwechslung«, sagte sie und bedauerte es im nächsten Moment. Es klang wie ein Klischee aus einer Heiratsannonce. »Immer auf der Suche nach

Abenteuern, was?« sagte er. Seine Augen waren immer noch geschlossen.

»Ich bin höchstens eine verhinderte Abenteurerin«, meinte Jane. Sie war sich nicht sicher, ob sie wirklich das weibliche Äquivalent eines todesverachtenden Draufgängers sein wollte, aber es hatte Momente gegeben, wo sie fürchtete, genau das zu sein. »Heißt das, daß Sie gar nicht erst versuchen wollen, mir eine Versicherungspolice anzudrehen? Weil Sie den Verdacht haben, ich setzte jeden Tag mein Leben mit Dingen wie Drachenfliegen aufs Spiel? Wie steht's übrigens mit Ihnen? Gefällt Ihnen die Vorstellung, nur durch ein ausgeleiertes Bungeeseil mit dem Leben verbunden, von Klippen herunterzuspringen?«

»Nein«, sagte er, »aber ich war früher mal Polizist.«

Sie zuckte innerlich zusammen. Polizist? Ein Bulle, der auf die schiefe Bahn geraten war? Nein – wie ein Mörder wirkte er beim besten Willen nicht. Trotzdem, daß er ein Ex-Bulle war, rückte ihn in ein völlig neues Licht. Sie hatte ihn für einen Geschäftsmann gehalten. »War wohl ein aufregender Job?«

»Ab und zu ja. Aber die meiste Zeit verbrachte man damit, randalierende Betrunkene am Rumkrakeelen zu hindern. Und womit verdienen Sie sich Ihren Lebensunterhalt, wenn die Frage erlaubt ist?«

Sie dachte eine Sekunde nach. Die Wahrheit konnte sie ihm nicht sagen.

Schließlich war sie ja hier, weil sie herausfinden wollte, was er im Schilde führte.

Außerdem mußte die Stiftung zur Wiedergutmachtung von Unrecht geheim bleiben. Das Treuhänder-Komitee hatte ihr eingeschärft, daß es nicht in Onkel Harolds Sinne wäre, gute Taten an die große Glocke zu hängen. Jane hatte aber den Verdacht, die Treuhänder selbst hatten ein Interesse an Geheimhaltung, damit sich die Behörden nicht einmischten und Rechenschaft verlangten, was mit Onkel Harolds Geld geschah. Außerdem war ihre bisherige Arbeit für die Stiftung ja ein Fehlschlag gewesen, und die paar ihr gnädig gewährten Vorschüsse konnte man wohl kaum als Lebensunterhalt bezeichnen.

Aber Jane machte sich nichts vor. Sie kannte ihre Schwachstelle, und gerade deshalb wünschte sie sich, daß Johnson sie bewunderte und für eine kompetente, interessante Person hielt. Sie zermartete sich das Hirn, aber eine plausible Lügengeschichte, die näherer Prüfung standhielt, fiel ihr absolut nicht ein. Na prima, sagte sie sich, ich bin nicht nur arbeitslos und ohne jeden soliden Halt im Leben, ich kann nicht einmal glaubhaft lügen.

»Haben Sie's etwa vergessen?« fragte er freundlich.

»Um Ihnen die Wahrheit zu sagen, im Moment mache ich gar nichts«, antwortete sie. »Ich fürchte, ich steck in 'ner Art Midlife-Crisis.« Das kam sogar ziemlich nah an die Wahrheit heran, ging ihr durch den Kopf.

»Eine etwas vorzeitige, würde ich meinen«, sagte er galant.

»Wie diese Cremes gegen vorzeitiges Altern«, meinte Jane lachend. »Schrecklich, finde ich! Altern ist Altern. Was soll daran vorzeitig sein?«

»Mir hat man auch schon vorgeworfen, ich steckte in einer Midlife-Crisis«, sagte er. »Dabei habe ich eher das Gefühl, meine Pubertät noch nicht bewältigt zu haben.«

Jane stellte sich eine aufgebrachte Frau vor, die ihm in den Ohren lag, daß er unfähig sei, sich zu binden.

»Vielleicht geht die eine Phase ja nahtlos in die andere über.« Jane lächelte ihn an. »Wenn man's richtig anstellt, kann man sich sein Leben lang damit herausreden, in einer schwierigen Entwicklungsphase zu stecken. Bis hin zur Senilität!« Sie ruderte unter der Wasseroberfläche mit den Armen und ertappte ihn dabei, wie er für den Bruchteil einer Sekunde auf ihre Brüste sah. Sie hatte nichts dagegen, denn so wie sie im Wasser schwebten, zeigten sie sich von ihrer besten Seite.

»Wie ist das eigentlich bei der Polizei!« Jane sah ihn herausfordernd an. »Haben Sie da mal jemand getötet?« Warum nicht gleich zu Sache kommen, sagte sie sich.

»Ich fürchte, ich muß Sie enttäuschen«, sagte er. »Ich habe noch nie jemanden getötet, nicht einmal schießen müssen.«

»Ich bin nicht enttäuscht«, sagte sie. Aber sie war es – weil sie nicht aus ihm herausbekam, warum er Brenda MacPherson suchte.

»Und was genau machen Sie hier oben in Kanada?« fragte sie.

»Die Quellen besuchen«, meinte er träge und planschte im Becken herum, als wolle er es beweisen. »Wegen der heißen Bäder bin ich hier.«

»Und wegen Brenda«, sagte sie. »So hieß sie doch?«

»Genau.« Er sah sie groß an. Seine Augen waren dunkelblau. »Wie ist's eigentlich mit dem Freund Ihres Onkels gelaufen?«

»Sehr erfreulich«, sagte Jane. »Er ist natürlich nicht mehr der Jüngste«, fügte sie hinzu, »aber ein wirklich faszinierender alter Knabe.« Sie lehnte sich gegen den warmen Felsen, schloß die Augen und spann ihre Geschichte weiter. Wer A sagt, muß auch B sagen; und sie merkte, wie leicht ihr die Lügen über die Lippen gingen.

»Spricht sieben Sprachen. Außerdem ist er eine Kapazität auf dem Gebiet persischer Miniaturen.«

»Und welch ein Zufall!« sagte er. »Wohnt auch noch direkt neben Brenda MacPherson.«

Sie hörte den Sarkasmus in seiner Stimme und öffnete die Augen. Er lächelte.

»Um Ihnen die Wahrheit zu sagen – unsere Freundin

Brenda hat mir alles über ihn erzählt. Er gibt ihr Unterricht in Urdu. Oder war es Kroatisch?«

»Ich glaube nicht, daß kroatisch zu seinem Repertoire gehört«, sagte sie kalt. »Wahrscheinlich verwechseln Sie es mit Serbisch.« Verdammt, verdammt, verdammt, dachte sie.

»Warum erzählen Sie mir nicht, was Sie vorhaben?« fragte er. »Offenbar suchen wir ja nach der gleichen Person.«

»Wie kommen Sie denn darauf?« erwiderte sie. Aber sie erriet es natürlich.

Dieser hinterhältige Engländer. Oder Korne, wenn ihm das lieber war.

»Und ich dachte, Sie wären eine Professionelle«, sagte er. »Aber mit den persischen Miniaturen haben Sie sich verraten.«

»Wie meinen Sie das – Professionelle?«

»Persische Miniaturen sind viel zu auffällig! Sie müssen immer hübsch im Rahmen bleiben – mit Ihren Geschichten, meine ich.«

Jetzt war Jane wirklich alarmiert und konnte es auch nicht mehr verbergen. Aber sie tat, als sei der Grund dafür ihre Angst, es mit einem Verrückten zu tun zu haben, und nicht etwa die Tatsache, daß sie durchschaut war. »Wovon reden Sie überhaupt?« Sie preßte sich an den äußersten Beckenrand. O Gott, dachte sie, schon wieder übertreibe ich. Hätte sie wirklich gefürchtet, einen Wahnsinnigen vor sich zu haben, würde sie versuchen, Ruhe zu bewahren, beschwichtigend auf ihn einreden und gleichzeitig überlegen, wie sie ihm entkommen konnte. »Sie haben sich eine Liste mit Brenda MacPhersons von einem Privatdetektiv in Victoria besorgt«, er wurde ungeduldig. »Sie sagten doch, Ihr Name sei Jane da Silva?«

Zum Teufel mit Calvin Mason! Wie konnte er sie nur zu einem solchen Dreckskerl schicken.

»Das nächste Mal such' ich mir jemand aus den Gelben Seiten«, sagte sie. »Haben Sie mich deshalb zu dem kleinen Ausflug eingeladen? Um mich ins Kreuzverhör zu nehmen? Das hätten Sie auch im Hotel tun können.«

»Nun, ich dachte mir halt, wenn Sie sich ausgezogen haben, geht's leichter«, sagte er obenhin. »Bewährte Verhörmethode. Nur damals war sowas verboten.«

»Na«, sagte sie. »Sie haben ja auch Ihre Hüllen fallen lassen.« Zur Verstärkung ihrer Worte senkte sie den Blick und heftete ihn auf seine nackte Brust. Wie niedlich, dachte sie, der herzförmige Fleck goldbraunen Haars dort, der wie ein gut gepflegtes Rasenbeet aussah mit seinem abgezirkelten Umriß, über den kein Büschel hinausstand. »Da sollten *Sie* mir vielleicht lieber erzählen, warum Sie hinter Brenda MacPherson her sind?«

»Darf ich Ihren Gebrauch des Präsens so verstehen, daß Sie die richtige auch noch nicht gefunden haben?« fragte er. »Im Grunde hat es weiter keine Bedeutung für mich, warum Sie nach ihr suchen. Ich bin bloß neugierig. Als ich mich gestern abend zu Ihnen setzte, wußte ich wirklich noch nicht, daß Sie Jane da Silva sind. Ich fand Sie einfach nett, und da Sie allein zu reisen schienen, genau wie ich, da ...« Er lächelte und warf die Hände hoch, als wolle er ihr sagen, keine Angst, ich bin harmlos. Seine Fingerspitzen waren schrumpelig vom Wasser. »Mir wird langsam warm hier. In den Becken, die näher zum Meer liegen, ist es kühler.«

Er kletterte aus dem Wasser, Dampf stieg von seinen Schultern auf, und seine feuchte Haut schimmerte. Er hatte einen schönen muskulösen Körper und klassische Proportionen. Wie ein griechischer Gott sah er aus, was er natürlich wußte. Das bestätigten ihm die Frauen wahrscheinlich unentwegt. Zweifellos gehörte er zu den beneidenswerten Menschen, die völlig im reinen mit sich und ihrem Körper sind.

Jane war wütend. Er hatte die Oberhand gewonnen – gab ihr zu verstehen, daß er sie durchschaute, tat so, als schere es ihn einen Dreck, und von sich selbst hatte er ihr so gut wie nichts verraten, was sie nicht schon vorher wußte.

Am meisten wurmte sie, daß sie sich jetzt blöd und albern vorkam wegen ihres Fantasie-Freundes und seiner persischen Miniaturen – wirklich unfair, dachte sie, denn sie sah den alten Herrn regelrecht vor sich, wie er, umgeben von herausragenden Beispielen seiner Sammlung, mit seinem knochigen Zeigefinger auf ein Prachtstück deutete und ihr die Besonderheiten erklärte. Und nachdem dieser Johnson, falls das wirklich sein Name war, sie als Idiotin abgestempelt hatte, stand er jetzt splitternackt und völlig ungerührt vor ihr und lächelte noch nicht mal schadenfroh, was alles noch schlimmer machte. Wäre er wenigstens hämisch, dann hätte sie einen Grund gehabt, ihre ganze Wut an ihm auszulassen.

Sich bloß vorzustellen, daß sie ihn auch noch nett gefunden hatte. Schauspielerte Interesse an ihr, bloß um sie herzulocken. Und eitel und selbstgefällig, wie er war, hatte er natürlich keine Sekunde gezweifelt, daß sie ihm sofort hinterhertrotten würde.

»Kommen Sie?« fragte er freundlich und bot ihr seine Hand. Alles mußte nach seinem Willen gehen, sogar die Temperatur des Wassers, in das sie sich setzten, bestimmte er!

Jane hatte keine andere Wahl, als ihm zu folgen. Sie ignorierte seine Hand, kletterte triefend und dampfend aus dem Wasser, stieg über einen Steinwall und glitt schweigend in das nächste Becken.

Obwohl das Wasser nur ein paar Grad kühler war, wirkte es überaus erfrischend.

Jane glaubte im Grunde nicht an die wissenschaftlich nachweisbare gesundheitsfördernde Wirkung solcher Bäder in heißen, mineralhaltigen Gewässern, kannte aber viele

Leute, die auf ihren Nutzen schworen. Im Augenblick jedoch überkam auch sie ein unglaubliches Wohlgefühl – trotz ihrer Wut und Frustration. Mit einem wohligen Murmeln lehnte sie sich zurück, tauchte mit dem Kopf unter und achtete beim Wiederhochkommen darauf, daß ihr das Haar von der Stirn zurück über die Schultern fiel. Sie spürte die kühle Luft auf ihrem warmen feuchten Gesicht, hörte die Schreie der Möwen und das Tosen der Brandung.

»Arbeiten Sie als Detektiv für Ihre Versicherungsgesellschaft?« fragte sie und wunderte sich, warum ihr das nicht schon vorher eingefallen war. Wenn er Ex-Bulle war, paßte das.

»Suchen Sie deshalb nach Brenda?«

»Warum sagen Sie mir nicht zuerst, weshalb Sie sie finden wollen?«

»Wegen einer persönlichen Sache«, sagte sie. »Hat was mit ihrer früheren Mitbewohnerin zu tun. Jennifer Gilbert.«

Er nickte, zeigte aber sonst keine Reaktion beim Namen der ermordeten Frau.

»Sie sind also keine Freundin von Brenda?«

Jane schüttelte den Kopf.

»Hat sich diese Brenda etwa aus dem Staub gemacht, ohne die Miete zu zahlen oder sowas?« beharrte er. Gut so, dachte Jane, jetzt mußte er zur Abwechslung mal raten!

»Nein. Das wäre jetzt auch nicht mehr wichtig«, sagte Jane und verkniff sich den Zusatz: jetzt, wo Jennifer tot ist.

Sie beobachtete ihn genau. Er zuckte nicht mit der Wimper.

»Hüllen Sie sich in Rätsel, soviel Sie wollen«, meinte er und zuckte mit den Achseln. »Ich wollte bloß vorschlagen, daß wir zusammen nach ihr suchen. Es wird nicht lange dauern.« Damit wollte er wohl andeuten, daß er nicht lange brauchen würde und Jane sein Anhängsel spielen konnte, wenn sie wollte. Als wolle er betonen, wie alltäglich das Ganze für ihn war, fügte er hinzu: »Offen gesagt, hab' ich die Sache ein bißchen künstlich aufgeblasen. Weil ich eine kleine Reise machen wollte, um mir die Gegend hier oben anzuschauen.« Ein jungenhaftes, schiefes Grinsen stand ihm im Gesicht, und schon war Jane wieder hingerissen. »Manchmal muß ich einfach raus aus der Stadt. Ist es nicht herrlich hier oben?«

»Und warum wollten Sie, daß wir Brenda zusammen suchen?« fragte Jane.

Er stieß einen verzweifelten Seufzer aus. »Weil Sie so hübsch und smart sind, und ich mir eine schöne Zeit mit Ihnen versprochen habe. Zufrieden?«

Sie lachte. »Aber inzwischen haben Sie das Gefühl, ich mache Ihnen nur Ärger?«

»Nur, weil Sie mir nicht sagen wollen, was Sie vorhaben«, erwiderte er. »Finden Sie mich so wenig vertrauenswürdig?«

»Nein«, sagte sie. »Eigentlich nicht.«

»Na, und wo liegt dann das Problem?«

Sie wollte nicht, daß sich irgendwer in ihren hoffnungslosen Fall einmischte, da lag das Problem. Außerdem war sie der Ansicht, daß es leichtsinnig sei, ihm zu trauen. Warum hatte ihr eigentlich das Phantombild im Fernsehen keine Angst gemacht?

Auch davor hätte sie sich fürchten sollen. Das wäre die angemessene Reaktion gewesen.

Er lächelte sie an. »Naja, ein bißchen Rätselhaftigkeit ist immer reizvoll.«

»Da ich mich ja schon ganz ausgezogen habe«, sagte sie, »muß doch noch etwas bleiben, das ich vor Ihnen verberge.«

»Ah«, sagte er. »Die ewig geheimnisvolle Frau!«

»Sie meinen, wir sind von Natur aus geheimnisvoll?«

»Für uns Männer ja.«

»Aber Sie glauben doch nicht etwa, daß wir das mit Absicht machen? Daß wir im Grunde unehrlich sind?«

»Natürlich steht Absicht dahinter.«

»Wir sind einfach zu kompliziert für euch«, sagte Jane. »Und das verwirrt euch.

Aber manchmal steckt auch Absicht dahinter. Um euch Männer verrückt zu machen.«

»Das ist ein historischer Moment in meinem Leben«, sagte er feierlich. »Endlich hat es mal eine zugegeben!«

»Ich versuche, ehrlich zu sein«, entgegnete Jane. »Wenn ich kann. Und um Ihnen zu beweisen, wie brutal ehrlich ich bin, erzähle ich Ihnen auch den Grund dafür: Weil Männer so was entwaffnend und faszinierend finden. Ich habe also einen durch und durch unehrlichen Grund, ehrlich zu sein.«

Er kniff die Augen zusammen. »Sie haben recht. Sie sind kompliziert. Und entwaffnend und faszinierend! Aber wie ehrlich Sie sind, darüber bin ich mir noch nicht im klaren. Und was Sie vorhaben, weiß ich immer noch nicht.«

Sie lächelte. Sie war zu einem Entschluß gekommen. Und jetzt, wo sie einen Plan hatte, gewann sie wieder die Oberhand, fühlte sich glücklich und großartig und genoß den Flirt.

Später, als sie das letzte Becken absolvierten, sich von den in Intervallen hereinpeitschenden kalten Wellen überspülen ließen, die das heiße Wasser wie ein Gebläse aufwirbelten und es jedesmal um einen Fuß steigen ließen – als sie kurz darauf in dicke warme Handtücher gehüllt auf einem flachen Stein am Strand saßen und Vollkornsandwiches mit Räucherlachs und Weintrauben aßen und Weißwein aus Flaschen mit Schraubverschluß tranken – als sie sich schließlich wieder angezogen hatten, durch den unglaublichen Regenwald zurückliefen und in dem rumpelnden Schlauchboot zurückbrausten, bedauerte Jane ihren Plan ein wenig. Aber es half nichts, sie mußte ihn ausführen.

Sich immer noch Grasschnipsel von den Kleidern klopfend, trottete Calvin zurück zu Dr. Carlisles Haus. Er ahnte, wohin sein Angreifer abgebraust war. Und wenn seine Vermutung stimmte, war dieser Riesentölpel nicht gerade der Schlauste. Na, hätte der Kerl auch nur ein bißchen Grips im Kopf, wäre er wohl kaum auf die Idee verfallen, jemanden am hellichten Tag zusammenzuschlagen.

Calvin beschloß, seine Theorie zu überprüfen und zurück zu Dr. Carlisles Praxis zu fahren. Der Kerl hatte wild entschlossen gewirkt, sich den echten Zahnarzt vorzuknöpfen, nachdem ihm endlich durch seine dicke Schädeldecke gesickert war, daß er in Calvin den Falschen vor sich hatte. Wahrscheinlich war er jetzt auf dem Weg in die Praxis, um Dr. Carlisle beim Kragen zu schnappen.

Und Calvin wollte während des Handgemenges in der Nähe sein. Vielleicht bekam er dann Aufschluß, warum der Kerl nach dem »Bürschchen« suchte, womit wahrscheinlich der unauffindbare Sean gemeint war. Davon abgesehen hatte es den zusätzlichen Vorteil, daß Calvin vielleicht vergönnt war, den reichen, aalglatten, selbstsicheren Dr. Carlisle als Empfänger einiger uneleganter, aber effektiver Schläge zu sehen.

Als er seinen Wagen aufschloß, sah Calvin eine Frau um die dreißig mit einer Mähne lockigen hellbraunen Haares, das hinten mit einem afrikanisch aussehenden Tuch zusammengebunden war. Sie stieg aus einem alten Kombi, der vor Calvins Auto geparkt war, ging zur Hintertür, öffnete sie und hievte einen sperrigen Staubsauger heraus. Ein Aufkleber über dem Stoßdämpfer huldigte einer weiblichen Gottheit, ein anderer mahnte, mit dem Weltfrieden bei sich zu Hause zu beginnen.

Das sah vielversprechend aus. Die Frau stellte den Staubsauger auf den Bürgersteig und zog als nächstes einen Plastikeimer voller Tücher und Putzmittel aus dem Wagen.

Die meisten Putzfrauen hier in Seattle arbeiteten offenbar nebenher in Naturheilkundeinstituten mit fragwürdigen Diplomen. Oder sie leiteten abends Yogakurse und betätigen sich als Amateurgoldschmiede. Calvin kannte und mochte diesen Frauentyp – tapfere kleine Kämpferinnen, heitere Wesen, die sich durch nichts beirren ließen in ihrer Suche nach geistigen Reichtümern und ihrer Geringschätzung weltlicher Güter.

Calvin beschloß, ihr die Wahrheit zu sagen. Ab und zu kam man damit eben am weitesten. Nicht oft allerdings, weil die Wahrheit meist ziemlich dünn war, aber dieser Frau hier, das spürte er, ließ sich davon nicht beirren. »Entschuldigung«, sagte er. »Arbeiten Sie für die Carlisles?«

»Ja!« Sie schug die Kombi-Türen zu und sah ihm prüfend ins Gesicht. An der Seite, wo er auf den Betonweg aufgeschlagen war, sah es wahrscheinlich nicht allzugut aus. Dann glitt ihr Blick auf seine Schultern hinab, und er wischte noch ein paar Grasschnipsel fort.

»Tut mir leid, Sie zu belästigen«, entschuldigte sie sich. »Aber ich fürchte, ich muß Ihnen etwas sagen.« Nicht nötig, ihr die ganze Wahrheit zu sagen. Lieber den Selbstlosen spielen, das konnte nicht schaden. »Als ich vor ein paar Minuten den Weg zum Haus der Carlisles hochging, wurde ich hinterrücks von einem Kerl angegriffen, der mich offenbar für Dr. Carlisle hielt.« Calvin rieb sich den Hinterkopf und zuckte theatralisch zurück.

»Sie wurden angegriffen?« Die Frau riß die Augen auf. Sie waren hellblau und von langen hellen Wimpern umrahmt. Die Haut der Frau hatte etwas Durchsichtiges. Bestimmt war sie Vegetarierin, sagte Calvin sich.

»Hat mir eins auf den Hinterkopf gegeben.« Er zuckte mit den Achseln. »Aber ich glaube, ich bin okay. Dachte mir halt bloß, man sollte die Carlisles lieber warnen.«

»Eine Kopfwunde kann gefährlich sein«, sagte sie.

»Ganz schön schummrig ist mir auch.« Er stützte sich mit einer Hand auf den Kombi und lehnte sich mit einem Seufzer dagegen. »Kommen Sie mit rein, und ruhen Sie sich ein bißchen aus.« Sie guckte ihm in die Augen. »Ihre Pupillen sind gleich groß, aber vielleicht haben Sie trotzdem eine Gehirnerschütterung. – Wollen Sie die Polizei rufen?«

»Ach, ich glaube nicht«, sagte er. »Mir liegt nur daran, die Carlisles zu warnen, daß diese Gestalt hinter dem Doktor her ist. Wer könnte ihm denn was anhaben wollen?«

»Keine Ahnung«, meinte sie. »Ich sehe selten einen von der Familie. Ich habe einen Schlüssel.«

»Aber wenn Sie bei den Leuten putzen, müssen Sie doch eine Vorstellung von ihnen haben«, sagte er und folgte ihr den Weg hinauf. Sie klimperte mit einem riesigen Schlüsselbund.

»O ja«, sagte sie. »Es ist erstaunlich, was man alles über die Leute erfährt, hinter denen man herputzt.«

Er half ihr, den Staubsauger die Treppe hochzutragen, und folgte ihr ins Haus.

»Dieser Kerl suchte offenbar nach dem Sohn«, sagte Calvin.

»Sean?«

»Ja, ich glaube, das war der Name. Ich war dabei, mir das Haus anzusehen, weil ich einen Kostenvorschlag für neue Dachrinnen machen wollte. Ich bin Bauunternehmer, wissen Sie. Und dieser Bursche kommt an, schlägt mir auf den Schädel und nennt mich Dr. Carlisle, und dann will er wissen, wo Sean ist. Nachdem ich ihm klargemacht hatte, daß er den Falschen erwischt hat, ist er einfach abgehauen.«

Calvin sah sich in der Eingangshalle um. In einer Ecke stand ein antiker Hutständer, und an den Wänden hingen mehrere botanische Drucke. »Wo ist das Telefon?« fragte er.

Sie führte ihn in die Küche. Als sie vor das Spülbecken trat, runzelte sie heftig die Stirn über die Menge schmutzigen Geschirrs.

»Ich mache Ihnen eine Tasse Red-Zinger-Tee«, sagte sie. »Der ist anregend und wird Ihnen guttun.« Sie machte sich am Teekessel zu schaffen, während Calvin tat, als suche er eine Nummer im Telefonbuch.

»Was wollte der Kerl denn von diesem Sean? Ist er verschwunden, oder steckt er in Schwierigkeiten?«

Die Frau zuckte mit den Achseln. »Er ist schon seit Wochen fort«, meinte sie.

»Seit 'ner ganzen Weile brauche ich seine Aschenbecher voller Kippen und die leeren Bierdosen nicht mehr wegzuräumen.« Sie lugte ins Spülbecken. »Nur drei Müslischalen. Wenn er hier ist, dann hat er nicht gefrühstückt. Früher hat er immer noch geschlafen, während ich saubergemacht habe. Meistens bin ich hier gegen elf fertig. Ein echter Nichtsnutz. Und wenn ich dann staubsaugte, kam er die Treppe runter und schrie mich an, weil der Krach ihn aufgeweckt hatte.« Sie schüttelte den Kopf.

Nachdem er eine angemessene Weile im Telefonbuch herumgeblättert hatte, rief Calvin seine eigene Nummer an und sprach auf seinen Anrufbeantworter. »Richten Sie bitte dem Doktor aus, er soll mich sofort zurückrufen – Clyde Balfour hier, vom Balfour-Installationsbetrieb. Ich fuhr zu seinem Haus, um einen Kostenvoranschlag zu machen und irgendein Kerl schlug mich zusammen. Direkt vor seiner Haustür.« Er schwieg eine Weile, so, als höre er zu, und hoffte nur, der Pfeifton seines Anrufbeantworters sei nicht zu hören.

»Sie könnten die Carlisles verklagen«, flüsterte ihm die junge Frau, während sie ihm eine dampfende Tasse reichte. »Die haben wahrscheinlich jede Menge Versicherungen.«

»Ja, gut. Er hat meine Nummer«, sprach Calvin ins Telefon. »Und sagen Sie ihm, ich bin jetzt zu mitgenommen für den Kostenvoranschlag. Ich mache ihn irgendwann später diese Woche. Oh, und sagen Sie ihm bitte noch, die Fallrohre müßten auch erneuert werden.«

Calvin legte auf und starrte auf den Kühlschrank, der mit von Magneten festgehaltenen Schnappschüssen übersät war. Auf einem erkannte Calvin den Zahnarzt und seinen Sohn; eine hübsche blonde Frau und ein pummeliger Teenager machten das Familienbild komplett.

Dann fiel sein Blick auf den Kalender mit französischen Impressionisten, der über dem Telefon hing. Unter die Seerosen von Monet waren mehrere Daten und Termine gekritzelt: »Baseball – 7.30 Uhr«; »Cocktail bei Eve und John – 7.00 Uhr«; »Aerobic«; »Maniküre«. Ein Eintrag jedoch nahm Calvins Blick gefangen und sorgte dafür, daß ein kleiner Adrenalinstoß durch seine Adern jagte: »Sean. UAL 52. 15.00 Uhr«. Es mußte eine Flugnummer sein. Das Datum war der nächste Samstag.

Der schwierigste Teil war, freundlich zu lächeln, als sie sagte, sie wolle sich ein wenig hinlegen und schauen, ob ihr später nach Dinner sei. »Rufen Sie mich doch gegen sechs an.«

Unter normalen Umständen wäre es genau das gewesen, was Jane unter einem perfekten Tag verstand: nach den heißen Quellen und der Bootsfahrt ein Nachmittagsschlaf auf kühlem, gestärktem Hotellinnen, dann ein Aperitif und danach ein gutes Essen, bei dem es vor erotischer Spannung nur so knisterte. Sie malte sich aus, wie sie ihm gegenübersaß, während dieses köstliche, prickelnde Gefühl immer stärker wurde. Und irgendwann im Laufe des Abends würde ein Blick von ihm, eine Bemerkung, ein Eingeständnis eigener Schwäche und Verletzlichkeit den Rest besorgen – bewirken, daß sie nur noch Zärtlichkeit, Bewunderung und Verlangen empfand.

Aber um sechs war Jane längst fort, fuhr die kurvige Straße zurück zur anderen Inselseite, betrachtete Dämmerung, wie sie von Norden her ihr rosiges Licht über die dunklen Fichtenwälder warf.

Nachdem sie ihre Hotelrechnung gezahlt hatte, war sie

sofort losgefahren – zuerst allerdings zum Revier der Royal Canadian Mounted Police, das bequemerweise direkt gegenüber dem Wal-Museum lag, auf der linken Seite der Straße, die aus der Stadt hinausführte.

Vielleicht wurde sie endlich erwachsen. In ihrem Leben hatte sie unzählige Pläne über den Haufen geworfen und ebensooft ihre Reiseroute geändert – nur wegen eines attraktiven Mannes. Und warum hatte sie so viele Männer anziehend gefunden? Wahrscheinlich, dachte sie verärgert, weil allein die Tatsache, daß diese Männer sie bewunderten, ausgereicht hatte, daß sie sie klug und unwiderstehlich fand.

Nicht, daß sie auch nur eine Affäre bedauerte. All ihre Männer waren ganz in Ordnung gewesen, und manche wurden zu Freunden, nachdem die Leidenschaft abgeflaut war.

Aber abgeflaut war sie bisher noch immer. Was auch in Ordnung war. Es gab ihr die Freiheit, sich neu zu verlieben. Aber heute fand Jane, sie hätte vielleicht weniger Zeit damit verbringen sollen, sich zu verlieben und wieder zu lösen. Dann hätte sie vielleicht etwas Dauerhaftes in ihrem Leben auf die Beine gestellt. Aber Gott weiß, sie war noch nie besonders zielstrebig. Jedenfalls nicht, seit ihr Mann, Bernardo, tot war.

Im Polizeirevier trat sie vor einen langen Tresen. In dem großen Raum dahinter war eine Handvoll Leute an Schreibmaschinen und mit Aktenblättern zugange. Während Jane wartete, warf sie einen Blick auf das Anschlagbrett, betrachtete das Foto eines vermißten Kindes und ein getipptes Blatt mit der Überschrift ACHTUNG TOURISTEN! Darunter standen Botschaften für Reisende: Joseph Cross aus Winnipeg, bitte rufen Sie Ihre Schwester Marie an. Dietrich Himmelmann aus Stuttgart; Yves und Marie-Claire Gauthier aus Nizza; Claire Hanson, Yonkers. Alle wurden aufgefordert, daheim anzurufen. Jane stellte sich irgendein Drama hinter den Botschaften vor.

Ein freundlich aussehender Beamter in Uniform kam an den Schalter.

»Ich habe gestern abend einen der Seattler Sender gesehen«, sagte Jane. »In den Nachrichten wurde das Phantombild eines Mannes gezeigt, den die Polizei wegen eines Mordfalls unten in Seattle verhören will. Ich glaube, der Mann ist hier in Tofino.« Sie versuchte, eher zögernd als übereifrig zu klingen. Wie eine gewissenhafte Bürgerin, die ihre Pflicht tut. »Verstehe«, antwortete der Beamte im gleichgültigen Ton aller Polizisten dieser Welt.

»Die Ähnlichkeit war verblüffend«, sagte Jane, »und später, als ich mit ihm sprach und erfuhr, daß er gerade in Seattle war, dachte ich mir, ich sollte es lieber melden.«

Der Beamte notierte sich den Namen des Hotels und von Mr. Johnson.

»Ich hoffe, ich irre mich«, sagte Jane. »Denn er wirkte sehr nett. Aber als ich ihn wegen der Ähnlichkeit mit dem Phantombild aufzog, wurde er richtig nervös.«

Der Beamte nickte nachdenklich.

»Er faßte mich ziemlich grob am Handgelenk an«, fügte Jane hinzu. Der Sache noch einen kleinen Touch Hitchcock zu geben, konnte nicht schaden, sagte sie sich. »Sein Gesichtsausdruck wurde regelrecht bedrohlich. Ich nehme an, er hat gemerkt, daß ich mich plötzlich vor ihm gefürchtet habe, denn im nächsten Moment machte er wieder einen auf nett. Aber ich hatte Angst, und deshalb bin ich hier.« Jetzt hatte sie wahrscheinlich übertrieben.

»Na, wir werden mal bei ihm vorbeischauen und ein bißchen mit ihm plaudern«, sagte der Beamte. »Danke für den Hinweis. Könnte ich Ihren Namen haben?«

»Nein«, erwiderte Jane. »Lieber nicht. Wie gesagt, ich fürchtete mich vor ihm und würde die Stadt offen gestanden gern unauffällig verlassen.«

Der Polizist betrachtete sie nachdenklich. Er hatte große runde braune Augen.

»Wir gehen der Sache nach«, sagte er. »Aber wenn Sie Angst haben, wäre es da nicht doch besser, Sie hinterlassen uns Ihren Namen?«

»Ich möchte einfach nur heim«, seufzte Jane. »Das Ganze hat mich ziemlich mitgenommen. Der Mann auf dem Phantombild – nun, er hat vielleicht eine Frau umgebracht. Erwürgt.« Und plötzlich dämmerte ihr, daß ihr Mr. Johnson, der Mann, mit dem sie in ihrer Fantasie vor ein paar Minuten noch ein erotisches Techtelmechtel arrangiert hatte, vielleicht wirklich ein Mörder war. War hier irgendein Verdrängungsmechanismus am Werk, irgendeine Kraft, die es ihr unmöglich machte zu glauben, daß ein netter, umgänglicher Mann jemanden erwürgt haben konnte? Warum hatte sie keine Angst?

»Ich hoffe, Sie halten mich nicht für hysterisch«, sagte sie. »Ich hielt es bloß für meine Pflicht, den Behörden Bescheid zu geben.«

Was seinen ganzen Beifall zu finden schien: »Sie haben genau das Richtige getan«, meinte er.

Jane empfand eine schulmädchenhafte Freude, als er das sagte, aber dann rief sie sich in Erinnerung, daß sie keineswegs als pflichtbewußte Bürgerin handelte.

Sie wollte nur einen Vorsprung vor Steven Johnson gewinnen.

»Nun, vielen Dank.« Sie machte einen ziemlich linkischen Abgang, stieg ins Auto, gab Gas, und spürte eine riesige Erleichterung, als sie die Stadt verließ.

Die nächste Brenda auf ihrer Liste lebte auf Denman, einer kleinen Insel gegenüber der Ostküste von Vancouver Island. Jane baute auf ihren Vorsprung, hoffte, der Polizist würde zum Hotel gehen, hoffte, Johnson würde sich in alle möglichen Widersprüche verstricken, wenn er seine Geschichte erzählte. Wenn sie es morgen früh zur ersten Fähre schaffte, dann hatte sie ihn geschlagen. Sie erinnerte sich vage, irgendwo gelesen zu haben, daß die kanadische Polizei viel weitergehende Befugnisse habe als die amerikanische. Vielleicht sperrten sie ihn ein.

Natürlich hatte sie Schuldgefühle. Sie hatte ihn hereingelegt. Wahrscheinlich freute er sich in diesem Moment auf ein Abendessen mit ihr; statt dessen tauchte die Polizei bei ihm auf, weil sie ihn verpfiffen hatte. Bestimmt hielt er sie jetzt für ein falsches Miststück. Einen Moment stellte sie sich vor, wie das Dinner mit ihm hätte verlaufen können und wie es gewesen wäre, hätte sie seinem Plan zugestimmt, sich ihm anzuschließen. Eigentlich ein verlockender Gedanke, sich von ihm zu der richtigen Brenda führen zu lassen und ihn währenddessen auszuhorchen, warum er die Frau suchte.

Stunden später, tief in der Nacht, erreichte sie Qualicum Beach an der Meerenge von Georgia, knapp hundert Kilometer südlich der Fähre zur Denman Insel. Sie suchte sich ein hübsches, ruhiges Motel, fiel, zu müde, um noch etwas zu essen, hungrig ins Bett, und sann, schon halb eingeschlummert, darüber nach, daß, Schuldgefühle hin, Schuldgefühle her, Johnson es verstehen würde, warum sie ihn gelinkt hatte. Die Vorstellung, daß sie eine Rivalin war, mußte ihm gefallen. Und es geschah ihm ganz recht, daß seine Selbstgefälligkeit einen Dämpfer bekam. Im Moment wollte sie es kaum glauben, daß sie tatsächlich versucht gewesen war, mit ihm zu Abend zu essen. Außerdem kam sie zu dem Schluß, daß diese heißen Quellen tatsächlich eine medizinische Wirkung hatten. Trotz der langen Autofahrt fühlte sie sich großartig, entspannt und leicht, und im nächsten Moment schlief sie ein.

Am Morgen war sie wie ausgehungert. Nach einem üppigen Frühstück fuhr sie zur Denman-Insel-Fähre, ein kleines Wassergefährt mit offenem Deck, das keine fünfzehn Minuten zur direkt gegenüber der Buckley-Bucht liegenden länglichen, flachen Insel brauchte. Bis auf ein großes Oval von Weideland in der Mitte, auf dem eine Farm stand, schien sie nur aus Fichtenwald zu bestehen.

Die Passagiere in Shorts und T-Shirts, die Wohnwagen und Autos mit Kajacks auf den Dachgepäckträgern verbreiteten Ferienstimmung. Einige Passagiere, wahrscheinlich Inselbewohner, plauderten miteinander, während sie ihre Kinder genau im Auge behielten.

Nachdem die Fähre angelegt hatte, fuhr Jane einen Hügel hoch und bog an einer kleinen, von ausladenden Ahornbäumen halb verdeckten Holzkirche nach links. Ein Stück weiter entdeckte sie eine Art Supermarkt. Mit seinem weißen Putz und den grün gestrichenen Türen und Fenstern hätte man glauben können, als wäre er in den Zwanzigern erbaut. Aber die Fassade des quadratischen Gebäudes mit der Benzinzapfsäule davor war nur auf alt getrimmt. Auf der breiten, schattigen Veranda saßen mehrere Leute – darunter ein junger Mann mit Lederjacke und wasserstoffblondem Haar. Ob ihm nicht heiß war in seiner Lederjacke, fragte sich Jane. Er sprach mit einer Frau mittleren Alters, die ihren wilden Schopf von Korkenzieherlocken mit einem Chiffontuch zu bändigen versuchte. Sie trug ein ärmelloses Batik-T-Shirt und khakifarbene Shorts. Vielleicht waren die beiden Mutter und Sohn. Ein Schild verkündete, daß der Laden gleichzeitig Postamt und lizensierter Alkoholausschank war. Jane parkte und ging auf den Eingang zu, blieb einen Moment vor der Tür stehen und warf einen Blick auf die vielen Plakate und Zettel an einem Anschlagbrett. Die Polka Dogs, live aus Toronto, spielten in der Gemeindehalle.

Jemand bot Garnelen zum Verkauf an. Der Bund der Steuerzahler hatte ein Treffen. Irgendwo war Maschendraht en gros abzugeben.

Die alte hölzerne Fliegentür gab ein gemütliches, sommerliches Knarren von sich. Innen standen Regale mit Lebensmitteln, und auf den obersten Brettern reihten sich Artikel wie Gummistiefel und Filme. Zu einer Seite hin, an dem Zeitungsständer mit dem *Toronto Globe and Mail,* dem *Times Colonist* und der *Vancouver Sun* vorbei, befand sich das Restaurant, dessen Tische mit Wachstüchern bedeckt waren. Eine Glastür führte hinaus auf eine Terrasse mit einer kleinen Bar, vor der altmodische Chromhocker standen. Ein junges blondes Mädchen bereitete einen Milkshake, und lautes Stimmengewirr drang von den Tischen und der Terrasse her zu Jane.

Keine Frage, hier war der Nabel der Insel. Jane schätzte, wenn sie nur lang genug hier säße, käme irgendwann Brenda MacPherson hereinspaziert. Aber wie sollte sie sie erkennen?

Jane kaufte sich einen Apfel, und während sie hineinbiß, fiel ihr Blick auf die Box mit der Lokalzeitung neben der Eingangsstür. An den Ehrenkodex der Käufer war hier appelliert. Jane legte einen roten Zweidollarschein in das Kästchen daneben und nahm die Zeitung mit hinaus in die Sonne.

Die Titelseite brachte die Geschichte eines Jungen dieser Insel, der eine Krähe adoptiert hatte, nachdem sie aus dem Nest gefallen war. Auf der letzen Seite entdeckte Jane eine Anzeige der Kaleidoscope-Ladengalerie. Sie lächelte glücklich. Es gab Espresso dort.

Die Galerie lag nur ein paar Schritte die stille Straße hinunter, gegenüber einem abgetretenen Baseball-Spielfeld inmitten einer grünen Wiese.

Sie bestellte einen Cappuccino und fragte den Mann hinter dem Tresen, ob er Brenda MacPherson kenne. »Der

Name kommt mir bekannt vor«, sagte er. »Haben Sie im Telefonbuch nachgesehen?« Er schob ihr eine zusammengeheftete gelbe Broschüre hin. Und dort stand sie: Brenda MacPherson. Mitsamt ihrer Telefonnummer.

Die Kaffeetasse in der Hand, wanderte Jane mitten auf der sonnigen Straße bis zur Telefonzelle vor dem ersten Laden. Der Fährenverkehr hatte sich aufgelöst, und die Straße war jetzt völlig leer. Nur ein paar Hunde streunten herum.

Ein schläfrig klingender Mann nahm den Hörer ab. »Pennywhistle Kräuterfarm.«

Jane fragte nach Brenda und hörte, sie sei vor einer Woche zu ihrer Schwester in Bella Coola gereist. Jane gefiel der Name Bella Coola. »Und wann erwarten Sie sie zurück?«

»Morgen. Gegen Mittag.«

Angesichts der schläfrigen Stimme des Mannes fragte sich Jane, ob er sich nicht ein gut Teil der Kräuterernte selber einpfiff. Sie dankte ihm. »Ist schon in Ordnung, Lady«, lallte er mit einem sonderbaren Mischmasch aus kalifornischem und kanadischem Akzent.

Das hieß, sie mußte auf der Insel übernachten. Sie trank ihren Kaffee aus, tätschelte abwesend einen gelben Labrador und ging wieder zurück zu dem Laden. Unter dem bunten Schildergemisch an seiner Fassade hatte Jane auch das Schild des British Columbia Touristikbüros entdeckt.

Am Nachmittag hatte sie sich in einer Frühstückspension am Rande der Insel eingerichtet, von wo aus die nächste Insel, Hornby, ein langgezogenes grünes Dreieck jenseits des schmalen blauen Wasserstreifens, zu sehen war.

Auf der Denman-Insel gab es keine Hotels, und die Vorstellung, in einer Frühstückspension zu übernachten, hatte finstere Assoziationen in Jane erweckt.

Sie malte sich schon aus, wie sie auf einem krächzenden Klappbett in irgendeinem billigen kleinen Rigipsverschlag aufwachte, während durch die hauchdünnen Wände das Gekeife einer Mutter mit ihren Kindern drang.

Statt dessen war sie einen langen, von Bäumen gesäumten Weg zu einem alten Bauernhaus mit mehreren Nebengebäuden hinuntergefahren. Das Gehöft lag mitten im Grünen und sah aus, als stünde es schon seit hundert Jahren da. Drei der Außengebäude waren gepflegte kleine Cottages inmitten eines Rosengartens, und das Ganze wirkte wie ein Zeitschriftenmotiv für Schöner Wohnen auf dem Lande.

Die Pension wurde von Mrs. Bannon geführt, einer forschen Engländerin um die sechzig mit stahlgrauem kurzgeschnittenen Haar, Perlenkette, Baumwoll-Twinset und Tweedrock, ein Ensemble, wie es die Königinmutter tragen könnte, wenn sie sich für ein Wochenende im Familienkreis auf Schloß Balmoral begab. Zwei leutselig dreinblickende Bedlington-Terrier folgten Mrs. Bannon auf Schritt und Tritt.

Jane bezweifelte, ob es Engländerinnen wie sie heute noch in England gab. Dieser Typ war wohl nur noch in den Außenposten des Empires zu finden.

Mrs. Bannon wollte ein Vermögen für Bett und Frühstück, aber Jane fühlte sich wie ein Familiengast hier, nur, daß ihre Gastgeberin keine Vertraulichkeiten von ihr erwartete. Jane machte einen ausführlichen Rundgang durch den Garten, während Mrs. Bannon die Rosen schnitt. »Wir mußten den Garten umzäunen, weil uns sonst das Wild alles wegfrißt«, erklärte sie und wedelte entschlossen mit ihrer Gartenschere. »Sehen Sie hier, diese schöne alte Rose. Sie ist nicht so prunkvoll wie andere, aber sie hat einen herrlichen Duft, beinahe wie Zimt.« Jane beugte sich vor und sog den Duft ein.

Der ganze Garten war von verschlungenen Steinwegen durchzogen, in deren Ritzen Thymian wuchs. Neben den Rosenbeeten standen Reihen von Lavendelsträuchern und altmodischen mehrjährigen Blumen wie Bartnelken,

Glockenblumen und wippendem Rittersporn. Der Zaun um den Garten war von blühenden Klematis überwuchert. »Und in die Obstbäume hängen wir Irish-Moos-Seife«, erklärte ihr Mrs. Bannon jetzt. »Die vertreibt die Insekten.«

Danach verbrachte Jane ein paar Stunden in der Hängematte und las ein Buch, das sie in ihrem Cottage gefunden hatte – von Stephen Leacock, dem kanadischen Humoristen, den sie als Kind gelesen hatte und den sie in seiner spritzigen edwardianischen Art immer noch amüsant fand.

Aber die Rosen und das Bienengesumm in den Hecken, die ganze Atmosphäre des Frühsommernachmittags konnten sie nicht lange ablenken.

Sie legte das Buch beiseite, streckte sich in der milden Sonne aus und überlegte, warum sie überhaupt nach dieser Brenda suchte. Genau betrachtet, war es ja nur ein hauchdünner Faden, der Brenda mit den Ereignissen in der Coxschen Apotheke verband – lediglich die Tatsache, daß Brenda und Jennifer, die möglicherweise etwas gesehen hatte, sich am selben Tag zerstritten hatten und Jane davon ausging, daß sich Brenda deshalb vielleicht an diesen Tag erinnerte. Aber es gab noch etwas: Brendas Foto war aus Jennifers Wohnung verschwunden. Jemand hatte es entfernt. Doch selbst wenn Brenda sich erinnerte, was ihre Mitbewohnerin an jenem Tag so verstört hatte, würde irgendwas davon vor Gericht als Beweismaterial zugelassen?

Und wo war Sean? War es denkbar, daß sein Vater jemanden angeheuert hatte, eine Zeugin zum Schweigen zu bringen – oder es gar selbst getan hatte? Hatte Janes Erscheinen ihn alarmiert? Aber woher hätte er wissen sollen, wer an dem Tag in der Apotheke war und möglicherweise zum Tatzeugen wurde? Mr. Nguyen hatte es nicht mal ihr sagen wollen! Würde er es dann Seans Vater erzählen? Oder konnte der mißmutige Mr. Cox es ihm gesagt haben? Sehr unwahrscheinlich. Mr. Cox hatte klar zu verstehen gegeben, daß er Kevin für schuldig hielt.

Und da war er nicht der einzige. Selbst die Mutter des Jungen glaubte, daß er es getan hatte. Sein Anwalt glaubte es, und, in seinem Drogennebel, sogar Kevin selbst.

Warum also verfolgte sie Brenda MacPherson über die ganze Landkarte?

Und warum war ihr Steven Johnson auf der Spur?

Vielleicht hatte Kevin Mrs. Cox ja wirklich umgebracht. Aber noch etwas anderes mußte bei der ganzen Sache im Spiel sein. Sonst wäre Jennifer nicht tot. Sonst wären sie und Steven Johnson nicht hinter Brenda her. Vielleicht ging es bei ihrem hoffnungslosen Fall ja gar nicht darum, einen fälschlich verurteilten Jungen – nun, jungen Mann – aus dem Gefängnis zu holen. Vielleicht stieß sie ja mitten in ihrer Suche auf einen ganz anderen hoffnungslosen Fall. Diesen querköpfigen alten Käuzen aus dem Komitee würde das allerdings kaum gefallen. Schon beim letzten Mal hatten sie ihr einen Knüppel zwischen die Beine geworfen, weil sie zuerst die falsche Spur verfolgt hatte. Und als sie ihnen dann die richtige Lösung präsentierte, war es ihnen auch nicht recht gewesen. Daß das nicht noch mal geschah, dafür würde sie schon sorgen. Wenn sich aus dieser Sache hier der hoffnungslose Fall ergab, den sie brauchte, dann wollte sie ihn ganz für sich allein. Sie dachte gar nicht daran, ihn mit irgend jemandem zu teilen – nicht einmal mit der Polizei.

In der Nacht regnete es. Am Morgen roch die Luft frisch und feucht, und der Boden war aufgeweicht.

Zwischen mit Wasser gefüllten Fahrrinnen tastete sich Jane zu Fuß die lange, matschige Zufahrt zur Pennywhistle-Kräuterfarm hinunter. Zu beiden Seiten des Weges stand eine dichte Wand aus Fichten, deren Stämme mit Moos bedeckt waren. Millionen Regentropfen funkelten an den Millionen feinen Fäden des Mooses.

Jane hatte ihren Wagen auf der Hauptstraße geparkt; aber als sie am Ende der Zufahrt anlangte, sah sie, daß ein anderer Besucher mit seinem Vierradantrieb-Campingbus es mit dem schlammigen Weg aufgenommen hatte. Jane brauchte nicht auf das amerikanische Nummernschild zu sehen, um zu erkennen, daß der Besucher Amerikaner war.

Er sprach mindestens ein Dezibel lauter als die Kanadier und schien der jungen Frau vor ihm einen Vortrag zu halten. Die Frau steckte in einem dicken, weißen Cowichan-Indianer-Pullover mit graubraunem geometrischem Muster, Jeans und Gummistiefeln. Ihr Haar war dunkel, und sie war klein. Vielleicht war sie die richtige Brenda.

»Wenn das Zeug was nutzen würde«, sagte der Mann und machte eine abfällige Handbewegung in Richtung traurig aussehender Pflanzen auf einem schlammigen Beet, »meinen Sie nicht, die Ärzte würden es dann verschreiben?«

So unrecht hatte er da nicht, fand Jane, und außerdem verschaffte er ihr mit seinem Geschimpfe einen guten Einstieg. Wenn die Frau da Brenda war, mußte Jane sie sich sofort zur Verbündeten machen. »Aber die Ärzte und die pharmazeutische Industrie wollen doch gar nicht, daß die Leute sich selbst um ihre Gesundheit kümmern«, schaltete sie sich ein. »Dann wär's ja aus mit ihrem Geschäft!«

Die Frau sah Jane lächelnd an, und warf einen mitleidigen Seitenblick auf den Mann mit der Baseballmütze.

Der schüttelte resigniert den Kopf und ging zwischen einer Reihe graublättriger Pflanzen entlang. »Und wofür soll das hier gut sein?« schnaubte er über die Schulter zurück und zeigte auf die kränklich wirkenden Gewächse.

»Die sind gut gegen Arthritis und andere entzündliche Krankheiten«, sagte die Frau trotzig. »Es gibt viele Menschen, die schwören auf dieses Kraut.«

»Was dagegen, wenn ich mich ein bißchen umsehe?« fragte der Mann jetzt und verschwand hinter einem ziemlich wackligen Gebilde aus dünnen Holzleisten und im Wind flatternder Plastikplanen, das wohl ein Gewächshaus darstellen sollte.

»Ich weiß, daß diese Kräuter sehr gut wirken«, sagte Jane feierlich. »Und nur weil es Frauen waren, die seit altersher Kräuter gesammelt haben, wurden ihre Kenntnisse von männlichen Wissenschaftlern verunglimpft, die meinen, sie hätten alle Weisheit für sich gepachtet.«

»Ganz genau«, stimmte die junge Frau bedächtig nickend zu und war offenkundig hochzufrieden, daß jemand ihre Ansichten teilte.

»Haben Sie vielleicht zufällig auch etwas gegen Heuschnupfen? Ein Neffe von mir leidet schrecklich darunter.«

»Ich seh' mal nach«, sagte die Frau und führte Jane zur Tür eines dunklen kleinen Schuppens. Innen war ein Regal mit ein paar Büchern und einer Ansammlung von Tontöpfen. Von der Decke hingen mehrere Edelsteine herab, die wie riesige Ohrringe aussahen.

Die Frau begann, in einem dicken, ziemlich zerfledderten Taschenbuch zu blättern. Das Umschlagmotiv zeigte ein im Art-nouveau-Stil gehaltenes Porträt einer Frau mit wehenden orangeroten Haaren und großen grauen Augen. Umgeben war das Ganze mit einer Bordüre aus grünen Blättern.

Daß Brenda, falls die Frau da wirklich Brenda war, alles erst in einem Buch nachgucken mußte, zerstörte ihr Image als weise, in Natur der Mystik bewanderte Frau. Und obwohl Jane dem Mann mit der Baseballmütze insgeheim zustimmte, was den Nutzen all der Kräuter betraf, war sie doch enttäuscht.

»Goldrute«, sagte die Frau nach einigem Blättern.

»Der arme kleine Kerl«, sagte Jane. »Wenn er seinen Heuschnupfen hat, ist er immer schrecklich gereizt.« Sie hatte keine Ahnung, ob Heuschnupfen Kinder nervös machte. Möglich, daß sie eher erschöpft wirkten.

»Ein paar Tropfen Lavendelöl im Badewasser beruhigen nervöse Kinder«, sagte die Kräuterlady. Na, wenn das wirklich stimmte, wäre dieses Heilmittel doch bestimmt weithin bekannt, kam es Jane in den Sinn. »Aber sehr oft sind natürlich Allergien auf all die schrecklichen Stoffe in unserer Umwelt schuld an der Nervosität«, fuhr die Frau fort, wühlte in einer Schublade und zauberte eine kleine Plastiktüte mit getrockneten Blättern hervor. »Brühen Sie sie als Tee auf«, sagte sie, einen glücksverheißenden Ausdruck einer guten Fee im Gesicht. »Möchten Sie auch etwas Lavendelöl?«

Jane nahm die Tüte Goldrute, kaufte noch ein Fläschchen Lavendelöl, zahlte zusammen zehn Dollar, die die Frau zusammenfaltete und in die Vordertasche ihrer Jeans steckte. Das Ganze hatte das Flair einer Drogentransaktion.

»Arbeiten Sie auch mit Edelsteinen?« fragte Jane und sah sich in dem Schuppen um.

»Ja, schon eine ganze Weile. Durch die Körperhitze entfalten sie ihre Kräfte. Jeder Edelstein ist für etwas Bestimmtes gut. Wissen Sie, es ist so: Die Kräuter heilen den Körper, und die Edelsteine senden ihre Botschaft direkt in die Seele. Die Sache mit den Edelsteinen ist eine sehr spirituelle Angelegenheit.« Sie griff in ihren Pulloverausschnitt und zog ein Lederband mit einem lila glitzernden Klunker hervor. »Für Wohlstand und Glück«, sagte sie.

»Und das funktioniert wirklich?« fragte Jane und rechnete sich aus, daß die Frau bei zehn (kanadischen) Dollar pro Plastiktüte schon einen wirklich schwunghaften Handel mit dem Zeug betreiben mußte, um zu Wohlstand zu kommen. Aber wer verirrte sich schon zur Pennywhistle-Kräuterfarm auf dieser entlegenen Insel?

Ihr Gesichtsausdruck verfinsterte sich ein wenig. »Und wie. Bei dem Auratest, den ich gemacht habe, kam allerdings heraus, daß mein Karma, was Gelddinge betrifft, in meinem jetzigen Leben ziemlich gestört ist. Denn in meinem früheren Leben war ich eine reiche chinesische Prinzessin und hatte kein Mitleid mit den Armen.«

Aber natürlich warst du eine Prinzessin, dachte Jane. Was frühere Leben anbetraf, waren wir alle Prinzessinnen. Niemand war Buchhalter oder dergleichen! Trotzdem hatte die Frau etwas Freundliches. In ihrem Gesicht stand dieser typische beseelte Ausdruck von Leuten, die irgendwann beschlossen haben, nur das zu glauben, was sie glauben wollen, weil es interessanter und schillernder ist, und die dann unbeirrbar an diesem Glauben festhalten. Sie hatte eine niedliche kleine Stupsnase, und der dicke Haarmop um ihren Kopf war so wild gewachsen wie die Kräuterbüschel hier.

»Offen gestanden«, sagte Jane, »kam ich eigentlich aus einem ganz anderen Grund her. Ich suche nach einer Brenda MacPherson.«

»Das bin ich.« Die Frau sah sie zwar überrascht, aber überhaupt nicht mißtrauisch an. Jane gratulierte sich, daß sie sich so schnell bei ihr eingeschmeichelt hatte.

»Haben Sie je in den Staaten gelebt?« fragte Jane.

Brenda kräuselte die Nase. »Eine Weile hab ich in Los Angeles gewohnt.« Das glaubte Jane ihr gern. »Um Fußreflexzonenmassage zu studieren. Aber da unten gefiel es mir nicht. Zuviel negative Energie, obwohl sich viele Leute ihrer spirituellen Fähigkeiten bewußt sind.«

»Ich suche nach einer Brenda MacPherson, die früher in Seattle wohnte.« Wieder einmal war Janes Fantasie gefragt. Sie mußte die Geschichte wohl ein bißchen ausschmücken. »Die Freundin einer Freundin ...«, begann sie gerade.

»Das ist ja wirklich komisch«, unterbrach Brenda sie. »Heute morgen rief ein Mann an, der auch nach einer anderen Brenda MacPherson suchte.«

»Kam der Anruf aus Tofino?«

»Er sagte nicht, von wo er anrief. Aber er klang wie ein Amerikaner.«

»Sein Name war nicht zufällig Johnson?« fragte Jane.

»Stimmt«, sagte Brenda.

»Ihr Exmann! Ich muß Brenda finden, damit ich sie warnen kann. Ihr Ex wurde gerade aus dem Gefängnis entlassen, und jetzt sucht er nach ihr.«

»O mein Gott«, rief Brenda und fuhr sich mit der Hand ans Gesicht. »Ich hab' ihm erzählt, daß ich eine Frau kenne, die genauso heißt wie ich. Sie ist Stripperin in Nanaimo.

Freunde von mir waren mal da und sahen ihr Bild draußen vor einem Club. Sie zogen mich deswegen auf, flachsten, ich führte ein Doppelleben und verdiente mir heimlich was als Stripperin dazu. Na, wirklich nicht mein Stil! Sie tritt dort unter dem Namen Stephanie Chantal auf, aber mein Freund kannte sie von der Uni in Victoria und wußte, daß sie Brenda MacPherson hieß. Glauben Sie wirklich, sie ist seine Frau?«

»Könnte sein. Erinnern Sie sich an den Namen des Clubs?« fragte Jane.

In dem Moment kam der Mann mit der Baseballmütze auf sie zu. »Da hinten auf dem Beet hab ich Fingerhut entdeckt. Der ist giftig, ist Ihnen das klar? Den empfehlen Sie doch nicht etwa auch als Heilkur, oder doch?«

»Nein, tue ich nicht«, sagte die Kräuterexpertin ungeduldig. »Aber Fingerhut enthält einen Stoff, der für Herzmedikamente benutzt wird.«

»Digitalis ist ein tödliches Gift, wenn es nicht in der richtigen Dosierung verabreicht wird. Und wie wollen Sie die richtige Dosis bestimmen, wenn Sie das Zeug einfach von der Wiese sammeln?« Er schüttelte den Kopf.

»Kann ich Ihnen helfen?« fragte Brenda kühl. Sie setzte einen unwilligen Ausdruck auf, was sie, wie alle von Natur aus gutmütigen Leute, einige Mühe kostete. Nur in höchster Not fallen sie aus ihrer habituellen Freundlichkeit heraus.

»Nein«, sagte er, offenkundig verunsichert, weil die Kräuterdame zu keiner weiteren Diskussion mehr bereit war. Jane lächelte ihn an. Er war ziemlich grob, keine Frage, aber immerhin hatte er ihr geholfen, sich bei dieser Brenda hier einzuschmeicheln. »Wissen Sie«, fuhr er fort, »wir sind drüben auf dem Fillongie-Campingplatz, und meine Frau hat mich zum Einkaufen in die Stadt geschickt. Eigentlich wollte ich mir ja bloß Knoblauch hier besorgen, weil ich in den Läden keinen gefunden habe.«

»Ich habe welchen«, sagte Brenda. »Einen Augenblick, ja?« Sie warf den Kopf zurück und wandte sich wieder an Jane.

»Der Name des Clubs?« hakte Jane nach.

»Das Regency in Nanaimo. Wie meine Freunde mir erzählten, hängt ein großes Schild draußen vor dem Club mit den Namen der Mädchen. Sie war dabei Stephanie Chantal.«

Jane kramte Zettel und Stift aus ihrer Handtasche. »Hier mein Name und eine Telefonnummer in Seattle, unter der Sie eine Nachricht hinterlassen können. Falls Sie noch irgendwas über diese andere Brenda in Erfahrung bringen oder dieser Mr. Johnson sich wieder meldet, rufen Sie bitte an. Aber reden Sie so wenig wie möglich mit dem Kerl. Er ist gewalttätig.« Jane wollte sicher sein, daß er auf keine Hilfe rechnen konnte, falls er noch einmal anrief.

Die Frau sah auf den Zettel. »Jane da Silva. Okay, mache ich. Gott, ich hoffe bloß, Sie finden sie vor diesem Kerl.«

Jane dankte ihr, und Kräuterlady Brenda widmete ihre Aufmerksamkeit dem Mann mit der Baseballmütze. »Knoblauch ist übrigens ein gutes Vorbeugungsmittel gegen Erkältungen, wußten Sie das?« erklärte sie ihm. »Hilft außerdem bei Verdauungsstörungen und wirkt schleimlösend.«

Der Mann verdrehte die Augen. »Wir wollen es bloß für die Spaghettisoße. Wenn wir andere Probleme haben, gehen wir zum Arzt.« Er bedachte sie beide mit einem grimmigen, hämischen Grinsen. Das letzte Wort hatte er behalten.

»Ein wirklich zauberhafter Herr«, meinte Jane, als er davontrottete.

»Manche Leute sind einfach hoffnungslos verbohrt«, seufzte Brenda. Na, was Verbohrtheit betraf, dachte Jane, konnte die Kräuterlady dem Mann mit der Baseballmütze durchaus das Wasser reichen.

Unter dem Regency-Club hatte sich Jane einen finsteren Schuppen mit Sperrholzverschalung vorgestellt, vor dem ein paar abgerissene Gestalten herumlungerten. Wie sich herausstellte, war er aber in einem hübschen alten Hotel mit roter Backsteinfassade untergebracht, das sich ganz in der Nähe des Hafens im Zentrum von Nanaimo befand, einer knapp eine Autostunde südlich von der Denman-Inselfähre gelegenen Stadt.

Jane war ziemlich nervös, als sie sich dem Eingang näherte. Eine mütterlich wirkende ältere Frau in handgestricktem Pullover, die Jane an eine französische Concierge erinnerte, spielte die Türsteherin. Durch die mattierte Glastür hinter ihr drang peppige Rockmusik vom Band. Anscheinend war der Club den ganzen Tag geöffnet.

»Ich würde gern den Manager sprechen«, sagte Jane. Die Frau ließ ihre Augen über Janes Körper wandern und zog eine Braue hoch. »Nein, ich suche keinen Job«, erklärte Jane. »Ich glaube, dafür komme ich fünfzehn Jahre zu spät.«

»Wir haben ein paar Frauen Ihres Alters hier mit 'ner recht guten Figur«, sagte die Frau freundlich. »Die Persönlichkeit spielt auch eine große Rolle.«

Jane bezweifelte, ob bei der Vermarktung weiblichen Fleisches zwecks Anregung einer Überproduktion männlicher Sexualhormone ein gewinnendes Wesen mit den Brüsten einer Zwanzigjährigen konkurrenzfähig war.

»Na, Sie müssen es ja wissen«, sagte Jane. »Aber eigentlich bin ich hier, weil ich nach einer jungen Frau suche, die hier als Tänzerin auftrat.« Jane hoffte nur, daß die Suche nach Brenda ihr nicht auch noch abverlangte, sich zwischen einen Haufen sabbernder Idioten an den Bühnenrand zu setzen. »Sie ist die kleine Schwester meiner besten Freundin, Stephanie Chantal.« Sie lächelte freundlich. Die Frau sollte nicht denken, sie sei hier, um Brenda vor dem Laster zu retten.

»Die arbeitet nicht mehr hier«, sagte die Frau. »Wissen Sie, kaum sind die Mädchen hier, werden sie schon wieder im nächsten Club eingesetzt.«

»Wahrscheinlich wollen die Männer hier ständig neue Talente sehen«, sagte Jane.

»So ist es. Jammerschade eigentlich. Aber sowie sie die Mädchen ein paarmal nackt gesehen haben, regt sich nichts mehr bei den Kerlen, obwohl die manchmal so ihre persönlichen Vorlieben entwickeln.«

»Das stimmt mit meiner Lebenserfahrung überein«, meinte Jane, die nicht daran glaubte, daß menschliches Verhalten sehr wandelbar war. Einen Moment lang blitzte die Vision herumziehender Höhlenmenschen vor ihr auf, die irgendein Impuls von einem Tal zum nächsten trieb, wo sie dann ihr genetisches Material so weit wie möglich streuten. »Wissen Sie, wo sie jetzt ist?«

»Solche Informationen darf ich nicht weitergeben«, sagte die Frau. »Aber Sie könnten ja Bob fragen.« Sie zeigte einen kurzen Flur hinunter auf eine Tür mit dem Schild PRIVAT.

Jane überlegte, ob sie klopfen sollte, beschloß dann aber, einfach hineinzugehen.

Bob, den sich Jane als schmierigen Zuhältertyp mit viel Goldkettchen vorgestellt hatte, war ein gedrungener, kleiner Kerl mit spärlichem Haar. Er saß hinter einem Schreibtisch, die dicken Hände vor sich gefaltet.

Und seitlich neben dem Schreibtisch saß Steven Johnson, ein breites, dämliches Grinsen im Gesicht. Er hörte Bob zu, der gerade sagte: »Warum bleiben Sie nicht bis zur Mittags-Show? Wir haben eine neue Farbige da. Mein lieber Mann, die wird Sie umhauen!«

Jane ließ die Tür ins Schloß fallen, und beide Männer starrten sie an.

»Entschuldigen Sie die Störung«, sagte Jane, wobei sie es vermied, Johnson anzusehen.

»Sind sie gekommen, um sich für die Amateur-Show vorzustellen?« fragte Bob. Er sah sie längst nicht so skeptisch an wie die kleine alte Dame an der Tür, aber vielleicht ermutigte er ja jede Frau, ihm nackt vorzutanzen, ganz gleich, ob sie die Kassen füllte oder nicht.

»Nein«, erwiderte Jane. »Ich glaube kaum, daß das irgend jemanden noch umhauen würde.«

»Nur keine falsche Bescheidenheit«, fiel Mr. Johnson ein. »Ich weiß nicht, ob sie tanzen kann, Bob, aber unsere Jane hier ist eine sehr attraktive Frau. Ich hatte das Privileg, mich persönlich von ihren Realitäten überzeugen zu dürfen.«

Jane warf ihm einen verächtlichen Blick zu und wandte sich wieder an Bob. »Ich warte, bis Sie hier fertig sind. Ich habe bloß eine Frage wegen einer Ihrer Tänzerinnen.«

»Nur zu«, sagte Johnson und erhob sich. »Ich verabschiede mich.« Als er an Jane vorbei zur Tür ging, schnitt er ihr eine Grimasse, winkte noch einmal kurz in Bobs Richtung, bedankte sich und zwinkerte ihm verschwörerisch zu.

Jane war so verblüfft gewesen, auf Johnson zu treffen, der es auch noch für nötig hielt, sie zu beleidigen, daß sie sich kaum auf Bob hatte konzentrieren können. Das versuchte sie jetzt durch ein breites Lächeln wettzumachen.

»Setzen Sie sich«, sagte er an ihre Brust gewandt. Jane hatte geglaubt, durch seinen täglichen Umgang mit nackten Frauen müßte sein Interesse an der Taxierung weiblicher Körper abgestumpft sein; aber das Glotzen war vielleicht einfach eine Berufskrankheit.

»Ich suche eine Tänzerin. Stephanie Chantal. Ich war letzte Woche mit ihr verabredet, aber wie ich höre, ist sie nicht mehr da. Können Sie mir sagen, wo ich sie finden kann?«

»Solche Informationen dürfen wir nicht geben«, sagte Bob. »Warum rufen Sie nicht die Agentur an?«

»Aber bei Mr. Johnson sind Sie doch gerade eine Ausnahme gemacht?« – »Natürlich nicht«, sagte Bob. Jane war sich sicher, daß er log.

»Aber er hat Ihnen doch gedankt. Ich habe es gehört.« Jetzt stellte sie ihn als Lügner hin. Sehr unklug. Sie hatte ihm die Möglichkeit genommen, sein Gesicht zu wahren, und nun würde er sich bestimmt nicht mehr breitschlagen lassen, ihr weiterzuhelfen.

»Tut mir leid«, sagte Bob. »Ich kann nichts für Sie tun.«

Jane vergrub ihr Gesicht in den Händen. »O Gott, ich hoffe bloß, es stimmt und Sie haben ihm wirklich nichts erzählt. Was hat er Ihnen gesagt? Er ist verrückt, wissen Sie! Er schlug sie, und jetzt ist er wieder hinter ihr her. Ich muß sie unbedingt finden, damit ich sie zu ihrer Schwester nach Kalifornien bringen kann, wo sie in Sicherheit ist.«

Sie sah wieder zu ihm auf, begeistert von sich selbst, daß sie ein paar Tränen zustande gebracht hatte, oder wenigstens einen verschwommenen Blick. Der besseren Wirkung halber schluchzte sie kurz auf.

»Wollen Sie damit sagen, er hat persönliche Differenzen mit ihr?«

»Ja. Sie verließ ihn, und jetzt verfolgt er sie. Der Mann ist ein Tier.«

Bob räusperte sich und blickte verlegen beiseite. »Ich weiß nicht recht, ob ich Ihnen glauben soll. Mr. Johnson arbeitet für eine Versicherungsgesellschaft.«

»Er lügt wie gedruckt. Ich werf' es Ihnen nicht vor, daß Sie es ihm gesagt haben. Ich weiß, wie überzeugend er lügen kann. Sie haben nur getan, was Sie für richtig hielten.«

»Er sagte, er hätte einen Scheck für sie. Sie war in einen Autounfall verwickelt, und seine Versicherung hätte ihr einen Schadensersatz zu zahlen.«

»Den Scheck hätte er ihr doch auch schicken können?«

»Das habe ich ihn auch gefragt«, sagte Bob. »Er behauptete, sie müsse vorher etwas unterschreiben.« Er sah jetzt wirklich bekümmert aus. »Und zwar innerhalb einer bestimmten Frist. Sie sei einfach fortgefahren, ohne sich darum zu kümmern.«

Jane wollte schon sarkastisch sagen: »Glauben Sie wirklich, irgendeine Versicherung reißt sich die Beine aus, um Schadensersatzansprüche zu zahlen?«, meinte dann aber, daß sie nichts dabei gewann, wenn sie Bob als Dummkopf hinstellte. Statt dessen sagte sie: »Erzählen Sie mir einfach, wo sie ist, damit ich sie warnen kann.«

»Ich weiß wirklich nicht, wem ich nun glauben soll«, wand sich Bob. »'ne wirklich komische Sache ist das.«

»Warum sollte ich Sie belügen?« seufzte Jane. »Wieso sollte ich irgendwelche Geschichten über Stephanie und diesen Kerl erfinden, wenn er wirklich nur Versicherungsagent ist?«

»Er kündigte mir an, daß Sie kommen würden. Und daß Sie mich anlügen würden.«

»Das wundert mich überhaupt nicht«, sagte Jane. »Merken Sie denn nicht, wie er zu manipulieren versucht? Aber welches Motiv sollte ich denn haben?«

»Er sagte, Sie wären ihre Schwester – irgendeine religiöse Fanatikerin, die Stephanie aus dem Strip-Milieu retten will. Eine Besessene wären Sie! Wollten sie nach Hause zurückholen. Und es wäre schon ein paarmal vorgekommen, daß sie Stephanies Auftritte gestört hätten.«

»Eine glatte Lüge ist das.«

»Ich halte die Freiheit künstlerischen Ausdrucks für etwas sehr Wichtiges«, sagte Bob scheinheilig. »Es ist ein sauberes Geschäft, was wir hier betreiben, und jedermann hat das Recht, erotische Kunst zu genießen. Außerdem hat das Ganze hier oben in Kanada viel mehr Klasse und Stil als bei euch in den Staaten, wo ein Haufen Nutten und Drogensüchtige strippen. Offen gesagt – wenn Sie vorhaben, Stephanie ihre Auftritte zu vermasseln und sie deswegen vielleicht ihren Job verliert, dann denke ich nicht dran, Ihnen zu helfen.«

»Sie glauben also wirklich, daß ich eine verlorene Seele auf den Pfad der Tugend bringen will?« Jane mühte sich, nicht durchklingen zu lassen, daß sie Bob für ziemlich unterbelichtet hielt.

»Hören Sie, ich weiß bloß, daß dieser Johnson hier reinspaziert, einen anständigen Eindruck auf mich macht und sagt, daß er wegen einer Versicherungsangelegenheit nach Stephanie sucht. Außerdem warnt er mich, daß wahrscheinlich jeden Moment eine Verrückte hier auftaucht, die sie auch sucht und die das Blaue vom Himmel runterlügen wird, damit ich ihr verrate, wo Stephanie ist. Und prompt kommen Sie mit dieser Geschichte an, genau wie er's vorhergesagt hat.«

Jane wollte keine Zeit mehr verschwenden. Johnson war wahrscheinlich sowieso schon längst zu Brenda unterwegs. Sie beugte sich über den Schreibtisch und sagte mit leiser, eisiger Stimme: »Ich will Brenda helfen und sie vor diesem Dreckskerl schützen. Und mir ist es scheißegal, ob Brenda stript oder ob sie's mit 'nem deutschen Schäferhund und

’nem mexikanischen Maulesel treibt und ob sie Ihnen und allen Ihren Freunden einen blasen mußte, um den Job hier zu kriegen.«

»Also, ich glaube, Sie sind doch okay«, sagte Bob nach einer kleinen Pause. »Sie ist jetzt oben in Port Hardy und tanzt im Tomahawk Club.«

Der Regen hatte etwas nachgelassen, gottlob, aber die verwitterte Bank am Ross Field, auf der Calvin Mason neben Carol saß und ihrem Sohn Raymond beim Baseballspiel zuschaute, hatte das Wasser wie ein Schwamm aufgesaugt, und sie waren immer noch naß.

Am Ende der fünften Schlagrunde (bei Spielen der Jugendliga gab's nur sechs Runden, aber Calvin kamen sie wie eine Ewigkeit vor) wurde Raymonds Mannschaft, die »Bill's Auto Detailing«, von den »Ballard Kitchen 'n' Bath« bös eingemacht und lag jetzt mit erniedrigenden drei zu neunzehn zurück.

Carols Sprößling war Schläger. So wenig anziehend wie der Junge war – mit seinen großen Ohren und X-Beinen, seinem verstohlenen Blick und Genuschel –, hatte sich Calvin komischerweise schon oft dabei ertappt, wie er sich über alles wünschte, daß der Junge sich gut hielt. Er empfand eine eigenartige Rührung beim Anblick, wie Raymond in seiner Baseballmontur unbeholfen auf dem Feld herumtapste und sich auf seinem Gesicht abwechselnd absoluter Horror und übergroße Zuversicht spiegelten.

Der »Kitchen 'n' Bath«-Trainer rief gerade seinem Werfer zu: »Mach sie fertig, Kumpel! Den Kerl hast du doch in der Tasche!«

Calvin spürte, wie sich Carol neben ihm anspannte. Wie immer, wenn er sich auf etwas konzentrierte, hatte Raymond die Zungenspitze aus einem Mundwinkel gestreckt.

Raymonds Trainer schaute wütend zu dem kleinen Unterstand hin, wo mehrere Jungs aus seiner Mannschaft herumalberten, das Spiel Spiel sein ließen, mit den Ersatzbällen in die auf dem Boden liegenden Fängermasken zielten, aber meist die Spielfeldumzäunung trafen. »Verdammt! Konzentriert euch auf das Spiel«, schrie er ihnen zu. »Zeigt, was ihr könnt!«

Dann nahm er Raymond ins Visier: »Los jetzt, Raymond. Gib's dem Ball!« rief er ihm zu. Raymond, der eine Menge Bücher las, in denen Jungen das Spiel ihrer Mannschaft mit einem einzigen gewaltigen Schlag retteten, hatte die Tendenz, alles zu geben, was in ihm steckte. In der ersten und dritten Runde hatte er zweimal in hohem Bogen ins Aus geschlagen.

»Hau nicht so wild drauf, Raymond«, brüllte Calvin.

Hinter ihnen setzte eine Mutter, die schon das ganze Spiel lang quasselte, ihren Monolog fort. Die ersten beiden Runden hatte sie ihren verschiedenen Horrorerlebnissen bei Entbindungen und Frauenarztbesuchen gewidmet. Die Frau war ein wandelndes Lexikon ärztlicher Kunstfehler.

Jetzt sprach sie über die Schrecken des Ohrlochstechens. Nachdem sie sich ausgiebig darüber aufgeregt hatte, wieviel Pfusch dabei gemacht wurde, hielt sie nun einen Vortrag, welch schreckliche Entzündungen man bekam, wenn man die Ohrringe nicht häufig genug wechselte oder zu billige trug. »Also die Tochter meiner Kusine«, sagte sie jetzt, »die hat die ganze Zeit diese riesig großen Ohrringe getragen, und da haben sich ihre Löcher so schlimm ausgedehnt, daß sie genäht werden mußten.«

Der Werfer holte aus, und der Ball landete direkt hinter dem Schlagmal. Raymond stand einfach da und rührte sich nicht.

Calvin zuckte zusammen. Der Schiedsrichter ließ den Wurf gelten.

Wie diese erwachsenen Schiedsrichter überschauen wollten, was sich in dem Gewusel höchstens einsdreißig großer Knirpse tat, war Calvin ein Rätsel, glaubte selbst aber auch, daß der Wurf gut gewesen war. »Gutes Auge, mein Junge«, rief er Raymond trotzdem ermutigend zu.

»Jedenfalls«, sagte die Frau hinter ihm gerade, »die Löcher, also die waren wirklich riesig. Und der Doktor hat gesagt, sie könnten jederzeit wieder einreißen.«

Raymond holte zu einem neuen Schlag aus, setzte den Schläger mit einem hübschen, geraden Schwung an, und der Ball flog im hohen Bogen durch die Luft ins Außenfeld.

Ermutigt durch die Zurufe von den Bänken, rannte Raymond zum ersten Schlagmal los. Die andere Mannschaft und die entsprechenden Eltern schrien jemandem namens Max zu, hinter dem Ball herzulaufen und ihn zu fangen. Vor einer Minute hatte Max noch völlig selbstvergessen mit den Spitzen seiner Stollenschuhe komplizierte Muster in den Staub gemalt, aber die Rufe von den Bänken spornten ihn zu Höchstform an, er machte einen gewaltigen Satz in den bewölkten Himmel und wartete geduldig, daß ihm der Ball in den Handschuh fiel. Was der auch tat, zu Max' großer Überraschung und zur Freude seiner Eltern und Mannschaft.

Während die »Bill's Auto Detailing« ihre Handschuhe einsammelten und vom Feld liefen, beugte sich Calvin zu Carol hinüber, um sich die Belohnung für sein tapferes Ausharren zu holen.

»Weißt du zufällig Näheres über den Mord drüben im

Universitätsviertel?« fragte er leise. »Den Mord an dieser Büroangestellten?«

»Bisher gibt es nur eine einzige Fährte. Irgendein Kerl wurde an dem Tag in ihrem Haus gesehen – von dem Verwalter. Anscheinend ließ sie den Mörder selbst in die Wohnung. Er erwürgte sie, zerrte ihre Leiche ins Schlafzimmer und machte sich dann durch die Tür, die auf eine Terrasse führt, davon. Ob etwas fehlt, ist schwer zu sagen, weil die Frau allein lebte.«

Der Mörder war also zimperlich genug gewesen, sich erst die Leiche aus den Augen zu schaffen, ehe er das Zimmer durchwühlte, dachte Calvin. Sah das nicht nach diesem Amateur aus?

»War die Beerdigung schon?« fragte er. Er überlegte vage, ob er vielleicht hingehen sollte. Bei Beerdigungen konnte man eine Menge erfahren, riskierte allerdings auch, den Leuten vom Mordkommissariat in die Arme zu laufen. Und das wollte Calvin auf gar keinen Fall! Wieder kam ihm Jane da Silva in den Kopf. Er war ein Idiot gewesen! Wie hatte er nur zulassen können, daß sie in die Sache verwickelt wurde. Er hätte ihr nie von dieser Geschworenen erzählen dürfen.

»Es gab gar keine Beerdigung«, sagte Carol. »Sie gehörte dieser Christian-Science-Kirche im Univiertel an.«

»Backstein. Mit griechischen Säulen«, sagte Calvin.

»Und bei denen gibt's keine Beerdigungen. Behaupten, der Tod wäre reine Illusion oder sowas.« Carol zuckte mit den Achseln. »Sie wurde einfach verbrannt.«

Die geschwätzige Frau auf der Hinterbank war schon wieder bei den Ohren der Tochter ihrer Cousine. »Beide Löcher mußten genäht werden, und die Krankenkasse hat keinen Pfennig gezahlt! Das wäre rein kosmetisch, haben die sich rausgeredet. Also, man sollte doch meinen, bei solchen Riesenlöchern im Ohr müßten sie zahlen. Stell' dir vor, es hätt sich doch furchtbar entzünden oder sonstwelche Komplikationen geben können!«

Plötzlich machte es klick in Calvins Kopf und ihm ging ein Licht auf. Er mußte unbedingt mehr über Jennifer in Erfahrung bringen. Vielleicht sollte er mal bei dieser Kirche anrufen.

Als sie aus dem Regency kam und zurück zu ihrem Auto ging, wunderte sich Jane, wie sie so stinkwütend auf Bob hatte sein können, weil er ihr nicht glauben wollte. Ab dem Moment, wo sie sein Büro betrat, hatte sie ja schließlich gelogen, was das Zeug hielt! Das einzige, was stimmte, war ihre letzte Bemerkung gewesen, daß es ihr völlig schnuppe war, womit Brenda ihr Geld verdiente.

Während sie im Gehen in ihrer Tasche nach den Autoschlüsseln kramte, spürte sie plötzlich ihre innere Aufregung. Höchstwahrscheinlich war sie jetzt der richtigen Brenda auf der Spur. Der Tänzerin. Selbst der windige Korne hatte gemeint, sie wäre in irgendeiner Strip-Bar gelandet.

Sollte sie versuchen, Brenda telefonisch zu kontaktieren, um Johnson zuvorzukommen? Schließlich hatte er ja auch die Kräuterlady angerufen, als er im Hintertreffen war.

Aber Johnson hatte ja bloß einen Vorsprung von ein paar Minuten. Und wahrscheinlich war er, eingebildet wie er war, davon überzeugt, daß Bob ihr nichts verraten würde. Wie Jane wußte, lag Port Hardy am nördlichsten Zipfel der Insel. Die Fahrt dahin würde Stunden dauern. Sie hatte also gute Chancen, ihn einzuholen.

Sollte sie Brenda warnen?

Aber was, wenn das dazu führte, daß sie Brenda nicht zu fassen bekam, daß Brenda sich verflüchtigte oder sich weigerte, mit ihr zu sprechen? Jane spulte ein paar Probekonversationen im Kopf ab: »Jennifer ist etwas Schreckliches zugestoßen.« Aber das würde Brenda wohl nur in Panik versetzen. Nein, das beste war, sie fuhr zu ihr, versuchte ihr Vertrauen zu gewinnen und herauszufinden, was sie über jenen Tag wußte, an dem Jennifer ihr Rezept in der Apotheke abgeholt hat.

Möglich, daß sie überhaupt nichts wußte. In dem Fall hätte Jane umsonst Hunderte von Kilometern zurückgelegt. Aber egal wie, sie mußte einfach dahinterkommen, was Johnson von ihr wollte.

Sie zweifelte nicht daran, daß Johnson inzwischen in Richtung Norden unterwegs war. Wenn sie doch bloß wüßte, welche Automarke er fuhr. Dann könnte sie nach ihm Ausschau halten.

Aber Johnson war noch nicht unterwegs. Die Arme vor der Brust verschränkt, lehnte er an ihrem Auto.

Er kam gleich zur Sache. »Fanden Sie es wirklich nötig, mich bei der Polizei zu verpfeifen?« fragte er. »Wenn Sie einen Verdacht hatten, warum haben Sie nicht mit mir darüber geredet?« Er klang leicht gekränkt, so als fügte er insgeheim hinzu: »Ich dachte, wir wären Freunde.«

»Tut mir leid«, sagte Jane. »Aber in dem Moment hielt ich es halt für eine gute Idee. Und Sie hätten Bob nicht erzählen brauchen, daß ich eine Kampagne gegen Strip-Lokale führe.«

»In dem Moment hielt ich es halt für eine gute Idee«, entgegnete er.

»Und der Spruch, daß Sie sich von meinen Qualitäten persönlich überzeugen konnten, war wahrscheinlich auch eine gute Idee«, sagte sie. Erst jetzt schoß ihr in den Kopf, wie hinterhältig die Bemerkung war. Ein Verrat an den Felsbecken, dem Regenwald und dem Strudel heißen, von kühlen Ozeanwellen aufgewühlten Quellwassers.

»Okay«, sagte er. »Das war schäbig von mir. Aber ich war ganz schön wütend. Ich habe geglaubt, wir würden zusammen zu abend essen, und Sie schleichen sich einfach davon! Ich kam mir wie ein Idiot vor, auf Ihr Getue reinzufallen. Da spielen Sie die Naturfreundin und erzählen was vom Höhepunkt spiritueller Erfahrung, und in Wirklichkeit wollten Sie nichts anderes, als mich aushorchen, und zum Schluß hetzen Sie mir auch noch die Polizei auf den Hals. Vielleicht ist es ein Schock für Sie, wenn ich das sage, aber ich habe es genossen, mit Ihnen zusammenzusein, und wollte gern noch mehr Zeit mit Ihnen verbringen.«

»Na, die Polizei hat Sie ja wieder laufen lassen, worüber regen Sie sich also so auf«, sagte sie und merkte im nächsten Moment, daß sie wie ein maulender Teenager klang. »Ganz recht. Eigentlich wollten sie mich in Ketten legen und in eine Sträflingskolonie hoch nach Yukon expedieren, aber ich konnte sie davon überzeugen, daß ich nichts zu verbergen habe. Vielleicht gelingt mir das bei Ihnen ja auch. Falls Sie mir die Chance dazu geben. Was Sie bisher nicht getan haben!«

»Dann waren Sie also nicht der Mann, der in Jennifers Apartmenthaus gesehen wurde?«

Er seufzte. »Doch, ich war dort. Um Jennifer Gilbert einige Fragen zu stellen. Als ich ging, hat sie noch gelebt. Und bis die Polizei mir einen Besuch abstattete, wußte ich nicht, daß sie ermordet wurde. Inzwischen habe ich mit der Polizei in Seattle telefoniert, und sobald ich hier oben fertig bin, werde ich mich bei denen melden«, sagte er betont formell und sah Jane verwirrt an. »Nur eins verstehe ich nicht – was Sie mit der Sache zu tun haben.«

»An dem Punkt waren wir doch schon mal.«

»Auch die Seattler Polizei schien keine Ahnung zu haben, welche Rolle Sie spielen«, sagte er.

»Sie haben denen also von mir erzählt?«

»Selbstverständlich habe ich das«, erwiderte er ungehalten. »Mein Gott, es geht um die Ermittlung in einem Mordfall!«

»Ich weiß«, meinte sie beklommen. Plötzlich war ihr ziemlich elend zumute. Warum war sie nicht zur Seattler Polizei gegangen? Calvin Mason hatte alles versucht, sie dazu zu bewegen. Statt dessen war sie einfach losgeprescht.

Und warum? Die Antwort war ziemlich beschämend. Weil sie ihren hoffnungslosen Fall ganz allein lösen wollte – wie ein Collegegirl, das sich alle möglichen Mutproben abverlangt, um in die Studentinnenverbindung aufgenommen zu werden. Und weil sie diese widerlichen alten Treuhänder dazu bringen wollte, ihr einen Haufen Geld zu geben, damit sie sich hübsche Sachen kaufen konnte. Und um sich zu beweisen, daß sie selbst kein ganz so hoffnungsloser Fall war, nicht nur eine leere hübsche Hülse, die verzweifelt versucht, irgendeine innere Substanz zu finden. Ja, sie wollte sich beweisen, daß sie auf einem Gebiet kompetent war. Daß sie die Fähigkeit besaß, Unrecht wiedergutzumachen, Dinge in Ordnung zu bringen und dieser verpfuschten, armseligen, schäbigen kleinen Welt irgendeinen Sinn abzugewinnen.

»Hören Sie«, sagte er ernst und eindringlich, wobei er den Kopf zur Seite legte, »Warum kommen Sie nicht mit mir? Bob hat mir gesagt, wo Brenda ist. Dann können wir uns im Auto weiter unterhalten. Ich erklär' Ihnen, was ich tue, und Sie können mir erzählen, was Sie vorhaben.«

Vielleicht sollte sie seinen Vorschlag annehmen. Sie stellte sich seine schönen braunen Hände am Lenkrad vor – wie sie neben ihm saß, den Kopf zurücklehnte, die Augen schloß und ihm mit müder Stimme alles erklärte. Vielleicht konnte er ihr helfen, die Geschichte zu entwirren, ihr raten, was sie tun sollte.

Im Augenblick hätte sie wirklich gern jemanden, der ihr sagte, was sie tun sollte.

»Ich glaube, Sie haben sich auf was eingelassen, das Ihnen über den Kopf gewachsen ist«, sagte er, plötzlich sehr sanft. Diese Sanftheit in seiner Stimme war es, bei der sie beinahe die Waffen gestreckt hätte. Aber gleichzeitig brachte sie alle Alarmglocken bei ihr zum Klingeln.

»Ich weiß nicht recht«, meinte sie. Spielte sie allen Ernstes mit dem Gedanken, zu ihm ins Auto zu steigen und mit ihm in die Wildnis zu fahren?«

»Eigentlich haben Sie gar keine andere Wahl«, sagte er. Er machte einen Schritt von ihrem Auto weg und stellte sich neben sie. »Das ist doch Ihr Wagen, nicht wahr?«

»Ja«, antwortete sie.

»Nur für den Fall, daß es Ihnen noch nicht aufgefallen ist«, sagte er. »Jemand hat alle vier Reifen aufgeschlitzt. Wirklich gründliche Arbeit.« Der besorgte Ausdruck in seinem Gesicht wirkte echt. »Haben Sie eine Ahnung, wer das getan haben könnte?«

»Worauf Sie sich verlassen können«, schrie sie ihn mit wutverzerrtem Gesicht an. »Ich sollte die Polizei rufen. Zum zweiten Mal!«

»Ich nehme an, das heißt, Sie wollen auf eigene Faust weitermachen«, sagte er. »Aber ich an Ihrer Stelle würde mich sehr darüber sorgen, wer dieser Reifenschlitzer ist.«

Eine Stunde später hatte sie drei neue Reifen gekauft, sie nebst Ersatzrad montieren lassen und fuhr zum Touristen-Informationszentrum. Bestimmt ratsam, von hier aus ein Hotelzimmer in Port Hardy zu reservieren, sagte sie sich. Nach allem, was sie durchgemacht hatte, würde es ihr gerade noch fehlen, die Nacht im Busbahnhof oder sonstwo zuzubringen. Während die Angestellte im Touristikbüro für sie herumtelefonierte, vertrieb sich Jane die Zeit damit, den ACHTUNG-TOURISTEN-Anschlag an der Wand zu studieren. Der Mann aus Winnipeg wurde immer noch aufgefordert, seine Schwester anzurufen. Und auch für Dietrich Himmelmann aus Stuttgart, die Gauthiers aus Nizza und die Dame aus Yonkers stand noch dieselbe Botschaft da wie in Tofino. Als ihre Augen dann weiter die Liste hinunterglitten, stockte Jane der Atem: Sie starrte auf ihren eigenen Namen. Jane da Silva aus Seattle. Rufen Sie Calvin an.

Sie entschuldigte sich bei der Frau hinter dem Tresen und eilte hinaus zum Münztelefon. Was Calvin ihr wohl zu sagen hatte? Sie betete, er wäre zu Hause.

Aber sein Anrufbeantworter war eingeschaltet. »Ich kann Ihren Anruf im Augenblick leider nicht entgegennehmen«, hörte sie, »aber nach dem Pfeifton können Sie eine Nachricht hinterlassen. Ich rufe Sie zurück.« Zu Janes Freude war das aber nicht alles. Calvin hatte eine persönliche Botschaft für sie auf seinen Apparat gesprochen. Es tat gut, seine Stimme zu hören, selbst wenn sie nur vom Band kam. »Jane – für den Fall, daß Sie es sind: Wo zum Teufel stecken Sie bloß? Ich dachte mir, es würde Sie vielleicht interessieren, daß ich ein Rendezvous mit dem jungen Vater habe und daß die selige Mieterin Ihres Freundes Arthur Mitglied der Christian Scientists war. Ein *sehr strenggläubiges* Mitglied. Denken Sie darüber nach. Rufen Sie mich an, sobald Sie können.«

Sie ging zurück zum Tresen, froh, daß die Hotelreservierung geklappt hatte und voller Ungeduld, loszufahren. Gut für Calvin Mason! Obwohl er es vermieden hatte, Namen zu nennen, war seine Botschaft klar. Er hatte diesen Nichtsnutz Sean gefunden. Und mit Arthurs früherer Mieterin war eindeutig Jennifer gemeint.

Nachdem sie eine Weile darüber nachgedacht hatte, mußte sie zugeben, daß Calvin auf etwas gestoßen war, das möglicherweise von großer Bedeutung war.

Später, als sie auf ihrem Weg nach Norden Hektar um Hektar von Wald in seinen verschiedenen Wachstumsstadien durchquerte, dachte sie wieder an Steven Johnson.

Hätte er ihren Wagen lahmlegen wollen, wäre er doch bestimmt raffinierter vorgegangen, ging ihr durch den Sinn. Er hätte die Verteilerdose herausziehen oder den Tank anbohren können. Der Anblick dieser kreuz und quer aufgeschlitzten Reifen hatte etwas Gewaltsames an sich. Oder hatte er es darauf angelegt, ihr Angst einzujagen?

Nun, während der langen Fahrt hatte sie genügend Zeit, darüber nachzudenken. Eine Weile wand sich die Straße an der Küste entlang, vorbei an Totempfählen, Hinweisschildern auf Lachsvorkommen, Fast-food-Restaurants und gelegentlich auf Einkaufszentren, dann, an der Mündung des Flusses Campbell, machte sie einen Bogen um eine riesige Papierfabrik und schnitt dann kerzengerade durch dicht bewaldete Berge.

Jetzt hatte Jane das Gefühl, die Zivilisation endgültig hinter sich zu lassen, und tatsächlich, außer drei Stunden Fahrzeit und ungefähr einer Milliarde Bäume gab es nichts, was sie bis Port Hardy im nördlichsten Zipfel von Vancouver Island erwartete.

Der hohe, dichte Wald zu ihrer Rechten und Linken war stellenweise von riesigen gerodeten, abgesengten Flächen durchsetzt. Teile davon waren wiederaufgeforstet – wann, das verkündeten die Holzfabriken auf ordentlich beschrifteten Tafeln: NEUPFLANZUNG 1926. NEUPFLANZUNG 1949, NEUPFLANZUNG 1968.

Die Schilder und der riesige eintönige Fichtenbestand mahnten jeden Stadtmenschen, in dessen Kopf sich die Vorstellung einer unersättlichen, alles niedermachenden Holzindustrie festgesetzt hatte, daß Wälder eine erneuerbare Resource sind. Sie brauchten nur sehr lange, um nachzuwachsen.

Aber wenn sie dann nachwuchsen, sahen sie wie eine ordentliche, langweilige Plantage aus und hatten nichts mehr von dem Zauber eines Mischwalds, in dessen schräg einfallenden Sonnenstrahlen roter Zedernstaub tanzt.

Die gerodeten Flächen wirkten auf ganz eigene Weise trostlos und gruselig. Zwischen verkohlten Baumstümpfen mit verknorrtem Wurzelwerk wildwucherndes Gestrüpp – jenes unbändige Wachstum, das jedem vertraut ist, der je ein Gartenbeet im feuchten Nordwesten des pazifischen Ozeans gejätet hat, wo kein kahler Boden lange kahl bleibt.

Zu dumm, daß Jane nicht wußte, welchen Wagen Johnson fuhr, er ihren aber kannte. In Nanaimo hatte sie kurz überlegt, sich ein Auto zu mieten, die Idee aber verworfen, weil sie ihre wertvolle Zeit nicht mit dem Ausfüllen endloser Formulare verlieren wollte.

Sie war in Brendas Nähe. Jane spürte es und hatte mehr und mehr das Gefühl, daß Brenda etwas wußte, das ihr helfen würde. Sie korrigierte sich. Kevin würde es helfen. Sonderbar, wie wenig sie an Kevin dachte. Er war ihr im Grunde nicht wichtig – nur ein Mittel zum Zweck. Gott weiß, was er im Augenblick tat. Guckte wahrscheinlich Fernsehen, saß in seiner Zelle herum oder flocht Körbe oder machte Nummernschilder. Nach allem, was sie gehört hatte, mußte das Gefängnisleben mehr oder weniger wie ein Kampfeinsatz in einem Kriegsgebiet sein: lange Perioden von Langeweile, unterbrochen von Momenten absoluten Horrors.

Was, sinnierte sie, während die Regentropfen auf ihre Windschutzscheibe prasselten, in gewisser Weise auch für den Geist ihrer eigenen Unternehmung zutraf. Die Straße schien nie enden zu wollen. Inzwischen schüttete es wie aus Kübeln, wohl gut für den Durst all dieser Bäume um sie herum, aber die Fahrt wurde immer monotoner – eine Monotonie, die durch das Quietschen der Scheibenwischer noch unerträglicher wurde.

Ein vorbeifahrender Laster mit einer Ladung entrindeter Baumstämme spritzte eine Flutwelle über ihre Windschutzscheibe, und eine Sekunde lang konnte Jane überhaupt nichts sehen. Sie fummelte am Drehknopf für den Scheibenwischer, bis er mit Höchstgeschwindigkeit arbeitete, womit auch das Quietschen auf Hochtouren kam.

Trotz ihrer Eile, nach Norden zu kommen, nutzte sie eines der seltenen Schilder entlang der Straße, das auf ein Restaurant hinwies, als Vorwand für eine Pause.

Ihr war inzwischen ganz flattrig, und sie hoffte nur, der Regen würde ein wenig nachlassen, während sie einen Kaffee trank und vielleicht ein Sandwich dazu aß.

Sie bog von der Straße ab auf die kurze Zufahrt zu dem einsamen weißen Gebäude mit seinen drei Benzin-Zapfsäulen. Der Parkplatz war ein einziges Schlammfeld. Der Regen prasselte ihr auf Rücken und Nacken, als sie mit gesenktem Kopf über den aufgeweichten Kiesweg zum Restaurant lief. Um ein Haar wäre sie mit einer Gruppe herauskommender Männer zusammengestoßen, die, wie sie unter ihren gesenkten Lidern her gerade noch sah, mit karierten Wollhemden, Jeans und Arbeitsstiefeln bekleidet waren.

Drinnen schüttelte sie sich wie ein nasser Hund. Der Raum war warm, und in der Luft hing der süße Geruch kanadischer Zigaretten. Im Hintergrund plätscherte irgendwelche Konservenmusik mit leichtem Country-Einschlag. Überall an den Tischen saßen sich lebhaft unterhaltende Holzarbeiter über ihren Kaffee gebeugt. Die Wände waren mit rohen Holzbohlen verschalt, an denen vergrößerte Fotos vom Leben in den Wäldern um die Jahrhundertwende hingen. Holzfäller mit Schnurrbärten wie Fahradlenker standen in andächtigem Stolz neben gigantischen Baumstümpfen; Dampflokomotiven, die Waggons voller Stämme durch die Wälder zogen; Gruppen ernstblickender Männer, ihre Äxte geschultert und riesige Sägen in der Hand. Mit einfachstem Werkzeug arbeiteten sich die Leute damals durch Hektar um Hektar urwüchsigen Waldes, dachte Jane, aber ihre Urenkel, die hier Kaffee tranken, waren auch nicht von schlechten Eltern.

Sie bestellte einen Kaffee, dazu überbackenen Käsetoast, und fragte sich, was um Himmels willen sie sagen sollte, wenn sie Brenda MacPherson gegenüberstand. Vielleicht einfach die Wahrheit, was zur Abwechslung mal eine ganz neue Vorgehensweise wäre. Jane schämte sich dafür, welch heimliche Freude es ihr bereitete, überzeugende Lügen zu erfinden, während sie damit zugange war, Onkel Harolds Arbeit fortzusetzen. Wenn sie Brenda erzählte, daß Jennifer umgebracht worden ist, würde sie bestimmt einsehen, wie wichtig es war, Jane zu helfen.

Brenda die Stripperin schien wirklich nicht die passende Untermieterin für die spießige junge Frau gewesen zu sein, die Arthur Jane beschrieben hatte, aber trotzdem mußte sie doch so etwas wie Verantwortung gegenüber ihrer ehemaligen Mitbewohnerin empfinden. Außerdem suchte Johnson nach ihr – und das sollte sie unbedingt erfahren.

Jane stellte ihre Tasse ab. Mein Gott, was saß sie noch hier herum? Je schneller sie nach Port Hardy kam, desto geringer die Chance, daß Johnson seinerseits Brenda irgendwelche hinterhältigen Lügen auftischte. Sie warf ein paar Dollarscheine auf den Tisch und eilte nach draußen.

Mit gekrümmten Schultern und zusammengekniffenen Augen lief sie durch den Regen, glitt hinters Lenkrad und merkte es nicht. Erst als sie den Motor anstellte und zurückstoßen wollte, fiel ihr auf, daß hier etwas ganz und gar nicht stimmte.

Sie stieg wieder aus und stand im Regen. Die neuen Reifen saßen praktisch auf den Felgen. Aber nicht etwa, weil sie falsch montiert worden waren oder dergleichen. Im Gummi waren dieselben bedrohlichen, gezackten Schlitze wie schon einmal, vor dem Regency in Nanaimo.

Dies war der Punkt, an dem Jane am liebsten in Tränen ausgebrochen wäre. Im strömenden Regen sah sie sich um, ob Steven Johnson irgendwo in der Nähe war. Am anderen Ende des Parkplatzes, kaum erkennbar durch die Schauerwand, sah sie einen Wagen, dessen Insasse eine Straßenkarte zu studieren schien. Es könnte Johnson sein, aber sicher war sie sich nicht. Stunden hatte es sie in Nanaimo gekostet, neue Reifen zu kaufen und in der Werkstatt herumzusitzen, bis sie montiert waren – alles vergebens! Ihr erster Impuls war, zu dem Auto zu rennen, zu schauen, ob es Johnson war, der sich hinter der Karte verschanzte, und wenn ja, die Scheibe zu zertrümmern und ihn anzuschreien.

Wie hatte sie ihn nur attraktiv finden können? Jetzt haßte sie sich selbst dafür. Wie konnte sie nur so schwach und dumm sein, so empfänglich für jede Form von Schmeichelei? Wäre sie nicht so wild entschlossen gewesen, ihren hoffnungslosen Fall zu verfolgen, hätte sie wahrscheinlich mit ihm geschlafen. Und hätte er sie danach vielleicht genauso übel zugerichtet wie jetzt ihre Reifen?

Zugegeben, in Nanaimo hätte irgendein Rabauke dahinterstecken können. Aber daß sich das gleiche hier oben in der Wildnis wiederholte, konnte einfach kein Zufall sein, zumal niemand außer Johnson wußte, daß sie überhaupt in dieser verdammten Gegend war.

Ihr schauderte bei dem Gedanken, daß sie sich nackt mit ihm in diese heißen Quellen gesetzt hatte. Was war nur los mit ihr? Sie mußte den Verstand verloren haben, so mit der Gefahr zu flirten!

Wie so oft, wenn sie das Leben unerträglich fand, dachte sie an Bernardo, ihren Mann, der in den Tod gerast war und sie mit siebenundzwanzig Jahren zur Witwe gemacht hatte. Wäre er noch bei ihr, wie es sich gehört hätte, würde er sie beschützen. Statt dessen fühlte sie sich wie ein von aller Welt verlassenes Geschöpf, das sich auf gewagte Abenteuer einließ, ohne die Kraft, sie durchzustehen.

In solchen Momenten war Jane wütend auf ihn. Er war Formel- Eins-Fahrer gewesen und sah natürlich bei jedem Rennen dem Tod ins Auge. Er lebte mit der Gefahr. Und als sie ihr gemeinsames Leben begannen, wußte Jane, worauf sie sich einließ, jedenfalls soweit eine Dreiundzwanzigjährige das wissen kann. Aber hätte er sie genauso geliebt, wie er seine Siege und seinen Geschwindigkeitsrausch liebte, dann wäre sie jetzt nicht auf diesem Parkplatz und auf Gedeih und Verderb irgendeinem unberechenbaren Psychopathen ausgeliefert.

Aber ich lass' mich jetzt nicht unterkriegen, sagte sie sich. Die Genugtuung gönne ich diesem Dreckskerl Johnson nicht. Wieder starrte sie auf die Reifen – warum, wußte sie nicht. Vielleicht war sie verrückt genug zu glauben, wenn sie es sich nur stark genug wünschte, wären sie wieder in Ordnung.

Aber ihr Wunsch erfüllte sich nicht. Jane richtete sich auf und seufzte.

Dann sah sie einen Mann über den Parkplatz auf sich zukommen. Ihr ganzer Körper spannte sich an. Eine Sekunde glaubte sie schon, es sei Johnson, dann sah sie, daß es ein älterer beleibter Mann mit Baseballmütze war.

»Gott, wie ist denn das passiert?« fragte er mit einem Blick auf die Räder. »Ich weiß es nicht. Als ich vor ein paar Minuten hier parkte, war noch alles in Ordnung«, sagte sie. Der Mann kam ihr bekannt vor, und im nächsten Moment fiel ihr ein, daß es der mürrische Tourist von der Kräuterfarm war.

»Haben Sie nicht vor kurzem Knoblauch gekauft?« fragte sie. »Auf der Denman-Insel.«

»Ganz recht, auf dieser Hippie-Kräuterfarm«, schniefte er verächtlich und sah wieder auf die Reifen. »Sind Sie Mitglied in einem Automobil-Club? Sie werden sich abschleppen lassen müssen. Aber hier draußen mitten im Nirgendwo wird das nicht so einfach sein.« Er sagte es ohne Mitgefühl, als reine Tatsachenfeststellung und außerdem mit derselben Arroganz, die er auf der Kräuterfarm zur Schau gestellt hatte. Wie kann man nur so dumm sein, sich hier draußen die Reifen aufschlitzen zu lassen, schien er zu denken.

Jane winkte ungeduldig ab. »Ich habe keine Zeit, mich abschleppen zu lassen. Ich muß dringend weiter. Um den Wagen kümmere ich mich später.«

»Ich fahre in Richtung Norden«, sagte er. »Nach Port Hardy. Soviel ich weiß, gibt's auf dem Weg dahin weit und breit keine Werkstatt. Wenn Sie wollen, benachrichtige ich von dort einen Abschleppdienst.« »Könnten Sie mich nicht vielleicht mitnehmen?« fragte sie.

Er runzelte die Stirn. Seine Laune schien sich nicht gebessert zu haben, seit er die Kräuterdame auf der Denman-Insel heruntergeputzt hatte. »Ich denke schon«, brummte er.

Sie schaute hinüber zu dem Wagen am andern Ende des Parkplatzes. Der Mann darin verschanzte sich immer noch hinter der Karte. So lange brauchte niemand, um einen Weg zu finden.

»Ich zahle auch für's Benzin«, sagte sie ziemlich verzweifelt.

»Ist schon in Ordnung«, brummte er griesgrämig.

Sie holte ihre Tasche aus dem Kofferraum und folgte dem Mann zu seinem bulligen weißen Campingbus. Er öffnete ihr die Tür, und sie stieg aufs Trittbrett. Warme, leicht miefige Luft schlug ihr entgegen. Ein Bündel Straßenkarten und Touristenprospekte und ein Angelkorb lagen auf dem Beifahrersitz; sie schob alles beiseite, setzte sich und hörte den Regen aufs Autodach trommeln. Der Mann ging zur Fahrerseite und stieg ein.

Bitte, flehte sie stumm, gib Gas und fahr los! Sie versuchte, ihre Ungeduld zu verbergen, als er gemächlich seine Baseballmütze abnahm, sich mit seiner fleischigen, dickgeäderten Hand über die Glatze fuhr und eine Ewigkeit zu brauchen schien, bis er den Motor angestellt hatte und losfuhr.

Im Seitenspiegel beobachtete sie den anderen Wagen, sah gerade noch, wie dessen Scheinwerfer aufleuchteten, dann verschwand er aus ihrem Blickfeld. Sie wollte sich nicht umdrehen und durchs Rückfenster sehen, aber sie war sich sicher, der Wagen folgte ihnen.

Nach ein paar Meilen Fahrt entspannte sie sich. Wenigstens war sie in diesem Bus hier in Sicherheit. Sie zwang sich, nicht in den Seitenspiegel zu schauen. Ihr Fahrer sollte nicht merken, daß sie Angst hatte, sie würde verfolgt.

»Schreckliche Sache, wenn einem die Reifen so zugerichtet werden«, sagte er. »Hier oben rechnet man mit sowas doch beim besten Willen nicht. In der Stadt, ja, wo all die verrückten jungen Kerle rumlaufen. Aber hier oben in der Wildnis?« Er schüttelte den Kopf.

»Da haben Sie recht«, sagte Jane. »Mir ist die Sache auch umheimlich.«

»Sie hätten die Polizei rufen sollen«, sagte er.

»Ich wollte nur schnell weg«, antwortete sie. »Und ich bin

Ihnen wirklich dankbar, daß Sie mich mitnehmen.« Sie blickte in den Rückspiegel, las das OBJEKTE IM SPIEGEL SIND NÄHER ALS SIE ERSCHEINEN-Schild darüber, sah aber kein Anzeichen von dem Auto mit dem vermeintlichen Johnson darin. Sie entspannte sich noch ein bißchen mehr.

»Sind Sie zum Angeln hier oben?« fragte sie mit einem Blick auf den Anglerkorb.

»Ganz recht. Werd' 'ne Weile campen. Gar nichts so übel, die Gegend da oben.« Er runzelte immer noch die Stirn, was Jane zu der Überzeugung brachte, daß er zu den notorisch mürrischen Menschen gehörte, die offenbar meinten, alles kritisieren zu müssen, selbst wenn etwas im Grunde ganz nach ihrem Geschmack war.

Sie lehnte sich zurück und fuhr sich mit ihren nassen Fingern durchs Haar. Zum Glück fuhr er wenigstens einen guten Schnitt, ungefähr hundert Stundenkilometer. In eineinhalb Stunden müßten sie in Port Hardy sein.

»Und was führt Sie in diese Gegend?« fragte er.

»Ach, Geschäfte«, sagte sie ausweichend.

»Welche Art Geschäfte denn?« fragte er. Die Scheibenwischer fuhren wild hin und her.

Wieder tauchte ein von der Holzindustrie aufgestelltes Schild am Straßenrand auf, das die Durchreisenden informierte, daß sie an im Jahre 1948 angepflanzten Bäumen vorüberfuhren. EWIGE WÄLDER stand in dicken Buchstaben darüber.

»Ich bin im Holzgeschäft«, sagte sie und fügte dann, für den Fall, er wollte Näheres wissen, schnell hinzu: »Ziemlich langweilig, offen gesagt. Ich arbeite in der Buchhaltung.«

»Ich war selbst lange Jahre Buchhalter«, erwiderte er schroff. »Und ich habe meine Arbeit nie langweilig gefunden.«

»Dann sind Sie also im Ruhestand?« Lieber über ihn sprechen als über buchhaltungstechnische Fragen, von denen sie nicht den geringsten Schimmer hatte, und als Schwindlerin dazustehen. »Genießen Sie das Rentnerleben?«

»Ich geh' oft zum Angeln«, meinte er lakonisch.

Jane hatte die Theorie, daß niemand durch und durch langweilig war. Selbst die größten Langweiler gaben meist für eine halbe Stunde Gesprächsstoff her. Aber dieser Gentleman hier schien eine Ausnahme zu sein. Was ihr auch recht sein sollte. Ihr Durst nach Aufregung war mehr als gestillt, und eine kleine Ruhepause war ihr sehr willkommen.

»Wenn es Ihnen nichts ausmacht«, sagte sie, »mache ich einfach ein kleines Nickerchen. Ich bin ziemlich überarbeitet und ganz groggy nach der ganzen Fahrerei.«

»Mmmh«, brummte er.

»Ich mache Buchprüfungen hier oben, wissen Sie,« fügte sie noch erklärend hinzu, den Kopf schon gegen die Scheibe gelehnt. Sie bezweifelte, daß sie schlafen konnte. Aber lieber wollte sie nachdenken als Konversation betreiben.

Kaum hatte sie die Augen geschlossen, merkte sie jedoch, daß das gleichmäßige Motorengebrumm sie wirklich schläfrig machte, und sie empfand es plötzlich als Glücksfall, daß sie nicht selber fahren mußte. Vielleicht sollte sie von Port Hardy aus das Restaurant anrufen und Bescheid sagen, daß sie ihren Wagen später abholen würde. Im Reiseführer war es bestimmt verzeichnet, es war ja das einzige weit und breit. Unmittelbar ehe sie einschlummerte, tauchte ganz kurz noch ein anderer Gedanke aus ihrem Unterbewußtsein auf. Er hatte mit Knoblauch und der Kräuterfarm auf der Denman-Insel zu tun.

Sie wußte nicht, wie lange sie geschlafen hatte. Als sie aufwachte, sah sie immer noch Bäume, aber die Straße schien schmaler geworden zu sein, war jetzt einspurig mit einem frisch gemalten, leuchtend gelben Mittelstreifen. Was war es wieder gewesen, woran sie gerade gedacht hatte, ehe sie eingenickt war? Knoblauch!

Bernardo hatte Knoblauch geliebt, behauptet, er sei gut gegen Erkältungen, und ihn zehenweise verdrückt. Jane lächelte. Sie war jetzt nicht mehr wütend auf ihn. Wer weiß, was geschehen wäre, wenn er noch leben würde. In letzter Zeit war ihr manchmal der Gedanke gekommen, daß sie vielleicht gar nicht mehr zusammenwären. Fast alle Paare, die sie damals kannten, waren inzwischen getrennt. Die Menschen veränderten sich. Nur Bernardo natürlich nicht. Er würde immer derselbe wundervolle, charmante Mann bleiben wie am Tag seines Unfalls. Als ihr dieser auf sonderbare Weise tröstliche Gedanke zum ersten Mal in den Sinn gekommen war, fühlte sie sich schuldig. Inzwischen hatte sie sich daran gewöhnt. Sie war nicht mehr auf alte Paare eifersüchtig, die seit vielen Jahren zusammen waren.

Alte Paare. Knoblauch. Das war es!

»Wie war denn der Knoblauch?« fragte sie. »Den Sie auf der Kräuterfarm gekauft haben?«

»Knoblauch ist Knoblauch«, brummte er.

»War Ihre Frau zufrieden?« fragte Jane. »Wenn ich mich recht erinnere, habe Sie doch gesagt, sie hätte Sie einkaufen geschickt.« Warum war er allein?

Er sah sie an. »Ja. Sie hatte nichts auszusetzen.«

»Wo ist Ihre Frau denn jetzt?« fragte Jane irritiert.

Eine lange Weile sagte er kein Wort. Und in der Stille spürte Jane, wie ihr ein Schauer über den ganzen Körper lief, als würde sich jede Pore zusammenziehen.

»Sie fühlt sich nicht wohl«, sagte er nach einer Weile. »Sie hat sich hinten im Bus schlafen gelegt.«

»Das tut mir leid«, sagte Jane.

Wegen der langen Pause vor seiner Antwort war Jane überzeugt, daß er log. Außerdem hatte er so geklungen, als sei es ihm völlig gleichgültig, ob sie ihm glaubte oder nicht.

Plötzlich riß er das Lenkrad scharf nach links, bog von der Straße ab auf einen Kiesweg. Irgendein forstwirtschaftliches Schild blitzte kurz vor Janes Augen auf.

»Wohin fahren wir?« fragte sie scharf. »Ist das hier die Straße nach Port Hardy?«

»Eine Abkürzung«, sagte er. »Ein Forstweg. Kurz vor Port Hardy gibt's auf der Hauptstraße dauernd Geschwindigkeitsbegrenzungen.«

Die Landschaft hatte sich dramatisch verändert. Mickrige, knapp meterhohe Erlen wuchsen wie Unkraut aus dem Kies entlang des Wegs, und in den Zwischenräumen standen staubige Stachelhalmbüsche.

Sie kamen an einem verrosteten Gehäuse eines Wäschetrockners und mehreren nicht zu identifizierenden Metallstäben vorbei. Eine alte Müllkippe, die sich mit rostbraunem Wasser gefüllt hatte.

Rechts und links waren nur abgeholzte Flächen zu sehen; man hatte nicht einmal die Freundlichkeit besessen, wenigstens eine Baumreihe stehen zu lassen, um den Vorbeifahrenden den Anblick dieses verwüsteten Geländes zu ersparen. Vor ihnen ragten zwei nackte, spitze Felsen auf. Sie waren zwar noch mit Baumstümpfen übersät, aber der Boden war völlig weggespült.

»Wohin fahren wir?« fragte Jane mit der gleichen Schärfe in der Stimme. Aber sie wußte genau, das änderte gar nichts daran, daß sie diesem Mann auf Gedeih und Verderb ausgeliefert war. War er ein Gelegenheitstäter, der sie in dem Moment, als sie in sein Auto stieg, als seine Beute betrachtete, mit der er tun konnte, was er wollte, und die er dann wie einen verrosteten alten Wäschetrockner in die Müllgrube warf?

Eine Weile rasten sie an der steilen, steinigen Uferböschung eines Flusses entlang, in dem knorrige Baumstümpfe schwammen, deren bizarres Wurzelwerk in die Luft ragte, dann wieder an mit gelblichem Moos und abgesengtem schwarzem Wurzelwerk bedeckten Felsen vorbei.

Es hat keinen Sinn, aus dem Camper zu springen, sagte sich Jane. Weit und breit war nichts zu sehen, wo sie sich hätte verstecken können. Aber der Mann neben ihr sah nicht aus, als sei er sonderlich gut in Form. Wenn sie den Sprung in diese gräusliche Szenerie wagte – vielleicht konnte sie ihm entwischen.

»Mein Gott«, sagte sie, bemüht, ihre Angst zu verbergen, »der Karte nach ist die Straße nach Port Hardy doch gut befahrbar und kerzengerade. Finden Sie es wirklich sinnvoll, diesen alten, holprigen Forstweg zu nehmen?« Als Antwort kam nur ein Brummen.

»Haben Sie eine Straßenkarte oder sowas?« fragte sie. »Ich habe keine Ahnung, wo wir sind.«

Aber dann verblüffte er sie. Er schien selbst Angst zu haben. »Halten Sie den Mund!« schrie er sie mit schriller, sich beinahe überschlagender Stimme an.

»Was?« Sie wußte nicht, ob sie sich angesichts seiner unverkennbaren Angst Hoffnung machen oder noch mehr fürchten sollte.

Entsetzt beobachtete sie, wie er mit einer Hand das Lenkrad umklammerte und mit der anderen in dem Angelkorb neben ihm kramte. Als sie wieder zum Vorschein kam, hielt sie ein Messer.

»Sehen Sie das hier? Ich werd' es benutzen«, keuchte er. »Ich schwöre bei Gott, ich werd es benutzen.«

Genau in dem Moment schwankte er plötzlich zur Seite und riß das Lenkrad herum.

Ein Schwarzbär mit seidigem Fell war am Straßenrand aufgetaucht, gefolgt von einem Jungen, und tapste jetzt schwerfällig den Weg entlang. Der Bär bewegte sich in seiner Haut, als wäre sie ihm eine Nummer zu groß; bei jedem Schritt wogte ihm das Fell um die gigantischen Schultern. »Verdammt«, schnaufte der Mann.

»Ich verstehe das alles nicht«, rief Jane, die sich im Augenblick wenig für den Bären interessierte. »Bitte! Was haben Sie vor?«

Er antwortete nicht. Er fuhr jetzt sehr schnell, hielt aber in seiner rechten Hand immer noch das Messer. Die Klinge war aus rostfreiem Stahl mit Wellenschliff. Die Sorte Messer, die man benutzte, um Fische auszunehmen.

Bestimmt hatte der Mann vor, irgendwann anzuhalten. Und dann mußte sie blitzschnell handeln. Um ihr Leben rennen! Auf einen Baum klettern. So brachte man sich doch auch vor Bären in Sicherheit? Und der Mann neben ihr sah weiß Gott nicht aus, als könnte er Bäume hochsteigen. Irgendwann würde er aufgeben und weggehen. Wie ein Tier würde sie sich in den Ästen verstecken und erst wieder hervorkriechen, wenn er fort war. Vielleicht kam ein Auto vorbei, das sie anhalten konnte, ein Holztransporter zum Beispiel mit einem vertrauenswürdigen Fahrer. So viele Psychopathen konnte es hier draußen doch nicht geben. In überschaubaren, dünn besiedelten Gegenden wie hier würden sie sofort aufgegriffen. Durften nicht frei herumlaufen wie der Verrückte neben ihr mit seinem verzerrten, gemeinen Gesicht.

Ja, den nächstbesten Baum würde sie hochklettern! Seit ihrer Kindheit war sie zwar keine Bäume mehr hochgestiegen, aber sie traute es sich immer noch zu. Doch im nächsten Moment stellte sie sich vor, wie er sie, während sie sich Ast für Ast hochhangelte, an den Fersen wieder herunterzog. Und sie dann vielleicht aufschlitzte wie einen Fisch.

Der Weg wurde immer holpriger. Steine knallten gegen das Chassis. Jane starrte auf das Zündschloß. Ihre einzige Chance war, den Kerl aus dem Bus zu werfen und loszubrausen. Aber wie um Himmels willen sollte sie das schaffen? Sollte sie einfach blitzschnell hinübergreifen, den Schlüssel aus dem Zündschloß ziehen, um den Bus erst einmal zum Stehen zu bringen?

Wenigstens würde sie sich dann nicht immer weiter von der Hauptstraße entfernen. Wer konnte schon sagen, wie tief diese Forstwege in die Wälder hineinführten? Soweit sie wußte, wurden die Wälder in British Columbia seit dem neunzehnten Jahrhundert forstwirtschaftlich genutzt.

Sie spürte, wie eine entsetzliche Welle von Verzweiflung und Selbstmitleid sie überkam; vielleicht würde sie hier draußen sterben, in dieser trostlosen, zerstörten Landschaft, ihre Leiche wochenlang daliegen, vielleicht für ewig, wenn er sie in eine Schlucht warf, wo die Tiere sich dann ihrer Knochen annahmen. Und kein Mensch würde je erfahren, was aus ihr geworden war.

Vor Angst und Wut stiegen ihr Tränen in die Augen. Es mußte einen Ausweg geben.

Sie hatte immer geglaubt, sie besäße das Talent, sich aus jeder schwierigen Situation herauszureden. Aber sie hatte Angst, mit diesem Mann zu sprechen, der offenbar selbst von Ängsten gehetzt war. Während er jetzt dahinbrauste, mußte er offenbar all seine Kraft zusammennehmen, um sich auf die Straße zu konzentrieren.

Wenn sie schwieg, vergaß er sie vielleicht einfach. Aber der schiere Terror, den diese Passivität nach einer Weile in ihr hervorrief, war mehr, als sie ertragen konnte. Besser irgendwas unternehmen! Egal was.

Vielleicht gelang es ihr ja, an sein Mitleid zu appellieren. Irgendwo in seinem Inneren mußte es doch etwas Gutes geben. Sie schluchzte. »Bitte, tun Sie mir nichts an«, wimmerte sie und fügte hinzu: »Ich habe Kinder.«

»Halten Sie den Mund«, schrie er sie wieder an. Ihre Bemerkung schien ihn aufzuregen, geradezu wütend zu machen. »Erzählen Sie mir nichts von Kindern.«

»Tut mir leid«, sagte sie und haßte sich dafür, daß sie sich entschuldigte. Aber einen kleinen Hoffnungsschimmer sah sie plötzlich doch. Seine Wut bei der Erwähnung ihrer erfundenen Kinder ließ vielleicht darauf schließen, daß es in ihm einen Funken Schuldgefühl gab.

Verzweifelt suchte Jane die Landschaft um sie herum ab, hoffte auf eine Eingebung und hielt Ausschau nach einem Fluchtweg, falls der Bus durch irgendein Wunder anhielt und sie herausspringen konnte. Hier und dort am Wegesrand war der Wald wieder aufgeforstet worden, ein kühler Schatten lag über der Straße, und zuweilen führten tiefe Schneisen in das dichte Unterholz, die aussahen wie Schutz bietende Höhlen, und während sie an ihnen vorbeirasten, flüchtete sich Jane in ihrer Fantasie hinein.

Wenn der Appell an sein Gewissen nicht ausreichte, ihn an seinem Verhalten zu hindern, vielleicht war es dann wirkungsvoller, ihm Angst einzujagen.

»Vorhin auf dem Parkplatz war ein Mann«, sagte sie. »Er hat gesehen, wie wir zusammen weggefahren sind.«

Er runzelte die Stirn. »Ich hab' niemand gesehen«, brummte er. Aber seine Stimme klang unsicher. Das und seine Schuldgefühle überzeugten Jane, daß dieser Mann wohl kein Gewohnheitstäter war. Schließlich war sie es ja gewesen, die ihn praktisch angefleht hatte, sie mitzunehmen. Wenn er jetzt vorhatte, sie zu vergewaltigen oder umzubringen, war es höchstwahrscheinlich ein Gelegenheitsverbrechen.

Und wenn sie vergewaltigt oder umgebracht wurde, oder beides, dann war es Johnsons Schuld, weil er ihr die Reifen aufgeschlitzt hatte.

»Was haben Sie mit mir vor?« fragte sie.

»Weiß ich nicht«, sagte er. »Darüber machen Sie sich mal keine Sorgen«, fügte er absurderweise hinzu. »Es tut mir leid, daß ich Sie gebeten haben, mich mitzunehmen«, sagte sie. »Lassen Sie mich einfach aussteigen. Setzen Sie mich hier ab. Ich werde niemand etwas sagen. Ich wäre so dankbar, daß ich kein Wort darüber verlieren würde. Eigentlich wollen Sie mir doch gar nichts antun. Im Grunde sind Sie bestimmt kein schlechter Mensch.«

Zum Teufel, er und kein schlechter Mensch, dachte Jane insgeheim. Während sie ihn anflehte und sich anstrengen mußte, nicht zu winseln und ihre Angst zu verraten, sondern ruhig und vernünftig zu reden, stellte sie sich vor, wie sie mit seinem eigenen Messer auf ihn einstach, ihm die Kehle aufschlitzte und ihn hier in der Wildnis sterben ließ. Vor ihrem geistigen Auge sah sie, wie sein Blut auf einen der gelblichen Moosflecke an den abgebrannten Felsen sickerte.

Wieder kamen sie an eine Weggabelung. An einem schiefen Pfahl hingen drei verbeulte, wie von Kugeln durchlöcherte Metallschilder – DEVIL'S BATH. KATHLEEN LAKE. ETERNAL FOUNTAIN. Jane prägte sich die Namen ein. Falls ihr die Flucht gelang, würde sie ja irgendwie zurückfinden müssen. Er bog nicht ab, sondern blieb auf der Hauptroute, die nach Devil's Bath führte.

»Natürlich bin ich kein schlechter Mensch«, brummte er mit noch mürrischerer Stimme.

Janes faßte wieder Hoffnung.

»Und deshalb werden Sie mich auch gehen lassen.«

Aber was er als nächstes sagte, verblüffte sie. Es zog ihre Theorie in Zweifel, daß sie es mit einem einsamen, verqueren Kauz zu tun hatte, der plötzlich ausklinkte. Einem Sonderling, den, nur weil in dieser Wildnis eine Frau bei ihm im Auto saß, plötzlich Vergewaltigungs- oder gar Mordgelüste überkamen und der das Ganze wahrscheinlich auch noch vor sich rechtfertigte, indem er ihr die Schuld gab, weil sie ja freiwillig zu ihm eingestiegen war.

»Sie heißen Jane da Silva, nicht wahr?« sagte er. »Das haben Sie doch der Kräuterfrau erzählt. Sie haben ihr eine Visitenkarte mit Ihren Namen gegeben. Und sie hat Sie dann Jane da Silva genannt. Ich habe es deutlich gehört.«

»Was interessiert es Sie denn, wie ich heiße?« Hatte das Ganze hier etwa mit ihrer Suche nach Brenda zu tun, fragte sich Jane. Schließlich hatte der Mann die Kräuterlady aufgesucht, und die hieß Brenda MacPherson. »Hören Sie, ich weiß nicht, wie Sie heißen, und ich weiß nicht, wer Sie sind. Wenn Sie mich hier rauslassen, brauche ich Stunden, um wieder zurückzukommen. Bis dahin können Sie über alle Berge sein, und niemand wird von der Sache hier erfahren.«

Aber Gott sei Dank sind wir hier auf einer Insel, dachte sie mit einem Hauch von Genugtuung. Wenn sie je hier rauskam, konnte sie die Polizei anrufen, die dann alle Fähren kontrollieren würde, die die Insel verließen. Vielleicht schnappten sie ihn und er käme für Jahre hinter Gitter, damit er nie wieder einen Menschen so drangsalieren konnte wie sie.

Im nächsten Moment zuckte sie zusammen; er riß das Steuer herum, bog vom Weg ab und lenkte einen kleinen Hügel hinauf zu einem Plateau, das aussah wie ein Wendeplatz für Holztransporter. Dicke Reifenspuren waren im Schlamm und Kies zu sehen. Vielleicht gab er auf. Vielleicht wollte er sie hier absetzen. Jane sagte ein Gebet auf – sah die Weihnachtsengel ihrer Kindheit vom Himmel herunterschweben, sie in die Flügel schließen und mit ihr davonfliegen.

Zu drei Seiten des Plateaus ging es hinab in die Wälder, auf der vierten, direkt neben der Beifahrertür, erhob sich eine steile, ungefähr sechs Meter hohe mit Salal, Heidelbeer- und Moosbüscheln überzogene Felswand.

Sie würde den Felsen hochklettern. Ja, lieber das, als den Abhang hinunter in den Wald fliehen. Der Mann da war nicht nur dick, sondern bestimmt auch um die sechzig. Die Vorstellung, in die Wälder zu verschwinden, war zwar verlockend, denn auf der Felswand wäre sie leicht zu sehen, und sie wünschte sich nichts sehnlicher, als dem Kerl aus den Augen zu kommen. Aber den Fels hochklettern würde er nicht so leicht schaffen; außerdem konnte sie ihm auf die Hände treten, wenn er sie verfolgte.

Bergab konnte er sie allein dank des Gesetzes der Schwerkraft einholen. Er brauchte sich bloß rollen lassen und auf sie werfen. Noch ehe der Bus ganz zum Stehen kam, riß Jane die Tür auf, sprang heraus und stürzte auf die Felswand zu. Sie war leichter zu erklimmen, als sie gedacht hatte. Im ersten Moment hatte sie viel steiler gewirkt. Sie war schon fast zwei Meter hochgeklettert, ehe er seine Körpermasse aus dem Bus gehievt hatte und hinter ihr herkam.

Als sie sich, um Halt zu finden, an einen Salalbusch klammerte, spürte sie, wie sich das flache Wurzelwerk aus dem kleinen Spalt löste, in dem es wuchs. Schnell ließ sie los, und ehe sie einen Heidelbeerbusch zu fassen bekam, rutschte sie ein Stück zurück und verfehlte mit dem Fuß knapp die Glatze unter ihr. Sie hörte, wie er hinter ihr schnaufte und keuchte. Verdammt. Er hatte so unsportlich gewirkt, so alt und unbeweglich, aber Männer, selbst alte Wracks wie das hier, waren meist stärker, als man es ihnen ansah.

Vielleicht bekam der Dreckskerl einen Herzanfall, wenn er den Felsen hochkroch. Das würde ihr gefallen! Zusehen, wie er nach Luft rang und schnaufte, rot im Gesicht anlief, rückwärts in die schlammigen Reifenspuren da unten fiel und auf diesem öden kleinen Fleck krepierte.

Sollte sie es wagen, nach ihm zu treten? Sein Kopf war direkt unter ihr. Oder würde er sie dann am Fuß schnappen und runterziehen? Sie kletterte fieberhaft weiter – zuerst ein Stück seitwärts, wo ihre Füße Halt fanden, dann wieder aufwärts. Als sie schließlich die Felsspitze erreicht hatte, war sie ihm nur ein paar Sekunden voraus.

Das Herz klopfte ihr in der Brust, als würde ihr ein riesiger Vogel mit den Flügeln gegen die Rippen schlagen. Sie meinte förmlich zu hören, wie ihr das Blut durch die Adern rauschte. Sie bückte sich und hob einen großen Stein auf. Aber wenn er so leicht war, daß sie ihn hochheben und werfen konnte, war er dann schwer genug, den Mann außer Gefecht zu setzen? Sie ließ den Stein wieder fallen und suchte sich einen größeren, den sie kaum hochbekam. Ihn mit gebeugtem Rücken über den Boden schleifend, mühte sie sich zu der Stelle, wo sie jeden Moment das Auftauchen eines Kopfes erwartete.

Der Kerl war schon weiter gekommen, als sie geglaubt hatte. Ihr Plan war gewesen, ihm den Stein von oben auf die

Glatze fallen zu lassen. Aber Kopf und Rumpf des Mannes ragten schon über die Felskante hinaus.

Ehe er die Chance hatte, den Busch, den er umklammerte, loszulassen und sich hochzuhangeln, warf sie ihm den Stein auf die linke Hand. Er stieß einen Schmerzensschrei aus und rutschte ein Stück zurück.

Jane ließ sich auf alle viere fallen und kroch wie ein Krebs vom Abgrund weg. Sie hatte ihren Vorsprung ein winziges Stück vergrößert, mehr hatte sie nicht erreicht! Und jetzt sah sie, daß der Mann in seiner anderen Hand immer noch das Messer hielt.

Sie richtete sich auf, damit sie rennen konnte. Aber kaum war sie ein paar Schritte gelaufen, da realisierte sie, daß sie auf Baumkronen blickte. Und unten, am Fuße der hohen Klippe, entdeckte sie einen See. So etwas hatte sie noch nie gesehen.

Er lag weit unten in der Tiefe, vielleicht vierzig Meter von der Felsspitze entfernt, ein so vollkommenes Rund wie ein mit dem Zirkel gezogener Kreis, und ringsherum war er von Felswänden umgeben.

Von ihrem Standpunkt aus konnte sie die gegenüberliegende Klippe sehen, eine felsige Mondlandschaft voller Geröll und einer Unzahl entrindeter Stämme. Mit schierem Entsetzen starrte sie hinab auf das geisterhaft stille Wasser unter ihr. In der Mitte des Sees entdeckte sie einen knorrigen alten Baumstumpf und ein Gewirr von Stämmen, die kreuz und quer übereinanderlagen wie die Stäbchen eines Mikadospiels. Sie lagen ganz still da, und das Moos, mit denen sie bedeckt waren, hing wie ein schleimiger grüner Schleier ins Wasser. Frische Zweige wuchsen aus dem Rücken der Stämme hervor, so als lägen diese schon seit Ewigkeiten hier, und die graublaue Wasseroberfläche war so reglos wie der Tod.

Zwei Drittel des steilen Ufers um diesen sonderbaren See waren so nackt wie die kahle Felswand ihr gegenüber, aber dort, wo sie stand, war Vegetation – Zedern und Fichten und Farne. Alles schien aus dem bloßen Stein herauszuwachsen, wie ein hängender Garten, aber Jane wußte, wenn hier irgend etwas wuchs, dann mußte es irgendwo in der Felswand Einkerbungen und Vorsprünge geben, auf denen sich genügend Erde hatte ansammeln können, damit die Samen dieser Pflanzen sich festsetzen und keimen konnten.

Der Mann war jetzt direkt hinter ihr, das Messer in der einen Hand, die andere blutüberströmt.

Sie hatte keine andere Wahl. Sie mußte sich den Abgrund hinunterwagen. Ein paar Fuß unterhalb war ein Felsvorsprung, von dort aus könnte sie ins Wasser springen. Aber selbst wenn sie den Mut aufgebracht hätte, sich wie die Klippenspringer in Acapulco in die Tiefe zu stürzen, riskierte sie, sich das Rückgrat zu brechen, wenn sie verkehrt aufkam. Außerdem hatte sie keine Ahnung, wie tief das Wasser war.

Nein, sie mußte versuchen, sich da, wo Bäume und Büsche wuchsen, hinunterzuhangeln. Sie würde zerkratzt und zerschunden und voller blauer Flecken sein und vielleicht sowieso in die Tiefe stürzen und sich den Hals brechen, aber die einzige Alternative war, hier oben am Rande des Abgrunds mit einem Messerstecher zu kämpfen.

Die ersten Meter war ihr Abstieg eher ein bisweilen durch Äste und Wurzeln abgebremster Sturz. Inzwischen überlagerte ihre Angst, in die Tiefe zu fallen, die vor dem Mann, und sie klammerte sich an einem rauhen, dunklen Fichtenstamm fest.
Sie war sich nicht sicher, ob er ihr folgte. Vor Panik ging ihr eigener Atem so schwer, daß sie nichts anderes hörte. Sie unterdrückte ihr Keuchen, zwang sich, flacher zu atmen.

Dann ließ sie sich weiter die Felswand hinunterrutschen, tastete verzweifelt mit den Füßen nach jeder sich bietenden Kerbe, jedem Ast, der ihr kräftig und sicher genug schien, versuchte einzuschätzen, ob er wirklich ihr Gewicht hielt, ehe sie es wagte, ihren vorherigen Halt loszulassen und sich weiter nach unten zu hangeln.

Der Lärm, den sie verursachte, das Krachen der Zweige, das Rascheln trockenen Laubs, erschien ihr unglaublich laut in der Stille über dem sonderbaren See. Stachlige Äste schlugen ihr ins Gesicht, und sie rang nach Luft, wiederum teils aus Erschöpfung, aber hauptsächlich vor Angst. Als sie sich aufstöhnen hörte, mahnte sie sich erneut, ruhiger zu atmen. Vielleicht half ihr das wenigstens, klarer zu denken.

Was sollte sie tun, wenn sie das Seeufer erreichte? Sie setzte all ihre Hoffnung darauf, daß er davor zurückgeschreckt war, ihr die Felswand hinunter zu folgen.

Aber sicher konnte sie nicht sein. Immerhin war nichts zu hören, keine krachenden Äste, und einen Moment atmete sie vor Erleichterung auf. Die halsbrecherische Kletterpartie hatte sich also gelohnt, dachte sie.

Aber dann fragte sie sich, wie es weitergehen sollte, wenn sie erst einmal unten war, wo es nichts anderes gab als den stillen See mit dem Haufen Stämme in der Mitte. Würde er schließlich doch herunterkommen und sie in die Enge treiben? Die gegenüberliegende Uferwand konnte sie nicht hinaufklettern. Das war nackter Felsen. Und wenn sie es aus lauter Verzweiflung doch versuchte, würde er ihr folgen und sie erwischen.

Sie war noch ungefähr drei Meter vom Ufer entfernt, als sie ihn rufen hörte. Es klang, als stünde er noch oben auf der Klippe. »Was zum Teufel versprechen Sie sich davon?« schallte es zu ihr hinab.

»Hauen Sie ab«, schrie sie. »Steigen Sie in Ihr verdammtes Auto, fahren Sie los, und wir vergessen das Ganze.« Sie hatte so laut geschrien, wie sie konnte, und von den Felswänden kam ein schwaches, kaum hörbares Echo. Sie klammerte sich an einen Baumstamm, wartete auf seine Antwort.

»Wenn Sie mich zwingen, zu Ihnen runterzukommen, wird's nur noch schlimmer!« Seine Stimme klang jetzt noch bedrohlicher.

»Hauen Sie ab!« schrie sie wütend zurück. Was zum Teufel dachte der sich, daß sie auf allen vieren zu ihm hochgekrochen kam, damit er ihr die Kehle durchschneiden konnte? Sie wartete auf eine Antwort. Sie kam, aber ohne Worte, sondern in Form krachender Zweige. Kurz darauf hörte sie ihn fluchen. Es war klar, daß ihm davor graute, sich den Fel sen hinunterzukämpfen. Das war die einzige Chance, die ihr noch blieb, und die mußte sie nutzen. Sie starrte hinüber zu den Baumstämmen und dem dazwischen eingeklemmten alten Stumpf. Dann versuchte sie einzuschätzen, wie deutlich er sie sehen konnte, welchen Blickwinkel er beim Abstieg hatte.

Sie kletterte die letzten paar Meter zum Ufer hinunter und stellte sich auf einen halb aus dem See ragenden glitschigen Stamm. Das Wasser drang ihr in die Schuhe.

Es war kalt, genau wie sie befürchtet hatte.

»Nein, nein«, schrie sie so theatralisch wie sie konnte. »Hauen Sie ab!« Ihre Stimme hallte von den Felswänden wider. Und dann stürzte sie sich ins Wasser, ließ ihren Körper so fallen, daß er möglichst laut aufplatschte.

Die Kälte des Wassers drang ihr bis ins Mark. Sie tauchte mit dem ganzen Körper unter, denn, wie es hieß, fror man weniger, wenn man überall naß war, tauchte dann wieder auf, und schüttelte sich die Haare aus den Augen. Behutsam mit den Füßen paddelnd, lauschte sie. Ab und zu hörte sie das Geräusch zurückschnappender Zweige, aber offenbar kam ihr Verfolger längst nicht so schnell voran wie sie.

Sie wirbelte mit den Armen die ruhige Wasseroberfläche auf, machte laute Planschgeräusche und fragte sich, wie lange es dauerte, bis man ertrank oder zumindest ohnmächtig wurde, während man immer tiefer sank. Nicht allzu lange, nahm sie an.

»Hilfe. Hilfe«, schrie sie. »Ich kann nicht schwimmen.«

Wieder ruderte sie wild mit den Armen, ließ ihren Kopf mehrmals unter Wasser sinken und kurz darauf wieder auftauchen, nur für den Fall, daß er sie sehen konnte. Ihr Ziel waren die Stämme in der Mitte des Sees, und während sie darauf zustrebte, versuchte sie den Anschein zu erwecken, als sei ihr Schwimmen ein panisches Strampeln.

Sie erinnerte sich, gehört zu haben, daß Ertrinkende dreimal wieder hochkamen, ehe sie endgültig in die Tiefe sanken, also machte sie ein verzweifeltes Manöver daraus, unter- und wieder aufzutauchen, und spuckte und keuchte, ehe sie ein paar Meter unter die Wasseroberfläche glitt und zu der Ansammlung von Stämmen in der Mitte des Sees tauchte.

Jetzt kam es darauf an, daß sie eine gute Vorstellung lieferte.

Sie mußte es so lange wie nur möglich unter Wasser aushalten. Sie konnte kaum etwas sehen, denn die Stämme über ihr machten das Wasser noch dunkler, als es ohnehin schon war. Ein Stamm, der zwischen mehrere andere eingeklemmt war, ragte in einem Winkel von fünfundvierzig Grad in die Tiefe und verschwand im Dunkel unter ihr. Die knorrigen Wurzeln des alten Baumstumpfs hingen reglos vor ihr im Wasser. Sie achtete darauf, daß sie sich nicht mit den Kleidern in einem der vielen Baumstämme verfing. Wie schrecklich, malte sie sich aus, wenn sie auf diese Weise unter Wasser festgeklemmt wäre und dann womöglich wirklich ertrank.

Schließlich atmete sie langsam aus, stieg wieder auf und ließ sich, das Gesicht nach unten, auf dem Wasser treiben, bis ihr Kopf gegen einen Stamm stieß.

Obwohl sie jetzt so reglos auf dem Wasser lag wie die Stämme, steuerte sie mit unmerklichen Paddelbewegungen auf den riesigen alten Baumstumpf zu. Sie wollte es so aussehen lassen, als hätte sich ihre Leiche zwischen seinem knorrigen Wurzelwerk verfangen. In V-Form arrangierte sie ihren Körper zwischen den Wurzeln des Stumpfs, den Kopf halb untergetaucht, aber von der Klippe abgewandt, so daß es von dort ausehen mußte, als sei er ganz unter Wasser. Doch so, wie sie da lag, waren ein Ohr, ein Auge und ihre Nase über dem Wasser.

Zwei Dinge hoffte sie fieberhaft, erstens, daß er glaubte,

sie wäre ertrunken, und zweitens, daß er es sich ersparen würde, zu ihr schwimmen, um sich zu vergewissern.

Wenn er schlau war, würde er umkehren, sich aus dem Staub machen und hoffen, daß man es für Selbstmord oder einen Unfall hielt, wenn man ihre Leiche fand. Natürlich würde man sich wundern, wie sie überhaupt in diese Gegend gekommen war. Von ihrem Wagen war ja weit und breit keine Spur.

Vielleicht verfiel er sogar auf die Idee, Hilfe zu holen, um vorzugeben, er hätte sie retten wollen. Egal wie, vorläufig konnte sie nichts anderes tun, als reglos auf dem Wasser zu liegen und ihn zum Teufel zu wünschen.

Sie spitzte die Ohren, ob irgendwelche Geräusche von der Klippe her kamen. Zu ihrem Entsetzen vernahm sie ein wildes Krachen in den Ästen. Weiter reglos dazuliegen kostete sie all ihre Kraft. Die Kälte war viel schlimmer, wenn sie sich nicht bewegte. Leichenstarre zu mimen war eine qualvoll anstrengende Angelegenheit. Wäre der See auch nur ein bißchen bewegt, hätte auch sie sich rühren können, aber das Wasser lag so still wie der Tod.

Sie sagte sich, daß alles in Ordnung war. Wahrscheinlich stieg er nur bis zum Ufer herab, um sich zu vergewissern, ob sie tot war. Und wenn es ihr gelang, ihn davon zu überzeugen, würde er umkehren und weggehen.

Aber dann kam ihr ein anderer Gedanke. Auf den Forstwegen und dem Plateau waren Reifenspuren gewesen. Das hieß, ab und zu kam hier jemand vorbei. Was war, wenn er meinte, dafür sorgen zu müssen, daß ihre Leiche untertauchte – sie mit Steinen beschweren wollte?

Eins war sicher: Die Felswand würde er sie bestimmt nicht hochschaffen.

Sie lauschte auf weiteres Krachen in den Zweigen, hörte aber ein ganz anderes Geräusch, eins, bei dem sich ihr Herz vor Schreck zusammenkrampfte: zuerst ein Planschen, als spränge jemand ins Wasser, dann das Geräusch sicherer, gleichmäßiger Schwimmzüge.

Sie nahm all ihren Mut zusammen. Wenn er zu ihr herüberkam, würde sie wie eine Furie kämpfen! Sich die Lunge aus dem Hals schreien! Bei dem Echo, das diese Felswände warfen, drangen ihre Hilferufe vielleicht zu irgendeinem Holzfäller. Oder der Kerl bekam es mit der Angst. Aber vorerst würde sie sich totstellen bis zum bitteren Ende.

Vielleicht hatte er ja nur vor, sie leicht anzuschubsen, um zu sehen, ob sie noch lebte. Sie lag so still da, wie sie nur konnte. Die vom Baumstumpf herunterhängenden Mooslappen hatten sich ihr wie ein kalter, schleimiger Umhang um die Schultern gelegt. Sie hörte die Schwimmzüge in ihre Richtung kommen und zwang sich, auf dem Wasser zu treiben wie ein Stück Strandgut.

Aber sie schaffte es nicht, einfach abzuwarten. Als sie direkt neben ihr die Bewegung im Wasser spürte, gewannen ihre Instinkte die Oberhand. Sie rollte sich blitzschnell auf den Rücken, zog sich an einen Stamm hoch und trat den Mann vor ihr in die Brust. Er schnappte ihren Fuß, sie strampelte wie wild, befreite sich und stützte sich dann auf die Ellbogen. Nichts hätte sie mehr überraschen können als das, was sie sah.

»Was zum Teufel machen Sie denn hier?« schrie sie.

Der Mann, der neben ihr im Wasser paddelte und genauso fassungslos guckte, angesichts der Lebendigkeit der seiner Meinung nach schon halb ertrunkenen Frau, war Steven Johnson.

»Was ich hier mache? Sie retten, verdammt noch mal«, sagte er. »Ich habe gehört, wie sie um Hilfe gerufen haben.«

»Aber da war doch ein Mann, ein älterer ...« Jane fühlte sich benommen. Es war wie in einem Traum, wo sich eine Person plötzlich in eine andere verwandelt.

»Soviel ich weiß, ist er noch da oben«, sagte Johnson.

Genau in dem Moment hörten sie einen Motor aufheulen und einen Wagen losfahren.

»Ich korrigiere mich«, sagte Johnson. »Er macht sich gerade aus dem Staub.«

»Waren Sie etwa die ganze Zeit hinten in seinem Campingbus?« fragte Jane.

»Nein, Sie Dummkopf. Ich bin seinem Bus gefolgt. Ich habe gesehen, wie er draußen auf dem Parkplatz vor dem Restaurant Ihre Reifen zerschnitten hat, und dann bin ich ihm gefolgt.«

»Hab' ich's mir doch gedacht, Sie waren das in dem Auto«, sagte Jane. Sie saß jetzt auf einem der Stämme, nur ihre Füße waren noch im Wasser, und plötzlich fror sie, daß ihr die Zähne aufeinanderschlugen. »Aber ich hatte ja keine Ahnung, daß Sie uns gefolgt sind.«

»Na, darauf kommt's ja auch an«, meinte er. »Daß man nicht gesehen wird. Als er dann auf diese Forstwege abgebogen ist, bin ich seinen Reifenspuren im Schlamm gefolgt. Mein Gott, was muß ich denn noch tun, damit Sie mir glauben? Und würden Sie sich jetzt vielleicht aus dem Wasser bequemen, damit wir dem Kerl folgen können. Oder wollen Sie hier warten, bis Ihre Lippen blau werden und er über alle Berge ist?

Schwimmen können Sie ja. Sie haben bloß die Ertrinkende gespielt, nicht wahr? Keine schlechte Idee, aber mit meiner überflüssigen Rettungsaktion hab' ich eine Menge Zeit vergeudet. Wäre ich nicht wie ein Wilder den Felsen runtergeprescht, hätte ich mir den Kerl inzwischen längst vorgeknöpft und herausgefunden, wer er ist.«

Jane stieß sich von dem Stamm ab, auf dem sie saß, und schwamm ans Ufer. Was hätte sie sonst tun sollen? Johnson schwamm neben ihr.

Er zog sich als erster auf den winzigen Uferstreifen hoch und reichte ihr seine Hand, um ihr aus dem Wasser zu helfen.

Ohne sonderlichen Enthusiasmus betrachtete Jane die vor ihnen aufragende Klippe. Hochzukraxeln war noch schlimmer als der Abstieg. Er kletterte ihr voraus, und sie war froh, daß er sich nicht umdrehte, um zu sehen, wie sie vorwärts kam. All ihre Glieder waren ungelenk und steif. Während sie sich triefend und keuchend Meter um Meter hochkämpften, stellte Jane ihm eine Frage: »Warum haben Sie es denn überhaupt zugelassen, daß ich zu dem Kerl ins Auto stieg, wo Sie doch gesehen haben, daß er meine Reifen aufgeschlitzt hat?«

»Weil Sie mir sowieso nicht geglaubt hätten«, sagte er einfach. »In Nanaimo waren Sie ja schon davon überzeugt, ich hätte Ihre Reifen so zugerichtet, und Sie hätten wieder geglaubt, ich wäre es gewesen.« Er schüttelte verzweifelt den Kopf. »Jedesmal, wenn ich mich mit Ihnen einlasse, werde ich entweder festgenommen oder von Ihnen angeschrien. Deshalb habe ich beschlossen, Sie diesmal einfach im Auge zu behalten. Und ich bin froh, daß ich es getan habe. Aber was ist bloß geschehen? Hat er Sie die Klippe runtergestoßen?«

»Nein«, sagte sie, »das war meine Idee. Er bedrohte mich mit einem Messer.«

»Kannten Sie den Mann?«

»Nicht direkt. Au!« Ein Zweig, an dem er sich vorbeigehangelt hatte, schnappte zurück und schlug ihr ins Gesicht.

»Entschuldigung!« Er klang nicht sonderlich reuevoll.

»Und könnten Sie mir bitte erklären, warum Sie mir überhaupt gefolgt sind?« fragte sie, während sie mit ihrem aufgeweichten Tennisschuh einen Ast testete. Inzwischen wußte sie, daß Fichten kräftiger als Zedern sind und im Naßzustand weniger schlüpfrig.

»Ich mag es halt nicht, wenn ich nicht weiß, was gespielt wird«, sagte er. »Aber noch beunruhigender finde ich es, wenn jemand, dem ich in Seattle ein paar Routinefragen gestellt habe, kurz darauf ermordet wird.«

»Jennifer Gilbert?«

»Genau. Und ich möchte wissen, wer Sie sind und was Sie vorhaben. Wer unser Freund ist und ob er in die Sache verwickelt ist oder bloß irgendein losgelassener Geisteskranker, dem Sie zufällig in die Hände gefallen sind.«

»Ich glaube«, meinte Jane, »er hat mit der Sache zu tun.«

»Nun, wenn Sie wollen, daß ich Sie mitnehme«, sagte er streng, »werden Sie mir schon alles erzählen müssen. Sonst müssen Sie laufen. Und ich sah ein paar Bären herumspazieren, vor denen wimmelt's hier.«

»Ich hab' auch einen gesehen«, sagte sie. »Einen Schwarzbären. Die sind nicht besonders gefährlich. Bei uns in Washington gibt's die auch.« Sie erwähnte nicht, wie bösartig sie werden können, wenn sie Junge haben.

Er hatte jetzt den Klippenrand erreicht und beugte sich herunter, um sie hochzuziehen. Lieber hätte sie es allein geschafft, aber sie war zu müde und gab ihm ihre Hand.

Als sie oben stand, blickte sie hinunter zum Fuß der Klippe. Der Campingbus war verschwunden. Statt dessen stand ein weißer Ford mit einer Leihwagenplakette da.

Verstohlen schaute sie Steven Johnson von der Seite an. Es war wohl ziemlich unfreundlich von ihr, daß sie ihm nicht gedankt hatte. Schließlich hatte er ihren Angreifer in die Flucht geschlagen und sie vor dem Ertrinken retten wollen.

»Danke«, sagte sie steif.

»Gern geschehen«, erwiderte er ernst, ohne die kleinste Andeutung von einem Lächeln, so, als wolle er ihre Bekanntschaft ab jetzt auf einer förmlicheren Ebene halten.

Auch sie lächelte nicht. Ihr war danach, sich zu setzen, ein Weilchen zu verschnaufen, all das Adrenalin und die ganze Angst herauszulassen, die durch ihr Inneres gejagt waren, vielleicht sogar an seine Schulter sinken. Aber das hätte ihn bestimmt irritiert, und sie hütete sich, dergleichen zu tun. Sie war immer noch mißtrauisch, wollte aber paradoxerweise gleichzeitig seine Achtung. Wollte, daß er sie für kompetent hielt, für eine Frau, die in der Lage war, zu Ende zu führen, was sie begonnen hatte. Und sie selbst wollte sich auch so sehen.

»Wir müssen reden«, schlug sie vor. »Brenda, ich meine die richtige Brenda, ist in Gefahr.« Da er alles darangesetzt hatte, sie zu retten, müßte er doch bei Brenda denselben Impuls verspüren.

»Reden können wir im Auto«, sagte er und begann die Felswand auf der anderen Seite hinunterzuklettern. »Dieser Kerl mit dem Messer interessiert mich brennend. Wer zum Teufel ist er? Was hat er vor?« Mehr rutschend als kletternd, folgte sie ihm. In ihren Leinenschuhen quatschte das Wasser. »Was Sie vorhaben, interessiert mich allerdings noch brennender«, fügte er hinzu.

»Wir können die Heizung im Wagen anstellen«, sagte er, »und unsere Kleider trocknen.« Aber als sie vor dem weißen Ford standen, sank Jane das Herz.

»Dieses Schwein«, schnaubte Johnson und haute mit der

Faust aufs Autodach. Alle vier Reifen waren zerschnitten. Er hatte es also wieder getan.

»Genau das hatte er auch mit mir vor«, sagte sie.

Johnson glitt hinters Lenkrad. »Dann müssen wir eben auf den Felgen fahren, so weit wir kommen.«

Sie setzte sich neben ihn. »Haben Sie den Schlüssel?« fragte sie besorgt.

»Nein«, erwiderte er sarkastisch. »Ich hab ihn unten am See liegen lassen. Wir müssen noch mal zurück.« Eine Schrecksekunde lang glaubte sie ihm, aber dann hielt er ihr den Schlüssel vor die Nase, den er aus seiner nassen Hosentasche gefischt hatte.

Sie lachte, und ihr Lachen klang beinahe übermütig. Seit sie in diesem hübschen, funkelnden Auto saß, hatte sie das Gefühl, der Zivilisation schon wieder ein gutes Stück näher zu sein.

Er drehte den Schlüssel im Zündschloß, aber nur ein kurzes Klicken war zu hören.

Jane verging das Lachen. Er stieg aus und öffnete die Motorhaube. Sie folgte ihm und stellte sich neben ihn. Wo die Verteilerdose hätte sein sollen, war ein Gewirr zerschnittener Leitungen.

»Ich schlage vor, wir laufen«, sagte er. »Ich hoffe, Sie behalten recht, was die Gutmütigkeit der Bären hier betrifft.«

»Wer dieser Kerl auch sein mag, er wird immer effektiver«, sagte Jane. »Reifen und Verteilerdose.«

»Reinster Overkill. Der Kerl ist ein Amateur«, brummte Johnson, während er zum Kofferraum ging und einen Leinenkoffer und eine mit Leder abgesetzte Aktentasche herausholte. »Die nehme ich wohl lieber mit. Wer weiß, wann wir zurückkommen«, sagte er, und nach kurzem Nachdenken holte er auch das Formular des Autoverleihs aus dem Handschuhfach.

»Was meinen Sie, wie weit es bis zur Hauptstraße ist?« fragte sie.

»Vielleicht acht oder zehn Meilen«, antwortete er. »Aber vielleicht haben wir ja Glück und ein Holztransporter kommt vorbei. Schaffen Sie es? Sie können auch hierbleiben, wenn Sie wollen. Sich im Auto einschließen.«

»Sie denken wohl, ich bin Ihnen nur ein Klotz am Bein?« entgegnete sie. »Ich schaffe es schon, keine Angst.«

»Ich denke nur eins: daß Sie einiges hinter sich haben und vielleicht nicht allzu gut in Form sind. Emotional, meine ich.« Seine dumme Bemerkung zu diesem Schmierer im Regency über ihre Körperformen kam ihr wieder in den Sinn. Aber nach allem, was sie durchgemacht hatte, war es ihr nicht mehr wichtig.

»Mir geht's gut«, behauptete sie. »Ich bin schrecklich wütend auf diesen Dreckskerl, und ich will vor ihm bei Brenda sein. Außerdem habe ich noch nie während einer Krise schlapp gemacht, höchstens hinterher.«

»Na gut«, sagte er.

Sie betraten den still vor ihnen liegenden Weg. Die Steine pieksten Jane durch die dünnen Gummisohlen in die Füße, weshalb sie in den Reifenspuren lief, wo der Boden weicher war.

»Warum suchen Sie nach Brenda?«, fragte sie.

»Wegen eines Versicherungsbetrugs. Bei der Krankenversicherung«, erwiderte er.

»Dann arbeiten Sie also für eine Versicherung?«

»So ist es. Und warum suchen Sie nach ihr?«

»Weil ich glaubte, sie könnte etwas über einen Mord wissen, bei dem Jennifer möglicherweise Tatzeugin war. Brenda hat sich eine Zeitlang mit Jennifer die Wohnung geteilt. Und am fraglichen Tag haben die beiden sich gestritten. Ich habe gehofft, sie würde vielleicht wissen, was Jennifer gesehen hat. Inzwischen glaube ich, daß Jennifer überhaupt nichts gesehen hat. Aber Brenda vielleicht.«

»Fahren Sie fort.«

»Jennifer war Mitglied bei den Christian Scientists. Ich weiß, die setzen sich manchmal über die Sektenregeln hinweg und gehen trotzdem zum Arzt. Aber wie ich erfahren habe, war Jennifer äußerst strenggläubig. Sehr unwahrscheinlich also, daß sie in irgendeine Apotheke gegangen ist, um ein Rezept abzugeben!«

»Wenn Jennifer sich wirklich so streng an die Regeln der Christian Scientists hielt«, meinte er, »dann hätte bei ihr entweder eine Wunderheilung vonstatten gehen müssen oder sie wäre schon vor Jahren gestorben. Denn laut ihrer Akte bei der Krankenversicherung war sie Diabetikerin. Sie brauchte jeden Tag ihre Insulinspritze.«

»Durch ihre Arbeit bei dieser Firma war Jennifer ja automatisch versichert. Meinen Sie, sie hat Brenda ihren Namen und ihre Krankenversicherungsnummer benutzen lassen?« fragte Jane. »Das glaube ich nämlich.«

»Genau den Verdacht hatte ich«, sagte Johnson, während sie den holprigen Weg entlang trotteten. »Und Jennifer hat es zugegeben, als sie bei ihr in Seattle war. Es dauerte keine fünfzehn Minuten, bis sie alles gestanden hatte. Sie hatte entsetzliche Schuldgefühle. Aber von einem Mord in einer Apotheke hat sie kein Wort gesagt.«

Jane sah ihn von der Seite an. »Und jetzt hetzt Ihre Versicherung Sie hinter der armen Brenda her, nur weil die beiden ihre Namen vertauscht haben. Um wieviel Geld geht es eigentlich bei der Sache?«

»Die Versicherungsgesellschaften haben natürlich kein Interesse daran, daß in der Öffentlichkeit bekannt wird, wie oft derartige Betrügereien vorkommen«, erklärte er. »Aber sie nehmen solche Dinge ziemlich ernst. Wer Postschecks fälscht oder die Telefongesellschaft beschummelt, wird auch verurteilt, und solche Schwindeleien wie die der beiden sind genauso strafbar.« Er klang plötzlich, als müsse er sich verteidigen. Was Jane freute.

»Klingt irgendwie grausam, finden Sie nicht?« meinte sie.

»Immer, wenn einer auf diese Weise abkassiert, müssen andere dafür bezahlen«, sagte Johnson. »Hören Sie, wir alle wissen, daß unsere Gesundheitsversorgung eine Katastrophe ist. Aber wenn Leute schwindeln und mogeln, macht es das auch nicht besser. Im Gegenteil. Glauben Sie mir!«

»Sie haben recht. Das macht es nur noch schlimmer. Alles macht jetzt einen Sinn«, seufzte Jane. »Der Versicherung gegenüber trat Brenda als Jennifer auf. Brenda war Studentin und hatte nur gelegentlich mal einen Job. Für sie als Kanadierin muß es ein Schock gewesen sein, in die Staaten zu kommen und festzustellen, daß es keine staatliche Krankenversicherung gibt. Und Jennifer hatte eine Krankenversicherung, hat sie aber nie in Anspruch genommen.«

»Manche Versicherungen zahlen auch für die Leistungen der Christian Scientists-Heilpraktiker«, sagte er. »Was ist also in dieser Apotheke passiert? Ist das der Grund, weshalb Sie in die Sache verwickelt sind? Und wer zum Teufel ist dieser Kerl mit dem Campingbus? Ich habe mir seine Autonummer notiert. Es dürfte also nicht allzu schwierig sein herauszufinden, wer er ist.«

»Ich sag's Ihnen, wer er ist«, lächelte Jane ihn an. »Zuerst hielt ich ihn für einen bezahlten Killer, glaubte, ein Zahnarzt namens Carlisle hätte ihn angeheuert, damit sein Sohn nicht in Schwierigkeiten kommt. Inzwischen bin ich davon überzeugt, daß der Mann Apotheker ist, George Cox heißt und daß er seine Frau umgebracht hat.«

Er sucht auch nach Brenda, sagte Jane. »Die erste Brenda MacPherson, die in Tofino Muscheln und Gräser verkauft – die sah einen Kerl mit Glatze in einem Campingbus vor ihrem Haus. Und dann begegnete ich ihm bei dieser anderen Brenda MacPherson auf der Kräuterfarm.«

Sie sah Johnson von der Seite an und blieb plötzlich auf dem einsamen Weg stehen. »Er hielt nichts von ihrer Kräutermedizin. Kein Wunder! Wo er doch Apotheker ist!«

Als sie dann weitergingen, erzählte sie ihm alles: von Kevin, wie er die Apotheke überfallen hatte, wie Mrs. Cox auf ihn geschossen hatte. Wie die Geschworene Nummer Zehn Kevin widerwillig schuldig sprach, weil er zurückgeschossen und die Apothekerin getötet hatte; wie ihr dann später die Zeitschrift auf dem Boden einfiel und wie das Rezept zu Jennifer führte.

Johnson hatte geduldig zugehört, aber jetzt sagte er: »Jennifer, die in Wirklichkeit Brenda war und die es mit der Angst bekam, weil sie wußte, wenn die Polizei sie befragen würde, käme heraus, daß sie die Versicherungsgesellschaft betrogen hat.«

»Genau. Was auch erklären würde, warum sie verschwunden ist – und das Land verlassen hat.«

»Aber was hat sie gesehen?« fragte Johnson.

»Ich weiß es nicht. Und vielleicht weiß es der Mörder auch nicht, hatte aber genug Angst, um zu Jennifer zu gehen und sie zu erwürgen, kurz nachdem Kevins Anwalt ihm erzählt hatte, daß es womöglich einen Tatzeugen gab. Wir haben ihn nämlich gefragt, welches Rezeptetikett seine Frau ausgeschrieben hat, als sie erschossen wurde.« Darüber wollte Jane lieber nicht nachdenken. Mit ihren Fragen hatten Calvin und sie den Mörder direkt zu Jennifer alias Brenda geführt.

»Vielleicht wollte er bloß herausfinden, was Jennifer wußte«, fuhr Jane fort. »Sie hatte Ihnen gerade den Versicherungsbetrug gestanden, es gab also keinen Grund mehr für sie, etwas zu verschweigen. Er hat ihre Wohnung durchsucht. Und er hat Brendas Foto von der Wand genommen. Er mußte Brenda vom Sehen gekannt haben. Schließlich war sie Kundin in seiner Apotheke.«

Johnson fiel in nachdenkliches Schweigen. Zielstrebig gingen sie weiter; der Rhythmus ihrer Schritte erleichterte ihnen das Nachdenken, und plötzlich paßte alles zusammen.

Es war wirklich einleuchtend. Mrs. Cox gibt einen Schuß ab, um Kevin abzuschrecken. Bei dem Knall lacht Mr. Cox aus dem Hinterzimmer. Seine Frau sagt ihm, was passiert ist. Er hebt die Pistole auf, die Kevin fallen gelassen hat, und zielt, ohne zu zögern, mitten auf ihre Stirn.

Jane sah die Szene jetzt förmlich vor sich. »Vielleicht konnte er einfach der Versuchung nicht widerstehen. Er steht vor ihr, hat die Pistole in der Hand und weiß, er braucht bloß zu behaupten, sei sie schon tot gewesen, als er dazukam. Er verkauft die Apotheke. Und jetzt kann er angeln gehen, soviel er will.«

»Und streicht wahrscheinlich noch eine dicke Lebensversicherung ein«, sagte Johnson. »Aber ein paar Fragen sind trotzdem noch offen. Er hätte doch dann die Schmauchspuren an den Händen gehabt. Nicht der Junge. Vielleicht waren Fingerabdrücke an der Mordwaffe. Und Sie meinen, Brenda hat die ganze Zeit in der Apotheke gesessen und in einer Illustrierten geblättert?«

»Ich weiß natürlich nicht, was sie gesehen hat«, sagte Jane. »Aber der Punkt ist, daß alles zusammenpaßt. Denn erst, als ich anfing herumzufragen, hat er Jennifer aufgesucht. Er muß auf den ersten Blick erkannt haben, daß sie die falsche Frau war. Er kannte Brenda vom Sehen, aber eben unter dem Namen Jennifer. Und als er die Brenda in Tofino vom Bus aus vor ihrem Haus beobachtete, wußte er auch sofort, daß es nicht die Frau war, die er suchte; genau wie bei der Brenda auf der Kräuterfarm.«

Jane runzelte die Stirn und versuchte sich zu erinnern. »Er war dabei, als ich ihr sagte, ich sei auf der Suche nach einer anderen Brenda MacPherson. Sie erzählte mir von der, die unter dem Namen Stephanie Chantal im Regency strippt. Und er muß kurz nach mir vor dem Regency angekommen sein. Als er meinen Namen auf der Kräuterfarm aufschnappte, wußte er, daß ich die Frau bin, die Entlastungsmaterial für Kevin sucht.«

»Macht es Ihnen was aus, mir zu erzählen, warum Sie Kevin entlasten wollen?« fragte Johnson.

»Die Frage habe ich schon die ganze Zeit befürchtet«, sagte Jane. »Kann das nicht warten? Wir müssen vor diesem Cox bei Brenda sein. Vielleicht ist er in diesem Moment in Port Hardy und bringt sie um.«

»Da ist sie gar nicht«, sagte Johnson. »Inzwischen strippt sie in Victoria. Im Tip Top Club. Nachdem ich wußte, daß sie unter dem Namen Stephanie Chantal auftritt, war dies sehr einfach herauszufinden.« Er öffnete seine Brieftasche und holte ein postkartengroßes Hochglanzfoto heraus. »Ihr Agent ist in Vancouver. Den habe ich angerufen. Die Mädchen werden im Rotationsverfahren durch alle Clubs in British Columbia geschleust. Oben in Port Hardy hat sich Brenda mit einem der anderen Mädchen nicht verstanden und ist nach ein paar Tagen wieder gegangen. Wir können also immer noch schneller als dieser Cox sein und sie vor ihm warnen.«

»Und herausfinden, was sie gesehen hat«, sagte Jane und nahm sich das Foto. Brenda beugte sich in einer offenbar vom Modern Dance inspirierten Pose nach hinten. Sie hatte schwarzes, lockiges Haar, schmale, dunkelbewimperte Katzenaugen und schöne Zähne. Sie trug mindestens zehn Zentimeter hohe Stöckelschuhe und eine schmale Kette um die Taille. Sie hatte kleine, runde Brüste mit dunklen Brustwarzen, die fotogen erigiert waren, lange glatte Schenkel und muskulöse Beine. Ein Knie war kokett gebeugt, wodurch einer ihrer Schenkel in eine leichte Schräglage kam und ihre Scham verdeckte.

»Und was sagt Ihnen dieses Foto über Brenda?« fragte Jane.

Er lugte über ihre Schulter. »Daß sie nicht schüchtern ist«, sagte er. »Und wahrscheinlich eine gute Tänzerin. Sie ist flachbrüstiger als die meisten Frauen, die sowas machen. Was wohl heißt, sie kommt durch ihr Tanzen an – hat's nicht nötig, sich Implantate machen zu lassen.«

»Wollen Sie damit sagen, in dem Geschäft stehen Talent und Titten im umgekehrten Verhältnis?« fragte Jane.

Er zuckte die Achseln. »Sie können sich ja selbst Ihre Meinung bilden, wenn wir in Victoria sind. Aber erst mal haben wir noch mindestens zwei Stunden Fußmarsch vor uns, dann versuchen wir, uns in Port Hardy ein Auto zu mieten und fahren wieder in Richtung Süden. Ich weiß natürlich nicht, wie lange wir auf dem Polizeirevier zubringen werden.«

»Polizei?«, fragte sie. »Warum die?«

»Sehr einfach: Weil Sie tätlich angegriffen wurden, ein Mörder frei herumläuft und Sie glauben, er ist jetzt hinter Brenda her.«

»Darum muß ich mich allein kümmern – ohne die Polizei«, sagte sie.

»Warum? Wir haben genügend Zeit. Sagen Sie mir, warum! Warum sind Sie in die Sache verstrickt, und was verfolgen Sie?«

»Es wird mich meinen Job kosten, wenn ich mich nicht allein darum kümmere«, sagte sie.

»Was für einen Job?« fragte er. »Bezahlt Sie etwa jemand dafür, daß Sie rumlaufen und außerhalb des Gesetzes Schwerverbrechen aufklären? Machen Sie keine Witze!«

»Das Dumme ist, daß mich bis jetzt noch keiner dafür bezahlt hat«, seufzte sie. »Ich weiß, es klingt verrückt. Das Ganze war ja auch bloß Onkel Harolds Idee.« Und sie berichtete ihm von Onkel Harolds Testament und dem Treuhänder-Komitee. Wie sie schon einmal versucht hatte, einen hoffnungslosen Fall zu finden und zu lösen, und das Komitee ihre Anstrengungen nicht honoriert hatte. Während sie neben ihm den matschigen Kiesweg entlangstapfte, inmitten dieser zerstörten, merkwürdigen Landschaft, in der es noch dazu totenstill war – nicht mal Vögel schien es hier zu geben, fiel Jane jetzt auf –, kam es ihr ganz natürlich vor, ihm alles zu erzählen.

»Klingt ziemlich windig«, sagte er.

»Ich will es aber tun«, rief sie trotzig aus. Sie hatte das Versteckspiel satt, war nicht mehr auf der Hut vor ihm, sondern rückhaltlos ehrlich, »weil ich nicht weiß, was ich sonst tun sollte. Ich bin siebenunddreißig Jahre alt und habe unzählige dämliche Jobs hinter mir. Kein Mensch nimmt mich ernst, und ich war einfach zu oft pleite. Ich will eine respektable, attraktive Witwe mit rätselhafter Einkommensquelle sein. Ich will ein paar Wochen im Jahr darauf verwenden, irgendwelchen Leuten zu helfen, die in der Tinte stecken – und glauben Sie mir, ich habe Talent dafür –, und dann will ich mich entspannen und ein angenehmes Leben führen. Ist das zuviel verlangt? Es macht mir nichts aus, allein zu sein. Daran bin ich gewöhnt. Aber warum sollte ich allein und pleite sein?«

»Man kann sich sein Geld auch anders verdienen«, sagte er.

»Ach, ich mache mir nichts vor«, entgegnete sie. »Wenn mir an irgendeinem seriösen Job läge, dann hätte ich mir längst einen gesucht. Genaugenommen – ohne Onkel Harold wäre ich jetzt irgendeine gescheiterte Europavagabundin mit gesperrter Visa-Karte.«

»Was für Jobs hatten Sie denn?« Ein verschmitztes, kleines Lächeln stand ihm im Gesicht. Er schien sie eher faszinierend als verlottert zu finden. Das freute sie, machte sie aber im gleichen Moment gereizt. So amüsant war es nun auch wieder nicht, daß sie nichts Anständiges zuwege gebracht hatte.

Sie winkte abfällig mit der Hand. »Als ich mein erstes College-Semester sausen ließ und nach Europa ging, hatte ich mir einen Job als Gouvernante besorgt. Bei einer sehr reichen französischen Familie. Dort gefiel es mir eigentlich sehr gut. Ich habe immer noch Kontakt mit meinen kleinen Zöglingen.

Dann habe ich geheiratet und einfach in den Tag hinein gelebt. Als mein Mann starb, habe ich festgestellt, daß sein Manager fast alles für sich abgezweigt hatte. Was für mich übriggeblieben ist, war zum größten Teil in brasilianischer Währung, und als die zusammenbrach, stand ich praktisch ohne einen Pfennig da.« Sie zuckte mit den Achseln. »Ich habe immer noch einen hübschen alten Jaguar in einem

Lagerhaus in London. Und jedes Weihnachten bekomme ich eine Kiste Scotch. Eine Marke, von der Bernardo gesponsert wurde.

»Bernardo?«

»Er war Formel-Eins-Fahrer und sehr berühmt in Europa. In meiner Jugend war ich ein verwöhntes Ding. Danach habe ich alles mögliche gemacht. Ich war Hand-Fotomodell.« Sie hielt ihre Hände hoch. »Sehr langweilig. Man hält irgendwelche Produkte – Q-Tips oder Nagellackflaschen oder Chips-Tüten. Wird ein Spot auf Film oder Video gedreht, muß man die Hände sehr präzise bewegen, werden Fotoaufnahmen gemacht, muß man sie völlig ruhig halten. So still, wie vorhin, als ich Wasserleiche gespielt habe.«

Sie hielt die Hände über den Kopf. »Kurz vor den Aufnahmen hebt man die Hände hoch, damit das Blut besser zirkuliert.«

»Sie haben wirklich schöne Hände«, sagte er anerkennend.

»Danke. Eigentlich ein bißchen groß für Werbespots. Aber die Finger sind schön und lang. Danach hab ich mich noch in 'ner Menge andrer Sachen versucht, und schließlich endete ich als Sängerin.«

»Das könnten Sie doch wieder machen«, ermunterte er sie.

»Nein, könnte ich nicht. So gut war ich nämlich nicht, um Ihnen die Wahrheit zu sagen. Ich sang Standards – Gershwin, Cole Porter –, aber als Amerikanerin, die amerikanische Klassiker in Europa singt, habe ich immerhin ein paar Vorschußlorbeeren bekommen. Wollte ich es hier versuchen, würde mich wahrscheinlich jedes junge Ding in perlenbesetztem Chiffon aus den Bars der Flughafen-Holiday-Inns an die Wand singen.«

Sie dachte eine Weile darüber nach. »Nicht, daß ich nicht einen gewissen Stil gehabt hätte. Ich habe ein gutes Rhyth musgefühl und bringe Text und Musik ganz gut zusammen. Meine Stimme ist ziemlich tief und ausdrucksstark, aber sie hat keine besonders großen Umfang. Und außerdem werde ich älter.«

Sie sah ihn von der Seite an. »Hört sich das sehr nach Gejammer an?«

»Es hört sich an, als stünden Sie an einem Wendepunkt in Ihrem Leben«, sagte er. »Manche Leute sind eben nicht für feste Anstellungen geschaffen. Es liegt einfach nicht in ihrer Natur.«

»Ich weiß. Ich habe mich immer für sehr pfiffig gehalten, weil ich alles mit meinem eigenen Verstand und Charme geschafft habe. Inzwischen glaube ich, ich war ein Dummkopf. Aber da ist Onkel Harold aufgetaucht, um mich zu retten. Es steht eine Menge Geld auf dem Spiel.«

»Und das ist es, was Sie antreibt?«

»Es wäre gelogen, wenn ich es bestreiten würde.« Sie sah ihm in die Augen. »Aber das ist es nicht allein. Es klingt vielleicht sentimental, aber ich verstehe wirklich, was Onkel Harold motiviert hat, obwohl ich glaube, er hatte einen völlig anderen Stil. Tatsache ist, daß es eine Menge Schweine auf dieser Welt gibt, die mit allem durchkommen. Weil es den meisten Menschen egal ist. Oder sie es nicht mal merken.« Sie lachte. »Onkel Harold hat einen großen Stich vom Heiligen Georg, der mit einem Drachen kämpft, über seinem Kamin hängen. Ich habe ihn dort gelassen.«

Sie drehte sich zu ihm um. »Und warum sind Sie Polizist geworden? Ich nehme an, Sie waren wirklich einer. Das war doch nicht gelogen, oder?«

»Ich glaube, ich wollte nur deshalb Polizist werden, weil einer es schließlich tun muß«, erklärte er. »Und ich dachte einfach, warum dann nicht ich? Ich bin ein ziemlich sachlicher Mensch. Und am Anfang, als ich mein eigenes kleines

Revier hatte, gefiel es mir sogar. Es gab kein Problem, mit dem ich nicht fertig wurde. Wenn man Streife fährt, muß man spontane Entscheidungen treffen. Alle möglichen Situationen klären. Die Leute ringsherum beruhigen. Dafür sorgen, daß alles glatt verläuft. Ich hatte noch Ideale. Wie alle jungen Leute. Aber da gab es noch etwas. Übertriebenes Verantwortungsbewußtsein. Ich gebe es zu. Das Gefühl, nichts aus der Hand geben zu können, immer zu wissen, was das Beste ist. Und sowas kann einem leicht zu Kopf steigen.«

»Ich glaube auch immer zu wissen, was das Beste für andere Leute ist«, sagte Jane. »Aber nicht unbedingt für mich.«

Er lachte. »Genau. Wenn man sich mehr mit sich selbst befassen würde, hätte man gar nicht die Zeit, sich um alle anderen zu kümmern. Jedenfalls, je höher man im Polizeidienst aufsteigt, desto größeren Ärger hat man mit Vorgesetzten, die auch immer zu wissen glauben, was das beste ist – in erster Linie für ihre eigene Karriere. Man muß Tonnen von Papierkram bewältigen, und die Bezahlung ist alles andere als gut. Also arbeite ich jetzt auf eigene Faust. Ich habe ein paar große Klienten und mache nur so viel, damit ich Geld genug habe, meine Freizeit zu genießen.«

Schweigend gingen sie weiter. Jane fröstelte immer noch, in der feuchten Luft waren ihre Kleider noch keine Spur getrocknet. »Irgendwas an dieser Landschaft entlockt einem die Geständnisse«, sagte sie. »Als wir den wunderschönen kleinen Weg zu den heißen Quellen entlanggegangen sind, haben wir kein Wort gesprochen.«

Sie schaute sich um. Ästhetisch gesehen, war diese Gegend eine Katastrophe. Abgesengt, zerhackt, verwüstet, völlig aus dem Gleichgewicht. Dagegen hatte der Regenwald, durch den sie vorher gelaufen waren, wie beseelt gewirkt. Und so mußte es auch sein. Irgendein göttlicher Plan mußte dahinterstecken. Jane dachte an ihren Weihnachtskarten-Engel.

»Als er über mich herfallen wollte«, sagte sie, »habe ich gebetet, ein Schutzengel möge kommen und mich retten. Ich glaube, der waren Sie. Sie haben mich aus dem Devil's Bath befreit.«

»Ich bin kein Engel«, sagte er, »genausowenig wie Ihr Onkel der Heilige Georg war. Wir sind bloß Leute, die gegen die Gemeinheiten des Lebens ankämpfen, weil wir meinen, daß es unsere Pflicht ist.«

»Und weil wir nicht wissen, was wir sonst tun sollten«, seufzte Jane. »Hören Sie«, fuhr sie dann eindringlich fort, »wenn wir die Polizei einschalten, bekommt es Brenda vielleicht mit der Angst und macht sich davon. Ich muß aber mit ihr reden. Ich möchte sie anrufen und warnen. Bitte! Die Polizei können wir später benachrichtigen, in vierundzwanzig Stunden.«

»Damit Sie an das Geld von Ihrem Onkel kommen«, sagte er.

»Genau. Denn wenn ich bezahlt werde, dann bin ich endlich keine Amateurin mehr.«

Calvin Mason haßte es, wenn das Telefon mitten in der Nacht klingelte. Normalerweise bedeutete das schlechte Nachrichten. Gute Nachrichten hatten immer Zeit. Nächtliche Anrufe hießen meist, daß er für irgendeinen bescheuerten Mandanten eine Kaution hinterlegen mußte, damit die Bullen ihn wieder laufen ließen. Oder bei einem Mieter des Apartmentblocks, den er verwaltete, hatte sich eine mittlere Katastrophe ereignet – ein Rohrbruch oder Kurzschluß.

Calvin ließ den Anrufbeantworter eingeschaltet und hörte mit.

»Calvin? Jane da Silva hier.«

Er nahm den Hörer ab und brüllte seine aufgezeichnete Stimme wieder. »Bleiben Sie dran, bleiben Sie dran!« Dann knipste er das Licht auf dem Nachttisch an.

»Wo zum Teufel stecken Sie?« fragte er. »Haben Sie meine Nachricht erhalten?«

»Ich bin in Port Hardy. Im nördlichsten Zipfel von Vancouver Island, in einem Hotel direkt am Hafen. Vorhin legte ein großer Trawler an, und im Aufzug stinkt's nach Fisch. In der Bar gibt's 'ne Ein-Mann-Band. Ja, ich habe Ihre Nachricht erhalten, und sie hat mir geholfen, das Ganze zu entwirren. Ich weiß, wer es getan hat. Wer Mrs. Cox erschossen hat.«

»Wollen Sie damit sagen, Kevin war es nicht?« fragte er.

»Nein, es war ...«

»Halt!« rief er. Wollte er es wirklich wissen? Vielleicht lieber nicht, wenn sie immer noch nicht bereit war, die Polizei einzuschalten – wenn sie weiterhin versuchen wollte, eine Art Ein-Frau-Bürgerwehr zu spielen, damit sie an das Geld ihres Onkels kam.

»Halt? Wollen Sie es denn nicht wissen? Es ist doch Ihr Klient, den ich aus dem Knast hole.«

»Und haben wir vor, der Polizei davon zu erzählen?« fragte er.

»Deshalb rufe ich ja an. Ich möchte, daß Sie alle Hebel in Bewegung setzen, damit der State of Washington die Auslieferung des Kerls beantragt.«

»Wo ist er? Wer ist er?«

»Mr. Cox, der Apotheker. Ich bin mir sicher, er hat seine Frau Betty umgebracht. Und ich glaube, er ist immer noch auf Vancouver Island. Kevin ließ die Pistole fallen. Cox hob sie auf, erschoß seine Frau und rief die Polizei. Sagen Sie's mir nochmal: Behauptete er, er hätte gesehen, wie Kevin seine Frau erschoß?«

»Nein. Er sagte, als er aus dem Hinterzimmer kam, hätte sie tot auf dem Boden gelegen.«

»Das hat er behauptet, weil Kevin schon weg war und er ihn nie gesehen hat. Vielleicht auch, weil er nicht wollte, daß die Polizei Kevin fand. Für Cox wäre es besser gewesen, man hätte ihn nie gefaßt.«

»Hat Brenda Ihnen das alles erzählt? Sie war doch gar nicht dabei.«

»Nein. Ich habe sie noch nicht gefunden. Das heißt, gefunden schon, aber ich war noch nicht bei ihr. Calvin, Cox hat versucht, mich umzubringen. Ich bin mir ziemlich sicher, daß er auch Jennifer getötet hat. Brenda war damals in der Apotheke! Sie hat sich als Jennifer ausgegeben, um ihre Krankenversicherung benutzen zu können.«

Calvin dachte einen Moment nach. »An Cox' Händen waren keinerlei Schmauchspuren.«

»Und an Kevins Händen auch nicht. Aber der sitzt jetzt im Monroe.«

»Warum erzählen Sie mir nicht alles von Anfang an?« fragte er.

»Das kann ich nicht. Ich falle um vor Müdigkeit. Ich muß das Moos aus meinen Haaren kriegen, und wir müssen morgen sehr früh aufstehen und runter nach Victoria fahren.«

»Wir?«

»Ich hab mich mit einem Versicherungsdetektiv zusammengetan. Er hat Cox in die Flucht geschlagen und versucht, mich vorm Ertrinken zu retten, obwohl ich ja gar nicht wirklich ertrunken wäre. Devil's Bath hieß der gräßliche Tümpel und ist der gottverlassenste Fleck auf der Welt. Dann mußten wir stundenlang diese öden kanadischen Forstwege wieder zurücklaufen, weil Cox die Verteilerdose vom Wagen herausgerissen und die Reifen aufgeschlitzt hatte. Es ist eine lange, lange Geschichte. Als wir zur Hauptstraße kamen – Gott sei Dank liefen wir unterwegs keinem Bären in die Arme –, sind wir per Anhalter mit einem Mühlenarbeiter nach Port Hardy gefahren, und vor morgen früh kriegen wir keinen Leihwagen.«

Schon wieder eins auf den Deckel! Da ließ er sich im Vorgarten von diesem Zahnarzt eins über die Rübe ziehen, verbrachte seine kostbare Zeit damit, Carols Müllschlucker zu reparieren, und sie? Sie trieb sich mit irgendeinem aalglatten Scheißkerl in Port Hardy rum.

»Und wer genau ist dieser Herr?«

»Er heißt Steven Johnson. Der Punkt ist, er wußte, daß Brenda Jennifers Krankenversicherung benutzte. Übrigens ist er der Mann, der bei Jennifer war, kurz bevor sie ermordet wurde.«

»Na, großartig!« rief Calvin. »Bestimmt hat *er* sie erwürgt. Wahrscheinlich arbeitet er für diesen schleimigen Zahnarzt. Jane, der Kerl, mit dem Sie zusammen sind – für den interessiert sich die Polizei hier brennend. Das weiß ich aus sicherer Quelle. Am liebsten würde ich die Polizei da oben anrufen und zu Ihnen in dieses fischige Hotel schicken. Unter welchen Namen stehen Sie im Gästebuch? Mr. und Mrs. Smith?«

»Vor ein paar Tagen hab' ich ihm selbst die Polizei auf den Hals gehetzt«, sagte sie. »Er konnte sie von seiner Unschuld überzeugen. Er ist Ex-Bulle. Und mich hat er auch davon überzeugt, daß er nichts zu verbergen hat. Er hat bereits mit der Seattler Polizei telefoniert, und sobald wir zurück sind, wird er sich bei denen melden.«

Sie klang völlig eingenommen von dem Kerl.

»Übrigens«, fügte sie hinzu, »wollte er gleich selbst zur Polizei gehen. Ich konnte es ihm ausreden, weil ich ihm versprochen habe, Sie würden morgen früh der Polizei in Seattle alles erklären.«

»Seien Sie vorsichtig«, warnte er sie. »Wirklich Jane, das alles hört sich ziemlich verrückt an.«

»Ich kann es kaum abwarten, Sie zu sehen und Ihnen alles zu erzählen«, sagte sie. »Ich glaube, diesmal hab ich's geschafft. Ich glaube, jetzt habe ich meinen hoffnungslosen Fall! Wir müssen bloß noch Cox schnappen und dafür sorgen, daß Kevin seine Neuverhandlung bekommt. Wie lange wird das dauern? Glauben Sie, das Komitee gibt mir das Geld schon, ehe er freigesprochen ist?«

»Sie hören sich ja wie eine Besessene an«, sagte er. »Ich

glaube, ich komme besser zu Ihnen da hoch. Ich könnte ein Wasserflugzeug vom Lake Union nehmen und Sie irgendwo auf der Insel treffen. Oder ich nehme eins vom Lake Washington, das zu den Lachs-Fanggründen fliegt.«

»Nein«, entgegnete sie. »Ich brauche Sie unten in Seattle. Schauen Sie, wie Sie die Sache mit den Schmauchspuren umgehen können. Wenn ich mit Brenda gesprochen habe, weiß ich mehr. Ich rufe Sie dann sofort wieder an.«

»Und wann treffen Sie sich mit ihr?«

»Telefonisch konnte ich sie nicht erreichen. Wir haben es versucht. Aber morgen sehe ich sie. Sogar alles von ihr! Ab morgen nachmittag arbeitet sie als Stripperin im Tip Top Club in Victoria.«

»Na, so eine Zeugin wird den Geschworenen ja bestens gefallen!« brummte Calvin. »Klingeln Sie durch, ja? Und lassen Sie mich wissen, was Sie vorhaben.«

»Mache ich. Bis bald. Tschüs. Sie sind großartig«, fügte sie noch hinzu.

Diese letzte Bemerkung gefiel Calvin kein bißchen. Als ob sie dabei seine Wange tätschelte. Er haßte sich dafür, daß er eifersüchtig war und er sich diese Mr.-and-Mrs.-Smith-Anspielung nicht hatte verkneifen können. Natürlich glaubte er nicht, daß der Kerl ein Mörder war. Schließlich hatte die kanadische Polizei ihn laufen lassen, und die hatte ziemlich weitgehende Befugnisse.

Er seufzte und sah zu der guten alten Marcia hinüber, die einen gesegneten Schlaf hatte. Marcia war Kosmetikerin, weshalb sie alle fünf Minuten ihre Frisur wechselte. Im Moment war ihre Haar rot und gelockt und ergoß sich auf das Kissen, außer einer Locke, die ihr an der Wange klebte.

Nicht ohne Zärtlichkeit strich Calvin sie ihr aus dem Gesicht, knipste das Licht aus und sagte sich, daß es völlig unlogisch und unfair war, verrückt zu spielen, nur weil Jane da Silva sich mit irgendeinem langweiligen Versicherungstypen einließ. Aber wann war bei solchen Dingen schon Fairneß oder Logik im Spiel?

Nachdem sie aufgelegt hatte, sank Jane in ihrem von Steven Johnson geliehenen T-Shirt aufs Bett. Obwohl sie ein heißes Bad genommen hatte, schmerzten ihre Beine noch von dem langen Marsch. Sie ahnte, was in Calvin Masons Fantasie vor sich ging: Daß sie sich in diesem Augenblick mit Steven Johnson im Bette wälzte. Aber der war in sicherer Entfernung in seinem Zimmer am anderen Ende des Flurs. Er hatte sich zurückgezogen, nachdem er ihr freundlicherweise ein paar seiner Sachen zum Anziehen gegeben hatte. Vor ihrer Zimmertür hatte sie ihn noch leicht auf die Wange geküßt und ihm gedankt.

Es war mehr als wohltuend, hinter verschlossener Tür allein in einem Zimmer zu sein, fern von Mr. Cox, seinem Messer und wilden Tieren. Und sofort verschaffte sich ihr Reinlichkeitsbedürfnis wieder Geltung. Sie hatte ihre Kleider ausgewaschen, sie an dem Handtuchhalter aufgehängt, sich in die heiße Badewanne gesetzt, die Moosreste aus den Haaren gepickt und sie dann mit einem Stück Seife gewaschen.

Nachdem sie sich Zimmer genommen hatten, waren sie in die Hotelbar gegangen, hatten köstliche Burger und Fritten verschlungen – schön fettig, genau wie Jane sie mochte –, sie mit einem Scotch heruntergespült und dabei der Ein-Mann-Band zugesehen – einem blassen jungen Mann in zerrissenen Jeans und ärmellosem T-Shirt, der Rockmelodien aus den Siebzigern sang, während er mit den Händen Gitarre spielte und mit seinen ausgelatschten Stiefeln auf verschiedene an Computer und Synthesizer angeschlossene Hebel trat und von Band Schlagzeugwirbel und virtuose

Gitarrensolos zuspielte. Ein paar Männer von der Trawlerbesatzung spielten im Hinterzimmer Billard, und ein paar Eingeborene saßen steif und ordentlich an den Tischen und tranken Bier.

Auf zwei Dinge hatte sie spekuliert, als sie Johnson überredete, erst zur Polizei zu gehen, nach dem sie mit Brenda gesprochen hatten: Erstens, daß ihm selbst daran lag, seine Ermittlungen erfolgreich abzuschließen, und zweitens, daß er ihr die gleiche Chance geben wollte. Letztlich umgestimmt hatte ihn wohl dann ihr Hinweis, daß die Polizei Brenda im Augenblick wahrscheinlich genausowenig finden könnte wie sie.

Als er schließlich klein beigab, hatte sie den Eindruck, es geschah aus reiner Erschöpfung.

Mehrere Anrufe im Tip Top Club hatten ergeben, daß Brenda in den Räumen über dem Club wohnen würde, wenn sie für ihr einwöchiges Engagement einträfe. Aber sie war noch nicht angekommen und wurde auch nicht vor Mittag des nächsten Tages erwartet.

Kurz bevor sie einschlief und gerade ein Schlagzeugwirbel vom Synthetizer die Dielen in ihrem Zimmer erzittern ließ, verspürte Jane doch einen winzig kleinen Stich, daß Johnson nun, da sie wieder in die Zivilisation zurückgekehrt waren, keinen Annäherungsversuch unternahm. Ihre Eitelkeit war natürlich schuld an diesem Gefühl! Trotzdem, nach allem, was sie zusammen durchgemacht hatten, wäre es bestimmt angenehm, sich jetzt an ihn zu kuscheln.

Am nächsten Tag besorgten sie sich einen Leihwagen mit Tempomat und einer großartigen Stereoanlage. Johnson fuhr schnell, und Jane schlief eine Weile; als sie aufwachte, mit fast vierzig aufgeregt wie ein Teenager, weil sie Brenda immer näher kamen, trällerte sie bei den alten Motown-Songs im Radio mit. Er versicherte ihr, sie hätte eine schöne Stimme und wäre mindestens so gut wie all die jungen Dinger in irgendeinem Flughafen-Holiday-Inn, bemerkte dann, wie hübsch sie aussähe in seinen hochgekrempelten, mit dem Gürtel um die Taille gezurrten Jeans und seinem dunkelblauen Hemd, was Jane in immens gute Laune versetzte.

Schließlich hielten sie vor dem Tip Top Club in Victoria. Er lag nur ein paar Blocks von den Ramschläden für Touristen entfernt, aber in einer versteckten Seitenstraße, in die kein Tourist sich je verirrte. Über dem Eingang zum Tip Top flatterte eine Stoffahne mit der Aufschrift: AMATEUR NIGHT – SONNTAGMITTAG. Der Club lag in einem alten Hotel, einem mit Stuck überfrachteten Flachbau, der aussah wie eine Herberge für Handelsreisende aus der Prä-Motel-Ära. Ein handgeschriebenes Schild mit der Aufschrift ZIMMER ZU VERMIETEN hing an einer verstaubten Fensterscheibe im ersten Stock; das Schnitzwerk der schönen alten Holztür war durch Dutzende von Neuanstrichen halb zugekleistert; in den Fenstern leuchteten Neon-Bierreklamen. Über der Tür hing ein Pinboard mit einem Zettel, auf dem in Riesenbuchstaben LESLIE 44DD WED stand. »Amateur-Abend am Mittag – nennt man so etwas nicht einen Widerspruch in sich?« fragte Jane, als sie vor dem Eingang standen. Sie sah Johnson von der Seite an. »Ich bin schrecklich aufgeregt!«

»Weil wir gleich Brenda treffen?«

»Nein, weil wir in eine Strip-Bar gehen. Ich bin bestimmt die einzige Frau da drin. Ich weiß, es ist dumm, sich solche Gedanken zu machen, wo es doch um Leben und Tod geht, aber trotzdem – all die Männer.«

»Seien Sie nicht albern«, entgegnete er. »Die nehmen gar keine Notiz von Ihnen. Die Kanadier hier oben sind gestandene Kerle, und weil im Moment keine Hockey-Saison ist, gucken sie sich halt nackte Frauen auf der Bühne an.«

Innen war eine schöne alte Mahagonibar mit einer weiteren Ansammlung von Neon-Bierreklamen und einem Barkeeper mit schwarzem, hinten zu einem Pferdeschwanz zusammengebundenen Haar.

Der Einrichtung der Bar war billig. Mehrere Reihen von Tischen und Stühlen umgaben die Bühne, die sich wie eine Insel ungefähr in Tischhöhe in der Mitte des Raums erhob. An jeder Ecke ragte ein Messingpfosten empor, und rings um den Bühnenrand waren Blinklichter angebracht. An einer Seite stand eine schäbige Duschvorrichtung aus Fiberglas, von der Art, dachte Jane, wie sie knausrige Vermieter gern installierten.

Die Tische waren ungefähr zur Hälfte besetzt – an vielen saßen Männer allein, manche mit einem Freund oder zu mehreren. Die meisten waren die typischen T-Shirt- und Schildmützenträger, aber Jane entdeckte auch ein paar Soldaten in Uniform. In der Ecke saß ein Asiate mit einer leidgeprüft wirkenden kleinen Frau, offenkundig seine Gattin. Viele essen hier offenbar zu Mittag – Hamburger und Sandwiches.

»Es wird besser sein, Sie fragen nach Brenda«, sagte Johnson, während er Jane zu einem Tisch im hinteren Barbereich führte. »Denn ich glaube kaum, daß sie die männlichen Kunden zu den Mädchen lassen.«

»Vielleicht sollten wir warten, bis ihr Auftritt vorüber ist«, meinte Jane.

Sie setzten sich, und eine Kellnerin mit stämmigen Beinen, T-Shirt, schwarzen Shorts, weißen Socken und Tennisschuhen kam zu ihnen und nahm ihre Bestellung auf: zwei Kokanee-Bier, und da sie noch nichts zu Mittag gegessen hatten, entschied Johnson sich für ein französisches Sandwich, und Jane nahm Garnelen und Fritten.

Das Bier kam ungefähr in dem Moment, als die Discjockey-Stimme den Auftritt von Melanie ankündigte. Jane, die Strip-

Bars immer mit Satinhandschuhen, straßbesetzten Abendkleidern, langen roten Nägeln und grellen Lidschatten assoziiert hatte, war überrascht, wie frisch und gesund das Mädchen auf der Bühne aussah.

Sie war blond, um die neunzehn oder zwanzig, mit minimalem Make-up, langem, seidigem Haar und kurzen, unlackierten Nägeln. Melanie tänzelte eine Weile zu der vage nach Disco klingenden Musik herum und sah dabei aus wie ein Teenage-Babysitter.

Innerhalb von Sekunden hatte sie sich aus ihren Kleidern geschält – einem kurzen marineblauen Strickrock und einer weißen, geknöpften Strech-Bluse, durch die ihre Brustwarzen schimmerten, ein Outfit, wie ihn Teenager zum Einkaufsbummel tragen könnten, abgesehen von den Zwölfzentimeter-Stöckelschuhen. Darunter trug sie einen weißen Tanga aus Spitze.

Nachdem sie ein paar Minuten herumgestakst war, faßte sie nach einem der Messingpfosten, wirbelte auf ihren Stöckeln in abenteuerlichem Tempo um ihn herum, wackelte mit den Hüften, hob ihre Haare hoch, ließ sie dann über ihren Rücken fallen und lächelte dabei wie ein Cheerleader. Dann kniff sie sich mit Daumen und Zeigefinger in ihre blassen Brustwarzen und rollte zur Begleitung mit den Augen.

Die Männer hockten die ganze Zeit ungerührt über ihrem Bier und wirkten beim besten Willen nicht wie ein Haufen rasender Tiere. Als Rock und Bluse fielen, die Melanie dann in einem ordentlichen kleinen Bündel am Bühnenrand ablegte, hatten sie sich gerade zu ein paar anerkennenden Pfiffen hinreißen lassen. Immerhin rangen sie sich einen kleinen Höflichkeitsapplaus ab, als sie den winzigen Streifen weißer Spitze zwischen ihren Beinen fallen ließ und ihn zu ihren anderen beiden Bekleidungsstücken warf. Nur noch mit ihren Stöckeln angetan, stolzierte sie jetzt über die Bühne, ruckte mit dem Kopf wie ein Pony und fuhr sich ab und zu mit den Händen über den Körper.

Ihr Schamhaar war zu einem hübschen, blonden Oval gestutzt. Jane nahm an, es war mit derselben Farbe wie ihr Kopfhaar gebleicht.

»Wie aus dem Ei gepellt!« sagte sie zu Johnson, der seinem Baguette mehr Aufmerksamkeit schenkte als der Bühne. »Wie das Mädchen von nebenan – wenn das einen so herrlichen Körper hätte.«

»Und sich die Kleider runterreißen würde«, ergänzte er. »Die Stripperinnen in den Staaten sehen viel verruchter aus«, fuhr er fort »Obwohl sie ihren Tanga anbehalten müssen. Wie ich gehört habe, bekommen die Mädchen hier ein Gehalt, was bestimmt weniger entwürdigend ist als bei uns in den Staaten, wo sie auf Trinkgelder angewiesen sind.«

Er trank einen Schluck von seinem Kokanee. »Ich mußte einmal einen Typen beschatten, der den ganzen Tag in solchen Schuppen rumhing. Ein unangenehmer Job. Zum Schluß war ich soweit, daß es mich erregte, wenn die Mädchen wieder in ihre Kleider stiegen. Und die Drinks waren einfach ungenießbar.«

Jane lächelte ihn an, und er schaute ihr ernst in die Augen. »Es ist nett von Ihnen, mich anzusehen, aber in Anbetracht des Ortes, an dem wir uns befinden, wäre ich wirklich nicht beleidigt, wenn Sie Ihren Blick schweifen lassen. Es ist zwar ein ziemlich billiger Auftritt, aber das Mädchen ist sehr hübsch.« Sobald sie wieder zu Hause war, nahm Jane sich vor, würde es höchste Zeit, mit Gymnastik zu beginnen. Melanie hatte kein Gramm Wabbelfleisch an sich. Alles war glatt und fest und herrlich proportioniert. Jane beobachtete, wie die Männer jeden Körperteil der Tänzerin inspizierten – als würden sie auf einer Pferdeauktion Ausschau nach einer guten Zuchtstute halten.

Er lachte. »Wollen Sie vielleicht noch mehr Strip-Bars besuchen, wenn wir Brenda gefunden haben?«

Melanie hatte sich inzwischen eine Wolldecke geholt, deren biederes Karomuster Assoziationen an ein Familienausflug weckte, und breitete diese auf der Bühne aus wie eine Tischdecke.

»Wie ich gehört habe, nennt man hier oben in Kanada die Sitzreihe direkt am Bühnenrand die Gynäkologen-Loge«, schmunzelte Johnson »Sie machen wohl Witze«, erwiderte Jane.

Melanie kroch jetzt auf allen vieren über die Bühne, ein Manöver, das nur jemand mit perfekten Brüsten ohne Peinlichkeit wagen konnte, streckte einen ihrer gestöckelten Füße in die Luft, räkelte sich dann kurz wie ein Hundejunges vor dem Kaminfeuer, rollte sich als nächstes auf den Rücken und spreizte aufreizend die Beine.

Ein paar Handbreit vor ihr schob ein Kunde seinen Papierteller mit Hamburger- und Frittenresten beiseite, steckte sich eine Zigarette an und betrachtete gedankenverloren ihre Möse.

»Der Kerl sieht aus, als würde er fernsehen«, meinte Jane, abgestoßen und fasziniert zugleich.

»Bestimmt ein Dauerkunde. Völlig abgestumpft.«

Melanie spreizte ihre Schamlippen und vollführte einige wenig überzeugende Masturbationsbewegungen, ehe sie, sowie die Musik endete, hastig aufsprang und ihre Wolldecke ordentlich zusammenfaltete. Die Stimme des unsichtbaren Discjockeys meldete sich wieder: Ein kleiner Applaus könnte Melanie dazu überreden, in die Badewanne zu steigen. Der müde Applaus zauberte ein breites Lächeln auf Melanies Gesicht. Sie tippelte hinüber zu der Badewanne, benetzte sich mit der Handbrause, wackelte dabei mit Hüften und Brüsten, setzte sich auf den Wannenrand und posierte dort eine Weile wie eine Kühlerhaubenfigur, während sie wie ein verspieltes Kind mit den Fingern im Wasser planschte. Dann stieg sie mit einem vorsichtigen großen Schritt aus der Wanne, rubbelte sich kräftig mit einem Handtuch ab, stieg wieder in ihren Teenager-Einkaufsbummel-Outfit, stakste von der Bühne und schlängelte sich, die Wolldecke unter den Arm geklemmt, durch die Tischreihen zum Hinterausgang der Bar. Trotz des leicht schmollenden Ausdrucks auf ihrem Gesicht war sie wieder ganz das süße, nette Mädchen von nebenan.

Wie diese vollbekleideten, nicht sonderlich attraktiven Männer Pommes frites in sich hinein stopften, während sie Melanies Reproduktionsorgane inspizierten, hatte ihrem Auftritt etwas Groteskes und Lächerliches verliehen. Aber Melanie hatte wirklich einen herrlichen Körper.

»Vielleicht bilde ich es mir nur ein«, sinnierte Jane gedankenverloren, »aber für mein Gefühl hatte Melanies Auftritt etwas sehr Unschuldiges, Vornehmes und Kanadisches. Irgendwie hat sie es geschafft, wie eine Jungfrau zu wirken.«

Er lächelte. »Ich wette, sie ist keine.«

Jane lachte. »Aber einen Orgasmus hatte sie bestimmt noch nicht.«

»Vielleicht. Aber das ist den Männern hier wohl egal.«

»Klinge ich etwa neidisch? Das bin ich wirklich nicht. Ich finde es bloß interessant, daß sie viel zu jung ist, um wirklich Stil zu haben. Vielleicht mache ich mir ja was vor,« sagte sie, »aber ich glaube, wenn ich meine alten Schnulzen in Europa sang, gab's Momente, die erotischer waren, obwohl ich meine Kleider anbehielt.«

Kaum gesagt, merkte sie, wie eitel und defensiv das klang, dabei hatte sie doch bloß ein paar analytische Gedanken anstellen wollen, um das Ganze zu verstehen.

»Ich bin sicher, es ist Ihnen gelungen, die Stimmung im

Saal knistern zu lassen«, meinte er. »Mit Ihren gekonnten, geschmeidigen Bewegungen, Ihrer Stimme, Ihrem vollbekleideten, aber sehr schönen Körper« – er stellte sein Bier ab und berührte ihre Fingerspitzen – »und Ihren hübschen Händen.«

Glaubte er etwa, sie fühlte sich durch Melanies Auftritt verunsichert, war eifersüchtig und auf Komplimente aus? »Mag schon sein. Aber ich bezweifle, daß das alles bei diesen Kerlen hier angekommen wäre. Trotzdem vielen Dank. Sie sind sehr nett«, sagte sie, fuhr sich mit der Hand durchs Haar und mühte sich um einen nüchternen Ton.

»Wahrscheinlich interpretiere ich einfach zu viel in etwas sehr Einfaches hinein.«

»Stimmt, Melanies Auftritt war sehr schlicht« bekräftigte er. »Aber Ihrer ist raffiniert.«

Er hatte die Gegenwartsform benutzt. Konnten Männer in Frauen denn immer nur die Verführerin sehen, fragte sich Jane. Ganz gleich, was wir tun? Ist es unsere Schuld oder ihre? Und wird es uns jemals gelingen, uns nicht mit den Augen von Männern zu sehen?

Aber sie hatte keine Gelegenheit mehr, länger darüber nachzudenken. Die Discjockey-Stimme dröhnte durch die Bar. »Und nun, Gentlemen, gerade aus Vancouver in den Tip Top Club zurückgekehrt – ich weiß, Sie alle haben schon auf sie gewartet –, die schöne und aufregende Stephanie Chantal.«

»Brenda!« flüsterte Jane. Auf diesen Augenblick hatte sie lange gewartet.

Dorothys Mutter stellte nicht viele Fragen. Sie war so erfreut, wie Calvin es erwartet hatte. Er hatte sie einfach angerufen. »Mrs. Fletcher? Calvin Mason hier. Wenn ich recht informiert bin, haben Sie mit einem gewissen Sean Carlisle gewisse Dinge zu regeln.«

»Ja, ja«, rief sie. »Wo ist er?«

»Ich habe Grund zu der Annahme, daß er diesen Samstag mit dem Flugzeug aus Denver kommt.«

Verdammt, warum hatte er ihr das gesagt? Aber schließlich mußte er schon mit was Handfestem aufwarten, wenn er sie davon überzeugen wollte, ihr helfen zu können.

»Ich rate Ihnen jedoch davon ab, die Sache selbst in die Hand zu nehmen«, sagte er. »Ich bin Anwalt und kümmere mich gern darum, daß dies alles ordnungsgemäß vonstatten geht.« Er machte eine Pause. »Meine Mitarbeiterin, Mrs. da Silva, vermittelte mir den Eindruck, daß Sie in dieser Angelegenheit noch nicht anwaltlich vertreten werden.«

»Nein, nicht richtig«, erwiderte sie mißtrauisch.

»Nun, ich biete Ihnen an, mich um den jungen Mann zu kümmern, anschließend können wir uns darüber unterhalten, ob Sie weiterhin meine Hilfe wünschen«, sagte er beiläufig.

Seiner Einschätzung nach konnte er sich den Fall leicht unter den Nagel reißen.

Schließlich hatte er das Bürschchen gefunden. Und das war bisher niemandem gelungen. Eine hübsche, dicke Vaterschaftsklage mit dem Einkommen eines Dr. Carlisle im Hintergrund, das klang wirklich nicht schlecht. Calvin hatte genug von den mickrigen Fällen, mit denen er ständig zu tun hatte.

Und da es inzwischen so aussah, als hätte Sean nichts mit Kevin und dem Mord in der Coxschen Apotheke zu tun, warum sollte er da nicht versuchen, für sich etwas aus der Sache herauszuschlagen. Calvin gratulierte sich zu seiner genialen Strategie.

»Na gut, in Ordnung«, sagte Mrs. Fletcher. »Ich habe alle Unterlagen hier.«

»Gut. Sie können sie mir mit der Post zuschicken, oder ich hole sie bei Ihnen ab, ganz wie Sie möchten.«

»Ich bringe sie bei Ihnen im Büro vorbei.«

Genau das wollte Calvin verhindern. Besser, sie kriegte nicht mit, daß er von seinem Wohnzimmer aus operierte.

»Arbeiten Sie in der Innenstadt?« fragte er.

»Ja. Im Smith Tower.«

»Bestens«, sagte er. »Ich habe morgen einen Gerichtstermin.« Das war eine dicke Lüge, aber geeignet, ihm das Image eines vielbeschäftigten Anwalts zu verleihen. »In der Verhandlungspause kann ich schnell zu Ihnen rüberspringen und die Sachen abholen.«

Und jetzt stand er am Flughafen, sah zur Anzeigetafel hoch, derzufolge der Flug pünktlich war, und im nächsten Moment entdeckte er Carlisle mit Frau und Tochter.

Schnell ging er hinter dem Espressostand in Deckung. Er wußte selbst nicht, warum er solche Anstalten machte, denn bald würden sie ja sowieso herausfinden, daß er hier war. Aber die Sache war ihm peinlich.

Er überlegte gerade, ob er sich einen Milchkaffee gönnen sollte, als er ihn sah. Den Kerl, der ihn in Dr. Carlisles Vorgarten zusammengeschlagen hatte.

Der Mann sah ihn auch.

Er kam zu ihm herüber.

»Hallo, Kumpel«, sagte er. »Sie sind nicht zufällig der Gerichtsdiener? Na, ich hoffe doch, Sie sind nicht nachtragend.«

»Wer sind Sie?« fragte Calvin. Eine gutaussehende Frau um die vierzig und ein schmollender Teenager mit einem Baby auf der Hüfte waren dem Mann gefolgt.

»Mr. Mason«, sagte die Frau, »ich bin Barb Fletcher. Und dies hier sind Dorothy und Charlie. Und mein« – sie schnitt eine Grimasse – »mein Exmann, Norman.«

»Erfreut, Sie alle kennenzulernen«, sagte Calvin verwirrt.

»Mom war dagegen herzukommen, aber ich will Sean sehen«, sagte Dorothy.

»Darauf freue ich mich schon«, verkündete Norman.

»Aber schlagen Sie nicht gleich auf ihn ein – so wie auf mich«, gab Calvin streng an. »Das würde Ihrer Sache bloß schaden.«

»Dad!« rief Dorothy. »Du hast ihn geschlagen?«

»Ich hielt ihn für diesen dreckigen Zahnarzt«, sagte Norman verlegen. »Ich habe ihn aus dessen Parkplatz rausfahren sehen und bin ihm zu Carlisles Haus gefolgt.«

»Norman ist ein bißchen übereifrig«, erklärte Barb in vertraulichem Ton. »Er hat sich jahrelang aus unserem Leben rausgehalten, aber als er hörte, was Dorothy passiert ist und wie dieser Sean sich vor der Verantwortung drückt, hat er sich doch eingeschaltet.«

»Sehr lobenswert«, meinte Calvin. »Aber ab jetzt fallen Sie bitte niemanden mehr an! Diesen juristischen Ratschlag gebe ich Ihnen gratis.«

Dorothy sah auf ihre Uhr. »Sollen wir nicht zum Terminal gehen?«

»Nein«, rief Calvin. »Überlassen Sie alles mir!«

Aber sie war schon losgelaufen, das Baby im Arm.

Calvin schoß hinter dem Espressostand hervor. »Na gut, vielleicht können Sie mir helfen, ihn zu identifizieren.«

Er erkannte Sean sofort, als dieser aus dem Flugzeug stieg. Der Junge hatte einen Stoppelbart, mit seinen abgerissenen Kleidern und dem riesigen Seesack, den er über der Schulter trug, sah er aus, als käme er von einem Kampfeinsatz.

Ehe seine Eltern und seine Schwester ihn begrüßen konnten, war Dorothy bei ihm.

Sean stand einen Moment reglos da und sah Dorothy verlegen an, dann streckte er seine Hand nach ihr aus. Das Baby griff mit seinen Fingerchen nach seinem Arm. Calvin rannte auf die kleine Gruppe zu. »Sean Carlisle?« fragte er und hielt ihm die Vaterschaftsklage unter die Nase.

Eine Sekunde später waren der Zahnarzt und seine Frau herbeigeeilt.

»Sean«, rief Mrs. Carlisle und umarmte ihren Sohn.

»Das ist Dorothy, Mom«, erklärte er.

Mit entsetztem Gesichtsausdruck ging der Zahnarzt jetzt auf seinen Sohn zu. Um den Mund von Seans Schwester spielte ein gemeines Grinsen.

Seans Mutter sah das Baby in Dorothy's Armen. »Was für ein hübscher Junge!« rief sie unter Tränen aus.

Hinter Calvin flüsterten Dorothys Eltern. »Misch dich bloß nicht ein!«, murmelte Barb. »Laß sie es allein regeln.«

»Wo warst du, Sean?« fragte Dorothy schüchtern.

»Bei einem Überlebenstraining mitten in der Wildnis. Meine Eltern haben mich dazu gezwungen. Weil man da angeblich zur Vernunft kommen soll. Wir haben Wiesel und alles mögliche getötet und gegessen. Es war schrecklich.«

Er hatte nur noch Augen für Charlie. »Ich habe oft an den kleinen Kerl gedacht, als ich da draußen in den Wäldern war. Ich habe gründlich darüber nachgedacht. Ich bin wirklich froh, daß du hier bist.«

Und Calvin spürte, wie ihm die Felle davonschwammen.

Brenda sah nicht aus wie das Mädchen von nebenan. Sie war kleiner, als Jane dem Foto nach geschätzt hatte, aber perfekt proportioniert. Andererseits hatte Mr. Art Déco, Brendas früherer Vermieter, Jane ja erzählt, weil sie so klein sei, hätte sie es schwer als Tänzerin. Bekleidet mit einem türkisblauen, straßbesetzten, langärmeligen Abendkleid und einem Perlengehänge an den Ohren betrat sie die Bühne – beim besten Willen nicht das Mädchen von nebenan. Eher die jung verheiratete Vorzeigetrophäe, die ein bißchen zu aufgetaktelt auf einer Wohltätigkeitsveranstaltung erscheint und sich, ohne es zu wollen, den Haß aller anwesenden Gattinnen zuzieht.

Das Kleid wurde durch einen einzigen Knopf auf der Hüfte zusammengehalten. Mit einem Fingerschnippen öffnete Brenda ihn, wickelte sich aus dem Kleid, schleuderte es dramatisch auf den Boden und warf die Arme in einer offenbar Martha Graham entliehenen Geste über den Kopf. In einem türkisfarbenen Body, der mehr ent- als verhüllte, stöckelte sie jetzt auf unglaublich hohen Pumps über die Bühne.

Was die Rolle rückwärts, die sie als nächstes vollführte, noch spektakulärer machte. Brendas athletische Fähigkeiten konnten sich sehen lassen. Die Männer applaudierten anerkennend. Auch was die Kostümwahl betraf, war Brendas Geschmack nicht abzusprechen, dachte Jane. Schon auf dem Werbefoto hatte Jane erkannt, daß Brendas Beine ihre stärkste Seite waren – straffe, muskulöse Tänzerinnenbeine – und ihr Kostüm brachte sie bestens zur Geltung.

Anders als Melanie lächelte Brenda nicht, sondern behielt einen konzentrierten, ernsten Ausdruck im Gesicht. Die Choreographie – die Bewegungen ihrer Arme, Beine, des ganzen Körpers – hatte etwas Fließendes und Geschmeidiges; außerdem verstand sie es, Kopf und Hals so zu halten, daß sie größer wirkte. Als sie dann um die Messingpfosten wirbelte, hob sie förmlich vom Boden ab – als griffe ihr jemand bei einem Pas de deux um die Taille.

»Sie kann wirklich tanzen«, sagte Jane anerkennend.

»Hab ich's nicht gesagt«, meinte Johnson.

Die Kellnerin kam an ihren Tisch, um die Teller abzuräumen.

»Entschuldigung«, sagte Jane zu ihr. »Könnten Sie Brenda – ich meine Stephanie – bitte etwas ausrichten?«

Die Kellnerin warf ihr und Johnson einen mißtrauischen Blick zu. Wahrscheinlich glaubt sie, wir wollen sie für irgendeinen schrägen Dreier, dachte Jane und warf einen Blick auf die Bühne. Brenda war jetzt auf den Knien und lehnte sich mit geschlossenen Augen zurück, mimte eine Modern-Dance-Pose selbstvergessener Ekstase, während sie sich ihre kleinen braunen Burstwarzen mit den Fingerspitzen erigierte.

Jane war klar, worauf Brenda anspringen würde. »Ich schreibe einen Artikel für das *Dance Magazine* über gute erotische Choreographie«, erläuterte sie der Kellnerin. »Und ich möchte Stephanie gern interviewen.«

Das Mädchen zuckte mit den Achseln. »Das *Dance Maga-*

zine? Ist das diese Stripper-Illustrierte, die in Vancouver rauskommt?«

»Nein«, sagte Jane. »Es ist eine Zeitschrift, die in New York erscheint und sich mit allen möglichen Tanzformen befaßt.« Sie war sich nicht sicher, ob es wirklich eine New Yorker Zeitschrift war. Sie kannte bloß den Namen.

»Ich geb' ihr Bescheid. Aber sie ist nicht gerade gesprächig«, schniefte die Kellnerin abfällig.

»Sagen Sie ihr bitte, daß ich sie für eine ernsthafte Künstlerin halte und mich sehr freuen würde, wenn sie zu einem Interview bereit wäre.« Das Mädchen verdrehte dic Augen. »Eine ernsthafte Künstlerin!« wiederholte sie tonlos. »Möchten Sie noch ein Bier?«

»Dance Magazine«, sagte Johnson nachdenklich, nachdem er gezahlt, die Kellnerin nett angelächelt und ihr ein Riesentrinkgeld von fünf kanadischen Dollar zugesteckt hatte. »Wenn Brenda das hört, wird sie bestimmt mit Ihnen reden. Aber wahrscheinlich hätte sie auch dem Vancouver Stripper-Magazin ein Interview gegeben.«

Jane freute sich nicht darauf, Brenda zu offenbaren, daß sie in Wirklichkeit über die Cox-Apotheke mit ihr sprechen wollte. Aber wie hätte sie es sonst anstellen sollen? »Hätte ich ihr ausrichten lassen, ihr Leben sei in Gefahr, würde sie mich für verrückt halten«, sagte Jane.

»Das stimmt. Sie haben genau das Richtige getan. Manchmal hilft einem die Wahrheit halt nicht weiter.«

»Ich kann ziemlich gut lügen – das merke ich immer wieder!« sagte Jane. »Mich haben Sie nicht getäuscht mit Ihrem Märchen von den persischen Miniaturen«, sagte er. »Aber eben waren Sie wirklich gut. Es kommt darauf an, daß man auf den richtigen Knopf drückt. Und Brenda ist bestimmt mit allem zu ködern, was mit Kunst zu tun hat.«

Brenda, die inzwischen auch ihr zweites Kleidungsstück

hatte fallen lassen, vollführte jetzt, nur noch mit Stöckeln und Ohrringen angetan, ihre Akrobatik, beugte den Oberkörper vor und schüttelte ihre dicke, schwarze Haarmähne im Kreis. Ihre Haut war sehr weiß, und auf ihren Brüsten schimmerten blaue Adern durch. Sie tat Jane plötzlich leid.

Offenbar gehörten das Herumkriechen auf allen Vieren und die Beckenarbeit am Boden zum Standardfinale. Brenda garnierte das Ganze mit einigen ballettreifen Grätschen und vollführte zum Schluß einen schwungvollen Radschlag in Richtung ihrer Kleider.

Sie schlüpfte wieder in ihr Kleid, warf sich den Lycra-Body über die Schulter und stakste auf ihren Stöckeln durch die Bar. Jane fragte sich, wie sie überhaupt in den Dingern laufen konnte. Sie mußten an ihren Füßen festgeleimt sein.

Brenda vermied bei ihrem Abgang jeden Augenkontakt. Die Männer warfen ihr verstohlene Blicke zu. Melanie hatte den Kunden auf ihrem Weg durch die Bar zugelächelt, und einige hatten sie begrüßt.

Am Hinterausgang beugte sich die Kellnerin, ihr Tablett auf einer Schulter balancierend, zu Brenda hinüber und flüsterte ihr etwas zu, worauf diese zu Jane und Johnson herüberschaute. Jane nickte ihr kurz zu. Brenda flüsterte der Kellnerin etwas zu und verschwand durch die Tür.

Die Kellnerin ließ sich Zeit, bis sie wieder an Janes und Johnson Tisch kam. Als sie schließlich erschien, sagte sie: »Wenn Sie wollen, können Sie hochgehen und mit ihr reden. Ich zeig' Ihnen gleich den Weg.« Dann sah sie Johnson an. »Aber Sie müssen hierbleiben. Wir haben die Regeln geändert. Seit neuestem sind Männer in den Zimmern nicht mehr erlaubt, letzte Woche gab's einen riesen Ärger.«

»Und jetzt, meine Herren«, dröhnte der Discjockey, »eine talentierte Amateurin, die ganz wild darauf ist, Ihnen zu zeigen, was sie hat. Denken Sie daran, Lorraine St. James, die letztjährige Amateurin des Jahres, begann ihre steile Karriere in einer Bar hier in Victoria. Beurteilen Sie selbst, meine Herren, ob diese junge Dame das Zeug dazu hat! Und nun einen herzlichen Tip-Top-Willkommensapplaus für Sylvia.«

Zum Glück kam genau in dem Moment die Kellnerin zurück, um Jane abzuholen. Sie war mehr als erleichtert, von Sylvias Gestrampel verschont zu bleiben, die gerade zu den Klängen von »Shake That Body« in einem kurzen, billig wirkenden, knallroten Negligé und mit einem gequälten Lächeln im Gesicht auf die Bühne stakste.

Ein wenig einnehmender junger Mann mit pockennarbigem Gesicht, wahrscheinlich ihr Freund, feuerte sie von der Gynäkologen-Loge aus an. »Mach's genau, wie wir's geübt haben, Baby«, rief er ihr zu, wobei er sich wohl ausmalte, stellte Jane sich vor, wie er in den nächsten Jahren in der ersten Reihe aller möglicher Strip-Bars saß, ein Bier vor sich, und zusah, wie sein Lebensunterhalt mit den Titten wackelte.

Die Kellnerin zog einen Schlüssel, aus ihrer Schürze, öffnete eine Tür und sagte in leicht trotzigem Ton: »Ich bin hier fürs Putzen zuständig. Wenn's trotzdem schmutzig aussieht, dann, weil hier einfach alles uralt ist.«

»Wie ist es, hinter den Mädchen herzuputzen?« fragte Jane.

Die Kellnerin schnalzte mit der Zunge. »Gestern mußte ich Kotze aus der Badewanne schrubben. Diese Mädchen sind einfach Schlampen. Es hat gar keinen Sinn, die Zimmer da oben hübsch herzurichten, sie ruinieren doch alles.«

Sie trat zur Seite und wies die schmale Holztreppe hoch. »Sie hat das Zimmer rechts.« Jane glaubte dem Mädchen, daß es sich bemühte, alles sauber zu halten. Ein starker Sagrotan-Geruch schlug ihr von den gestrichenen Holzstufen entgegen.

Der Flur oben war mit einer alten schmierigen und vergilbten Silberstreifen-Tapete beklebt. Jane entdeckte drei Holztüren, und während sie an die zu ihrer Rechten klopfte, sah sie sich den abgetretenen rotschwarz gemusterten Flauschteppich zu ihren Füßen an, der sicherlich schon bessere Tage erlebt hatte.

Ordentlich eingerahmt wie ein Diplom, hingen die in Schulmädchenschrift hingekrakelten Hausregeln an der Wand. Jane las die ersten vier.

1. Bitte rechtzeitig zu jedem Auftritt erscheinen. Bei Zuspätkommen Lohnabzug!
2. Wir bitten um höfliche Behandlung des Hauspersonals.
3. Nachts kein Männerbesuch nach 22 Uhr.
4. Die Tür zur Bar bitte immer abschließen.

Jane fragte sich, ob das Tip Top gegen das kanadische Zweisprachigkeitsgesetz verstieß, da es keine französische Version der Hausordnung gab.

Brenda öffnete die Tür. Sie trug jetzt verwaschene, abgeschnittene Jeans, T-Shirt und Turnschuhe. Von dem Glamour-Girl keine Spur mehr. Sie schien sich über Janes Besuch zu freuen.

»Hallo. Ich bin Jane da Silva.«

»Ich bin Brenda. Stephanie Chantal ist nur mein Künstlername. Den brauchen wir in diesem Geschäft. Kommen Sie herein.«

Brenda schlug sich mit einer Hand auf die Hüfte und machte mit der anderen eine ausholende Geste. »Entschuldigen Sie diese Räumlichkeiten hier. Die Barbesitzer sind offenbar der Meinung, sie müssen uns leiden lassen für unsere Kunst«, sagte sie mit gespielter Entrüstung. Sie war klein und sah sehr jung aus. Jane verspürte den mütterlichen Impuls, ihre Sachen in einen Koffer zu packen und sie auf der Stelle hier rauszuholen.

Das vergammelte Hotelzimmer war schlimmer als alles, was Jane, abgesehen von Dokumentarfilmen über das Leben in den Slums, je gesehen hatte. Der durchlöcherte Läufer; die zerknüllten Laken und die Armeewolldecke auf dem schmalen Eisenbett; das schmuddelige, durchgesessene, tomatenrote Sofa, das an den Ecken wie angenagt aussah; davor ein Resopal-Kaffeetisch, dessen helle Holzimitat-Platte mit Zigarettenbrandlöchern übersät war.

An der Wand hing die gleiche schmierige, vergilbte Tapete wie im Flur, wurde aber hier im Zimmer offenbar als Notizblock benutzt. Telefonnummern waren darauf gekritzelt und einige Rechenübungen. Der Boden war mit dünnen Kokosmatten belegt; in einer Ecke stand ein alter Heizkörper, der wahrscheinlich noch aus der Urausstattung stammte und in einem metallischen Silber gestrichen war. Ein Spiegel, ähnlich denen an Kleiderschranktüren, lehnte gegen eine Wand. Eine Ecke war abgebrochen. Durch eine offene Tür sah Jane in ein trübseliges Badezimmer mit einer großen Wanne auf Füßen. Auf den Fliesen lagen zerknüllte, nasse Handtücher.

An der Wand gegenüber dem Bad prangte ein sepiafarbenes Gemälde von Venedig, das wie eine vergrößerte Kitschpostkarte wirkte. Das altmodische Schiebefenster stand halb offen, trotzdem roch es nach Moder, kanadischen Zigaretten und Sagrotan. Die lädierte Jalousie hing auf Halbmast und gab den Blick frei auf eine Backsteinmauer mitsamt Feuerleiter. »Wirklich nicht gerade luxuriös«, sagte Jane. »Ich hätte eher einen Ankleideraum mit riesigen Spiegeln und unzähligen Lampen erwartet, so wie im Kino.«

»Ha!« erwiderte Brenda. »Strippen ist ein schäbiges Geschäft. Aber ich verdiene vierzehnhundert Dollar die Woche.« Sie versuchte, abgebrüht zu klingen, doch sie hatte denselben vornehmen Ton, dieselbe deutliche, damenhafte Aussprache, die Jane mit kanadischen Frauen verband. »Immerhin kann ich hier tanzen. Der Artikel, den Sie schreiben wollen, interessiert mich sehr. Handelt er von Stripperinnen?«

»Erotische Choreographie«, log Jane. »Ich habe sofort erkannt, daß Sie ausgebildete Tänzerin sind. Gefällt Ihnen die Arbeit?«

Brenda bot Jane den Platz auf dem schrecklichen Sofa an. Sie selbst setzte sich aufs Bett, zog eine rote Craven-A's-Packung aus der Jeanstasche und zündete sich die kurze, dicke kanadische Zigarette an. »Wie ich schon sagte, ich verdiene vierzehnhundert die Woche, und man hat bloß drei oder vier Fünfzehnminuten-Auftritte pro Schicht. Ich will natürlich nicht ewig strippen, nur so lange, bis ich genug Geld zusammengespart habe, damit ich nach Toronto gehen und Tanz studieren kann. Aber auch beim Strippen geht's ums Tanzen. Und dafür bin ich schließlich ausgebildet.«

Bei ihren letzten Worten setzte Brenda einen würdevollen Ausdruck auf, den Jane rührend fand. »Und hier bei uns ist es nicht wie in den Staaten. Wir bekommen jede Woche unser Gehalt ausgezahlt. Natürlich geben sie bei der Steuerbehörde an, wieviel sie uns zahlen, was wirklich ärgerlich ist, aber wir verdienen trotzdem gut.

In den Staaten würde ich sowas nie machen. Da stecken einem die Kerle Scheine in den Strumpfgürtel, und widerliche Sachen werden von einem verlangt – auf dem Tisch tanzen, die Zunge rausstrecken und dergleichen.« Sie rümpfte die Nase. »Deshalb kommen auch viele Mädchen aus den Staaten her, die ein bißchen Klasse haben – die meisten natürlich ohne Arbeitserlaubnis. Aber weil hier die Bedingungen so viel besser sind, gehen sie das Risiko ein. Viele Stripperinnen bei euch da unten sind Nutten. Ist es da nicht ein Witz, daß sie ihre Unterwäsche anbehalten müssen?

Es schien Brenda sehr wichtig zu sein, Jane die Unterschiede zu erklären. »In Kanada dürfen die Männer uns nicht anfassen. Sowie sie ihre Hand über die Blinklichter am Bühnenrand strecken, werden sie rausgeworfen.«

»Gibt es irgend etwas, das Sie nicht auf der Bühne tun dürfen?« fragte Jane.

Brenda lachte. »Einiges. Es ist verboten, etwas in die Vagina einzuführen. Und bei den Duos – Sie wissen schon, zwei Mädchen – dürfen wir nicht zu anschaulich werden und nie beide gleichzeitig nackt sein.«

»Und wer sind diese Männer? Gehen Sie manchmal mit den Kunden aus?«

Brenda schnaubte. »Sie machen wohl Scherze? Das sind Vollidioten. Unglaublich, wie bescheuert die sind! Fragen einen, ob es einen geil macht, wenn man auf der Bühne ist. Glauben Sie mir, meistens denken wir an unsere Einkaufsliste oder so etwas.« Brenda zog eine Augenbraue hoch.

»Sie sind eine sehr gute Tänzerin«, lobte Jane.

»Danke«, sagte Brenda steif. »Einige Männer wissen es sogar zu schätzen, wenn ein Mädchen wirklich tanzen kann.«

Sie beugte sich vor. »Aber ich bin gut. Ich bin wirklich gut. Und auch bei dieser Arbeit hier kann ich mich künstlerisch weiterentwickeln. Ich probiere eine Menge Sachen bei diesen Idioten aus – was natürlich nicht heißt, daß sie es würdigen würden. Ich meine, die wollen uns doch bloß zwischen die Beine gucken. Trotzdem kann man beim Strippen eine Menge lernen.«

»Ich komme nicht vom *Dance Magazine*«, sagte Jane. »Es tut mir leid. Aber ich mußte einen Weg finden, mit Ihnen zu sprechen.«

Brenda richtete sich stocksteif auf, wollte etwas ausrufen, aber Jane überfuhr sie. »Ich mußte herkommen und Sie warnen. Jemand hat Jennifer umgebracht, ihre alte Mitbewohnerin in Seattle. Und jetzt ist er wahrscheinlich hinter Ihnen her.«

»Oh mein Gott«, hauchte Brenda, ließ ihre Zigarette auf den Boden fallen und fuhr sich mit der Hand ans Gesicht. Wie ein kleines Kind sah sie jetzt aus. Jane hob die Zigarette auf und gab sie ihr.

»Ich weiß, daß Sie damals Jennifers Krankenversicherung benutzt haben und Ihre Medikamente in der Cox Apotheke abgeholt haben. Und dort haben Sie etwas gesehen, Brenda.«

»Nein, hab' ich nicht. Ich habe nichts gesehen.«

»Sie haben in einer Zeitschrift geblättert, und ein Junge mit einer Pistole kam herein.«

»Das stimmt. Und die alte Dame hat auch eine Pistole aus der Schublade gezogen und geschossen. Ich glaube, sie hat in die Luft geschossen.Daraufhin ist der Kerl weggerannt, und ich bin raus auf die Straße gelaufen. Ihr Amerikaner seid verrückt, ballert dauernd in der Gegend rum. Ich hatte ziemliche Angst.«

»Sie hatten natürlich auch befürchtet, wenn Sie da blieben, würde der Versicherungsschwindel auffliegen.«

»Ja natürlich. Wenn es eine Untersuchung gegeben hätte. Aber erzählen Sie mir von Jennifer. Was ist passiert?«

»Sie wurde erwürgt. Jemand ist in ihr Apartment im Universitätsviertel eingedrungen, in dem Sie mit ihr zusammengewohnt hatten, und hat sie erwürgt.«

»O mein Gott«, hauchte Brenda wieder, drückte ihre Zigarette in dem Glasaschenbecher aus, hielt sich den Magen und krümmte sich. Nach einer Weile sagte sie: »Wissen Sie, die Sache mit der Versicherung tut mir nicht leid. Ich meine, Jennifer hat sie ja nie in Anspruch genommen, und ich konnte sie gebrauchen. Es ist schrecklich, wenn man in den Staaten keine Versicherung hat. Ich bin Diabetikerin und mußte mein Insulin strecken, um damit auszukommen. Einmal bin ich ins Koma gefallen und wurde ins Krankenhaus eingeliefert. Jennifer hat mich besucht und gesagt, ich könnte ihren Namen und ihre Sozialversicherungsnummer angeben.«

»Hat er seine Pistole fallen gelassen?« fragte Jane. Sie berührte vorsichtig Brendas Schulter.

»Ja. Niemand wurde verletzt, deshalb habe ich mir keine Gedanken gemacht. Nur ein paar verrückte Amerikaner, die sich gegenseitig mit Pistolen bedrohen! Aber das Ganze hat mich so mitgenommen, daß ich wieder zurück nach Kanada gegangen bin.«

»Ich glaube«, sagte Jane. »daß der Ehemann der alten Dame aus dem Hinterzimmer gekommen ist und sie mit der Pistole erschossen hat, die der Junge fallen gelassen hatte. Und jetzt glaubt er, Sie hätten vielleicht etwas gesehen.«

»Aber das habe ich nicht! Ich habe bloß gesehen, wie der Kerl, eigentlich noch ein Kind, die Pistole fallen gelassen hat und weggelaufen ist. Und ich habe die Zeitschrift fallen gelassen und bin auch losgerannt.«

Brenda begann zu weinen. »Jennifer war kein schlechter Mensch. Im Grunde ging ihr der kleine Schwindel total gegen den Strich. Aber als ich im Krankenhaus war, habe ich ihr eben leid getan. Natürlich hat sie im Grunde geglaubt, alles könnte durch Gedanken oder sonstwas geheilt werden, trotzdem hatte sie Mitleid mit mir. Obwohl wir uns eigentlich nicht besonders nahe waren, fühle ich mich schuldig.

Jennifer war ziemlich einsam. Sie hielt mich für eine bessere Freundin, als ich war. Ich habe sie wohl nur ausgenutzt.«

Brenda hob wieder den Blick und sprach unter Tränen weiter. »Wir hatten einen Streit deswegen. Ich bin zurückgekommen und habe ihr erzählt, was ich gesehen hatte, und sie hat gesagt, wir müßten mit dem Schwindel aufhören. Aber wir haben doch niemandem damit geschadet! Das habe ich ihr erklärt, aber sie war halt schrecklich religiös. Sie hat gesagt, wir müßten zugeben, daß ich ihren Namen bei der Versicherung benutzt habe. Es ging aber nicht nur um das Insulin und die Krankenhausrechnung. Ich mußte mich auch am Fuß operieren lassen. Es war ein Haufen Geld. Ich bin einfach davongelaufen. Sie hat sich entsetzlich aufgeregt, aber was hätte ich denn machen sollen? Ich wollte einfach nur nach Hause, da darf man zumindest noch krank sein.«

Sie schluchzte. »Ich könnte einen Drink gebrauchen.«

»Soll ich Ihnen unten aus der Bar was holen?« fragte Jane.

Brenda ging hinüber zu der lädierten Frisierkommode und griff zu einem Schlüsselbund mit einem großen antiken Messinganhänger. »Hinter der Bar ist eine Flasche Tequila. Das ist meine. Bringen Sie sie hoch, ja? Der kleine Schlüssel hier ist für die Tür unten an der Treppe. Gott, ich weiß nicht, was ich machen soll.«

Jane wollte ihr gern bei der Entscheidung geholfen. Und wenn der Tequila dazu beitrug, wunderbar!

»Sie werden aber nicht abhauen, oder?« fragte Jane vorsichtig.

»Nein. In einer Stunde ist mein nächster Auftritt«, antwortete Brenda. Dann sagte sie: »Verdammt, ich will das alles nicht glauben. Ich habe doch überhaupt nichts gesehen!«

»In diesem Fall«, versicherte Jane, »kann das, was Sie nicht gesehen haben, einen Unschuldigen entlasten – und den wahren Schuldigen vielleicht überführen.«

Jane stieg die quietschenden Stufen hinab und verschloß die Tür hinter sich. Als sie die Bar betrat, sah sie Melanie und eine andere junge Frau in einer Ecke unterhalb der Kabine des Discjockeys sitzen. Die beiden Mädchen tranken und kicherten. Melanie hatte ihr Haar zu einem Pferdeschwanz zusammengebunden und trug ein Sweatshirt. Aller Glamour in diesem Geschäft war offenbar für das winzige, von Blinklichtern gesäumte Bühnenviereck reserviert.

Jane sah zu dem Tisch, an dem sie gesessen hatte. Johnson war nicht mehr da. Eigentlich hatte sie ihm kurz über ihre Fortschritte berichten wollen, aber sie war froh, daß es sich erübrigte. Jennifers Tod hatte Brenda schockiert, und deshalb hoffte Jane, sie überreden zu können, mit ihr nach Seattle zu kommen und ihre Geschichte zu erzählen.

Und wenn es sein mußte, sagte sich Jane, würde sie noch einmal alles daransetzen, Johnson von ihr fernzuhalten. Denn falls Brenda sich aus Angst vor den Konsequenzen ihres Versicherungsschwindels weigerte, in die Staaten zurückzukehren und als Zeugin auszusagen, mußte sie Johnson überreden, vorläufig die Finger von ihr zu lassen. Sollte ihr das nicht gelingen, würde sie Brenda eben ohne sein Wissen in die Staaten bringen. Sie beugte sich über den Tresen. »Stephanies Tequila, bitte«, sagte sie. »Und zwei Gläser.«

Der Barkeeper schob ihr die Flasche und Gläser hin. »Sie soll's aber nicht übertreiben«, murrte er grantig. »Sie hat gleich noch einen Auftritt.«

Als Jane die Treppe wieder hinaufstieg, wurde ihr klar, daß sie sehr raffiniert vorgehen mußte und Nerven wie Drahtseile brauchte, um Johnson jetzt noch einmal zu hintergehen. Er hatte ihr praktisch das Leben gerettet, und obendrein lebte sie im Augenblick von seinem Geld. Denn all ihre Habe war ja noch in Cox' Campingbus.

Sie biß sich auf die Lippe. Es würde nicht leicht sein. Aber sie konnte jetzt nicht aufgeben. Vielleicht sollte sie versuchen, einen Handel mit Johnson abzuschließen. Er mußte doch einsehen, wie kleinlich es war, eine junge Frau zu belangen, die ins Krankenhaus mußte, weil sie kein Geld für ihre lebenswichtigen Medikamente hatte. Wieder einmal kam Jane zu dem Schluß, daß das amerikanische Gesundheitssystem barbarisch war. Weil es Menschen zwang zu lügen, war Cox ungestraft mit einem Mord davongekommen. Beinahe!

Sie klopfte an Brendas Tür. Keine Antwort. Verdammt, dachte Jane. Wahrscheinlich hat sie schon auf und davon. Jane stieß die Tür auf.

Brenda lag auf dem Bett. Und auf ihr, ein Bein auf ihre Knie gestemmt, um ihre Gegenwehr zu verhindern, lag ein Mann. Seine Hände umschlossen ihre Kehle. Brenda rührte sich nicht, und ihr Gesicht war dunkelrot angelaufen.

»Nein!« schrie Jane. Sie rannte auf den Mann los. Er drehte sich zu ihr um. Es war George Cox. Als er sie erkannte, lockerte er den Griff um Brendas Kehle. Jane ließ die Gläser fallen und hob die Tequilaflasche mit beiden Händen über ihren Kopf.

Er sprang auf, stand eine Weile reglos da und starrte Jane an, dann faßte er blitzschnell in die Tasche seiner Windjacke und zog das Messer heraus.

Mit gebeugten Knien, das Messer in der Hand, stand der beleibte alte Mann wie ein jugendlicher Straßenkämpfer vor ihr. Aber er kam nicht näher.

Sie wußte, jetzt hatte er sie. Gegen ein Messer konnte die Tequilaflasche nicht viel ausrichten. Sie wußte, selbst wenn sie es schaffte, sie ihm über den Schädel zu ziehen, würde er nicht k.o. gehen wie im Kino.

»Keinen Ton!« keuchte er. »Oder ich schlitze Sie auf wie Ihre Reifen.«

Warum hatte sie nicht schon längst geschrien, fragte sie sich. Aber hätte irgendjemand sie gehört? Bei der Rockmusik, die von unten heraufdröhnte, bestimmt nicht. Außerdem waren die Wände in diesen alten Häusern schrecklich dick.

»Sie haben wohl geglaubt, ich wäre ertrunken, was?« fauchte sie ihn an und machte einen Schritt zurück. Es war die falsche Strategie. Er machte einen Schritt nach vorn.

Aus den Augenwinkeln bemerkte sie, wie sich Brenda auf dem Bett rührte. Sie lebte also. Jane wagte aber nicht, zu ihr hinzusehen und Cox aus den Augen zu lassen.

Als nächstes keuchte und hustete Brenda.

Cox drehte sich zu ihr um, und im selben Moment schoß Jane mit der Flasche nach vorn. Cox war zu groß, als daß sie seine Schädeldecke hätte treffen können. Die Flasche erwischte ihn mit voller Wucht direkt überm Ohr.

Er stieß einen Schrei aus und wankte ein paar Schritte zurück.

Brenda begann zu schreien, so laut sie konnte. Es war beeindruckend. Das Messer in der Hand sprang Cox wieder auf sie, stützte sich mit dem Ellbogen auf ihrer Brust ab und preßte ihr die Klinge an die Kehle.

Brenda kämpfte und strampelte, schlug ihm ihre Zähne in die Hand und biß so fest zu, daß Blut rann.

»Laß nicht locker, Brenda«, schrie Jane ihr zu. »Beiß fester.«

Jane wollte wieder mit der Flasche auf Cox einschlagen, aber sein Messer war zu dicht an Brendas Kehle. Sie ließ die Flasche fallen, hob einen von Brendas türkisfarbenen Stöckeln auf und nahm ihn in die linke Hand. Ihre rechte wollte sie frei haben.

Mit der schnappte sie Cox am Jackenkragen, kletterte auf seinen Rücken und brachte sich in die Position, aus der sie ihm den spitzen Absatz am effektivsten auf die Hand sausen lassen konnte. Brenda zuunterst, waren sie jetzt zu dritt auf dem Bett ineinander verknäult. Er schrie leise auf bei dem Schlag, und sein Griff um das Messer lockerte sich.

Jane schlug mit dem Stöckel auf die klaffende Wunde an seiner Schläfe ein, während sie mit der anderen Hand seine Finger von dem Messer schälte. Brenda biß immer noch zu. »Ich habe es, ich habe es«, keuchte Jane atemlos. Alle drei kämpften mit ihrer ganzen Kraft. Jane hielt den Schuh immer noch in einer Hand, in der geballten Faust der anderen jetzt das Messer. Sie wußte, sie konnte es tun. Sie würde auf ihn einstechen. Sie mußte nur die richtige Stelle finden, dort, wo es ihn am schwersten verletzte. Außerdem mußte es schnell geschehen.

Sie fuhr mit dem Messer an seinen Hals, setzte es an der weichen Stelle unterhalb seiner Kehle an und sah im nächsten Moment, wie entlang der Einschnittlinie der Klinge ein Blutrinnsal auf seinem sonnenverbrannten, faltigen Hals mit den schweißglänzenden weißen Stoppeln erschien.

Mit einem gewaltigen Röcheln ließ Cox von Brenda ab, schoß hoch und warf Jane dabei ab. Seine Kehle umklammernd, schwankte er vom Bett.

Brenda begann wieder zu schreien.

»Schrei weiter«, rief Jane ihr zu. Es waren entsetzliche, heisere Schreie. Wahrscheinlich hatte er ihre Kehle verletzt, als er sie würgte.

Er taumelte zum Fenster und versuchte, sich über den Sims auf die Feuerleiter zu hangeln.

Jane half ihm mit einem Stoß nach und stach dann mit dem Messer auf seine Hände ein.

Sie hörte, wie er die Metallsprossen halb hinunterfiel, halb kletterte. Das Geräusch erinnerte sie an ihren eigenen Abstieg im Devil's Bath.

»Wir müssen Hilfe holen«, rief sie Brenda zu, die inzwischen ihre Beine vom Bett geschwungen hatte. Ihr Gesicht war nicht mehr ganz so rot. Sie rieb sich die Kehle und spuckte.

»Ich hab' sein verdammtes Blut geschluckt«, krächzte sie. »Jesus, ich komme mit. Ich bleibe hier nicht allein!«

Während sie die Stufen hinunterhasteten, stützte sich Brenda auf Jane und schluchzte leise. Auf halbem Weg kam ihnen von unten der Barkeeper mit dem schwarzen Pferdeschwanz entgegen. Er sah sie grimmig an. »Was ist denn das für ein Geschrei? Was zum Teufel habt ihr da oben bloß angestellt? Einen Ringkampf veranstaltet oder was?« schnauzte er.

»Brenda wurde angegriffen«, keuchte Jane. »Der Kerl ist geflüchtet. Über die Feuerleiter.«

Sie übergab ihm Brenda und rannte durch die Bar. Johnson war immer noch verschwunden. »Rufen Sie die Polizei«, schrie sie der Kellnerin zu. »Jemand hat versucht, Brenda – Stephanie – umzubringen. Er ist über die Feuerleiter geflohen.«

Die Kellnerin ließ ihr Tablett fallen, und Jane rannte weiter, auf die sonnige Straße hinaus und um das Gebäude herum in eine Seitengasse.

Sie hoffte, Cox zusammengebrochen am Fuße der Feuerleiter zu finden. Dann würde sie sich auf ihn werfen und ihn festhalten, bis die Polizei kam. Zu dumm, daß sie keine Stöckel trug, aber dann bemerkte sie, wie sie immer noch Brendas Schuh und das Messer in den Händen hielt.

Was sie jedoch im nächsten Moment sah, machte sie beinahe hysterisch vor Glück.

Steven Johnson hatte Cox hinten am Kragen gepackt und drückte ihn gegen seinen Camper.

Cox wehrte sich nicht, trotzdem preßte Johnson ihn mit aller Kraft gegen das Autoblech.

»Die Polizei ist schon unterwegs«, rief Jane Johnson zu. Sie hörte von fern die Sirenen.

»Dieser Amateur-Auftritt war so jämmerlich, daß ich beschloß, eine Runde zu drehen und mich nach Cox' Bus umzusehen. Und in der Gasse hier stand er. Ich wollte ihm gerade die Reifen aufschlitzen, als Cox mir direkt vor die Füße fiel.«

»Ich blute«, wimmerte Cox.

Johnson lächelte Jane an und verdrehte Cox den Arm hinter dem Rücken. »Haben Sie ihm so zugerichtet?« fragte er. Er sah auf ihre Hände. »Mit einem Fischmesser und einem Stöckelschuh? Alle Achtung!«

Jane sank rückwärts gegen die Backsteinmauer und schnappte nach Luft. »Eine Tequilaflasche war auch noch im Spiel«.

Sie saßen im siebzigsten Stock eines hohen, schwarzen Glasturms in Seattle, verteilt um den langen Rosenholztisch im Konferenzraum der Anwaltskanzlei von Carlson, Throckmorton, Osgood, Stubbins und Montcrieff. Sechs weißhaarige Gentlemen, die sich höflich erhoben, als Jane den Raum betrat.

Dem Bischof stand ein ermutigendes Lächeln im Gesicht, und Kincaid, der ehemalige Fregattenkapitän, blinzelte ihr wohlwollend zu. Anwalt Montcrieff, Richter Potter und Professor Gruenwald hingegen trugen unbewegte Mienen zur Schau; Franklin Glendinning, der pensionierte Bankier, wirkte ziemlich grimmig, aber das schien sein üblicher Gesichtsausdruck zu sein.

»Danke, daß Sie draußen gewartet haben«, begann Mr. Montcrieff, »während wir über Ihren Bericht diskutierten.« Er klopfte auf die vor ihm liegenden Seiten, Janes Werk der vorherigen Nacht – sorgfältig getippt und dann auf teurem Papier fotokopiert. »Auch ihr mündlicher Rapport war sehr prägnant, und wir denken, wir haben jetzt alle Fakten in der Hand.«

Es war erniedrigend gewesen, wie auf heißen Kohlen

draußen im Empfang zu sitzen, während Montcrieffs schmieriger und überparfümierter Neffe Bucky die ganze Zeit auf sie einquasselte. Jane glaubte nicht, daß diese alten Käuze Onkel Harold je so lange hatten warten lassen. Und wenn die Kerle auch diesmal wieder ihren hoffnungslosen Fall nicht akzeptierten, würde sie damit drohen, der Öffentlichkeit die obskuren Machenschaften von Onkel Harolds Stiftung preiszugeben.

»Wir haben bloß noch ein paar Fragen, meine Liebe. Vorwiegend aus Neugier und weil wir sichergehen wollen, daß wir auch alles ...«

»... richtig verstanden haben?« beendete Jane ungeduldig den Satz für ihn. Erschrocken über ihre Frechheit, lächelte sie und fügte schnell hinzu: »Ich hoffe, mein Bericht war verständlich genug.«

»Gewiß, gewiß«, beschwichtigte der Bischof. »Wir dürfen also davon ausgehen, daß Mr. Shea jetzt ein freier Mann ist.«

»Ganz recht«, sagte Jane. »Eine Neuverhandlung seines Falles war nicht notwendig.« Wie oft wollten die Kerle es denn noch hören? »Mr. Cox gestand, als man ihn damit konfrontierte, daß man in seinem Besitz zwei Gegenstände gefunden hatte, die aus Jennifer Gilberts Wohnung entwendet wurden: ein Foto von Brenda MacPherson und ein Adreßbuch mit ihrer ehemaligen Adresse in Victoria. Beides wurde in dem Raum gefunden, den er unter falschem Namen im Obergeschoß des Tip Top Clubs gemietet hatte. Der Club ist in dem gleichen Gebäude wie das schmuddelige Hotel untergebracht, wo Cox ein Zimmer am Ende des oberen Flurs mietete. Da die Zimmer der Stripperinnen durch eine Tür, die immer verschlossen ist, von den anderen Hotelzimmern getrennt sind, mußte er über die Feuerleiter einsteigen.

»Außerdem«, fügte sie hinzu, »konnte Brenda MacPherson den entscheidenden Beweis liefern, der Kevin entlastete. Sie hat gesehen, wie er die Pistole fallen ließ und weggerannt ist.«

»Und die Frage der Schmauchspuren – haben Sie die auch geklärt?« fragte der Richter.

»Mr. Nguyen, der gegenwärtige Besitzer der Apotheke, erinnerte sich, daß Mr. Cox im Hinterzimmer an einer ätzenden chemischen Verbindung arbeitete, die bei der Krebstherapie eingesetzt wird.« Nur, um den alten Käuzen zu imponieren, warf sie den Namen ein. »Doxorubicin heißt das Mittel. Er hat Handschuhe getragen, als er nach vorn gelaufen kam.«

»Ihre Bemühungen haben also dazu geführt, daß ein unschuldiger Mann aus dem Gefängnis entlassen wurde und der schuldige hinter Gitter kam«, resümierte Fregattenkapitän Kincaid mit einer winzigen Spur Ungeduld. »Also für mich ist die Sache klar.«

»Eins interessiert mich noch«, meldete sich jetzt Professor Gruenwald, »was sagte Cox über den Mord an seiner Frau? Was ging ihm durch den Kopf?«

»Er hat sich ziemlich freimütig geäußert«, erklärte Jane. »Er sagte, plötzlich hätte er vor ihr gestanden, eine Waffe in der Hand, und ein plausibler Verdächtiger war kurz zuvor zur Tür hinausgerannt – und da er außerdem noch gerade Handschuhe trug, war die Verlockung einfach zu groß. Er meinte, bis zu dem Moment sei ihm nicht klar gewesen, wie sehr er seiner Frau den Tod wünschte. Er wußte bloß, daß er sein Leben haßte und sie es nicht zulassen wollte, daß sie sich zur Ruhe setzten oder Geld ausgeben, um ihr Leben zu genießen. Er hatte den Nerv, sie zu töten, aber den Mut, sich ihr zu widersetzen, hätte er nie aufgebracht.«

»Eine Frage noch«, meldete sich jetzt Kincaid. »Wird diese Striptease-Tänzerin nun belangt wegen dem, was sie getan hat. Wegen dem Versicherungsschwindel, meine ich.«

Jane räusperte sich. »Den Punkt habe ich in meinem Bericht nicht erwähnt, weil er strenggenommen nicht zur Sache gehört. Es ist mir jedoch gelungen, einen Handel mit der Versicherung abzuschließen. Zufälligerweise war es die Muttergesellschaft der besagten Versicherung, die Mrs. Cox' Lebensversicherung an ihren Mann ausgezahlt hatte. Die Gesellschaft erklärte sich bereit, den Betrug von Jennifer Gilbert, die ohnehin nicht mehr lebt, und Brenda MacPherson nicht zu ahnden, da Miss MacPherson ja geholfen hatte, Cox zu überführen.«

Glendinning nickte. »Sehr einleuchtend! Sich das für die Lebensversicherung ausgezahlte Geld zurückzuholen war bestimmt weit lohnender, als einen kleinen Krankenversicherungsschwindel zu verfolgen.«

»Nun, junge Dame«, sagte Mr. Montcrieff. »Ich denke, Sie haben's geschafft. Ihr Onkel Harold hat Sie richtig eingeschätzt. Wir hatten zwar so unsere Zweifel«, meinte er schalkhaft. »Eine nette junge Dame wie Sie! Da waren wir uns nicht sicher, ob Sie das Zeug dazu haben.«

»Ich bin«, sagte Jane würdevoll, »die Nichte meines Onkels.«

»Und außerdem«, fiel der Bischof ein, »paßt die Arbeit zu Ihnen.«

»Ja«, bekräftigte Jane. »Das tut sie. Sie ist schwer, aber wie Onkel Harold so weise sagte: ›In allem, was zu leicht errungen ist, liegt keine wirkliche Befriedigung.‹« Bedeutete das, sie bekam das Geld? Montcrieff hatte doch gesagt, sie hätte es geschafft, oder nicht?

»Sie haben sich«, meinte der Bischof nachdenklich, »in die Nähe des Bösen gewagt.«

»Ja, darüber habe ich auch nachgedacht«, sagte sie. »Wirklich sonderbar, wie ein kleiner Versicherungsschwindel, in dem die meisten Leute wohl weiter nichts Schlimmes sehen würden, zu einem sehr viel schlimmeren Verbrechen führte. Wenn Jennifer und Brenda nicht gelogen hätten, wäre vieles nicht geschehen.« Die Tatsache, daß sie selbst bei der Klärung des Falles kräftig gelogen hatte, behielt sie für sich. Auch ihren Bericht hatte sie so geschickt formuliert, daß ihre eigenen Lügen nicht darin vorkamen. Vielleicht schon wieder eine Lüge?

»Wer einen Versicherungsträger betrügt, richtet sehr wohl Schaden an«, keifte Glendinning. »Denn die Folge ist, daß alle anderen höhere Prämien zahlen müssen.«

Sie hatte genug. Es war Zeit, zum Schluß zu kommen. »Ich gehe also davon aus«, sagte sie, »daß Sie mit meiner Arbeit zufrieden sind und daß ich das Einkommen aus den Zinsen erwarten kann, die der Stiftungsfond abwirft.«

»Ja, natürlich«, antwortete Montcrieff zerstreut. »Kommen Sie morgen vorbei, dann haben wir den ersten Scheck für Sie vorbereitet. Das Zinseinkommen von sechs Monaten.«

»Und welche Pläne haben Sie als nächstes?« fragte Fregattenkapitän Kincaid.

»Ich werde bald nach einem neuen Fall Ausschau halten«, meinte sie. In Wirklichkeit hatte sie vor, sich neu einzukleiden – irgendwas Anständiges diesmal –, das Haus von Grund auf renovieren lassen und zu einem wirklich guten Friseur zu gehen. »Ich danke Ihnen für alles«, sie erhob sich. Danke für gar nichts, und bis in sechs Monaten, ihr alten Tattergreise, fügte sie insgeheim hinzu. In ihrem fünfzehn Jahre alten Chanel-Kostüm würde sie dann jedenfalls nicht mehr vor ihnen erscheinen.

Als sie den Konferenzraum verließ, kam Bucky ihr entgegen. »Und?« fragte er neugierig.

»Sie haben's mir gegeben«, sagte sie und gestattete sich ein schiefes Lächeln.

»Na wunderbar«, rief er und schloß sie in seine Armani-

Ärmel. »Das müssen wir feiern. Ich möchte unbedingt hören, wie Sie es ausgeben wollen.«

»Großartige Idee, aber das müssen wir leider verschieben. Ich habe eine Verabredung zum Lunch«, sie mühte sich, Bedauern in ihre Stimme zu legen. Schließlich konnte ihr Bucky als George Montcrieffs Neffe und Mitglied der Kanzlei, die den Stiftungsfond verwaltete, irgendwann in der Zukunft einen Knüppel zwischen die Beine werfen. Es war also ratsam, sich gut mit ihm zu stellen.

Er begleitete sie zum Lift. »Ich rufe Sie an. Ich würde Sie gern ein bißchen in der Stadt herumführen. Sie müssen unbedingt ein paar Leute mit Stil kennenlernen.«

»Nun, Sie kenne ich ja schon, Bucky, und wenn das kein Anfang ist!« sagte sie, als die Lifttüren sich vor seinem attraktiven Gesicht schlossen. Dieser verlogene Bucky! Er meinte natürlich: »Jetzt, wo Sie reich sind, müssen Sie unbedingt ein paar Leute mit Stil kennenlernen.«

Calvin wartete in der Eingangshalle auf sie, putzte seine Brillengläser und musterte eine große moderne Skulptur.

Sie tippte ihm auf die Schulter und er drehte sich um.

»Nun«, meinte er fragend und setzte sich die Brille wieder auf. »Wo gehen wir essen? Irgendwo im Stehen einen Hot dog? Oder wird uns jemand mit kostspieligem Haarschnitt an einen Tisch geleiten?«

Sie lächelte. »Ich hab' das Geld! Das müssen wir feiern. Suchen Sie das beste Restaurant in der Gegend aus.«

Auch er lächelte jetzt. »Dann schlage ich das Fuller's vor. Ungefähr sechs Block von hier. Dort habe ich für alle Fälle schon mal einen Tisch reservieren lassen. Nouvelle Cuisine und großartige Kunst aus dem Nordwesten.«

»Das wäre mehr, als das Museum dieser Stadt zu bieten hat«, sagte Jane, »außer Totempfählen hab' ich da nichts Nennenswertes gesehen.«

»Etwas mehr Lokalpatriotismus könnte ihnen nicht schaden. Denn wie's aussieht, werden Sie ja noch eine Weile hier bleiben«, erwiderte er. »Vergessen Sie nicht, der Kaffee hier in Seattle ist superb. Und der gehört zu den Dingen, die man täglich genießt.«

»Ich bin froh, daß ich jetzt meine Schulden bei Ihnen bezahlen kann«, sagte sie.

Er räusperte sich. »Ich habe die Rechnung schon fertig gemacht. Für Sie ist mein Honorarsatz etwas niedriger als sonst. Da ich annehme, daß Sie mich noch öfter brauchen, bekommen Sie einen Mengenrabatt.«

Sie gingen hinaus auf die Straße.

»Ich habe die Geschworene Nummer Zehn angerufen. Miss Marquardt ist völlig aus dem Häuschen. Und noch begeisterter ist sie, daß Sie mit ihr essen gehen wollen und ihr alles erzählen.«

»Ich bin noch wie betäubt«, flüsterte Jane. »Obwohl ich so hart an der Sache gearbeitet habe, kann ich immer noch nicht glauben, daß alles wahr ist. Morgen bekomme ich den Scheck. Dann gehe ich erst mal ausgiebig einkaufen, und dabei vergesse ich bestimmt, daß ich ja auch noch Onkel Harolds alten Kasten renovieren wollte.«

»Na, ich hoffe, Sie vergessen nicht auch die kleinen Leute, die Ihnen auf dem Weg nach oben behilflich waren.«

Sie blieb mitten auf der Straße stehen, umarmte ihn und küßte ihn auf die Wange. »Sie waren wundervoll. Denken Sie daran, auch Ihren Finderlohn auf die Rechnung zu setzen. Für diesen Fall und den letzten, der nicht so gut ausging.«

»Den überlasse ich Ihnen umsonst«, sagte er.

Später, nachdem sie den letzten Gang ihres köstlichen Lunchs in der kleinen, mit einem Gemälde von Mark Tobey dekorierten Nische beendet und ein paar Gläser Wein getrunken hatten, beugte sich Calvin über den Tisch. »Diese Abmachung, die Sie der Versicherung abgeluchst haben – hat das geklappt, weil Sie irgendwelche persönlichen Beziehungen ...?« Er lehnte sich wieder zurück. »Ach vergessen Sie's. Das geht mich ja schließlich nichts an.«

Sie lachte. »Stimmt, es geht Sie nichts an, aber was soll's – ich erzähl's Ihnen trotzdem. Wir hatten ein kleines romantisches Intermezzo, ehe er nach San Francisco zurückkehrte.«

Sie erzählte ihm davon, weil sie nicht wollte, daß er eine einsame Frau in ihr sah und sie bemitleidete. Aber weiter verriet sie nichts und tat so, als habe es sich um ein harmloses Geplänkel gehandelt.

Es hatte mit einem langen Kuß in ihrem Zimmer im Empress Hotel begonnen, einem wundervollen langen Kuß, bei dem alle Anspannung von ihr abfiel – nach den endlosen Stunden auf dem Polizeirevier, nach allem, was in den vergangenen Tagen geschehen war, nach dem tagelangen Herumfahren und den vielen Adrenalinstößen, die durch ihren Körper gejagt waren. Es fühlte sich herrlich an, sich hemmungsloser Lust hinzugeben und an nichts mehr zu denken.

Immer wieder flackerten Erinnerungen vor ihr auf – wie seine Hände unter ihre Bluse glitten, während sie sich küßten, und wie er sagte: »Ich will auf der Stelle meine Kleider zurück.« Er entkleidete sie langsam, küßte sanft jedes neue Stück Haut, das zum Vorschein kam, Zentimeter für Zentimeter.

Noch am nächsten Morgen war Jane benebelt vor Leidenschaft, ein Zustand, der die Reise mit dem Wasserflugzeug vom Hafen Victorias aus und die Taxifahrt zu Onkel Harolds Haus überdauerte, wo sie sofort wieder ins Bett fielen und zwei weitere Tage flüsternd miteinander sprachen und sich geräuschvoll liebten in dem großen stillen Haus.

Er hatte sie schon mehrmals angerufen, und ihr ganzer

Körper sehnte sich noch nach ihm, aber sie nahm an, in ein oder zwei harten Wochen würde das vergehen.

»Aber etwas Ernstes wird sich wohl nicht daraus entwickeln«, sagte sie zu Calvin. Und sie glaubte wirklich, daß es vor allem die gemeinsam ausgestandenen Ängste und Aufregungen waren, die zu ihrer rasenden Leidenschaft geführt hatten.

Calvin sah sie mit rührendem Mitgefühl an. »Das tut mir leid«, sagte er. In diesem Moment wußte Jane, warum sie ihn so gern hatte.

»Braucht es nicht«, beschwichtigte sie. »Ich nehme an, das gehört nun mal zu meinem Job.« Schließlich hatte die Beziehung zwischen ihr und Johnson mit Lügen begonnen. Konnten sie sich da in Zukunft noch trauen? »Nur einer Amateurin wie mir konnte es passieren, sich bei der Arbeit zu verlieben, und so wie ich morgen meinen Scheck bekomme, werde ich in die höheren Ränge dieses merkwürdigen Berufs aufsteigen.«

»Und was wollen Sie machen, wenn Sie eine Weile Ihr Geld verschwendet haben?« fragte er. »Sie bleiben doch in Seattle, nicht wahr?«

»Ich denke schon. In der Nähe dieses Altherren-Komitees, das mein Schicksal in der Hand hat. Irgendwann werde ich mich halt wieder nach einem Unrecht umsehen müssen, das nach Wiedergutmachung schreit. Schließlich ist man nur so gut wie sein letzter hoffnungsloser Fall.«

ECON KRIMI

Chris Rippen
Plattgemacht
TB 25112-0

Die niederländische Kleinstadt Barwoude ist eigentlich ein verschlafenes Nest. Um so größer ist die Aufregung, als einige der Politiker in einen Giftmüllskandal verwickelt werden. Als dann auch noch ein Umweltschützer auf mysteriöse Weise zu Tode kommt, spitzt sich die Lage zu …

Chris Rippen wurde für seinen zweiten Krimi, »Stimme aus dem Off«, mit dem niederländischen Krimipreis GOUDEN STROP 1992 ausgezeichnet.

K 020

ECON TASCHENBÜCHER ECON

ECON KRIMI

Imogen Parker
Mordstheater
TB 25116-3

Sophie Fitt hat beschlossen, ihr Leben zu ändern. Nach ihren Studium war sie wie alle überzeugt davon, daß das Wichtigste im Leben die Karriere und ein Anspruch auf einen Dienstwagen sei, doch nun hat sie ihren Job bei einer Bank gekündigt und ist unterwegs nach London. Da ihre Auftritte als »Eine-Frau-Kabarett« nicht genügend Geld abwerfen, nimmt sie einen Job als Sekretärin bei der exzentrischen Theateragentin Agatha Brown an. Alles läuft gut, bis Agatha plötzlich stirbt, an einer Kombination von Alkohol und Schmerzmitteln. Sophie glaubt nicht an Selbstmord …

»Verführerisch, voller überraschender Wendungen und reizvoller Erotik. *Mordstheater* bedient sich des Genres Krimi und gibt ihm einen neuen und ursprünglichen Dreh, ist flüssig, realistisch und voller Überraschungen bis zur letzten Seite.«

Joan Smith

K 022

ECON TASCHENBÜCHER ECON